심야괴담회

대본 용어

S# 장면(Scene). 영상을 구성하는 극적 단위. 같은 장소, 같은 시간 내에서
　　일련의 행동이나 대사가 이루어진다.
D　낮(Day). 장면이 낮에 이루어진다는 구분.
N　밤(Night). 장면이 밤에 이루어진다는 구분.

심야괴담회

심야괴담회 대본집

자화상

심야괴담회를 사랑하는
어둑시니에게

파업에 적극적으로 참여했다는 이유로 철야 근무를 강요받던 시절, 기나긴 밤을 어찌할 수 없어 온갖 커뮤니티 게시판을 기웃거리다, 결국 정착한 곳은 공포, 괴담 게시판이었습니다. 방송 종료에서 애국가가 나오기 전까지 한 시간 정도 눈을 붙이는 시간이면, 방금 읽은 괴담의 무서운 장면들이 선연히 떠오르며 소름이 돋는 느낌을 받았습니다. 어떻게 이 활자의 연쇄일 뿐인 것들이 사람에게 이토록 무서움을 안겨줄 수 있는가? 이 감정을 홀로 느끼고 삭여버리기에는 너무 아깝다. 내가 다시 PD로 돌아갈 수만 있다면 이 감정을 공유하고 싶다. 이런 마음으로 〈심야괴담회〉의 기획안을 써내려가게 되었습니다. 그리고 남수희 작가님과 루이웍스 한율 대표님의 도움을 받아 이 단순한 아이디어는 실체를 갖게 되었습니다.

여전히 제게는 낯설기만 한 이 프로그램이 다섯째 시즌을 맞이하게 된 것은 오롯이 시청자분들의 성원 덕입니다. 이 대본집이 조그만 보답이 되었으면 합니다. 대본집을 펴내게 된 가장 큰 이유는 《헤어질 결심 각본집》을 보고부터 부러움에 눈이 멀었기 때문입니다. 물론 영화계 거장의 작품과 지상파의 공포 프로그램을 동렬에 놓을 수는 없겠지만 우리 시청자들의 열정도 여기 못지않을 것이라는 검증되지 않은 확신이 있었습니다. 마침 자화상 출판사에서 이 부러움을 알아주고 호응해주지 않았더라면 이 책은 빛을 보지 못했을 겁니다.

제작진에게 보내오는 사연을 보면 〈신혼집의 다락방〉(시즌 1, 서이숙 배우 출연)처럼 라디오 프로그램이나 잡지에 실리는 수기의 형식을 띤, 정제된 문체로 무서움을 일으키는 명문이 더러 있습니다. 그러나 대부분은 자신이 겪은 체험을 정제되지 않은 언어로 두서없이 적어 보내는 경우가 많습니다. 그 두서없음으로 비롯되는 '날것의 공포'를 잃지 않으면서 방송에 적합한 언어로 가공해야 하는 이중의 과제가 여기서 생겨납니다. 이때부터 〈심야괴담회〉 작가진의 활약이 시작되는 것입니다.

철저한 전화 취재를 통해 이야기에 살을 붙이고, 방송 언어로 순화하거나 괴담꾼들(출연자)의 입말에 맞게 고치고, 때로는 더욱 무섭게 이야기의 구조를 틀어놓기도 합니다. 우리 작가들은 시즌이 시작되면 제대로 된 휴일도 없이, 밤까지 계속되는 구성회의와 토씨 하나만 마음에 들지 않아도 도리질을 시전하는 까다로운 PD를 거쳐 대본을 만들어냅니다. 대본이 완성되면 녹화장에 들어가 괴담꾼들과 리딩을 하며 합을 맞춥니다. 그리고 촛불 하나하나에 울고 웃습니다.

저는 시즌이 시작될 때마다 이 프로그램은 본격 작가 학대 프로그램이니 각오들 하시라고 말합니다. 그 학대는 자기-학대, 그 학대의 주체는 작가 자신입니다. 최선을 다해 무섭거나 기이한 이야기로 만들어오라는 지상 과제 아래, 겨우 얻어 쉬는 날에도 구성을 생각하며, 단어 하나를 고치겠다고 밤을 새웁니다. 혼자 사는 작가들은 찬송가를 틀어놓고 대본을 씁니다. 글을 쓰다 잠이 들어 가위에 눌리는 일도 부지기수입니다. 피디는 모르는 체하지만 모르지 않습니다. 우리 작가들이 제대로 된 괴담을 방송에 내기 위해 얼마나 고심하는지를.

조명이 꺼지고 카메라가 철수하는 세트 귀퉁이에 쌓인 대본을 보고 문득 생각했습니다. 우리 작가들이 피로 쓴 대본들이 저렇게 잊히기에는 너무 아깝다. 그냥 읽어도 좋은 이야기들인데 방송을 위해 일회용으로 소비되어서야 되겠는가. 이 대본집 작업을 착수한 계기가 부러움이라면 또한 이 작업을 마무리해야 할 이유는 고마움입니다. 이 대본집은 에피소드 대본마다 특정 작가의 작업이라 명기하지 않습니다. 대본과 작가의 매칭은 제비뽑기 같은 우연과 상황의 결과이고 기본적으로 심야괴담회 작가진의 이름으로 이루어진 공동 작업의 산물이기 때문입니다.

심야괴담회의 대모이신 남수희 작가님, 파일럿과 시즌1의 메인 작가 유경혜 작가님, 시즌 4의 메인 작가 송항아 작가님, 흔쾌히 대본을 제공해주신 송다은, 장혜영, 구자은, 조민정, 박민정, 우혜영 작가님께 감사드립니다. 특히 시즌 1부터 저와 생사고락을 함께 해온 송다은, 장혜영, 구자은, 조민정 작가님은 〈심야괴담회〉의 '찐'작가님들로 이제 문체와 구성만 봐도 누가 썼는지 짐작할 정도의 지음이 되었습니다.

마지막으로 시즌 5를 함께 진행할 정이랑, 김유나 이하 시즌 5 작가진에게도 감사의 마음을 전합니다. 〈심야괴담회〉는 기본적으로 작가의 힘으로 지탱해가는 프로그램입니다. 대본이 탄탄해야 그 이후의 작업도 수월해지기 때문입니다.

저는 이 프로그램의 기획자라는 뜻에서 '심버지'라고 불린다는 사실을 최근에서야 알게 되었습니다. 이 프로그램을 기획하고 연출한다고 해서 특별한 혜택은 전혀 없지만, 저는 이 말을 들을 때마다 이루 말할 수 없이 기쁜 마음입니다. 비록 아버지처럼 인자한 리더는 아닐지라도 이 프로그램이 시청자들에게 더할 나위 없는 즐거움을 안겨주도록 책임을 진다는 한에서 그 말은 맞습니다.

몇 년을 아이디어로 떠돌던 이 프로그램은 제우스의 머리를 뚫고 나온 아테나처럼, 어느덧 실체를 갖추어 다섯 번째 시즌을 맞았습니다. 다섯 해 동안 끊이지 않는 시청자 여러분들의 열렬한 성원에 보답하기 위해 저희 제작진은 밤을 잊은 지 오래입니다. 시청자들의 성원이 계속되는 한 〈심야괴담회〉에 '심야'는 없습니다. 가슴 깊은 감사의 말씀을 올립니다. 제가 애국가가 나오기 전까지 좁고 캄캄한 숙직실에서 느꼈던 소름을, 활자들과 문장들이 연이어 만들어내는 그 이상하고 기이한 화학작용을, 〈심야괴담회〉를 사랑하는 어둑시니 나아가 괴담을 좋아하는 모두가 경험할 수 있기를 바랍니다.

2025년 6월, 시즌 5에 앞서
심야괴담회 연출, 심버지 임채원

차례

프롤로그 4

혓바닥 · 11
들켰어? · 27
오사카 민박집 · 43
10원짜리 동전 · 53
당신이 가져가야 할 것은 · 68
의정부 사패산 터널 · 83
대만 5성급 호텔 · 96
개구리집 · 111
흔행이 고개 · 126
올케언니 · 142
북소리 · 158
복도식 아파트 · 172
내 머리가 길어진 날 · 181
아텃의 경고 · 197
유전 · 216

끝나지 않는 벌전 • 234

일본 슈마리나이 호수 • 255

종이학 • 268

언니 • 283

대수대명 • 298

동승자 • 310

솔담배 • 326

코케시 • 344

신혼집의 다락방 • 359

상세 불명 심정지 • 373

가슴 속 무덤 • 389

뒷산 • 400

옆집 누나 • 414

구디의 밤 • 431

존재하지 않는 시장 • 449

믿거나 말거나 〈심야괴담회〉 촬영 비하인드 • 460

헛바다

심야괴담회 시즌4 17회 방송

김구라 (잠깐 쉬고) 자, 그렇다면 이번에 이야기 단지를 열 주인공은 누구십니까.

김호영 (음산하게) 접니다.

(이야기 단지를 열고 안에 들어 있는 '부적' 펼쳐서 보여준다.)

김호영 '헛바다'. (부적 정리하고) 이 사연은, 김포에 살고 있는 김정애(가명) 씨가 보내주신 사연입니다. 정애 씨는 8살 때 무심코 저지른 실수 때문에 50여 년이 지난 지금까지도 마음에 큰 죄책감을 안고 계시다는데요. 과연 어떤 일이 있었던 건지, 지금부터 제가, 정애 씨가 되어 이야기를 전해드리겠습니다.

❀
[등장인물]

김정애(가명/8세/여), 정애 부, 정애 모, 아저씨 귀신, 단골네 아줌마(무당/여), 천도굿 도와주는 동네 사람들(성별, 나이 다양), 호철(가명/8세/남)

─────   **S#1-시골집 마루 N**

풀벌레 소리만 울리던 늦은 밤. 화장실에 가려고 마루에 나와 신발을 찾고 있었어요. 예전 저희 집은 화장실이 밖에 있었거든요. 제 신발이 보이지 않아서, 밑굽이 다 닳은 아버지 구두를 끌고 가는데, 갑자기 마당에서 키우던 바둑이가 허공을 보고 막 짖는 거예요. 그래서 바둑이가 짖는 쪽을 보니까…….

정애   (고개를 들다 놀라서) 허엄!

담벼락 위로 웬 아저씨가 얼굴을 삐쭉 내밀고 안을 들여다보고 있는 거예요. 깜짝 놀라서 방으로 도망치려는데…… 아저씨가 어느새 바로 옆에 와, 저를 빤히 쳐다보고 있었어요.

정애   (겁먹은) 부, 분명 대문이 닫혀 있었는데…….

순간 온몸이 얼어붙었습니다. 너무 무서워서 곁눈질로 보는데……. 그 아저씨가 입에서 길고 넓적한…… 검보라색 무언가를 타라라락 뱉어냈어요. ……그건 바로 혀였어요.

S#2-시골집 안방 N

전 괴상한 광경에 너무 놀라서 바로 방으로 뛰어 들어가 아버지 품으로 파고들었죠.

정애   (무서워하며) 아빠, 밖에 무서운 아저씨가……!
아빠   (따뜻하게 달래며) 아이고, 우리 정애가 키 크려고 쫓기는 꿈 꿨나 보네~

아버지가 다정하게 말씀해주시면서, 꼭 안아주니 안심이 됐어요. 그 품이 너무 따뜻해서 무서운 아저씨도 잊고 절로 미소가 지어졌죠. 그런데 그때……!

정애   (얼굴을 더듬으며) 뭐지? (슬쩍 아버지 쪽을 쳐다보고) 꺄아아악!

온몸에 소름이 돋았어요. 얼굴에 차갑고 질척거리는 게 느껴지는 거예요. 그래서 아버지 얼굴을 올려다봤는데, 검보라색 혀를 길게 늘어뜨린 그 아저씨가 저를 내려다보고 있었어요.

S#3-시골집 마당 D

벌떡 일어나니 아침이었어요. 옆엔 아버지가 곤히 주무시고 계셨죠. 휴, 악몽이었구나 싶었어요. 밖에서 엄마가 밥 짓는 소리가 들렸고 저는 아버지가 깰까 조용히 마당으로 나왔습니다.
그런데 바둑이가 안 보이는 거예요. 원래 제가 나오면 꼬리를 흔들며 반겨줬는데 자기 집에서 안 나오고 있더라고요. "바둑아~"하고 팔로 안아 들었는데…… 바둑이 목이 이상한 각도로 늘어지는 거예요! 목이 부러진 것 같았어요. 그 순간…….

엄마 (다정하게) 여보, 일어나~ 출근해야지~ (의아해하다 경악하며) 여보! 당신 왜 그래 일어나봐! 여보!

방에 들어가 보니 엄마가 울부짖으며 아버지를 흔들고 계셨어요. 하지만 아버지는 미동이 없으셨죠. 아버지는 그렇게…… 영영 깨어나지 못하셨습니다. 그때 아버지 나이는 겨우 서른아홉 살이었어요.

S#4-시골집 마당 D (시간 경과)

젊은 나이에 돌연사한 아버지 소식으로 동네가 어수선했어요. 이장 할아버지의 주도로 아버지의 장례가 시작되었습니다. 어떤 분들은 제사 음식을 해다 주고, 또 어떤 분들은 상여를 가져와 꾸며줬죠.
그리고 단골네 아줌마가 왔어요. 당시엔 동네마다 '단골네'라고 불리는 무당이 한 명씩 있었거든요. 동네에서 사람이 죽으면, 아줌마가 와서 꼭 천도굿을 치러주셨어요.
커다란 창호지 꽃으로 장식한 아버지 상여 앞에 병풍과 제사상이 차려졌습니다. 계속 까무러치는 엄마를 동네 아주머니들이 겨우 붙잡고 서 계셨고 전 그런 엄마의 상복을 부여잡고 울먹거릴 뿐이었어요. 대체 하루아침에 이게 무슨 일인지…… 보면서도 믿기지 않았어요.
단골네 아줌마는 소복 차림으로 구슬프게 노래를 부르더니 곧 화려한 옷을 걸치고 칼과 삼지창을 흔들며 덩실덩실 춤을 췄습니다.

(효과음으로 〈새남굿 상산거리〉 흐른다.)

그러곤 쌀이 소복이 담긴 도자기 그릇을 가져오더니 아버지의 옷으로 덮었어요. 한참 몸을 앞뒤로 왔다 갔다 하며 중얼거리다 아버지 옷을 다시 걷어냈습니다.
그러자 쌀에…… 아까는 없던 새 발자국 모양이 찍혀 있었어요. 발자국 뒤로 기다랗고 넓적한 꼬리 자국까지 이어지고 있었죠. 이를 본 동네 어른들은 다행이라고, 돌아가신 아버지가 새가 되어 하늘로 훨훨 날아가는 거라고 했습니다. 그런데 단골네 아줌마는 심각한 표정으로…….

단골네 (불길하다는 듯) 이상하다, 이상해……. 이 기다란 게 왜……. (호통치며) 이 집 이러다 남은 여자 둘도 죽을 수 있어! 정신 단단히 잡아!

의아해하며 연신 중얼거리던 단골네 아줌마가 갑자기 고개를 돌려 엄마와 저에게 호통을 쳤습니다. 저는 대체 무슨 소리인지 알아들을 수가 없어 무척 혼란스러웠어요. 그때, 동네 어르신 4명이 나와 길고 커다란 삼베 천의 귀퉁이를 각자 잡고 대문 쪽을 향해 섰어요. 마치 길처럼요. 그리고 단골네 아줌마가 대문 반대편에 서서 소리쳤죠.

단골네 (크게) 갑시다~! 가자~!

그러더니 몸으로 삼베 천을 밀어, 길게 반을 찢으며 대문 쪽으로 나아가기 시작했어요. 그런데 어느 순간…… 턱 막혀 삼베가 더 이상 찢어지지 않는 겁니다. 천을 반으로 쭉 찢으면서 그 안으로 걸어가야 하는데, 이상하게 그 천이 안 찢어졌어요. 귀퉁이를 잡고 있는 어른들이 잡아당기는데도 안 찢어져서 결국 칼을 가져와서 찢으면서 걸어갔어요. 날이 번쩍이는 칼이었는데도 땀을 뻘뻘 흘리면서 겨우겨우 반으로 가르더라고요.
진행이 안 되니까 아줌마가 너무너무 힘들어했어요. 다른 어른들도 얼굴이 안 좋아지고 수군대더라고요. 동네에서 굿을 그렇게 했는데, 이런 적이 한 번도 없다고…….

동네 아줌마 (수군대며) 망자가 안 가려나 봐. 아이고, 어째, 이러다 탈 나 겠어~
동네 아저씨 (수군대며) 간밤에 갔담서요, 어린 딸내미랑 젊은 아내 두고 급하게 가려니…… 오죽하겠어요?

수군대던 것도 잠시, 어른들의 얼굴이 경악으로 물들었습니다. 아버지의 상여를 집 밖으로 들고 나가려는데…… 상여가 꿈쩍도 안 하는 겁니다. 모두가 당황한 사이……. 툭, 툭……. 상여에 장식되어 있던 종이꽃이 하나둘 바닥에 떨어지기 시작했습니다.

단골네 (다급하게) 당장 끌고라도 나가! 한시라도 빨리 묻어야 해!

단골네 아줌마의 호통에 수십 명이 상여에 달라붙었습니다. 질질 잡아끌고, 또 밀어서 겨우 집 밖으로 나갔죠. 그런데 그때 단골네 아줌마가 몸을 부르르 떨더니 울기 시작했습니다.

단골네 (고개 숙인 채 허탈하고 애잔하게) 아이고, 정애야. 여보……. 내가 처자식을 두고~ 어떻게 가나. 어떻게 가나. (고개 들고 돌변하며 두꺼운 목소리로) 혀를 뽑아버릴 거야!

힘없이 울먹이던 단골네 아줌마가 갑자기 저를 똑바로 보고 괴물 같은 목소리로 소리치는 겁니다. 전 그대로 정신을 잃었어요.

─────── S#5-시골집 안방 N

눈을 떠보니 창호지 사이로 달빛이 새어 들어오는 새벽이었어요. 정신을 잃기 전 단골네 아줌마가 했던 말이 귓가에 생생히 울려 퍼졌어요. 혀를 뽑아버릴 거야……. 전 왈칵 눈물이 나왔습니다.

정애   (떨며) 아버지가 나 때문에 돌아가셨구나.

─────── S#6-뒷산 D (회상)

사실 어제 동네 뒷산에서 '그 아저씨'를 만났거든요. 노을이 물들기 시작하는 초저녁이었어요. 친구인 호철이랑 막대기를 하나씩 잡고 칼싸움을 하던 중 호철이가 '메롱~' 약을 올리고 도망가길래, 뒤쫓아 산으로 올라갔어요. 그런데 산 중턱에 다다르니 호철이는 어디 갔는지 안 보이고 웬 낯선 아저씨가, 나무 앞에 서 있는 게 보였어요. 절 쳐다보고 있는 것 같았죠.

정애　누구시지?

가까이 다가갔는데, 핏발 선 눈을 부릅뜨고 미동도 안 하더라고요. 그런데 검보라색의 무언가가 아저씨 목 아래까지 길게 늘어져 있는 거예요. 처음엔 넥타인 줄 알았는데, 자세히 보니 입에서부터 이어지고 있더라고요. 마치 메롱 하는 것처럼요.

호철　(멀리서 부르는) 야, 김정애~ 어딨어! 나 간다아~?!

저는 호철이가 부르는 소리에 돌아가려다 다시 아저씨를 보고, 혀를 쭉 뺀 뒤 "메에-" 하고 같이 메롱을 해주고 산을 내려갔어요. 호철이를 만나 하하호호 웃으면서요.

> 🎬 INTERVIEW
>
> 지금 생각해보면 너무 무서운데…… 넥타이가 아니라 혀였던 거예요. 나무에 목을 맨 사람이었던 거죠. 그땐 어려서 죽은 사람이라는 것도 몰랐어요. 혀에 가려서 목에 밧줄도 못 봤고…… 높이 매달려 있던 게 아니라 발바닥을 땅에 붙이고, 매일 지나가던 나무 앞에 서 있었거든요. '어? 아저씨가 왜 메롱을 하고 있지?' 딱 그 생각만 들었어요. 그러니까 저도 똑같이 따라 한 거죠.

그날 밤, 아버지가 갑자기 돌아가신 건 그 아저씨가 절 찾아 집까지 쫓아와서였던 거예요.

정애   (자책하며) 내가 그러지 않았으면……. 아버지가 안 돌아가셨을 텐데. 다 나 때문이야.

전 겨우 잠드신 엄마가 깰까 봐 이불을 뒤집어쓰고 숨죽여 울었어요. 그리고 이 사실을 엄마가 알면 절 미워할까 봐, 집에서 쫓아낼까 봐 말하지도 못하고 혼자 끙끙 앓았습니다.

---   **S#7-서울, 반지하 방 D**

죄책감을 끌어안고 지낸 지 5년 후. 아버지 없이 혼자 가사를 책임지다 생활고에 시달리던 엄마는, 결국 일자리를 구하기 위해 저를 데리고 서울에 있는 반지하 방으로 이사했습니다.
하루는, 식당 일을 나가신 엄마를 기다리며 바깥 구경을 하고 있었어요. 창밖으로 작은 하늘과 터벅터벅 지나가는 다리들이 보였죠. 한참 보고 있는데…… 계속 같은 다리가 반복해서 지나가는 거예요. 이쪽으로 지나갔다가 되돌아왔다가 하며 뭔가를 찾는 것처럼 왔다 갔다 하고 있었어요. 그런데 자세히 보니까 다리 뒤로 뭔가 질질 끌고 다니고 있더라고요. 그건 밧줄이었어요. 머리털이 쭈뼛 서고 숨이 막혔어요.

정애   (두려워 떨며) 그 아저씨다!

그때 아저씨의 다리가 밧줄을 끌며 다시 지나가는 게 보였어요. 그런데 턱, 턱…… 창문 앞에 멈춰 서더니, 방 쪽으로 돌아서는 거예요. 두 손으로 입을 막고 덜덜 떨고 있는데…….
창문에 아저씨의 얼굴이 확 나타났어요! 검보라색 혀를 축 늘어뜨리고는 목을 달랑이며 절 쳐다보고 있었어요!
도망갈 곳이 없던 저는 급한 대로 지퍼가 달린 비키니 옷장에 몸을 숨겼습니다. 귀를 막고 고개 숙여 잔뜩 웅크린 채로 간신히 울음을 참고 있는데…… '지이이이익' 지퍼 열리는 소리가 들렸어요.
그리고 얼굴에 아버지가 돌아가신 그날 느꼈던 그 차갑고 질척이는 감촉이 일었어요. 고개를 들어보니…… 아저씨가 옷장 안으로 얼굴만 쑥 들이민 채 위에서 절 내려다보고 있었어요. 그러곤 검보라색 혀로 제 목을 감아 조르기 시작하더니 입을 우악스럽게 벌려 제 혀를 뽑을 듯이 잡아당겼습니다.

정애   (숨 막혀 구역질하며) 커억 컥 우욱 욱 커컥.

눈알까지 뽑힐 것처럼 숨통이 막혀 왔어요. 난생처음 느껴보는 고통에 정신이 혼미해지며 점차 눈이 뒤집어지는데……. 콰과광! 갑자기 요란한 소리가 들리고는 목과 입을 압박하던 느낌이 순식간에 사라지는 겁니다. "케켁케케켁." 기침하며 겨우 옷장에서 기어나왔어요. 그런데 아저씨가 밧줄에 목이 졸린 채로, 창문에 매달려 버둥거리고 있는 거예요. 밖에서 누군가 아저씨의 목에 밧줄을 걸어 잡아당기고 있는 거였어요.

아저씨는 눈 깜짝할 새에 창문 밖으로 끌려 나갔습니다. 그리고 전 밧줄을 잡고 멀어져 가는 발을 볼 수 있었어요. 밑굽이 다 닳아빠진, 아버지의 낡은 구두였습니다.

엄마 (놀라서) 어머! 정애야, 얘가 왜 이래 무슨 일이야? 정신 차려!

곧 집에 오신 엄마가 제 목의 검붉은 자국과 핏줄 터진 눈을 보고 물으셨어요.

정애 (목 쉬어서 울며) 엄마, 케켁. 아빠 돌아가신 날…… 그 아저씨야……. 그 아저씨가 날 죽이려고 했어. 흐어어엉~

결국 저는 그동안 숨겨왔던 사실을 엄마에게 모두 말씀드렸습니다. 엄마의 얼굴이 새하얗게 질리는 게 보였죠.

효과음 (옛날 집 전화기 벨소리) 따르르릉
엄마 (경황없는 표정으로) 여, 여보세요. (놀라며) 네? 뭐라고요?
묘지 관리인 (다급하게) 공설 묘지인데요, 지금 장마 때문에 난리 났어요! 빨리 오세요!

S#8-묘지 D

엄마와 저는 바로 아버지가 묻힌 곳으로 달려갔어요. 묘지의 모습은 충격적이었습니다. 계단식으로 즐비해 있던 무덤이 산사태로 다 무너져 내려, 관들이 쏠려 나와 있었어요. 엄마와 전 아버지 관이 어디 있는지 한참을 찾아야 했습니다.
겨우 발견한 아버지 관은 뚜껑이 두 동강 나 산 중턱에 걸려 있었어요. 급하게 아버지의 유해를 수습한 뒤. 엄마는 바로 절 단골네 아줌마에게 데려가, 자초지종을 말하곤 딸을 살려달라며 우셨습니다.

단골네 (이제야 알겠다는 듯) 그때 붙은 거구먼. 쯧쯧. (호통) 백 년 묵은 묘 옆을 지나갈 때도 인사를 하고 가는데, 어딜 자살귀한테 혀를 내밀어! 네 아버지가 끝까지 붙들고 가서 망정이지. 너 죽을 뻔했어, 이년아!

아줌마가 들려준 이야기는 충격적이었습니다. 5년 전 천도굿을 할 때 아버지 상여 사이로 밧줄 하나가 길게 나와 있었다는 겁니다. 그리고 그 밧줄에 한 맺힌 다른 영가가 발악하며 매달려 있었다고요.

단골네 (낮게) 그 쌀그릇……. 네 아버지가 목줄을 부여잡고 질질 끌고 가는 형세였던 거야, 그게.

그날 새 발자국 뒤로 나 있던 기다란 자국이 꼬리가 아니었던 거예요. 삼베 천이 찢어지지 않았던 것도, 상여가 꼼짝하지 않았던 것도…… 아버지가 아니라 다 그 아저씨 때문이었던 겁니다.

그런데 왜 5년 만에 다시 제 앞에 나타난 걸까요? 저는 이어지는 단골네 아줌마의 말을 듣고 그 이유를 알 수 있었습니다.

단골네 (낮게) 그동안 네 아버지가 잘 붙들고 있었는데 관이 무덤 밖으로 나왔으니……. 그게 그 자살귀한텐 기회였던 게지.

50여 년이 지난 지금도, 아버지가 끝까지 도와줄 거니 걱정하지 말라던 단골네 아줌마의 마지막 말이 기억납니다. 어린 제 실수 때문에 돌아가신 저희 아버지는…… 지금도 절 지키기 위해 그 아저씨의 목줄을 부여잡고 계실까요?

뒷이야기

🏺 **이후 그 아저씨를 또 본 적은 없나?**

그 뒤로는 다행히 아저씨를 만난 적은 없다. 사실 그날 단골네 아줌마를 만나고 나서 무언가를 했다고 한다. 제보자 인터뷰로 생생히 들어보자.

> 🎬 INTERVIEW
>
> 그때 단골네 아줌마가, 아저씨를 봤던 나무 앞에서 빌고 오라고 해서 청주랑 떡이랑 담배랑 올리고 '죄송하다, 노여움 풀고 좋은 곳으로 가셔라.' 엄마랑 같이 제를 지내드렸어요. 그리고 아직도 하고 있는 게…… 그 아저씨가 아버지랑 기일이 같은 거잖아요. 아버지 제사 지낼 때, 제사상 밑에 큰 쟁반을 하나 두고 거기에도 따로 음식을 간단하게 올려서 제사상을 하나 더 차려놓고 있어요. 그러면 혹시나 아버지를 따라와도 제사 음식 먹고 해코지 안 할 거라고 해서요.

🏺 **무당을 '단골네'라고 부르는 게 생소한데……**

우리가 흔히 쓰는~ '단골'이라는 말은 사연에 나왔던 '단골네'에서 온 말이다. '단골네'는 원래 마을의 세습 무당을 일컫는데, 쉽게 말하면 동네에 매번 오는 무당이다. 그 의미가 죽 통용되면서 늘 정해놓고 가는 집, 손님을 '단골집', '단골손님'이라고 하게 된 거라고.

● 천도굿 할 때 쌀에 생긴 새 발자국의 의미는?

천도굿 할 때 쌀이나 쌀가루를 광주리나 그릇에 쌓아두고 망자의 옷이나 한지로 덮었다가 들춰보는 의식이 있다. 그때 새, 뱀, 돼지 같은 동물의 발자국이 나타나면 혼이 무사히 잘 떠나 환생했다고 본다.

사연에서는 새 발자국 뒤에 꼬리 같은 자국이 하나 더 나타났는데, 그게 바로 불길한 징조였던 것. 새 발자국은 아버지가 맞고 새의 꼬리인 줄 알았던 자국은 끌려가던 그 아저씨의 형상이 아닐까.

● 삼베 천을 찢으면서 '갑시다~ 가자~' 하는 건 무엇인지?

지역마다 명칭은 아마 좀 다를 텐데, '베 가르기'라고 한다. 기다란 무명이나 삼베 천은 이승과 저승을 이어주는 길을 상징한다. 망자를 무사히 저승으로 보내기 위해 그걸 반으로 찢어서 길을 열어주는 것이다.

들렸어?

#심야괴담회 시즌4 18회 방송

김구라 (잠깐 쉬고) 자, 그렇다면 이번에 이야기 단지를 열 주인공은 누구십니까.

임주환 (음산하게) 접니다.

(이야기 단지를 열고 안에 들어 있는 '부적' 펼쳐서 보여준다.)

임주환 '들렸어?'. (부적 정리하고) 이번 사연은 부산 동래구에 사는 초등학교 교사 손준규(가명) 씨가 보내주신 사연입니다. 부산 동래구를 지나가는 지하철 노선 중에 '미남역'이라는 곳이 있는데요. 준규 씨는 16살이던 2012년, 친동생과 함께 이 '미남역' 근처에 있는 폐공사장에 들어갔다가 지금껏 엄청난 트라우마에 시달리고 있다고 합니다. 과연 그곳에서 무슨 일을 겪은 건지, 지금부터 제가 준규 씨가 되어 이야기를 들려드리겠습니다.

[등장인물]

손준규(가명/16세/남), 준규의 남동생(14세), 엄마, 여자 귀신, 목욕탕 아저씨, 슈퍼 아줌마, 할아버지(지나가던 행인)

S#1-한적한 골목 N

2012년 겨울, 엄마와 꽃집에서 국화꽃을 샀습니다. 그리고 한 골목에 있는 폐공사장에 꽃을 놓은 뒤, 묵념을 하고 집으로 돌아왔습니다. 제게 닥친 이 비극은 3개월 전, 이곳을 지나갔던 그날로부터 시작됐습니다.

S#2-준규 집, 현관

그 당시 저는 살을 빼려고 매일 저녁 조깅을 하고 있었어요. 그날도 나가려는데 동생이 들어오더라고요. 두 살 어린 동생은 틈만 나면 절 놀리는 까불이였지만 여기저기 자주 붙어 다니는 친구 같은 사이였어요.

준규   (반가워하며) 어? 야, 같이 가실?
동생   (놀리는) 응. 안 감~ 땀 나잖아. 근데 형, 그런다고 살 안 빠짐~
준규   (웃으며) 죽을래? 형 간다~

(재연 촬영 시: 동생 오른쪽 구레나룻 밑 완두콩만 한 까만 점 강조)

S#3-한적한 거리 N

조깅을 마친 뒤, 여느 때처럼 목욕탕에서 씻고 집으로 돌아가는 길이었어요. 사람이 잘 다니지 않는 으슥한 골목길을 하나 지나야 해서 그쪽으로 걸어가고 있는데…….

효과음 (천둥 소리) 우르릉 쾅쾅

번개가 번쩍하더니 천둥이 치더라고요. '얼른 가야겠다.' 싶어 발걸음을 재촉했죠. 그런데 갑자기 이상한 느낌이 들더라고요. 귀 뒤부터 차가워지더니 싸늘한 기운이 점점 내려가 온몸을 덮는 그런 느낌이랄까. 놀라서 주변을 휘휘 둘러봤는데 아무것도 없었어요,
그러다 왠지 모르게 왼쪽에 시선이 닿았죠. 거기는 골목길 중간에 오랫동안 방치되어 있는 폐공사장이었어요. 짓다 말아서, 창문도 없이 뻥 뚫리고 뼈대만 있는, 5층짜리 건물이었는데…… 여기저기 공사 자재들이 나뒹굴고 벽 곳곳에 녹슨 철근이 날카롭게 나와 있었죠. 괜히 음산해서 빨리 지나가려는데…….

효과음 (낮게) 쿵

건물 쪽에서 뭔가 떨어지는 소리가 나는 거예요. 뭐지, 싶어서 고개를 돌려 1층, 2층, 3층…… 점점 시선을 올려봤어요.

준규   (갑자기 숨을 들이켜며) 헉!

건물 4층에 검은색 사람 형체가 서 있는 거예요. 어두워서 얼굴이 보이진 않았는데, 분명 아래를 내려다보고 있는 것 같았어요. 그때 번개가 다시 번쩍였는데……! 형체의 어깨 쪽으로 초록색? 파란색? 그 비슷한 색으로 글자가 찍힌 흰옷이 보였어요.

준규   (눈 찡그리며) 저게 뭐지?

자세히 보니까 환자복인 것 같았죠. 그런데 얼굴로 보이는 곳에…… 허옇게 번쩍이는 눈 두 개가 정확히 절 응시하고 있는 겁니다. 당장 도망치고 싶었지만 발걸음이 떨어지질 않았어요. 움직이면, 그 형체가 곧바로 4층에서 뛰어내려 절 덮칠 것 같았거든요. 그런데 그때! 그 형체가 감쪽같이 사라졌어요.

준규   (위쪽을 두리번거리며) 뭐지? 어디 갔지? (고개 내려 정면 보고) 으아아아악!

그 형체가 어느새 1층까지 내려와 건물 앞에 서 있었어요. 그 순간 전 아랫배에 힘을 빡 주고 마구 뛰었습니다. 집까지 단 한 번도 쉬지 않고요.

S#4 준규 집, 거실 N

새하얗게 질린 채로 집에 도착해 문을 쾅 닫으니까 거실 소파에 동생과 앉아 있던 엄마가 놀라 물으셨어요.
(재연 촬영 시: 이후 씬부터 동생 오른쪽 얼굴 안 보이는 구도로 촬영)

엄마 (화들짝 놀라며) 아이, 놀래라! 뭐꼬, 아들 뭔 일이고?

준규 (숨차서, 덜덜 떨며) 아, 아니. 헉헉. 그, 그, 고, 골목에 폐공사장 있는 곳! 거기 건물에 검은색, 검은색 형체가 서 있는 거야. 근데 그게 갑자기 사라지더니 순식간에 1층에 내려와서 날 쳐다보고 있었어!

엄마 (의아해하며) 어? 그럴 리가 있나? 니 잘못 본 거 아이가?

동생 (어이없어하며) 그게 말이 됨? 귀신이라도 봤단 거임? (비웃으며) 형, 살 빠져서 기가 허해진 거 아냐?

준규 (억울해서 소리치며) 아니, 진짜라고! 아! 됐어!

전 문을 쾅 닫고 방으로 들어왔어요. 아무리 얘기해도 제가 잘못 본 거라고 하더라고요, 분명히 봤는데! 얼마나 무서웠는데! 가족들이 안 믿어주고 겁쟁이 취급하니까 좀 억울하고 섭섭하더라고요.

────── **S#5-준규 집, 거실 N (다음 날)**

다음 날 저녁. 어제 그 일 때문에 조깅하러 나가기 좀 고민되는 거예요. 그때 동생이 방으로 들어가는 게 보이길래, 바로 같이 가자고 했죠. 근데 이 자식이 땀나는 거 싫다면서 단칼에 거절하고 방으로 들어가더라고요. 소파에 누워서, 오늘은 그냥 쉴까, 고민하고 있는데……. 머리 위쪽에서, 어제 느꼈던 그 싸늘한 기운이 느껴지는 거예요. 순식간에 심장이 쿵쾅거리기 시작했어요. 설마, 집까지 따라온 건가?

준규 (슬며시 고개를 위로 들고) 으아악! (잠시 가라앉히고) 아! 너 진짜 뒈질래?!

동생 (놀리듯) 낄낄낄. 놀람? 아, 표정 진짜 겁나 웃김! (선심 쓰듯) 그래, 내가 같이 가준다, 가자~

동생이 언제 다시 나왔는지 소파 뒤쪽에 서 있던 거였어요. 얼마나 얄밉던지! 하, 근데 또 같이 가준다니까 내심 고맙고 마음이 놓이는 거예요. 신발 신는 동생에게 꿀밤을 한 대 콱 때리고는 함께 집을 나섰죠.

────── **S#6-한적한 거리 N**

30분 정도 달린 뒤, 동생과 목욕탕에서 씻고 나와 집으로 돌아가려는데…… 손에 잡히는 돈을 다시 세어 보니, 목욕탕 아저씨가 거스름돈을 더 주셨더라고요?

준규 (신나서) 아싸! 야, 같이 나와 줬으니까, 내가 바나나우유 쏜다~ 가자!
슈퍼아줌마 어, 왔나~ 바나나우유 저 있다~ (쉬고) 오늘은 2개나 묵나?
준규 (밝은 톤) 네, 오늘은 동생이랑 같이 운동해서요~

그렇게 둘이 나란히 바나나우유를 쪽쪽 빨며 집으로 돌아가는 길. 개운했던 기분도 잠시, 폐공사장이 있는 골목이 보이자 좀 꺼림칙하더라고요.

준규 (무덤덤한 척) 야, 우리 골목으로 가지 말고 큰길로 돌아가자.
동생 (귀찮아하며) 아, 거기로 언제 돌아가! 뭐 봤다는 거 때문에 그래? (약간 낮게) 아니, 진짜야? 그럼 나도 봐볼래, 그냥 일로 가자~

전 고민하다 '그래, 동생이랑 같이 있는데 별일 있겠어?' 하고 골목으로 들어갔어요. 다시 본 건물에 그 형체는 온데간데없었죠. '진짜 잘못 본 건가?' 고개를 갸웃하고 얼른 지나가려는데…….

동생 (호기심) 이 건물이야? (감탄하며) 와~ 형, 형! 우리 여기 들어가보자! 제대로 확인하면 형도 이제 덜 무섭지 않겠어?
준규 (펄쩍 뛰며) 미쳤어? 싫어.

동생　(놀리며) 형, 담력 이거밖에 안 돼?

준규　(주저주저하며) …….

동생　(김샜다는 듯) 에이, 됐다~! 그래, 그냥 가자, 이 쫄보야!

 INTERVIEW

평소였으면 동생이 굶어대도 한 대 쥐어박고 집에 갔을 텐데……. 어제 일이 진짜로 무서워서 짜증 나도 차마 발걸음이 떨어지지 않아 계속 참고 있었죠. 근데 동생이 쫄보라고 하니까 자존심이 확 상해서 오기가 생기더라고요. 그러면 안 됐는데……. 동생 머리에 꿀밤 한 방 먹이고. 제가 앞장서서 건물 입구로 걸어갔어요.

────── S#7-폐공사장 N

건물로 들어가자 그 중앙에 공사장에서 사용하는 노란 철제 리프트가 있었어요. 그런데 동생이 그 리프트에 폴짝 올라타는 거예요.

동생　(궁금해하며) 이거 되나?

준규　(얼른 따라 타서 동생을 잡아끌며) 되겠냐? 위험해, 내려…….

동생　(대수롭지 않게) 아, 가서 확인해보자니까~

효과음　(호이스트카 올라가는 소리, 크게) 끼긱끼긱

준규　(떨며) 뭐야, 무, 문도 안 닫혔는데?

동생은 말릴 새도 없이 4층 버튼을 눌렀고 리프트가 덜컹거리며 올라가기 시작했어요.

당황한 전 문과 반대쪽에 찰싹 붙어 섰어요. 리프트는 쇳소리를 내며 두께가 30cm 정도 되는 1층 천장을 지났고…… 철제 구조물 사이로 한 층, 한 층, 내부 모습이 보였습니다.

끼기긱……. 2층. 철근, 망치, 톱, 흙 더미, 다 먹은 컵라면과 소주병. 끼기긱……. 3층. 깨진 양변기, 널브러진 락카 스프레이, 쓰레기로 보이는 주황색 포대들. 그리고 4층.

준규 (눈 가늘게 뜨고 보다 놀라서) 뭐, 뭐지? 으아아악!

3층 천장을 지나자 보인 건…… 귀, 눈, 입과 코. 그리고 다시 눈. 리프트 쪽으로 돌아누워 있는 사람의 얼굴이었어요!

동생과 전 너무 놀라 철제 벽에 등을 부딪치며 주저앉았습니다. 리프트가 크게 흔들렸고 덜컹 소리를 내며 멈췄어요. 무표정한 여자의 얼굴이 계속 저희 쪽을 바라보고 있었죠, 기절할 것 같던 그 순간!

동생 (약간 떨며) 형, 형……. 이거, 이거 마네킹이야!

정신을 차리고 보니까, 상반신만 있는 마네킹이 옆으로 누워 있는 거더라고요. 그런데 동생이…….

준규   (안도하며) 하……. (다급하게) 야야, 어디 가? 아, 진짜!

마네킹을 넘어 리프트에서 내리는 거예요. 혼자 있는 게 더 무서웠던 저는 마네킹을 피해 훌쩍 뛰어 동생을 따라갔죠. 리프트에서 내려서 본 4층의 모습은, 아래층들과 달리 정말 깨끗했어요.
그런데 난간도 창틀도 없이 뻥 뚫려 있는 건물 끝 바닥에…… 뭔가 보이더라고요. 물이 담긴 흰 사발 2개와 장례식장에서 쓰는 향로였어요. 향로에는 방금 피운 것처럼 연기가 폴폴 피어오르는 향이 꽂혀 있었죠.
왠지 누군가 있는 거 같아서 천천히 고개를 돌려 입구 쪽을 보니, 마네킹 등 뒤에 검붉은 한자와 그림이 마구잡이로 그려져 있는 부적 하나가 붙어 있는 게 보였습니다.
전 너무 불길해 당장 이곳을 벗어나고 싶었어요. 그런데 동생이 바닥 끝 쪽으로 걸어가는 겁니다.

준규   (다급하게) 야, 그쪽으로 가지 마, 빨리 내려가자. 여기 이상해.
동생   (호기심에 신나서) 아무도 없는데 뭐~! 저기 그릇 보여? 뭐지, 저게? (준규의 손목을 잡고 난간도 없는 바닥 끝 쪽으로 걸어간다.)
준규   (언성 높이며) 뭐 하는 거야, 그만 가자니까아?!
동생   (이해 안 간다는 듯) 아니, 형은 뭔지 안 궁금해? 진짜 핵쫄보네. 아, 와봐, 여기로~
준규   (분노에 차서) 야, 너 미쳤냐? 가자고 이 새끼야!

전 팔을 확 뿌리치고 동생의 오른쪽 어깨를 거칠게 잡아 돌리며 소리쳤어요. 공포감에 비례한 분노가 온몸에 들끓었죠.

준규 (격하게 소리치다 확 멈추는) 나가자고! 집으로 가자고! 왜 형 말을 안 듣……. (속으로) 어? 뭐지? 어, 어딨지? 있을 텐……데?

놀란 표정으로 절 쳐다보고 있는 동생의 얼굴을 보는데 좀 이상한 거예요. 동생 오른쪽 귀 앞에 분명히 완두콩만 한 점이 하나 있거든요?! 동생이 태어났을 때, 병원에서 점을 보고 동생을 찾았을 정도로 잘 보이는 점인데……. 오른쪽 귀 앞에 아무것도 없는 겁니다.

준규 (실성한 듯 웃다 점차 웃음기 사라지는) 하하……. 말도 안 돼, 그럴 리가 없는데…….

전 다급하게 동생의 팔을 잡아끌어 돌려세웠어요. 반대쪽도 깨끗했어요. 있어야 되는데? 왜 없지? 이게 뭐지? 언제부터 없었지? 그러고 보니까 내가 쟤한테…… 층수를 말했던가? 당연하게 4층을 눌렀던 동생의 모습이 빠르게 스쳐 지나갔습니다.
제가 멍하니 굳어 있는데, 동생은 아무 말도 없이 가만히 서서 절 빤히 바라봤어요. 당황한 전 동생과 눈을 마주친 채 뒷걸음질 쳤죠, 그때 동생이 입을 열었어요.

여자 귀신   (하이톤으로) 들켰어? (소름 끼치게) 끼햐햐햑!

동생의 얼굴을 한 그것은, 입을 귀까지 찢고, 즐거워 미치겠단 듯이 웃는 거예요. 그리고 제 손목을 낚아채더니 확 잡아당기는 겁니다. 전 그대로 바닥에 고꾸라졌어요.

준규   (당황) 아윽! 누, 누구야! 누구야, 너!

그것은 춤추는 것처럼 폴짝폴짝 뛰며 절 질질 끌고 가기 시작했습니다. 온몸에 힘을 주며 버텼지만 몸만 이리저리 쓸릴 뿐이었죠. 사람의 힘이 아니었어요. 그것이 저를 끌고가는 곳은…… 난간도 없이 뻥 뚫린 4층 바닥 끝이었습니다.

준규   (이판사판으로 미친 듯이) 이거 놔! 놔, 이 새끼야!

필사적으로 바닥을 짚고 디디며! 반대쪽으로 가려고 몸부림쳤어요. 하지만 소용없었어요.

준규   (울며 빌며) 놓으라고 미친 새끼야! 사, 살려주세요. 살려주세요!

물이 담긴 사발과 향로가 몸부림치는 제 몸에 걸려 사방으로 날아갔고 눈앞에 4층 아래 바깥 풍경이 보였어요.

그리고 그것은…… 한 치의 망설임도 없이 저를 건물 밖으로 내던졌습니다.
차가운 바람이 몸을 스쳤고 땅으로 빨려 들어가는 게 느껴졌어요. 마지막으로 본 건…… 떨어지는 저를 보며 소름 끼치게 웃는 동생의 얼굴이었습니다.

──── S#8-병원 D

눈을 떴을 때는 병원이었어요. 오른쪽 팔다리에는 깁스가 되어 있고, 왼쪽 팔다리에는 붕대와 거즈가 잔뜩 붙어 있었죠. 걱정스러운 표정의 엄마와 동생이 절 쳐다보고 있었어요. 전 동생을 보자마자 소스라치며 경기했고. 엄마는 그런 저를 진정시키느라 한참이나 고생하셨습니다.
며칠 후, 좀 진정되고 들은 이야기는 충격적이었습니다. 저는 천만다행으로 쓰레기 더미에 떨어져 살 수 있었다고 해요. 그리고 때마침, 지나가던 할아버지가 절 발견해 신고했는데, 그분이 이런 이야기를 하셨다는 겁니다.

할아버지 (낮게) 지나가는데 그 공사장에서 이상한 소리가 들리더라고. 아니, 학생이 난간도 없는 데서 혼자 막 몸을 이리저리 흔들면서 웃더니 그대로 뛰어내리는 거야! (가슴 쓸어내리며) 어휴 내가 어찌나 놀랐는지…….

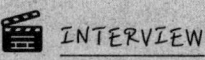
INTERVIEW

말도 안 된다고 했죠. 동생 얼굴을 한 그게 잡아끌었던 손목에 손자국 모양의 멍이 분명히 남아 있었거든요. 그런데 그날 동생은 제가 조깅 같이 가자고 한 걸 거절하고 방에 들어가서 안 나왔다고 하더라고요. 그러니까 동생은 저랑 조깅도 목욕탕도 슈퍼도 폐건물도 아예 안 갔던 거죠. 그리고 또 소름 돋았던 게…… 제가 검은 형체를 처음 보고 집에 뛰어왔을 때, 아무도 거실에 없었다는 거예요. 어머니가 그날 일찍 주무셔서 제가 들어온 것도 못 봤고 대화도 안 했다고 하시더라고요. 그때도 진짜 가족이 아니었던 거죠.

그 일을 겪은 이후 저는 주변의 모든 것을 의심했습니다. 병문안을 오는 친구들도, 매일같이 옆에서 밤을 지새워주셨던 엄마도요. 그리고 주말마다 함께 자전거를 타곤 했던 동생과는 성인이 될 때까지 아무 데도 함께 가지 못했습니다.
저는 12년이 지난 지금까지도 그때가 생각날 때마다 동생이, 내 주변 사람이 진짜 그 사람이 맞는지 의심하곤 합니다. 너는…… 진짜 맞지……?

뒷이야기

● 물이 담긴 사발과 향, 마네킹의 부적은 뭐였을까?

향이 방금 피운 것처럼 연기가 나고 있었던 걸로 보아 누군가 제사를 지내 주고 있던 게 아닐까. 마네킹에 부적이 붙어 있었던 것은 어떤 의식을 치른 흔적이고 말이다.

● 폐공사장에 국화꽃을 두고 온 이유는?

> INTERVIEW
>
> 퇴원하고 제가 너무 힘들어하니까 가족들이 같이 가서 확인해보자고 해서 거길 다시 갔거든요. 건물까지 가서 확인하고, 골목 끝 돼지국밥집에서 밥을 먹다 가족끼리 나누는 대화를 들었던지, 국밥집 아주머니가 여기 무슨 일로 왔냐고 물어보셔서 자초지종을 말했거든요. 그랬더니 아주머니가 하시는 말이, 거기가 10년 전쯤? 정신병원 겸 요양병원이었다는 거예요. 근데 병원장이 멀쩡한 사람들을 강제 입원시키는 일이 많았대요. 어떤 사연인지, 환자 가족들이 뒷돈을 주고 부탁해서요. 그래서 입원한 환자들이 가족을 원망하면서 미치거나 스스로 목숨을 끊거나 하는 일이 빈번했던 곳이라고 하더라고요. 그 얘기를 듣고 불안해서 뭐라도 해야 할 거 같더라고요. 그래서 국화꽃 사서 가져다 놓고 좋은 곳 가시라고 빌어드렸어요.

왜 그것은 동생의 모습을 했을까?

그 병원이 망하고, 거기 새 건물을 올리기 시작했는데 공사 인부들이 자꾸 가족들과 문제가 생겨서 일을 관뒀다고 한다. 심지어 건물주는, 아내랑 자식들이 자기를 따돌린다며 폭력을 휘둘러서 이혼하기까지 했다고. 그곳과 관련된 사람들은 계속 가정에 문제가 생기니까 결국 공사도 중단되고 폐허로 남게 되었다고 한다.

가족한테 원한을 품은 그것이 일부러 제보자의 가족 모습으로 나타난 게 아닐까. 제보자도 가족을 원망하게 만들려고 말이다. 다행히 준규 씨는 동생에게 신체적 특징이 있어서 속지 않을 수 있었다.

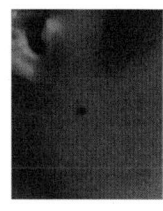
증거 사진. 제보자의 동생 오른쪽 귀 아래에 있는 점.

오사카 민박집

심야괴담회 시즌1 8회 방송

김구라 (잠깐 쉬고) 자, 그렇다면 이번에 이야기 단지를 열 주인공은 누구십니까.

황제성 (음산하게) 접니다.

(이야기 단지를 열고 안에 들어 있는 '부적' 펼쳐서 보여준다.)

황제성 '오사카 민박집'. 고양시에 살고 계신 서른다섯 살 손지희 씨가 보내주신 공모작입니다. 참고로, 실명으로 보내주셨어요. 이 이야기는 2017년 겨울, 지희 씨 부부가 일본 오사카에 여행을 갔다가 직접 겪은 실화라고 해요.

[등장인물]

남편, 아내, 여자 귀신

S#1-부부의 집

설레는 마음으로 여행 계획을 세우던 두 사람은, 숙소 예약을 하기 위해서 인터넷으로 이곳저곳 찾아보고 있었대요. 그때!

아내   (깜짝 놀라서) 어?! 자기야! 여기 완전 싸다!

지희 씨가 가성비 갑! 완전 저렴한 숙소를 찾아낸 거예요. 왜, 요즘에는 집 전체를 대여해주는 숙소도 많잖아요. 빌라에 있는 집 한 채를 다 빌려주는 곳이었는데, 하루 숙박료 삼천 엔! 우리나라 돈으로 단돈 삼만 원! 진짜 싸죠? 근데 숙소가 저렴하면 사실 이유가 다 있잖아요. 사진으로 보니까 건물이 오래돼 보이기도 했고, 오사카 도심에서도 멀리 떨어진 외곽에 위치해 있었던 거죠.

남편   (걱정하며) 여기는 너무 멀지 않을까?
아내   괜찮아~ 어차피 밖에서 돌아다니다가 잠만 잘 건데, 뭐. 싼 데로 하자! 응?

S#2-오사카 숙소 D

그렇게 숙소 예약을 마치고, 드디어 오사카에 도착한 날. 지희 씨 부부가 숙소를 찾아가는데, 초행길인 데다가 일본어도 잘 모르니까 한참을 헤매게 된 거예요. 결국 반나절이나 걸려서 겨우 숙소를 찾았는데……. 실제로 마주한 숙소는 생각보다 훨씬 더 낡은 거예요. 그래도 '하루 삼만 원인데!' 하고는 숙소에 들어가게 돼요.

숙소는 작은 거실에 침실이 하나 딸린 구조였는데요. 거실에 있는 소파에 앉아서 좀 쉬다가 숙소를 둘러보기 시작했죠. 아기자기한 소품들로 꾸며져 있고, 거실에 있는 테이블 위에는 투숙객들이 일본어로 남기고 간 방명록도 있었고요. 화장실도 좁긴 했지만, 욕조까지 갖춰져 있어서 나름대로 괜찮았대요.

그런데 숙소 여기저기를 사진으로 남기다가 문득 이상한 느낌이 들었대요. 집 안 곳곳에 먼지가 꽤 두껍게 앉아 있는 게 한 몇 개월은 사람이 드나들지 않은 집 같은 거예요. 청소도 잘 안되어 있고, 사람의 온기라고는 아예 느껴지질 않는 거죠.

게다가 처음엔 잘 몰랐는데…… 쿰쿰한 냄새 있죠? 습기 찬 방에서 나는 곰팡이 냄새! 그 냄새가 나더래요. 일본 숙소는 깔끔하고 깨끗하다~ 이런 이미지가 있잖아요. 그런데 여기는 너무 눅눅하고 음침하니까 의아했던 거죠. 지희 씨는 '환기를 잘 안 해서 그런가?' 싶어서 창문을 좀 열어 놓았대요.

그리고 혹시 몰라서 번역기를 돌려서 집주인에게 잘 도착했다는 문자를 보냈더니 곧 장문의 답장이 왔대요. 보통 숙소 가면 환영 인사랑 주의사항 이런 거 보내주잖아요. 지희 씨 부부는 그런가 보다 하고는 관광하러 숙소를 나섭니다.

───── **S#3-오사카 숙소 N**

초밥도 먹고 쇼핑도 하고 야경까지 구경하고 나서 밤 열한 시가 돼서야 다시 숙소로 돌아오게 돼요. 피곤한 몸을 이끌고 딱 들어왔는데 바닥에 습기가 착 가라앉은 느낌이 들면서 쾨쾨한 냄새가 온 집 안에 진동을 하더래요. 환기를 시켰는데도 불구하고 냄새가 더 진해진 거예요. 그런데, 그때…….

아내   (숨죽이며 작은 목소리) 자기……. 무슨 소리 안 들려?
남편   어?! (귀 기울여 듣고는) 들려…….

왜, 동굴에서 말하면 목소리가 울리는 그런 소리 있잖아요. 알아들을 수 없는 말소리가 메아리처럼 '웅웅--' 들리더래요. 그리고 얼마 지나지 않아서, 집에 켜져 있던 전등이 깜빡깜빡하더니 팍. 팍. 팍. 다 나가버린 거죠. 완전히 정전이 된 거예요. 불이 꺼진 집에는 이상한 적막감이 감돌더래요. 남편이 급하게 벽을 더듬으면서 스위치를 찾아 딸칵, 딸칵 켜봤지만 불이 안 들어오는 거예요. 급한 마음에 집주인한테 전화도 걸어보고 문자도 남겼지만 늦은 시간이라 그런지 연락이 안 되는 거죠. 어떻게 해야 하나…….

핸드폰으로 '일본 숙소 정전' 이렇게 막 검색을 하는데…… 누군가 올려놓은 게시물이 하나 눈에 띄는 거예요. 찬찬히 읽어보니까……. 집에서 악취가 난다, 이상한 소리가 들린다, 그리고 갑자기 정전이 된다……. 이게 다 '귀신이 있다는 징조'라는 거예요! 순간 섬뜩하긴 했지만 '그냥 단순한 정전이겠지.' 하고 넘기기로 했대요. 늦은 시간까지 돌아다녔더니 너무 피곤하기도 했고요.

아내   우리 일단 씻을까?
남편   그래, 자기 먼저 씻고 와.

─── S#4-오사카 숙소, 욕실

지희 씨는 핸드폰 플래시를 켜고 욕실에 들어갔대요. 욕조에 따뜻한 물을 받고는 몸을 담갔더니 노곤~ 노곤~해지는 거죠. 그런데 그때 거울 위에 달린 노르스름한 미등이 탁 켜지는 거야. '다시 불이 들어왔나 보다.' 했는데, 거울에 뭔가가 언뜻 비치는 거예요. '뭐지?' 하고 가만히 올려다보니까…… 거울에 한 여자의 얼굴이 비치는 거죠.

조명이 너무 어두워서 눈을 게슴츠레 뜨고 보니까 얼굴이 다 보이는 건 아니었고, 딱 여자의 하관만……. 얇은 입술과 그 옆에 난 까만 점이 보이는 거예요. 지희 씨는 '설마~ 잘못 봤겠지.' 싶어서 눈을 감았다가 다시 떠서 쳐다봤는데……. 역시나 그 여자가 거울 속에 서 있더래요. 혹시 눈이라도 마주치면 안 될 것 같다는 직감에 지희 씨는 최대한 조심스레 몸을 일으켰는데, 그 순간! 거울 속 여자의 얼굴이 지희 씨가 있던 욕조 방향으로 홱 돌아가더래요. 지희 씨는 숨도 못 쉬고 욕실에서 뛰쳐나왔죠.

────── **S#5-오사카 숙소, 침실 N**

너무 무서우면 비명도 못 지르잖아요. 그런데 너무 비현실적이기도 하고 피곤해서 헛것을 봤나 싶은 거예요. 무서워서 남편을 깨우려고 보니까 이 와중에 남편은 완전히 뻗어서는 이미 이불을 머리끝까지 푹 덮어쓰고 침대에 누워서 자고 있더라고요.
아휴. 어차피 지금 여길 나간다고 해도 갈 곳도 없는데 아침이 되면 빨리 나가야겠다 생각을 한 거죠. 지희 씨도 남편 옆에 누워서 잠들려고 하는데…….

아내   (기침) 콜록콜록.

숙소가 너무 추웠는지 잔기침이 막 나오기 시작한 거예요. 그때, 옆에 누워 있던 남편의 손이 이불 밖으로 쑥 나오더니 지희 씨 목을 사-악- 감싸주는 거예요. 목을 어루만지다가 볼도 쓰다듬고.. 손도 잡아주더래요.

근데 너무 이상한 게 남편 손이 얼음장처럼 차가운 거죠. '으이그~ 지도 추운데 애쓴다~' 그리 생각하며 지희 씨는 남편 손길에 의지한 채 곤히 잠이 들었대요.

S#6-오사카 숙소, 침실 D

그리고 다음 날. 눈을 뜨고 보니까 옆자리에 남편이 없는 거예요.

아내 벌써 일어났나?

누가 깨워도 못 일어날 정도로 잠이 많은 사람인데 먼저 일어났다는 게 이상한 거죠. 거실로 나가보니까…… 웬걸, 남편이 어제 입었던 옷을 고대로 입고 소파에 뻗어서 자고 있는 거예요.

아내 (놀란 목소리) 자기! 왜 소파에서 자고 있어? 벌써 준비 다 한 거야?
남편 응? 아니. 어제 자기 씻는 동안 기다리다가 소파에서 잠들었나 봐.

지희 씨 목소리에 남편이 눈을 게슴츠레 뜨고서는 잠긴 목소리로 답했어요. 그리고 이어진 남편의 말에 지희 씨는 할 말을 잃게 돼요.

남편 (의아해하며) 어? 근데 자기도 씻고 나와서 여기 옆에서 잔 거 아

　　　　　니었어?!

아내　자기가 밤새 나 만져줬잖아. 여기 목이랑 손이랑!

온몸에 소름이 끼친 지희 씨가 다급하게 설명을 하는데…… 갑자기 남편이 눈이 동그래져서는 묻는 거예요.

남편　(놀란 목소리) 목에 이게 뭐야?!

춥게 자는 바람에 근육이 긴장해서 뻐근한 건가 싶었는데, 남편이 만져줬다고 생각한 지희 씨의 목과 볼 그리고 손까지 시퍼렇게 멍이 들어 있었던 거죠.

S#7-숙소 밖 거리 D

지희 씨는 더는 여기에 있으면 안 된다는 생각이 들어서, 어젯밤 겪었던 일을 남편에게 말하고는 서둘러 숙소를 나오게 돼요. 근데 너무 찜찜하잖아요. 숙소를 나오자마자 집주인한테 '어떻게 된 거냐, 이 집에서 더는 못 있겠다!' 이렇게 컴플레인 문자를 보냈대요. 그리고 띠링 하고 답장이 왔는데……. 처음 입실했을 때 왔던 문자가 그대로 온 거예요. 알고 보니, 문자를 보내면 자동으로 발송되는 안내 문자였던 거죠. 싸~한 느낌이 들어서 문자의 내용을 번역기로 돌려보니까……

입실 당일에도 환불이 가능하다

화장실은 되도록 문을 열어놓고 사용할 것

혼자 숙박할 경우 침대에 베개는 하나만 둘 것

미등이라도 불은 꼭 하나 이상 켜두고 잠들 것

갑자기 등이 나갈 경우 집 안에 머물지 말 것 등등

이해할 수 없는 특이한 안내 사항이 잔뜩 기재돼 있었던 거죠. 지희 씨가 멍해 있는데 남편이 갑자기 무슨 생각이 들었는지, 숙소에서 핸드폰으로 찍었던 사진을 다급하게 막 찾더래요. 왜, 투숙객들이 수기로 작성해둔 방명록이 있었잖아요. 사진에 찍힌 내용을 번역기에 입력해보더니 남편의 얼굴이 새하얗다 못해 새파랗게 변하더래요. 그 내용이 뭐였냐면…….

"정전이 된 이후로 이상한 사람들이 보입니다"

"숙박료가 싼 건 이 집에 저희 말고 세 명이 더 있기 때문이에요"

"소파에 한 명, 침대에 한 명, 그리고 화장실 거울 속에 한 명이 있습니다"

투숙객들이 이 숙소에서 목격한 이상한 존재들에 대한 얘기뿐이었던 거죠. 그날 이후로 지희 씨는 너무 저렴한 숙소에는 절대 가지 않는다고 합니다.

뒷이야기

● 일본에 괴담, 귀신이 많다는데……

'신'을 일본어로 가미(카미)라고 하는데 우리나라는 무서운 걸 피하거나 억누르려고 하는 반면 일본에서는 섬기는 개념이다. 일본 어느 신사에서는 300년 된 부엌칼도 신으로 섬긴다. 별걸 다 섬기는 것이다. 오사카에도 '스미요시타이샤'라는 신사가 있는데, 바다의 신을 모신다. 이외에도 태양신, 장사의 신 등 다양한 신을 모시는 신사가 있다.

● 귀신이 장소의 특징이 있나?

사연에서도 나오지만, 숙소에서 냄새가 나고 이상한 소리가 들리거나 갑자기 정전이 되고. 이런 게 귀신이 있는 집의 징조라고 한다. 그 밖에도 자잘한 벌레, 해충 이런 게 많이 나오거나 물건이 갑자기 없어지거나 하면 의심해봐야 한다는 이야기가 있다.

인터넷에 올라온 숙소 사진

10원짜리 동전

심야괴담회 시즌4 5회 방송

김구라 (잠깐 쉬고) 자, 그렇다면 이번에 이야기 단지를 열 주인공은 누구십니까.

김호영 (음산하게) 접니다.

(이야기 단지를 열고 안에 들어 있는 '부적' 펼쳐서 보여준다.)

김호영 '10원짜리 동전'. 이번 사연은 부산에 사시는 이종서(가명) 씨께서 보내주신 사연입니다. 종서 씨는 20여 년 전, 무심코 주운 단돈 30원 때문에 인생에서 가장 소중한 사람들을 잃었다고 하는데요 그럼 지금부터 당시 아홉 살 종서 씨를 대신해 이야기를 전해드리겠습니다.

[등장인물]

이종서(가명/남/9세~성인), 누나, 엄마, 형, 할머니, 무당(남), 여자 저승사자, 여자 귀신, 119대원

S#1-개울가 D

여름방학 첫날. 친구들과 하천에서 신나게 놀다 저녁때가 돼서 아쉬운 마음을 뒤로하고 집으로 향하던 길이었어요. 그런데 저기 바닥에 뭔가가 반짝! 하는 거예요? '혹시!' 하고 가까이 가보니 10원짜리 동전이었어요! 30원이나 떨어져 있더라고요?

종서 (신나서) 앗싸~ 20원만 더 모아서~ 내일 오락실 가야지! (갑자기 앞으로 고꾸라지며) 악!

전 누가 볼세라 곧바로 주머니에 넣었죠. 그런데 그때 뒤에서 누군가 저를 확! 밀쳤어요. 그 바람에 앞으로 넘어지면서 주머니 속에 있던 동전이 빠져나왔죠.

종서 (짜증 내며) 아 씨- 누가 민 거야?

뒤를 돌아봤는데 아무도 없더라고요? 뭐지. 분명히 누가 밀쳤는데? 갸우뚱하며 동전을 주웠죠. 그런데…….

아주머니   (서늘한 목소리로) 혹시 그거 네 돈이니?

고개를 들어보니, 제 앞에 창백한 얼굴을 한 아주머니가 서 있었어요. '혹시 이 돈 주인인가?' 싶었죠. 어떻게 해야 하나 하고 망설이다가…….

종서   (살짝 떨면서 당당하게) 네. 제 돈이에요. 엄마가 준 거예요.

저도 모르게 거짓말이 튀어나왔어요. 그러자 그 아주머니가 제가 쥔 돈을 뚫어져라 보더니…….

아주머니   (서늘한 목소리로) 너 이름이 뭐니?

이름을 묻는 거예요. 왠지 말하면 안 될 것 같아서, 입을 꾹 다물고 있었어요. 그때!

누나   (멀리서 부르는) 이종서! 거기서 뭐 해애! 빨리 와!

아주머니 뒤로 저를 부르는 누나가 보였어요!

(재연 촬영 시: 누나로 F.I, 아줌마는 F.O 되는데 표정은 씨익 웃는 게 느껴지도록 연출)

저는 동전을 꼭 쥐고~ 누나에게 달려갔어요. 그러곤 얼른 집에 가자고 손을 잡고 끌었죠.

종서   (속삭이며) 누나, 아까 저 아줌마가 내 이름 물어봤는데…… 좀 무서웠어.
누나   (의아하게) 응? 무슨 아줌마? 너 혼자 있었잖아.

누나 말을 듣고…… 다시 아줌마가 있던 쪽을 봤는데, 금방 어디로 가셨는지 없더라고요? '뭐지?' 싶었지만, 더 얘기하면 누나한테 돈을 뺏길 거 같아서 그냥 집으로 갔죠.

S#2-종서의 방 D

제 방에 들어온 저는 주머니에서 동전을 꺼내 서랍에 넣으려는데…… 동전 하나가 데구루루 침대 밑으로 들어간 거예요. 엎드려서 밑을 들여다보는데 캄캄해서 안 보이더라고요? 그래서 한쪽 팔을 깊숙이 넣고, 손으로 더듬더듬했어요.

(재연 촬영 시: 팔은 넣고 고개는 침대 바깥쪽으로 빼고 있는 모습으로)

종서   이상하다? 여기가 왜 젖었지?

바닥이 축축하더라고요? 그런데 그때! 차가운 동전이 손끝에 만져졌습니다. 손가락에 힘을 줘서 끄집어내려고 했는데……. 얼음장처럼 차가운 손이 제 손을 턱 잡는 거예요.

종서   으악!

침대 밑을 쳐다본 저는 그대로 얼어붙었어요. 하얀 눈동자와 눈이 마주쳤거든요. 길게 늘어진 머리는 물에 젖어 엉켜 있었어요. 그 여자는 저를 뚫어져라 보며 다른 손으로 제 팔을 잡더니 저를 확 끌어당겼습니다. 어찌나 힘이 센지 순식간에 침대 밑으로 몸의 반이 쑥— 빨려 들어갔어요.

(재연 촬영 시: 몸이 세로로 반 들어간 상황, 상반신 X)

종서   (힘 빠지는) 아……. 더 이상은 못 버티겠어. 아, 엄마!

저는 간신히 반대쪽 팔로 침대 다리를 잡고 안간힘을 다해 버텼어요. 점점 정신이 흐릿해져 가던 그때!

엄마   (멀리서 아련하게, 울먹이는) 종서야, 종서야!

희미하게 들리는 엄마 목소리에 힘겹게 눈을 떴습니다. 제 눈앞에는 눈물범벅이 된 엄마와 할머니가 보였어요.

엄마   (울먹이며, 안도하는) 아유, 살았네! 살았어! 우리 아들 살았어!

놀랍게도 제가 무려 사흘 내내 누워 있었다는 거예요. 열이 펄펄 끓는 저를 데리고 사방팔방 온 병원에 다 가봤지만 원인을 알 수 없다는 말만 했대요. 그래서 결국 할머니께서 아시는 무당 아저씨를 모셔 왔는데…….

남자 무당   (경고하듯) 이 집에 들어오지 말아야 할 것이 들어왔어! 그걸 제자리에 돌려놔야 해.

그러더니 무당 아저씨가 하천 옆에 가 멈춰 서서는…….

남자무당   (근엄하게) 뭐 하고 있어! 얼른 가서 사자상 차려 와! 애가 여기서 사자를 만났구먼. 쯧쯧.

알고 보니 얼마 전에 장마로 물이 불어난 하천에서 사고로 한 여자가 빠져 죽었고, 제가 동전을 주웠던 그날, 이곳에서 그 여자의 넋을 달래는 위령굿을 했다고 해요.

(재연 촬영 시: 하천에서 굿판 롱샷, 굿판에서 던진 동전, 나중에 애가 줍는 느낌)

무당 아저씨의 말을 들은 할머니는 서둘러 사자상을 차려 기도를 올렸고 그렇게 집에서 굿을 한 지 사흘 만에 제 의식이 돌아온 겁니다. 그동안 있던 일을 듣고 나니, 왠지 제 꿈에 나타난 여자가 하천에 빠져 죽은 여자 같았어요.

엄마 (걱정 반, 다그침 반) 종서야! 너 거기서 대체 뭘 주워 온 거야?!
종서 (주눅 들어) 그, 그냥 10원짜리 동전인데…….

────── **S#3-개울가 D**

저는 서랍 속에 숨겨둔 30원을 꺼내 엄마, 할머니와 함께 하천으로 향했습니다. 그리고 할머니가 시키는 대로 말했죠.

종서 (주눅 들어) 잘못했습니다. 이 돈 다시 돌려드릴게요. 용서해주세요.

그렇게 용서를 구하고 나니 왠지 모르게 마음이 가벼워진 거 같았어요. 그 후로는, 그 끔찍한 꿈도 다시 꾸지 않았고요.

S#4-종서의 집, 거실 D

그러던 어느 날. 집에서 TV를 보다 깜빡 낮잠에 들었어요.. 그런데…….

효과음 (동전 짤랑이는 소리) 짤그락짤그락
종서 (의아해하며) 여기가 어디지?

동전 소리에 눈을 떠보니 제가 사방이 캄캄한 곳에 서 있더라고요. 가도 가도 암흑 속이었어요. 그런데 저 멀리 새카만 구체 같은 게 있는 거예요. 처음 보는 형체이지만 묘하게 끌려 한참을 쳐다보는데……. 갑자기 콰쾅!

종서 (귀 감싸고 고통스러워하며) 아아!

고막을 찌르는 큰 굉음과 함께 그 커다란 구체가 제게 빠른 속도로 굴러오기 시작했어요. 너무 놀란 저는 그만 다리가 풀려 주저앉았어요.

종서 (간절하게) 살려주세요!

꼼짝없이 구체에 깔릴 것 같던 그 순간 어디선가 두 사람이 홀연히 나타나 구체 앞을 막아섰습니다. 그 구체가 두 사람을 덮치기 직전!

종서 (두 손으로 얼굴 가리며) 안 돼!

헉헉, 꿈……. 꿈이었습니다. 얼마나 생생했는지, 저는 너무 무서워서 곧장 엄마에게 달려갔어요. 제 얘길 들은 엄마는 그냥 개꿈이라고 하셨지만 저는 한동안 그 찜찜함을 지울 수 없었어요.
그리고 제 불길한 예감은 머지않아 현실로 일어났습니다. 3개월 뒤, 엄마와 누나가 돌아가셨거든요. 음주운전 차에 치여서…… 그 자리에서 숨을 거두었습니다.

S#5-종서의 방 D (시간 경과)

할머니 (큰 소리로 울며) 다 죄다, 내 죄! 다 내 잘못이야!

한참 우시던 할머니는 저만 빼고, 다른 가족들을 방에 부르셨어요. 대체 무슨 얘기를 하시려는 건지 궁금해서 몰래 엿들었습니다. 내용을 듣고 정말…… 온몸에 힘이 다 빠져나가는 기분이었어요.

(재연 촬영 시: 가족들 집에서 상복 차림으로)

할머니 (울음 참으며) 종서 죽을 뻔했을 때 말이다. 그 무당이 종서 살리려면 가족 중에 세 명이 대신 가야 한다는 거야. 내가 그거 막으려고 온갖 군데 다 다녔는데……. 아이구.

종서 (떨리는 목소리, 속으로) 내가 길에서 주운 30원 때문에 가족들이 죽는다고? 그럼 엄마랑 누나도 나 때문에?!

믿을 수가 없었어요. 아니! 믿고 싶지 않았어요. 하루아침에, 엄마와 누나를 잃고 또 가족을 잃어야 한다고요? 제발 그 무당 아저씨 말처럼 되지 않기를 매일같이 기도했습니다.

S#6-종서의 집, 거실 (현재)

그런데 제 기도가 하늘에 닿은 걸까요? 그 이후로, 다행히 우리 가족에게 또 다른 비극은 찾아오지 않았어요. 그리고 저도 어느덧, 20대 후반이 되었습니다.
그날은 늦게까지 야근을 해, 집에 오자마자 씻지도 못하고 소파에 쓰러져 잠에 들었습니다. 그런데……

효과음 (동전 짤랑이는 소리) 짤그락짤그락

절대 잊을 수 없는 그 소리가 귓가에 들려왔어요. 저는 또다시 칠흑 같은 어둠 속에 서 있었죠. 손전등으로 여기저기 비춰보는데 '툭-!' 뭔가 제 신발에 떨어졌어요. 바닥을 손전등으로 비춰보니…… 10원짜리 동전이었습니다. 그리고 그때……!

엄마　(다정하게) 종서야~ 어구~우리 아들~많이 컸네?
누나　(발랄하게) 그래도 누나한테 까불면 안 된다~
효과음　(동전 짤랑이는 소리) 짤그락짤그락

꿈에서라도 듣고 싶던 엄마와 누나의 목소리였어요. 그리고 또다시 동전 소리가 들려왔어요. 왠지 이 동전을 찾으면 엄마와 누나를 만날 수 있을 것 같았죠. 그때, 제 앞에 반짝이는 동전이 데구루루 굴러왔습니다. 저는 얼른 집어 들었어요. 그러자 정말 제 앞에 엄마와 누나의 뒷모습이 나타났습니다. 너무 반가운 마음에 바로 와락 끌어안으려고 했죠. 그런데 그때 또다시 저 멀리 검은 구체가 보였습니다.

종서　(다급하게) 어, 엄마! 누나! 얼른 피해야 해!

당장이라도 깔릴 것 같아 엄마와 누나 손을 잡고 도망치려는데…….

엄마　(귀신 비명) 다 너 때문이야아!

고개를 홱 돌려 저를 보는 엄마와 누나의 얼굴은…… 온통 피범벅이었어요. 그리고 제 앞에서 입을 마구 벌리더니 생쌀과 10원짜리 동전을 끝없이 쏟아냈어요. 전 그 끔찍한 광경에 눈을 질끈 감았습니다.

잠시 후 주위가 고요해져 조심스럽게 눈을 떴는데…… 엄마와 누나는 온데간데없고 물에 흠뻑 젖어 핏기 하나 없이 창백한 얼굴을 한 여자가 저를 죽일 듯이 쳐다보고 있었어요. 곧바로 저는 기억이 났습니다. 이 여자가 누군지……. 동전을 주워 온 그날, 침대 밑에서 본 그 여자였어요. 저는 점점 다가오는 그 여자를 보고 우선 이곳을 빠져나가야겠단 생각뿐이었죠. 그런데…….

종서   (안간힘을 쓰며) 으으으읍!

허리와 어깨 위로 검고 축축한 손들이 저를 꽉 옭아맸어요. 그때 저는 그동안 참아 왔던 울분이 터트렸습니다.

종서   (울분을 토하며) 돈 돌려줬잖아! 그때 다 돌려줬잖아! 대체 왜 이러는 거야!

하지만 저를 옭아맨 손들은 힘이 더 거세졌고 고막을 짓누르는 굉음과 함께 검은 구체는 저를 향해 돌진했습니다. 그때 어릴 때 들은 할머니 말씀이 떠올랐어요. '가족 중 세 명이 죽어야 한다…….'

종서   (결연히) 그래. 이제 내 차례구나!

전 직감했습니다. 제 죽음을요. 어느새 가까워진 구체에 제 시야가 온통 까맣게 물들던 그때 한 남자가, 검은 구체를 막아섰습니다. 그리고 저는 잠에서 깨어났습니다. 한숨 돌리기도 잠시, 심장이 철렁 내려앉았죠.

종서 (번뜩 놀라며 걱정스레) 아! 그 남자…… 누구지?!

전 떨리는 손을 겨우 뻗어 아버지에게 전화를 걸었습니다. 받지 않으셨어요. 곧바로 형에게도 전화했지만 역시나 받지 않았습니다. 일단은 아버지 집에 가봐야겠다는 생각에 집을 나가려는데…… 제 휴대폰이 울렸습니다.

119대원 (다급하게) 예. 이종혁 씨 가족 되시죠? 이종혁 씨가 지금 쓰러져서 병원에 이송 중인데요!

전화를 끊고 다리에 힘이 빠진 전, 그대로 털썩 주저앉았습니다.
형의 장례를 치른 후 한동안은 매일 술로 하루를 보냈습니다. 정말 신이 있다면 묻고 싶습니다. 제가 동전을 주운 게 그렇게 큰 잘못이었던 거냐고요. 제 가족의 목숨을 앗아갈 만큼요. 앞으로 어떻게 살아가야 할지…… 너무 막막합니다.

뒷이야기

🍯 종서 씨가 돈을 주웠을 때 네 돈이냐고 물었던 아주머니는 누구였을까?

제보자는 그 아주머니를 저승사자로 추측한다고 한다. 종서 씨가 노잣돈을 주운 것이고, 그게 없으니까 그 죽은 여자를 저승으로 못 데려가게 돼서 물어본 것이 아닐까.

🍯 동전을 제자리에 돌려놨는데도 왜 안 좋은 일이 계속 일어났을까?

젊은 나이에 사고로 죽은 것도 억울한데 노잣돈까지 도둑맞으니까, 혹은 저승에 갈 타이밍을 놓쳐서 억한 심정을 갖게 된 것이 아닐까.

🍯 꿈에서 나온 그 검은 구체가 10원짜리 동전 같은데 왜 황동색이 아니고 검은색일까?

아무래도 노잣돈이 저승 가는 여비이니 죽음과 관련되어서가 아닐까. 저승사자가 검은 옷을 입는다고 알려진 것과 같은 맥락으로 말이다.

🍯 가족을 세 명이나 잃었는데, 지금은 잘 지내는지?

형까지 보내고 한동안 술에 빠져 살던 어느 날 꿈을 꿨는데, 형님이 하얀 도포 자락을 휘날리며 환한 얼굴로 나왔다고. 그때 꿈에서 종서 씨를 한참 쓰다듬다 종서 씨 가슴에서 10원짜리 동전을 꺼내가면서 "이건 내가 가져갈 테니 걱정하지 마."라는 말씀을 남기고 사라졌다고 한다. 그 꿈 이후로 다시 마음 다잡고 지내고 있다고 한다.

당신이 가지고 가야 할 것은

심야괴담회 시즌4 14회 방송

김구라 (잠깐 쉬고) 자, 그렇다면 이번에 이야기 단지를 열 주인공은 누구 십니까.

김호영 (음산하게) 접니다.

(이야기 단지를 열고 안에 들어 있는 '부적' 펼쳐서 보여준다.)

김호영 '당신이 가지고 가야 할 것은'. 이 사연은 신내림을 받아 무속인 생활을 했던 강은미(가명) 씨가 보내주신 이야긴데요, 사실 은미 씨는 자신의 이름은 물론 나이, 목소리, 사는 지역까지 반드시 비밀로 해달라고 간곡하게 부탁하셨거든요. 거기에는 충격적인 이유가 있었습니다.

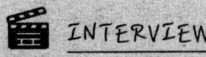

> 제가 죽은 걸로 알고 계신 분이 많아요. 제가 왜 죽은 사람이 되어야 하는지 말 못 하고 그냥 떠나버렸거든요. 사실 지금도 그래요. XX에 제가 거주하고 있거든요. 그분이 제집을 찾아올까 봐 무섭긴 해요. 그런데 이 세상에서 그 이야기가 숨겨지지 않았으면 하는 마음에서 이렇게 제보를 하게 되었습니다.

김호영 은미 씨가 스스로! '죽은 사람'이 되기로 결심한 이유, 은미 씨만이 알고 있는 참혹한 진실 때문인데요. 그 진실이 무엇인지 지금부터 들려드리겠습니다.

[등장인물]

강은미(여/20대 중반), 아주머니(40대), 아주머니 친구, 아주머니의 아들 정태(남/10대 후반), 아주머니의 남편(50대/귀신), 동네 아저씨, 살인마(남/복면 쓰고 있음)

S#1-신당 D

지금으로부터 약 15년 전. 갓 신을 받은 애동 무당일 때 얘깁니다. 제가 신당을 차린 곳은 지방의 한 시골이었어요. 동네 끝에서 끝까지 차로 5분

밖에 걸리지 않고, 주민들끼리 서로 너무나 잘 아는 좁은 곳이었죠. 신당을 차렸지만, 손님이 별로 없어서 월세 내기도 빠듯했어요.
그러던 어느 날, 아주 반가운 전화가 왔습니다.

아주머니　　(차분하게) 지금…… 점 좀 볼 수 있나요? 두 명 갈 거예요.

손님이 둘이나 온다니?! 저는 제가 모시는 대신(大神) 할머니께 '감사합니다~' 절을 올리고, 손님 맞을 채비를 했어요. 곧 중년 아주머니와 그분의 친구가 신당에 찾아왔습니다. 그런데 아주머니들 뒤에…… 영가! 그러니까 죽은 혼이 살짝 보이는 거예요.

은미　(의아해하며, 속으로) 뭐지? 누굴 따라온 거야?

제가 고민하던 사이, 아주머니의 친구분이 남편의 사업 운을 봐달라고 했습니다. 그런데 사실 그건 핑계고, 초짜 무당인 절 시험하러 온 것 같았어요. 수작에 맞춰주기 싫어서 말을 빙빙 돌렸더니 저한테 이러더라고요.

아주머니 친구　　(살짝 거만하게) 흥, 애동 신빨이 좋다더니~ 그것도 틀린 말인가 보네?

은미　(어이없어하며) 하, 신빨이 뭔지 보여드려요? 좋아! 본인 지금 남편 두고 애인 있지? 애인이 선물이라고 금목걸이랑 팔찌 주니까 마냥 좋지? 그거 다~ 그 사람 마누라 거야! 꼬리가 길면 밟히는 거 몰라? 냉수 먹고 속 차려!

하, 그러면 안 됐는데. 열이 확 받아 질러놓고 아차 싶었는데, 친구분이 씩씩대며 뛰쳐나가더라고요.

은미 (점점 목소리 작아지는) 저기! 복채는…… 주고 가셔야 하는데…….

아주머니 (조용히) 선녀님이라면…… 될 것 같네요. (돈봉투를 쓱 내밀며 간절하게) 저희 집에 와주실 수 있으세요? 제 아들이…… 많이 아파서요.

저는 그 두툼한 봉투를 덥석 받았어요. 내일 당장 가겠다고 약속했죠.

——— **S#2-신당 N**

그날 밤. 자고 있는데 눈이 번쩍 뜨였습니다. 일어나서 휙 휘파람을 불자 아까 본 영가가 나타났어요. 직감적으로 이 영가와 오늘 낮에 찾아온 아주머니가 관련 있다는 생각이 들었죠.

은미 누구냐! 할 말 있으면 네 이름부터 대!

그러자 제 머릿속에 '석' 그리고 '대', 이 두 글자가 그려졌습니다. 이어서 해남 대흥사, 햇님이란 단어가 떠올랐어요.

은미   이름이 석대야, 대석이야? 절하고 햇님은 또 뭐고. 왜 왔어?

그러자 영가의 입이 천천히 벌어졌습니다. 그리고 나온 말은······.

효과음   삐-
은미   (귀 감싸쥐고 쓰러지며) 악! (억울해하며 투정부리듯) 할머니! 왜 그러시는 거예요? 저도 돈은 벌어야죠!

절 방해한 건, 대신 할머니였어요. 어느새 영가는 사라진 뒤였죠. 제가 왜 그랬냐 물었지만, 할머니는 말씀이 없었습니다. 얼마 만에 온 손님인데 도와주시지. 섭섭하더라고요.

S#3-아주머니 집 N

다음 날. 저는 무구를 챙겨 아주머니 집으로 갔습니다. 아들의 방문은 밖에서 단단히 잠겨 있었어요. 열쇠로 문을 따고 들어가자 새카만 어둠 속······ 웅크려 앉은 아들이 보였습니다.
절 보자 움찔하며 고개를 드는데······ 비쩍 마른 몸, 불안한 눈빛, 자해 흔적이 가득한 팔뚝까지 딱 봐도 심상치 않아 보였죠. 저는 침을 한번 꿀꺽 삼키고 휙 휘파람을 불었습니다. 그런데 남자 목소리로 '나가. 나가.' 하는 소리가 느리게 들렸습니다. '이게 무슨 소리지?' 생각하던 그때!

아들   (짐승처럼) 으…… 으어어어!

아들이 갑자기 제게 달려들었어요! 제가 온몸에 신을 실어 "가만있어!" 하고 버럭 소리치자 아들이 멈칫하더니 스르르 주저앉았습니다.

은미   (방울 흔들고) 이상하다 이상해. 지금 누가 아들 귀에 대고 '나가 나가' 속삭이고 있어! 아들, 내 말 맞지? 그래서 계속 불안하고 무섭고. 여기 숨어 있는 거잖아! 누구야! 누가 이놈 귀에 '나가 나가' 그러는 거야?!

그때, 어제 본 영가가 번뜩 떠올랐습니다. 갑자기 모든 게 이해됐어요.

은미   (깨달았다는 듯) 그거…… 네 아빠였구나? 아주머니, 남편 이름이 석대야, 대석이야?

아주머니   (충격받고) 네? 기, 김석대요. 그, 그걸 어떻게…….

은미   남편이 아주머니를 '햇님'이라고 불렀나 보네? 여름마다 해남 대흥사 놀러 가고. 맞지? 근데…… 작년에 남편 상 치렀어? 그 아저씨가 지금 아들 옆에 딱 붙어서 나가라고 부추기고 있는데?

아주머니 (얼굴에 핏기가 싹 가시고 털썩 주저앉으며) 맞아요. 선녀님 말씀이 다 맞아요! 불쌍한 우리 남편……. 흑.

전 고민에 빠졌습니다. 남편의 영가는 왜 이러는 걸까? 죽은 게 억울해서? 아들하고 같이 가고 싶어서? 어쩜 왜 나를 찾아온 거지? 그때 아주머니가 제게 매달렸습니다.

아주머니 (사정하며) 선녀님이 시키는 대로 다 할게요, 우리 아들만 제발 살려주세요!

그 순간 삐- 날카로운 이명과 함께 두통이 찾아왔습니다. '끼어들지 마라.' 대신 할머니가 그렇게 말하는 것 같았죠. 하지만 돈은 얼마든지 주겠다는 말에 전 결국 천도굿을 하기로 했습니다.

S#4-신당 N

저는 천도굿에 앞서 남편의 영가를 모실 준비를 했습니다. 우선 이 '지옷'을 바닥에 두고 항아리 뚜껑을 열었어요. 지옷은 '종이 영가'라고도 하는데, 죽은 혼을 실을 때 쓰는 거예요. 그리고 신을 모실 때 쓰는 무구인 '신장대'를 꺼내 지옷에 갖다 댔습니다.

은미 (달래는 듯) 아저씨, 젊은 나이에 그리됐으니 얼~마나 억울하겠소. 알지. 내가 다 알지! 내가 다 들어줄 테니 나랑 갑시다!

영가가 제 말에 답하면, 지옷이 신장대에 착 달라붙게 됩니다. 그러면 지옷을 항아리에 옮겨 담아서, 천도굿 직전까지 신당에 모셔두는 거죠. 그런데 아무리 어르고 달래도…… 지옷이 꿈쩍하지 않는 거예요. 그때!

효과음 (할머니 목소리, 천천히) 아직 이르다.

진땀 흘리는 제 모습이 답답했는지, 대신 할머니가 말씀하셨어요. 아직 이르다고? 고민하던 저는 '아!' 하고 일어났습니다.

은미 아주머니, 남편 돌아가신 자리 어딘지 알죠? 거길 먼저 가봅시다.

───── **S#5-논길 N**

아주머니, 아들과 함께 도착한 곳은 한적한 논길이었어요.

아주머니 (망설이며) 남편이…… 이 근처 트럭에서 발견됐는데…….
은미 (입에 손가락 대고) 쉿!

전 이미 어떤 장면을 보고 있었습니다. 작업복을 입고, 트럭에 짐을 싣고 있는 한 남자의 뒷모습을요. 그런데 갑자기 뒤에서 인기척이 느껴졌습니다. 깜짝 놀라 돌아본 순간, "아아악!" 뭔가가 절 내리치는 거예요.

아주머니 (다급하게) 선녀님! 괜찮으세요? 정신 차리세요!

정신을 차려보니 제가 바닥에 쓰러져 있었어요. 남편이 죽은 날의 환영을 본 거예요. 공포감에 심장이 마구 뛰었죠. 전 저를 부축하던 아들을 붙잡았습니다.

은미 (떨면서) 네 아버지, 어떻게 돌아가셨어?
아들 (벌벌 떨며) 네? 트, 트럭에 앉은 채로 발견······됐다고만 들었는데······.
무당 (날카롭게) 몸에 상처는 없어? 머리하고 갈비뼈, 맞지? 그리고······.
아주머니 (말 끊으며 버럭) 선녀님! 아픈 애한테 무슨 소릴 하시는 거예요!

아주머니는 남편에게 외상은 없었다고, 사인은 자연사였다고 했어요. 저는 너무 혼란스러웠죠. 분명 느꼈거든요. 뒤에서 느껴지던 인기척, 머리와 옆구리에 느껴지던 강렬한 고통을요. 제가 본 것이 맞다면, 아주머니의 남편은 살해당한 게 분명했어요. 하지만 이 얘길 함부로 꺼낼 순 없었습니다.

아주머니   (화를 참으며) 더 이상 선녀님을 못 믿겠네요. 죄송하지만 천도굿은 없던 일로 할게요.

아주머니는 화를 내며 아들과 함께 돌아가버렸죠. 혼자 남은 저는 바르게 앉아 다시 방울을 고쳐잡았습니다. 이대로 돌아갈 수도 있었지만, 그러고 싶지 않았어요.
아까 본 장면에서 깊은 슬픔과 한이 느껴졌거든요. 죽은 자의 이야기를 듣는 무당으로서, 외면할 수 없는... 강렬한 감정이었죠.
게다가 정신을 잃기 전, 뇌리를 스쳤던 단어가 있었습니다. '향.우.회.' 무슨 의미인진 몰라도, 죽은 자가 제게 보낸 메시지인 것 같았어요.

은미   (방울 흔들며) 할머니. 불쌍한 영가 하나 달래줄 수 있게 도와주세요. 여기서 무슨 일이 있었던 거예요?

땀에 푹 젖을 정도로 빌었지만, 할머니는 답이 없었습니다. 무당으로서 가장 난감한 순간이에요. 지금처럼 신이 입을 다물 때.

은미   (결연히) 하, 좋아요. 할머니가 말씀 안 해주시면 내가 알아내야지, 뭐.

저는 방울을 숨기고 기웃대다가, 동네 아저씨 한 분을 붙잡았습니다.

은미 (조심스레) 저, 작년에 여기서 누가 돌아가셨다고 들었어요. 트럭에서…… 맞죠?

농부 (생각났다는 듯) 트럭? 아아~ 장 씨 얘기하는 건가?

은미 맞아요! 그분 돌아가셨을 때 누가 발견했는지 아세요? 여쭤볼 게 좀 있어서요.

농부 (기억 더듬는 듯) 그 사람이 저기 누구더라……. 맞다! 그 장씨네 아들……이었을걸? 근데, 아가씨는 누구쇼?

숨이 멎는 것 같았습니다. 기억……하세요?
'아버지가 어떻게 돌아가셨냐'고 제가 묻자 아들이 '트럭에서 발견됐다고 들.었.다.'라고 말했던 것.
자기가 발견했으면서 왜 아들은, 남한테 들은 것처럼 말했지? 전 곧장 아주머니 집을 향해 달리기 시작했습니다. 물어봐야 했어요. 아들이 거짓말한 이유가 뭔지, 뭘 숨기고 있는 건지!

——— **S#6-아주머니 집 N**

현관문은 열려 있었지만, 아주머니와 아들 둘 다 보이지 않았습니다.

은미 (뛰어들와 헐떡이며) 안에 계세요? 아들! 나랑 얘기 좀 해!

그때, 제 어깨를 두드리는 손길이 느껴졌어요. 남편의 영가였죠. 영가가 이끄는 곳으로 다가가자 작은 테이블 위, 액자가 보였어요. 액자를 집어 든 저는…… 헉! 액자를 그대로 떨어뜨리고 말았습니다. 사진 속에 아주머니와 남편이 나란히 서 있었는데 남편의 목에 걸린 수건에, '향우회'란 글자가 또렷하게 새겨져 있었거든요.

은미   (머리를 감싸쥐며) 악!

그때 아까는 미처 보지 못한 장면들이 마구 떠올랐습니다. 너무 충격적인 장면이라…… 보는 게 고통스러울 정도였어요, 그런데…….

아주머니   (스산하게) ……봤어?

문득 한기가 느껴져 돌아보니 아주머니가 서 있었습니다.

아주머니   (무섭게) 봤지? 그렇지? 어디까지 봤어? 어디까지 봤냐고!
은미   (살짝 떨며) 하, 하늘이 무섭지 않아? 당신이 그러고도 사람이야? 아악!

그때 아주머니가 재떨이를 휘둘렀어요. 제가 머리를 맞고 쓰러지자 아주머니가 목을 조르기 시작했습니다.

아주머니   (악에 받친) 니까짓 무당년, 죽여서 파묻으면 그만이야! 죽어, 죽어!

은미   (숨막혀하며) 윽. 으윽…….

눈앞이 점점 흐려지는 순간. 전 처음으로 남편 영가의 온전한 모습을 봤습니다.
슬픈 얼굴로 제게 손을 뻗으며 필사적으로 뭔가 말하려는 모습을요. '도와주지 못해서 미안해요.'라고 말하는 듯했죠. 그렇게 정신을 잃으려는 순간!

아들   (절규하듯) 엄마! 제발 그만해!

그때 저를 압박하던 힘이 사라졌습니다. 아들이 아주머니를 밀치고 절구한 거예요.

아주머니   (악에 받친) 이거 놔! 저년 죽여야 돼. 죽여야 돼!
아들   (엄마를 막으며 다급하게) 도망치세요! 빨리! 시간 없어요!

아들이 아주머니를 붙잡은 사이, 저는 정신없이 그 집을 빠져나왔습니다. 달리면서도 너무 무서웠어요. 남편을 죽인 범인이…… 바로 아주머니였으니까요.

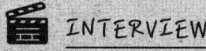 INTERVIEW

아주머니 남편 혼자서 일을 하고 있는데 복면을 쓰고 모자를 쓴 남자가 다가오더니 그 남편분의 머리를 가격하고 뒤통수를 가격하고 갈비뼈를 계속 내려치는 장면만 보였어요. 그 남자는 그 아주머니 남동생이었던 거예요. 그 남동생이 수건을 돌돌 말아서 적신 다음에 얼린 걸 가지고 때리는 장면을 봤는데, 그렇게 때리게 되면 타박상 없이 내상만 생긴다 하더라고요. 조직폭력배들이 쓰는 방식이라고. 남동생의 경우는 그 아줌마가 사주를 했던 거죠. 남편을 죽이라고. 실제로 그 남동생은 그러니까 자기 누나죠. 누나가 (보상으로) 식당을 차려줬다 하더라고요.

제가 봤던 '향우회'라는 단어는…… 범행도구였던 수건에 적힌 문구였던 거죠. 알고 보니 아주머니는 남편의 장례를 치른 뒤, 무려 6억에 달하는 사망보험금을 받았다고 하더라고요. 네. 전부…… 돈 때문에 벌인 일이었던 거예요.

그리고 아주머니의 아들은, 진실을 알고 있었습니다. 귀신에 씌어서 괴로운 게 아니었어요. 어머니의 비밀을 알아서 그랬던 거죠. 대신 할머니가 절 방해한 이유도…… 이제는 알 것 같았습니다. 제가 진실에 다가갈수록 위험해질 거란 걸 아셨던 거겠죠.

신당으로 돌아온 전, 정신없이 짐을 챙겼습니다. 신고는 불가능했어요. 전 점사를 봤을 뿐 살해 증거를 찾은 건 아니니까요. 제가 할 수 있는 건 단 하나, 제가 죽었다는 거짓 연락을 돌리고…… 이 무서운 곳을 가능한 한 빨리 떠나는 것뿐이었습니다. 15년이 흐른 지금도, 전 여전히 두려움

속에 살고 있습니다.

마지막으로 꼭 하고 싶은 말이 있어요. 세상을 떠날 때, 당신이 가지고 갈 것은 자신의 과거 행적뿐입니다. 더 늦기 전, 그분이…… 잘못을 바로잡고 용서를 구하기를 바랍니다.

의정부 사패산 터널

심야괴담회 시즌1 17회 방송

김구라 (잠깐 쉬고) 자, 그렇다면 이번에 이야기 단지를 열 주인공은 누구 십니까.

정성호 (음산하게) 접니다.

(이야기 단지를 열고 안에 들어 있는 '부적' 펼쳐서 보여준다.)

정성호 '의정부 사패산 터널'.

❀

[등장인물]

준용(15세/남), 준용 부, 준용 모, 여성 운전자

──── S#1-달리는 자동차 안 N

어두운 밤. 아버지와 차를 타고 긴 터널을 달리고 있을 때였어요.

효과음 (여러 번 반복되는 자동차 경적) 빵빵! 빵빵빵!

갑자기 뒤차가 미친 듯이 경적을 울리기 시작했어요. 그러곤 거의 닿을 것처럼 뒤에 바짝 붙어 위협하는 거예요. 아버지가 차선을 바꿔 피해도 소용없었어요. 그 차는 앞이 잘 안 보이게 상향등까지 비추며 끈질기게 따라왔죠. 그리고 그날! 아버지와 전…… '그것'을 보게 됐어요.

──── S#2-준용의 집 D

2016년 때니까 15살, 중학교 2학년이 됐을 무렵이었어요.

아버지 (다정하게) 준용아, 내일 아빠랑 북한산 갈래?

아버지가 주말마다 산에 다닐 정도로 등산을 좋아하셔서 그날도 같이 다녀오기로 했죠. 평소에 아버지랑 친구처럼 잘 지내서 자주 함께 가곤 했거든요. 다음 날, 아버지와 이런저런 이야기를 하며 백운대까지 딱 찍고 내려오니까 벌써 어둑한 저녁 시간이 됐더라고요. 저녁까지 챙겨 먹고 9

시가 다 되어 집으로 출발했죠.

S#3-달리는 자동차 안 N

그런데. 집에 가는 길이 좀 이상하더라고요. 그날따라 도로에 차가 정말 한 대도 없는 거예요. 주말 밤이라 차가 꽤 있을 법도 한데 좀 이상했어요.

아버지 (평온하게) 집에 빨리 갈 수 있겠네~

아버지는 차가 안 막히니까 오히려 좋아하시더라고요. 저도 '그래 피곤한데 좋지 뭐~' 대수롭지 않게 생각하고 편안하게 노래를 들으면서 갔죠. 그리고 곧 한 터널로 들어갔어요. 한참 터널 안을 달리는데⋯⋯ '응? 뭐지?' 뭔가 위화감이 들더라고요. 터널이 안 끝나는 거예요.

준용 (의아해하며) 여기 갈 때도 지나갔어요?
아버지 (평온하게) 그럼~
준용 (미심쩍어하며) 이렇게 길었나⋯⋯?

갈 때는 몰랐는데 가도 가도 출구가 안 보이더라고요.

아버지 (덤덤하게) 여기가 사패산 터널이잖아~ 한 4킬로는 될걸? (약간

　　　　웃으며) 왜 무섭냐?

준용　(애써 아무렇지 않은 듯) 무섭긴요.

아버지께 아무렇지 않은 척 말했지만……. 괜히 약간 그런 거 있잖아요, 차도 안 보이고.. 소음도 크고 다른 공간인 것 같은 느낌? 터널 안이 넓고 밝았는데도 왠지 모르게 막 빠져나가기 전에 무너질 것 같은 약간 섬뜩한 느낌이 들더라고요.
그렇게 말없이 조용하게.. 터널이 끝나기를 기다리고 있는데……. 뒤에서 짙게 선팅한 차 한 대가 엄청난 속도로 달려오는 게 보였어요. 그리고 금세 우리 차와 가까워졌죠. 그러던 와중에 앞쪽으로는 터널 출구가 보이기 시작했어요. 그런데 그때!

아버지　(백미러로 반사되는 불빛에 얼굴 찌푸리며) 아잇. 뭐야?

뒤에서 따라오던 차가 갑자기 번쩍번쩍 상향등을 켜더니 빵빵 경적까지 울리기 시작하는 거예요.

준용　(갸우뚱하며) 우리한테 그러는 거예요?
아버지　(약간 짜증 내며) 아. 뭐야? 저거! 왜 저래?!

아무 문제 없이 주행하고 있던 아버지는 무시하고 그대로 가셨어요. 그런데 갑자기 그 차가 사고 나겠다 싶을 정도로 뒤에 가까이 붙는 거예요!

아버지 (화나서) 저 자식이 미쳤나?!

아버지는 급하게 차선을 바꿔 피하셨어요. 근데 그 차도 차선을 바꿔서 따라오는 거예요. 계속 가까이 붙었다가, 멀어졌다가 마치 놀리듯이 운전하는 거예요.

효과음 (여러 번 반복되는 자동차 경적) 빵빵! 빵빵빵!

그러곤 경적을 미친 듯이 울리면서 다시 상향등을 껐다, 켰다 비추기 시작했어요. 상향등 불빛이 반사되니까 아버지는 앞을 보시려고 계속 몸을 이리 움직이고 저리 움직이셨죠.

아버지 (화나서) 저 자식 저거 지금 일부러 저러네?!

────── **S#4-정차한 자동차 안 N**

근데 난폭하게 운전하던 차가 갑자기 오른쪽으로 확 꺾더니 갓길 쪽으로 차를 세우는 거예요.

아버지 (놀라서) 어? 뭐야?

방금 위험했던 상황에 화가 잔뜩 난 아버지 역시 차를 세웠어요. 아버지는 차 문을 쾅 닫고 앞에 세워져 있는 난폭운전 차량을 향해 달려가셨죠. 저는 사실 걱정이 좀 됐죠.

준용 싸움이라도 벌어지면 어쩌지?

잔뜩 긴장한 채로 아버지 쪽을 유심히 바라보고 있었는데 아버지가 그 차의 운전석 쪽에 한참을 서 계시더라고요. 잠시 얘기하는 것 같더니 우리 차 쪽을 보는 거예요. 그리고 다시 운전자와 이야기했다, 또 차를 봤다가 반복하시더라고요.

준용 (의문) 무슨 일이지?

꽤 길게 얘기를 나누시던 아버지가 갑자기 얼굴이 약간 창백하게 굳은 채로 뛰어오시는 거예요. 그리고 차에 타시더니 모든 문을 잠그시더라고요. 놀라서 '혹시 쫓아오나?' 하고 그 차를 봤는데 운전자는 차에서 내리지도 않았더라고요.

준용 (궁금) 왜요, 뭐래요?

궁금해서 여쭤봤는데 아버지는 아무 말씀도 하지 않으시고, '그게' 열리지 않았는지 계속 반복해서 확인하시는 거예요. 바로…… 선루프를요!

이상하잖아요? 그래서 무슨 일인지 다시 여쭤봤는데…… 아버지는 아무 소리도 안 들린다는 듯이 바로 차를 출발시키셨어요. 그런데 아까 그 난폭운전을 했던 그 차는 출발하지 않고 그대로 서 있더라고요. 그리고 시야에서 보이지 않을 때까지 그 자리에서 꼼짝하지 않았어요.

──── **S#5-달리는 자동차 안 N**

차 안은 조용했어요. 아버지의 그런 모습을 처음 봐서 말을 꺼내기가 어려웠죠. 약간…… 겁이 난 것처럼 보였거든요. 힐끗힐끗 쳐다만 보다 도저히 궁금함을 참을 수 없어서 조심스레 다시 이야길 꺼냈어요.

준용   (조심스레) 아빠……. 그 차 뭐예요? 왜 그런 거래요?

굳은 표정으로 아무 말씀을 안 하시던 아버지는 조금 뒤 말씀을 하기 시작하셨어요.

──── **S#6-조금 전 갓길 N (회상)**

화가 난 아버지가 차에서 내려 그 차 운전석을 두들겼죠.

아버지 (화났지만 약간 억누르는) 아니. 운전을 그런 식으로 하면 어떡합니까?

근데 상대 운전자는 내리지도 않고 차를 세운 그대로…… 가만히 있더래요. 선팅이 돼 있어서 차 안은 안 보이고…….

아버지 (똑똑똑 창문 두드리며) 저기요, 내려봐요. (화난 듯) 아니, 거참, 내려보라니까요!

아버지가 계속 두드리니까 창문이 '찔끔' 내려가더니 운전자의 목소리가 들리더래요.

여자 (앞부분 웅얼웅얼) ……있었어요!

그리고 곧 창문이 반쯤 더 내려가더래요. 그 사이로 운전자를 봤더니……. 창백한 얼굴로 두리번두리번하는 모습이 겁에 질린 것처럼 보였대요. 운전자는 아버지 차를 손으로 가리키더니…….

여자 (덜덜 떨며 더듬거리며) 차 위에…… 매달려있었어요.

아버지는 무슨 말인가 싶어 차를 봤는데 아무것도 보이지 않았대요.

아버지   (어이없는) 무슨 소리예요, 뭐가 매달려요?

여자   (덜덜 떨고 두리번거리며) 무슨…… 짐승 같은 게 매달려 있었다고요! 지, 지금은 없어졌어요.

아버지   (운전자 봤다 우리 차 봤다) 저기요, 운전을 그런 식으로……하시면 안 됩…….

여자   (덜덜 떨고 두리번거리며) 부, 분명히 짐승 같았는데. 가까이서 보니까 여..여자 같았어요!

아버지는 '이게 무슨 소리지?' 싶어 어안이 벙벙하셨대요. 음주 운전인가 싶어서 가까이 다가가 냄새도 맡고 "술 마셨어요?" 하고 물어보기도 했는데 술 냄새도 전혀 나지 않고 취해 보이지도 않더래요.

여자   (억울하고 다급하게) 술 한 모금도 안 마셨고요! 그…… 그 짐승 같은 게…… 어떻게든 선루프를 열려고 했다고요!

아버지는 다급하게 소리치는 운전자의 말에 얼른 차로 돌아오셨고 찝찝한 마음에 문과 선루프가 열려 있지 않은지 재차 확인하신 거였어요. 아버지의 이야기를 듣고 나니 집으로 가는 내내 기분이 찝찝하더라고요. '혹시나 열리진 않겠지?' 계속 선루프 쪽을 쳐다보며 갔어요.

S#7-집 앞 골목길 N

그리고 마침내 집 근처에 다다랐어요. 집 바로 앞 골목길이었고 우회전만 하면 집이었죠. 그런데 그때…….

효과음 (쇠 긁는 소리) 끼기기긱 끼긱-

갑자기 차 천장에서 뭔가 긁는 듯한 소름 끼치는 소리가 들리는 겁니다. 놀란 아버지는 반사적으로 급정거를 하셨고 고개와 몸이 저절로 숙어졌어요. 고개만 겨우 들어 천장을 바라봤는데 이상한 소리는 더 이상 들리지 않는 거예요. '뭐, 뭐지?' 하고 아버지를 쳐다봤는데……. 아버지가 새하얗게 질리셔서는 넋 나간 사람처럼 앞을 바라보고 계신 거예요.
아버지가 응시하는 방향 쪽으로 천천히 고개를 돌렸어요. 그리고 전…… 바로 고개를 숙이고 비명을 질렀어요. 온몸에 소름이 돋고 어떻게 해야 할지를 모르겠더라고요. 눈을 감고 몸을 최대한 웅크린 채 벌벌 떨며 소리쳤어요.

준용 (절박하게) 빨리 가요! 빨리! 제발 아빠!

차 앞에 어떤 '것'이 기괴한 자세로 서서 우리를 똑바로 쳐다보고 있는 거예요. 그건 사람인지 짐승인지도 알 수가 없었어요. 두 발로 서서 고개를 꺾고는 금방이라도 달려들 듯 차를 똑바로 응시하고 있었어요.

제가 미친 듯이 소리를 지르자 아버지도 정신이 드셨는지 급하게 액셀을 밟아 바로 집 쪽으로 우회전하셨어요. 그리고 집 앞에 차를 대충 세우고는 둘이 손을 꼭 잡고 집으로 뛰어 들어갔어요.

S#8-집 안 거실

집에 들어와서도 떨림이 멈추지 않고 쉽사리 진정되지 않았어요. 숨을 헐떡대며 혹시라도 따라왔을까, 다급히 창문으로 다가가 슬며시 골목길을 바라봤는데 '그게' 그 자리에 그대로 서서는 집 쪽으로 몸을 돌려 아버지와 절 바라보고 있는 거예요! 너무 놀라 바로 벽 쪽으로 몸을 숨겼어요. 그리고 아버지가 어머니를 불러 물었어요.

아버지 (약간 떨며) 다, 당신도 저거 보여?

엄마와 같이 확인하려고 다시 창문 쪽으로 몸을 돌렸는데 그건 그 짧은 순간에 온데간데없이 사라져버렸어요. 바로 현관으로 달려가 모든 잠금장치를 단단히 걸고 확인했어요. 눈앞에서 보이지 않자 꼭 집에 들어온 것 같았거든요. 어머니는 아버지에게 이야기를 들으시곤 현관에 소금을 뿌리셨어요.
다행히 그게 다시 보이진 않았지만 아버지는 안 눌리던 가위에 눌리셨고 저는 무서움에 떨며 계속 현관과 창문을 확인하다 밤을 지새웠어요.

S#9-집 앞 주차장 D

그리고 다음 날. 차를 확인하러 나간 아버지와 저는 아무 말도 할 수 없었어요. 멀쩡하던 선루프와 그 주변 지붕이 기스로 뒤덮여 있었거든요. 대체 그날 아버지와 제가 목격한 '그것'은 뭐였을까요? 왜 차에 매달렸고, 왜 따라온 걸까요? 만약 그날이 여름이라 선루프가 열려 있었다면…… 저와 아버지는 어떻게 됐을까요?

뒷이야기

 차에 블랙박스는 없었는지?

준용 씨도 궁금하여 블랙박스를 살펴봤다고. 이와 관련하여 직접 그날의 일에 대해 들어보자.

> INTERVIEW
>
> **아버지**: 처음에는 술 먹은 여자인 줄 알았어요. 진짜로. 처음에는 동물이라고 그랬어요. 지붕에 붙어서 따라간다고 막 그랬다가, 자기가 가까이 접근했을 때는 그게 동물이 아니었다고, 사람인 거 같다고 그렇게 얘기를 하는데…… 안 믿었죠, 처음에는. 근데 그 여자도 벌벌

벌 떨고 있으니까. 나중에 보니까 거의 뭐 진짜 선루프 주변 지붕에 도색이 벗겨질 정도의 긁힘이, 굉장히 날카로운 거로 막 긁어놓은 듯한 긁힘이 확인이 돼서 그때 이제 섬뜩했죠.

아들: 제가 봤을 때는 누군가 두 양손으로 긁은 그런 자국이 보였거든요. 그래서 섬뜩했죠. 다음 날에 아버지랑 저랑 블랙박스 영상을 확인해봤는데 그 존재가 찍혀 있지 않은 거에요. 그래서 이게 사람이거나 짐승이거나 하지 않은 그런 존재구나 싶어서 더 무서웠던 것 같아요. 이때 당시에 트라우마로 남아서 저는 혼자나 단둘이 선루프 있는 차량을 이용하지 못하고 있고요. 선루프 없는 차량을 이용하고 있습니다.

● 사패산 터널이 무섭기로 유명하다는데……

여기는 좀 다른 의미로 무서운 터널이다. 바로 폭주족들의 놀이터로 유명하다. 보통 폭주족 하면 오토바이를 떠올릴 텐데 길고 넓은 사패산 터널에 모이는 폭주족들은 다르다. 그들은 고급 외제 차로 '광란의 레이싱'을 즐긴다. 이를 '롤링 레이싱'이라고 한다. 시속 60~80km 정도로 달리다가 약속한 지점부터 거의 시속 300km까지 급가속하여 정해놓은 목표 지점에 먼저 도착하면 이기는 불법 레이싱이다.

터널은 특성상 운전자 시야도 좁아지고 사고가 났을 때 차량이 벽을 타고 전복될 가능성이 높아 다른 사고에 비해 사망률이 높다. 특히 정상 주행하는 차들 바로 앞에서 불법 레이싱을 하다 아찔하게 사고가 나기도 하는데 모든 운전자의 안전을 위협하는 행위이므로 절대 하면 안 된다.

대만 5성급 호텔

심야괴담회 시즌4 7회 방송

김구라 (잠깐 쉬고) 자, 그렇다면 이번에 이야기 단지를 열 주인공은 누구 십니까.

김호영 (음산하게) 접니다.

(이야기 단지를 열고 안에 들어 있는 '부적' 펼쳐서 보여준다.)

김호영 '대만 5성급 호텔'. (부적 정리하고) 서울 서초동에 사는 김영준(가명) 씨는 스무 살이던 1997년, 아버지께서 대만으로 발령이 나, 가족이 국제이사를 가게 됐다고 합니다. 그런데 현지 아파트 입주일이 좀 늦어지는 바람에 일주일 정도 대만의 한 고급 호텔에서 지냈다고 하는데요. 호텔에 처음 도착했을 때 상황을 직접 들어보시죠.

INTERVIEW

호텔 로비에 예술 작품 같은 게 걸려 있는 거예요. 가까이 가서 보니까 사람만 한 대형 부적 두 장을 액자에 넣어서 걸어놨더라고요. "어? 이거 부적이네요?" 하니까 아버지가 현지인 동료분께 들었다면서 말씀해주셨는데…… 이 호텔이 '귀신 나오는 5성급 호텔'로 현지에서 유명하다는 거예요. 뭐 전쟁 때 죽은 군인 귀신, 일제 치하 때 억울하게 죽은 귀신…… 각종 귀신이 엄청 많이 나오는데 그중에서도 처녀 귀신이 특히 많다고 했어요. 그래서 부적도 걸어놓은 거라고요. 처음엔 가족들 다 안 믿었죠. 당시 제일 좋은 호텔이었으니까. 오히려 재밌다고 생각했어요. 사진도 찍고. 그런데 저한테 그런 일이 벌어질 줄은 전혀 몰랐죠.

김호영 대만 5성급 호텔에서 대체 무슨 일이 벌어진 건지! 지금부터 제가 영준 씨를 대신해 이야기를 들려드리겠습니다.

[등장인물]

김영준(가명/20세/남), 누나, 엄마, 아빠, 호텔 직원들, 매니저, 교수(60대/평범한 남자), 여자 귀신(20대/90년대 양장복 차림, 예쁜 외모, 새하얀 피부, 까만 머리, 빨간 입술 등), 대만 할아버지&할머니(치파오)

S#1-호텔 객실 N

체크인하고 들어간 객실 분위기는 무시무시한 소문과는 전혀 달랐습니다. 5성급답게 시설도, 청결 상태도 정말 좋았어요. 저희는 방을 두 개 잡아서 엄마와 아빠가 한방을, 누나와 제가 한방을 쓰기로 했죠.
첫날 밤. 앞으로의 대만 생활은 어떨까~ 누나와 이런저런 이야기를 하다 잠에 들었습니다. 그런데 얼마 안 돼서 뭔가 이질적인 냄새가 나더라고요. 잠결인데도 그 냄새가 진하게 풍겼는데…… 바로 향냄새였어요.

영준 (슬며시 눈을 뜨고) 어디서 나는 냄새지?

그때 문밖 복도에서 웅얼웅얼하는 소리가 들리는 거예요. 누나가 자고 있어서, 조용히 일어나 문 쪽으로 가봤죠. 문에 가까워질수록 향냄새는 더욱 짙어졌고 웅얼거리는 소리도 점점 커졌습니다.
가만히 들어보니, 그 소리는 마치 문틈에 입을 바짝 가져다 대고 계속 반복적으로 웅얼거리는 소리 같았어요. 조심스럽게 문에 있는 렌즈로 밖을 살펴봤는데 아무도 없는 거예요. 소리도 갑자기 멈추고요.
다시 자려고 침대로 몸을 돌렸습니다. 그런데 그때! 또다시 웅얼거리는 소리가 들리는 거예요. 저는 잠시 망설이다 문을 열어봤는데 아무도 없었어요. 복도도 조용했고요.

영준 (갸웃하며) 이상하네. 어디서 들리는 소리야.

좀 짜증이 났지만 다시 침대에 누워, 억지로 눈을 감았죠. 얼마나 잤을까, 뭔가 몸이 불편하고 이상한 느낌이 들었습니다.

영준   (앓으며) 으으!

눈을 슬며시 떠보니까 제 침대 옆에 웬 여자가 있는 거예요! 새까맣고 비단결 같은 긴 머리카락이 얼굴을 완전히 덮고 있었는데 제 다리 쪽에서 뭔가 같은 동작을 반복하고 있더라고요? 너무 놀라서 일어나려는데…….

영준   (당황하며) 어? 뭐, 뭐지? 왜 이러지?

팔다리가 전혀 움직이질 않는 겁니다. 몸을 내려다보니까……. 헉! 온몸에 붉은색 비단 천이 칭칭 감겨 있는 거예요.

(재연 촬영 시: 넥타이 너비보다 좀 더 큰 붉은색 비단 천.)

제 소릴 들었는지 정신없이 제 몸에 천을 두르던 여자가 고개를 획 돌렸고 그 순간! 갑자기 손이 나타나 여자의 머리채를 팍! 잡아챘습니다.

효과음   (날카롭게 찢어지는 여자 비명 소리) 끼야아아악!

험악한 표정을 한 할머니와 할아버지였는데, 무슨 전통 옷 같은 걸 입고 있었어요. 할머니와 할아버지는 여자의 머리채를 잡은 채 그대로 질질 끌고 사라졌습니다. 그들이 사라지자 전 몸을 움직일 수 있었어요. 바로 일어나 몸을 내려다봤는데 붉은 천은 보이지 않더라고요.

영준 가, 가위 눌린 건가? 뭐지?

그런데 옆 침대에 있어야 할 누나가 보이지 않는 겁니다. 놀라서 찾아보니까 누나가 문 앞에 서서 렌즈로 밖을 보고 있었어요. 순간 당황해서 바로 달려가며 소리쳤습니다.

영준 (다급하게) 열지 마!
누나 (놀라서) 아우, 깜짝이야! 왜 그래 뭐야!
영준 뭐 하는 거야?
누나 아니, 밖에서 계속 웅얼웅얼 소리가 들리는 거 같은 거야. 근데 아무도 없어. 너 혹시 못 들었어?
영준 어?!

저는 누나에게 문밖에서 들리던 소리와 꿈 얘기를 했습니다. 그런데 제 말을 들은 누나가 겁에 질린 표정으로 말하더라고요.

누나 (낮게) 야……. 나도 봤어, 그 사람들.

알고 보니 누나도 저와 비슷한 꿈을 꾸고 일어나 문밖을 확인했다는 겁니다. 그런데 다른 점이 하나 있었습니다. 꿈에서 향냄새를 맡고 웅얼거리는 소리를 들은 누나도 렌즈 구멍으로 아무도 없는 걸 확인하고 문을 열었다고 했습니다.

그러자 복도와 방문 사이에 없던 철창문 하나가 생긴 게 보였는데 그 철창 사이사이에 사과, 귤, 파인애플 등 각종 과일이 꽂혀 있었다는 겁니다. 그리고 철창과 과일 사이로 보이는 복도에 전통 옷을 입은 할머니와 할아버지가 두 손을 모은 채 향을 들고 서 있었고요. 굽신굽신 인사를 하는 게 꼭 제사를 지내는 것 같았대요.

무서워진 누나는 꿈에서 저를 찾았고 제가 누운 쪽으로 고개를 돌려 보니까 새까만 검정 머리로 얼굴을 뒤덮은 여자가 제 팔을 베고 옆에 누워 있었다는 거예요. 누나의 이야기를 듣자마자 팔부터 온몸에 소름이 쫙 돋았습니다. 저희는 그 즉시 부모님 방으로 가서 잠을 잤죠.

───── **S#2-호텔 객실 N (다음 날)**

다음 날, 누나는 무섭다며 오늘도 부모님 방에서 자겠다고 했고 저는 방을 바꿔보기로 했습니다. 프런트로 내려가 방 변경을 요청하니까…….

호텔 직원   네. 잠시만요~

직원이 이유도 묻지 않고 바로 다른 방을 주더라고요? 방은 층만 다르고 구조는 같은 곳이었는데, 왠지 이전 방보다 더 밝은 느낌이었습니다. 방도 바꿨으니까 별일 없을 거라 생각했죠. 하지만 그건 제 착각이었습니다. 그날 밤. 바꾼 방에서 혼자 자고 있는데 인기척이 느껴졌습니다. 전날 밤 생각이 나서 급히 눈을 떴는데! 제 침대에 누군가 걸터앉아 있는 거예요. 어제 그 여자인 거 같았습니다.

영준   (놀라서 숨을 들이켜며) 헙!

제가 소리를 내자 여자가 뒤를 돌아봤는데……. 어? 이번엔 머리카락으로 뒤덮인 모습이 아니었어요. 얼굴이 자세히 보이는 거예요. 정말 예쁘게 생긴 여자가 절 가만히 쳐다보고 있었어요. 그때!

효과음   (노인 두 사람의 광기 어린 웃음소리) ㄲ하하학학~

갑자기 소름 끼치는 웃음소리가 울려 퍼졌습니다. 어제 여자를 끌고 갔던 할머니와 할아버지가 제 뒤에서 미친 듯이 웃고 있었어요. 웃음소리에도 미동 없이 절 쳐다보던 여자는 서서히 일어나더니 침대 옆 의자 위로 올라갔어요.
여자를 따라 시선을 옮기던 저는 너무 놀라 벌떡 일어나 앉았습니다. 천장에 붉은색 천이 동그란 모양으로 달려 있었거든요. 여자는 붉은 천에 얼굴을 넣더니 순식간에 의자에서 발을 뗐고! 할머니와 할아버지의 찢어지는 웃음소리가 더 크게 울려 퍼졌습니다.
그 순간 저도 모르게! 몸이 먼저 움직였습니다. '여자를 구해야 한다.'라는 생각밖에 안 들었어요. 전 여자의 다리를 안아 올리며 미친 듯이 천을 풀었습니다. 하지만 단단히 묶여있어 잘 풀리지 않았어요.

여자 귀신   (목 졸려 숨 막히는) 케케케켁켁.

여자가 고통스러워하는 모습을 보니 울컥 눈물이 차올랐습니다. 마지막 힘을 끌어다 천의 위쪽을 확 잡아뜯었고……. 쿵! 가까스로 여자와 함께 바닥으로 떨어졌습니다.
그러자 캑캑거리던 여자가 절 끌어안고 우는 겁니다. 이상했어요. 덩달아 저도 너무 슬프고 마음이 막 아렸습니다. 그때 여자가 저에게 말을 했습니다. 대만어라 못 알아들어야 맞는데, 신기하게도 무슨 말을 하는 건지 다 느낄 수 있었어요.

여자 귀신   (울며 애절하게) 어디 갔었어. 왜 이제 왔어. 안 떠날 거지? 내 옆에 있을 거지? 그렇지?
영준   (울며) 어. 있을게. 네 옆에 계속 있을 거야. 이제 안 떠날게.

감정이 복받쳐 눈물이 나왔습니다. 여자는 제 얼굴을 만지며 눈물을 닦아줬어요. 더 이상 그녀가 무섭게 느껴지지 않았어요.

────── **S#3-호텔 객실 밖 D**

얼마나 울었을까요. 정신이 몽롱해지기 시작했습니다. 주변에서 웅성거리는 소리가 들리더니, 점점 커졌어요. '뭐지?' 하며 정신을 못 차리고 있는데, 어떤 사람이 뒤에서 절 안고 있는 게 느껴졌죠. 곧이어 영어가 점차 선명히 들렸습니다.

호텔 직원   (다급하게) 괜찮으세요?!

정신이 들어 주위를 둘러본 저는 너무 놀라 그 자리에 주저앉았습니다. 제가 속옷 차림으로 호텔 로비에 서 있었거든요. 게다가 손이 썩은 것처럼 시커먼 거예요. 한 손에 구두약이 들려 있더라고요. 그리고 앞을 본 저는 또 한 번 경악했습니다. 로비에 있던 큰 부적이 구두약으로 새까맣게 칠해져 있었거든요.

────── **S#4-호텔 객실 D**

호텔 매니저가 저를 부축해서 방에 데려다주기에, 어떻게 된 거냐, 왜 내가 밖에 있냐고 계속 물어봤어요. 호텔 매니저 말로는 제가 갑자기 속옷 차림으로 나와서 부적에다 구두약을 막 칠했다고 하는데……. 저는 기억이 하나도 안 나니까. 귀신보다 제가 아무것도 기억을 못 한다는 게 너무 무서운 거예요.

방으로 와서 이불 뒤집어쓰고 벌벌 떨었어요. 어머니는 옆에서 기도하면서 안절부절못하시고요. 좀 있으니까 호텔 매니저가 어떤 아저씨랑 같이 방으로 찾아왔어요. 혹시 기물파손 때문에 경찰이랑 온 건가 싶어 겁먹었는데…….

호텔 매니저 부적은 이미 깨끗하게 청소했고 특별히 문제될 건 없으니 걱정 마십시오. (옆사람을 가리키며) 교수님이 작은 의식을 치러주신다고 하는데 받아보시겠어요?

그러고는 같이 온 아저씨를 소개해줬어요. 대만에서 유명한 '교수'라고요. 기물파손으로 경찰서라도 갈 줄 알았던 저는 일단 안도했고 뭐든 괜찮다고 했죠. 그러자 교수는 저를 앉혀놓고 앙상한 나뭇가지를 손에 든 채 중얼중얼 주문을 외우기 시작했습니다.

(재연 촬영 시: 가족들 옆에서 안절부절못하는 모습으로 연출.)

의식 중간에는 마치 쿵푸 동작 같은 알 수 없는 손동작을 하더니 나뭇가지로 제 어깨와 허벅지를 때리기도 했어요. 그리고 붉은 천에 불을 붙이고 제 몸을 감싸듯 주변에 휘휘 반복해 돌렸습니다.
의식이 끝난 후, 교수는 인사도 없이 방을 나갔어요. 아빠가 쫓아 나가 한참 있다 들어오셨어요. 그리고 들려준 이야기는 놀라웠습니다.

아빠   (긴장 어린) 그 교수란 사람…… 호텔 일 봐주는 사람이라더라고.

교수는 호텔과 전속 계약을 한 퇴마사라고 했습니다. 자주는 아니지만 투숙객한테 문제가 생기면 와서 의식을 치러준다고요.

영준   (두려움에 떨며) 저, 저는 왜 그런 거래요?
아빠   (낮게) 널…… 남자 친구라고 생각해서 붙는 바람에……. 네가 홀린 것 같다네.
영준   (황당) 네?
아빠   (낮게) 여기가 제일 좋은 호텔이잖아. 실연당한 여자들이…… 여기 와서 마지막 밤을 보내고…… 목숨을 끊는 일이 많다나 봐.

INTERVIEW

그 얘기를 들으니까 여자가 좀 안 됐더라고요. 제가 본 여자도 스스로 목숨을 끊은 거 같은데 무슨 사연일까 싶었어요. 나중에 아버지의 현지 동료분이 이런 얘기를 해주시더라고요. 대만에는 오래전부터 살아온 원주민이 있고 전쟁과 식민지시기 때 이주해 온 한족이 있는데 원주민과 한족 간에 계급이 형성되면서 소수민족인 원주민들에 대한 불평등이 심해졌다는 거예요. 차별도 많이 받고. 그렇다 보니, 양쪽 집안의 남녀가 사귀기라도 하면 부모님들이 무력을 써서 강제로 헤어지게 했다더라고요. 그런데 그중에 가장 악독했던 게 남자 쪽 부모가 깡패들을 시켜서 여자에게 몹쓸 짓까지 하게 만드는 거였다고 해요. 그래서 실연당한 여자들이 극단적인 선택을 하는 경우가 매우 많고요.

그런 이야기까지 듣고 나니 왜 호텔에 유독 처녀 귀신이 많다고 했는지, 왜 여자가 이제야 왔냐고 했는지 알 거 같았어요. 교수의 의식이 있고 난 후 호텔에 며칠 더 있었지만 여자는 보이지 않았어요. 그렇게 여자와의 인연은 끝난 줄로만 알았습니다.

───── **S#5-대만 집, 영준의 방 N (시간 경과)**

그런데 2년 후, 여자가 다시 나타났습니다. 새벽에 자다 깼는데 제 방 문가에 붉은 천을 들고 서 있더라고요? '어! 그 여자다!' 하고 놀란 것도 잠시, 왠지 서늘한 느낌이 들었습니다. 여자가 무서운 표정으로 눈을 치켜뜬 채, 절 노려보고 있었거든요.
여자는 서서히 다가오더니 붉은 천을 제 입에 쑤셔 넣기 시작했습니다. 다신 떠나지 않겠다는 약속을 왜 지키지 않았냐고 원망하듯 점점 더 세게, 마구잡이로 욱여넣었죠. 천으로 온 얼굴이 뒤덮였고…….

영준   (숨 막히는 호흡) 읍읍읍.

숨이 막혀 이대로 죽는구나 싶던 순간 화들짝 잠에서 깼습니다. 꿈이었던 겁니다. 전 혼란스러웠어요.

영준   왜 다시 나타난 거지? 날 죽이려고?

숨을 가다듬고 물을 마시려 침대에서 일어난 그때! 방이 흔들리기 시작했어요. 사방팔방 물건들이 떨어지고 가구가 쓰러졌죠.

효과음 (지진으로 집 안 물건들 떨어지는 소리) 쿠당탕탕
누나 (놀라서 비명) 꺄아아악! 아빠!
아빠 (다급하게 소리치는) 다 이쪽으로 와! 위험해!

거실에서 들리는 비명에 가족들을 챙기려 방을 나가는 순간! 집이 강하게 흔들렸고 휘청하며 그대로 나자빠졌습니다. 그리고 방금까지 제가 누워 있던 곳에 책이 가득 꽂혀 있던 커다란 책장이 그대로 퍽 쓰러지는 게 보였습니다.

영준 (두려운) 자고 있었으면 그대로 깔려 죽었겠구나.

지진이었어요. 기억하시는 분도 있을 겁니다. 바로, 1999년 9월 21일에 일어난 '대만 921대지진'이었습니다. 규모 7.6 지진으로, 수많은 건물이 붕괴해 무려 2,400명 이상이 사망하고, 1만 1,000명 이상의 부상자가 발생한 최악의 지진이었죠.

만약 그 여자가 깨우지 않았다면 전 어떻게 됐을까요? 정말 절 남자친구로 생각해 구해준 걸까요? 그렇다면 그 여자는 호텔에서부터 저와…… 계속 함께 있었던 걸까요?

뒷이야기

🏺 **지진이 났는데 영준 씨 가족은 무사했나?**
다행히 가족 모두 근처 공원으로 무사히 대피했다. 당시 주변 다른 호텔이 무너지는 소리까지 들려서 너무 무서웠고 계속 여진이 와서 오후에야 집에 들어갈 수 있었다고.

🏺 **지금도 호텔에 부적이 있나?**
로비에 있던 부적은 이상한 소문이 무성해서 그런지 없앴다고 한다.
실제로 이 호텔이 귀신 나오기로 유명하다. 항간에는 이 호텔 부지가 일제 치하 때 포로수용소다, 정치범 처형소였다는 소문도 있다. 그래서 군복 입은 귀신, 일본 옷 입은 귀신을 봤다는 투숙객이 여러 명이라고 한다. 그중에는 아주 유명한 이도 있는데, 바로 홍콩 배우 성룡이 대만에 갔다가 이 호텔에 묵었는데 귀신을 보고 새벽 3시에 허겁지겁 도망쳐 나왔다는 얘기도 있다.

🏺 **그 이후에 여자를 또 본 적은 없나?**
놀랍게도 본 적이 있다고 한다. 제보자 인터뷰로 생생하게 들어보자.

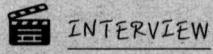 INTERVIEW

그 뒤로도 1년에 몇 번씩 꼭 꿈에 나왔어요. 근데 꿈이 좀 특이했어요. 어디 놀러 가는 꿈, 맛있는 거 먹는 꿈, 헤어지는 꿈……. 마치 연인들이 데이트하는 것 같은 꿈을 꿨어요. 기분이 좀 나쁘면서 슬프기도 하더라고요. 제가 2002년에 한국에 들어왔는데, 한국에 들어오고 나서는 전혀 못 봤어요.

개구리집

심야괴담회 시즌4 4회 방송

김구라 (잠깐 쉬고) 자, 그렇다면 이번에 이야기 단지를 열 주인공은 누구
십니까.

김호영 (음산하게) 접니다.

(이야기 단지를 열고 안에 들어 있는 '부적' 펼쳐서 보여준다.)

김호영 '개구리집'. (부적 정리하고) 이번 사연은요. 경상북도 경주에 살고
계신 정훈(가명)씨가 11살 때 겪었던 일인데요. 사연에 앞서 정훈
씨의 이야기를 들어보겠습니다.

 INTERVIEW
초등학교 때 일인데 얼마나 충격적이었으면 아직까지 꿈에 나올 정

> 도로 선명해요. 저희는 거기를 '뒷실마을'이라고 불렀거든요. 저희 고모가 살던 곳인데, 인정 넘치고 예쁜 마을이었어요. 어느 날 마을에서 어떤 여자 한 분이랑 좀 모자라 보이는 청년한테 빈집을 내줬거든요. 근데 이렇게 끔찍한 일이 일어날 줄 몰랐죠.

김호영 과연 정훈 씨가 말하는 끔찍했던 사건은 무엇일지. 지금부터 제가 정훈 씨의 시점에서 이야기를 들려드리겠습니다.

❀

[등장인물]

이정훈(11세/남), 고모(40대), 순자(40대/여), 무당(40대/여), 청년(10대 후반~20대 초), 악귀(20대/여)

S#1-시골 한옥 마당 D

때는 1985년, 초등학교 4학년 여름방학 때였습니다. 저는 방학 때마다 옆 마을 고모 집에서 시간을 보내곤 했는데요.

고모 (반가워하며) 아이고~ 정훈이 왔어~? 오느라 힘들었지~?

그날 역시, 평소 아들처럼 챙겨주시던 고모가 버선발로 맞이해주셨어요. 그런데 고모네 집 마당에 마을 사람들이 바글바글한 거예요. 고모가 마을 사람들에게 꿀을 나눠주고 계셨더라고요.

사실 저희 고모 집은 마을에서 가~장 큰 대문을 가진 부잣집이었어요. 고모부가 하는 일마다 대박이 나서 돈을 많이 버셨대요. 인심 좋은 고모는 좋은 물건이나 음식이 생기면 마을 사람들에게 베푸셨고요. 정 많은 마을분들도 고모네에 보답으로 소소한 선물들을 주고 가셨죠. 그런데 고모부가 안 보이더라고요.

정훈   어? 근데 고모부는 어디 가셨어요?

고모   (대수롭지 않게) 고모부가 요즘 무리해서 일하더니 몸살이 났나 봐~ 괜찮아지실 거야~

그때 '똑똑똑' 누군가 대문을 두드렸습니다.

순자   언니~ 형부 좀 괜찮아~~? (반갑게) 아이고! 정훈이 왔네!

옆집 순자 이모였어요. 고모랑 어릴 때부터 자매처럼 큰 사이라, 저도 '이모~ 이모~' 하며 잘 따랐던 분인데요. 고모부가 아프다는 소식을 듣곤 음식을 바리바리 챙겨 오셨더라고요. 그런데 그때!

청년   (조금 바보처럼) <u>ㅎㅎㅎㅎㅎ</u>.

어디선가 묘한 남자 웃음소리가 들렸어요. 열린 대문 사이로 처음 보는 아줌마와 키 큰 남자가 지나가는 게 보였습니다.

정훈 고모~ 저 사람들 누구예요?
고모 (들을까 봐 작게) 아, 얼마 전에 우리 마을로 이사 오셨어. 아줌마가 아들이랑 둘이 사는데 형아가 좀 아픈가 봐.

고모 말로는 떠돌이 생활을 하던 아줌마네 사정이 딱해서 마을에서 빈집을 내어줬다고 하더라고요. 그런데 그것이 모든 파국의 시작이었습니다.

S#2-마을 골목 D

꼭꼭 숨어라, 머리카락 보일라~ 친구들과 숨바꼭질을 하고 있었어요. 술래를 피해 숨을 곳을 이리저리 찾고 있었는데요. 그때 타다다닥 발소리가 들리는 거예요. '헉! 들키겠다!' 싶어서 얼른 눈앞에 보이는 집 마당으로 들어갔습니다. 그런데 순간, 묘한 한기가 느껴지는 거예요.

정훈 (깨닫고) 아! 이 집……. 그 새로 온 아줌마네 집이다.

그런데 그때 아줌마 집, 처마 끝에 그물에 싸인 무언가가 대롱-대롱- 매달린 게 보였어요. 근데 그게 꿈틀꿈틀하는 거예요. 고개를 빼고 자세히 보니…….

개구리 수십 마리가 그물 안에서 버둥대고 있는 겁니다. 근데 그게 하나가 아니었어요. 집 곳곳에 개구리가 가득한 그물이 매달려 있었죠. 너무 징그러워서 속이 울렁거렸는데!

정훈   (깜짝 놀라며) 아아아악! 저리가!

발 위로 뭔가 폴짝 뛰어올라 봤더니 개구리였어요! 개구리와 두꺼비 수십 마리가 마당에도 득실거리는 겁니다. 소름이 끼쳐서 발을 마구 털어댔어요. 그 순간! 신발에 무언가 푸욱- 밟히는 게 느껴졌습니다.

정훈   (끔찍해하며) 으~~~~

개구리를 밟은 거예요. 개구리 배에서는…… 시커먼 무언가가 울컥울컥 튀어나오고 있었어요. 바로 그때!

청년   (서늘하게) 왜 죽였어…….

어디서 나타났는지! 아줌마의 아들이 제 앞에 서 있는 겁니다.

청년   (싸늘하고 매섭게) 어린 개구리가 뭘 잘못했다고 죽였어. 너, 벌 받을 거야.

아줌마 아들은, 처음 봤던 그 실실 웃음 짓던 얼굴은 싹 지워버린 채 꼭 다른 사람처럼 저를 매섭게 내려다보고 있었습니다.

 INTERVIEW

잊을 수가 없어요. 고기 잡을 때 쓰는 어망 같은 것 안에 개구리를 가득 넣어서 처마에 메주 달 듯 매달아 놨었어요. 그 안에서 개구리들이 막 버둥거리는 게 보여요. 이상하게 그 집만 개구리가 득실댔어요. 그게 너무 징그러웠죠. 청년이 어느새 앞에 서 있는데 원래 바보처럼 웃고 다녀서 동네 애들이 바보라고 놀리기도 했거든요. 근데 눈빛이 확 바뀌어 어떻게 알았는지 매섭게 "왜 죽였어. 너 벌 받을 거야." 하는데 그게 너무 무서워서 뒤도 안 돌아보고 도망쳤어요.

그 후로 저는, 아줌마랑 아들이 사는 이상한 개구리집 근처는 절대 가지 말아야지 하고 다짐했죠.

───── **S#3-뒷산 D**

그리고 며칠 후, 이번엔 친구들과 뒷산으로 놀러 갔습니다. 계곡에서 다슬기도 잡고. 정신없이 놀다 보니까 벌써 날이 어두워진 거예요.

동네 아이1　(지쳐서) 아~ 배고파~ 나 이제 갈래!

동네 아이2　나두 갈래~ 엄마가 늦게까지 놀지 말랬는데…….

애들은 엄마한테 혼날 것 같다며 하나둘 산에서 내려가기 시작했습니다. 저는 아쉬웠지만 혼자 산에 남을까 무섭더라고요. 애들을 뒤따라 내려가려는데!

효과음　(북 치는 소리) 둥둥둥. 둥둥둥.

어디선가 북소리 같은 게 작게 들려왔습니다. 주위를 둘러보니 저 멀리 노오란 불빛이 보이는 거예요. 그런데…….

정훈　어? 저게…… 뭐지?

자세히 보니 번쩍이는 칼날이 허공에서 부딪히며 춤을 추고 있었어요. 홀린 듯 점점 다가가니 형체가 또렷하게 보였습니다. 칼의 손잡이를 잡고 있는 화려한 색동옷을 입은 여자!
헉! 여자의 얼굴을 확인하는 순간 소리를 지를 뻔했어요.
그 개구리집 아줌마였어요. 그 아줌마가 두 손에 칼을 들고 눈을 까뒤집은 채 막 춤을 추고 있는 거예요. 그리고 그 옆에는 아줌마의 아들이 가부좌를 틀고 앉아 연신 북을 두드리고 있었습니다.
저는 실제로 본 적은 없지만 직감적으로 알 수 있었어요. 저 사람…… 무당이구나! 그런데 그때 아줌마가 춤을 뚝 멈추더니! 칼을 머리 위로 높게 쳐들고는 바닥에 푹 내리꽂는 거예요. 칼이 꽂힌 곳은 누군가의 무덤이었습니다.

그 모습을 본 아줌마 아들이! 다리만큼 기다란 돌망치를 손에 쥐더니 무덤에 꽂힌 칼의 손잡이를 퍽, 퍽, 퍽 마구 내려치기 시작했어요. 무덤에 꽂힌 칼을 더 깊숙이 박아 넣으려는 듯 말이죠.

그런데 그 모습을 지켜보는 아줌마의 뒤로 또 누군가 서 있는 게 보였습니다. 길고 새까만 머리, 새까만 옷……. 온통 까매서 형체는 잘 안 보였지만 피를 뒤집어쓴 듯한 새빨간 얼굴은 정확히 보였어요. 그 여자는 무덤에 꽂힌 칼을 뚫어지게 쳐다보고 있었습니다. 무덤에 칼이 깊숙이 들어갈수록 여자의 입꼬리는 찢어지게 올라갔죠.

바로 그때! 아줌마가 '우웩' 하며 검붉은 액체를 토해내기 시작했어요. 저는 절대 봐선 안 될 것을 본 것만 같았어요.

정훈   (속으로) 여기서 도망쳐야 해. 들키면…… 죽을 수도 있어!

저는 조심스럽게 한 발 한 발 내디뎠어요. 팔에는 쭈뼛쭈뼛 소름이 돋는데, 얼굴에선 땀이 비 오듯이 흘렀습니다. 그런데 그때 누가 뒤에서 확 민 것처럼 앞으로 고꾸라졌어요. 그리고 동시에 뒤에서 들리던 망치 소리가 뚝 끊겼어요. '들킨 건가?' 싶어서 벌렁거리는 심장을 잡고 고개를 들었는데!

개구리집 아줌마가 바로 눈앞에서 저를 번들거리는 눈으로 쳐다보고 있는 겁니다. 아줌마는 검붉은 피가 덕지덕지 묻은 입을 들썩거리며 말했어요.

무당 (서늘하게, 속삭이듯) 얘, 너 다 봤지? 어디 가서 말하면…… 너도 같이 가는 거야…….

아줌마의 입에서 간드러진 젊은 여자의 목소리가 흘러나왔어요. 꼭 다른 사람이 말하는 것 같았습니다. 저는 입을 틀어막고 고개를 막 끄덕거렸습니다. 그러곤 벌떡 일어나 뒤도 돌아보지 않고 산을 뛰쳐 내려갔어요.

──── S#4-고모 집 안방 D

그날 이후 산에서 본 아줌마의 얼굴이 머리에 계속 맴돌았습니다. 개구리집 아줌마가 이상한 무당이라는 건 저만 아는 것 같았어요. 말을 못 하니까 막 속이 답답하고 어지러운 거예요.
그러다 고모가 장을 보러 간 사이, 고모부 옆에서 잠에 들었습니다. 얼마나 잤을까, 등, 엉덩이, 다리…… 땅에 닿은 모든 살갗이 간질간질하더니 점점 뜨거워지는 거예요.
눈이 번쩍 뜨였습니다. 살이 타들어 가는 느낌에 온몸을 버둥대는데 손목, 발목을 누군가 쫘-악 조이는 것처럼 움직여지지 않는 거예요. 거기다 숨통까지 막혀오기 시작했습니다.

정훈   (속삭이며) 살려주세요. 살려주세요.

그렇게 정신이 혼미해지던 그 순간!

순자   (다급하게) 정훈아! 정훈아! 정신 차려!

저를 다급히 깨우는 소리에 정신이 번쩍 들었습니다. 순자 이모가 저를 흔들어 깨운 거예요. 그런데 그때……!

정훈   (비명) 으아악!

열린 방문 사이로 산속에서 피를 뒤집어쓰고 있던 그 여자가 저를 매섭게 노려보고 있었어요.

정훈   (기겁해 손가락질하며) 순자 이모, 귀신이에요! 저기, 저기! 귀신, 귀신!
순자   (당황하며) 아니, 얘가 왜 이래. 귀신이 어디 있어! (옆 보고 인사하며) 아휴, 죄송해요.

순자 이모의 말에 다시 보니 그곳엔 개구리집 아줌마가 서 있었습니다. 아줌마는 저를 빤히 쳐다보더니 천천히 사라졌죠. 꼭 절 감시하는 것 같았어요. 제가 말을 하는지 안 하는지 말이에요.

저는 더 이상 이곳에 있으면 안 될 것 같다는 생각이 들었습니다. 그래서 그날 곧바로 도망치듯 집으로 갔습니다.

───── **S#5-고모 집 D (시간 경과)**

그런데 얼마 후 충격적인 연락을 받게 됩니다. 고모부가 돌아가셨다는 소식이었습니다. 저희 가족은 바로 고모 집으로 달려갔어요. 고모는 넋이 나간 듯 하염없이 눈물만 흘리고 계셨죠.
그리고 며칠 후. 마을이 발칵 뒤집히는 일이 일어나고 맙니다. 서울에 있어야 할 순자 이모네 아들이 마을 인근 저수지에서 변사체로 발견된 거예요. 마을 사람의 연이은 사망 소식에 마을 분위기는 점점 어두워졌어요. 그리고 바로 그날! 터질 것이 터지고 말았습니다.

순자   (악에 받쳐 고함) 다 네년 때문이야! 네년 때문이야~!

마을 전체에 순자 이모의 악에 받친 고함 소리가 쩌렁쩌렁 울려 퍼졌어요. 소리가 들린 곳은 그 개구리집이었습니다. 개구리집 아줌마는 산발한 모습으로 마당에 앉아 있었습니다. 그 앞엔, 눈물 범벅된 얼굴로 아줌마를 표독스럽게 노려보는 순자 이모가 서 있었죠.
그리고 아줌마의 아들은 순자 이모와 마을 사람들을 향해 팔뚝만 한 식칼을 획획 휘두르고 있었습니다. 순자 이모는 아랑곳하지 않고 개구리집 아줌마의 머리채를 단숨에 잡으며 소리쳤어요.

순자   (분노) 네년이 살을 잘못 날려서! (분에 차 울먹이며) 내 아들이 죽었어!

그러자 개구리집 아줌마가 날카롭게 소리쳤어요.

무당   (표독스럽게 호통) 잘못 날리긴! 그럼, 멀쩡한 사람한테 살을 날리고도 잘 살 줄 알았어? 저 집 남편 빼앗았으면 그 정도는 각오했어야지! 이 멍청한 것들!

'저 집'이라 말하며 어딘가를 정확히 가리키는 개구리집 아줌마. 그 손가락 끝에는 고모가 서 있었습니다. 그 말을 들은 고모는 그 자리에 털썩 주저앉아버렸죠.
제가, 유독 저희 고모네가 하는 일마다 대박 났다고 한 말…… 기억하세요? 그런데 반대로 순자 이모네 집은 하는 일마다 망하는 통에, 늘 근심과 걱정을 달고 살았다고 해요. 그러자 순자 이모의 마음 한편에 조금씩 시기와 질투가 피어났죠. 무당은, 자신을 찾은 순자 이모에게 이렇게 말했다고 합니다.

무당   (날카롭게) 마을의 대운을 그 큰집이 모두 빼앗아 가고 있어! 그걸 끊어야 해!

결국 시기심에 눈먼 순자 이모는 해선 안 되는 짓을 하고 만 거죠. 제가 산에서 봤던 그 행위들은 고모네를 해하기 위한 저주였던 겁니다. 저를 감시하는 듯했던 무당의 눈빛도, 제가 아닌 고모부를 향했던 것이었죠. 남편을 잃은 슬픔이 가시기도 전에 모든 걸 알게 된 고모는 멍하니 눈물만 흘렸습니다. 저는 아직도 개구리집 무당의 마지막 말을 잊을 수 없습니다.

무당 (표독스럽게 고함) 너네도 다~ 죽을 거야. (한 명씩 가리키며) 너! 너! 너! 너! 다 멀쩡히 잘 살 줄 알았어?! 너네도 다 죽을 거야. 싹 다! 죽을 거야!

무당의 저주를 들은 마을 사람들은 불안감에 온몸을 바들바들 떨며 서로를 바라봤어요. 사람들도 알고 있었던 거예요. 아줌마의 정체가 무엇이고 왜 이곳에 왔는지.
어떻게 아냐고요? 고모가 마을 사람들에게 보답의 의미로 받은 선물들……. 알고 보니 그것들 곳곳에 부적이 가-득 숨겨져 있었거든요. 고모 가족을 제외한 마을 사람 모두가 한패가 되어 무당을 마을로 불러들였던 겁니다. 그리고 돈에 눈이 먼 무당은 저주의 위험을 경고조차 하지 않은 채, 의뢰를 수락했던 것이죠.
그날을 끝으로 개구리집 무당은 아들과 함께 홀연히 자취를 감췄습니다. 그 후. 고모네 마을은 어떻게 됐을까요?

INTERVIEW

마을 사람들이 다 죽어 나갔어요. 마을에 젊으신 이장님이 경운기 사고로 돌아가시고 밭일하시다가 고혈압으로 쓰러져 죽으시고 어떤 분은 집에서 자다가 심장마비로 돌아가시고 그 이후로 정말 사흘이 멀다 하고 하나둘씩 죽어 나가는데 오늘은 누가 돌아가셨다. 오늘은 누가 돌아가셨다. 나가지 말라고 제발 문밖에도 나가지 말고 무슨 일이 있을지 모른다고. (결국) 고모님도 위암으로 돌아가셨어요. 그 많던 땅이랑 재산도 다 팔아먹고 쫄딱 망했다고 하더라고요. 마을이 완전 폐허가 됐죠.

사람의 욕심이 부른 참혹한 결말. 이 모든 게 정말 저주 때문일까요? 세월이 한참 흐른 지금, 한 가지는 확신합니다. 남을 저주하는 마음은 부메랑과 같아서 반드시 자신에게 돌아온다는 것을요.

뒷이야기

● **정훈 씨의 고모네를 저주하려고 했던 건데 왜 무덤에 이상한 행동을 한 걸까?**

정확한 이유는 모르지만 옛날에 마을 어르신이 돌아가시면 다 선산에 묘를 뒀다. 조상의 묘에 칼을 박아서 자손에게 해를 가하려고 한 게 아닐까.

● **무당 옆에 같이 다녔던 남자는 진짜 아들이었을까?**

'신아들'이 아니었을까. 제보자분 말로는 외출할 때면 허리에 커다란 북을 매고 다녔다고. 그 남자의 눈빛이 갑자기 바뀐 것도 신기를 점점 받아들이면서 변한 게 아닐까 한다고.

● **개구리는 다른 의미가 있는 걸까?**

무당마다 모시는 신이 다 다르다고 한다. 제주도에는 뱀신을 모시기도 하고……. 개구리를 죽인 정훈 씨에게 남자가 화를 냈던 걸로 미루어 개구리를 모셨던 게 아닐까.

흔행이 고개

심야괴담회 시즌4 9회 방송

김구라 (잠깐 쉬고) 자, 그렇다면 이번에 이야기 단지를 열 주인공은 누구십니까.

정형석 (음산하게) 접니다.

(이야기 단지를 열고 안에 들어 있는 '부적' 펼쳐서 보여준다.)

정형석 '흔행이 고개'. 이 이야기는, 서울에 사시는 박태훈 씨(가명)가 보내주신 사연입니다. 여러분, 충청북도 음성군에 있는 '흔행이 고개'라는 곳을 아십니까? 이 고개의 원래 이름은 '흉행이 고개' 즉, '흉한 일이 행해지던 고개'라는 뜻인데요. 어릴 적 태훈 씨는 호기심 때문에 이 불길한 고개를 올라갔다가 죽음의 문턱을 넘게 되었다고 합니다. 어떤 사연인지 지금부터 이야기를 들려드릴게요.

[등장인물]

어린 태훈(10세/남), 엄마, 약초 아주머니, 큰 태훈(40세/남), 역귀(20세/여)

S#1-시골길 D

지금으로부터 약 30년 전, 초등학생이었던 저는 충북 음성의 시골 동네로 전학을 가게 됐습니다. 낯을 가리는 성격 탓에 처음에는 혼자 동네 여기저기를 쏘다니곤 했는데, 며칠 뒤, 제게도 새로운 친구가 생겼어요.

아주머니   (다정하게) 사방천지가 쑥이네~ 이거 캐서 엄마 가져다드리면 좋아하겠다.

바로 약초나 나물을 캐다 파는 '약초 아주머니'였죠. 그날도 아주머니를 따라나선 저는 동네 끄트머리에서 처음 보는 고갯길을 발견했습니다. '저기는 어디지? 한번 가볼까?' 별생각 없이 발을 떼려던 순간!

아주머니   (다급하게) 안 돼! (태훈의 앞을 막아서며 엄하게) 애들은 저기 가는 거 아니다. 오늘은 그만 집에 가자.

태훈   (속으로) 거기에 뭐가 있는데? 왜 가지 말라고 하는 거지?

왜 가면 안 되는지 묻고 싶었지만, 아주머니의 표정이 너무 무서웠어요.

───────   **S#2-시골길 D (시간 경과)**

그런데 집에 돌아와서도 자꾸만 그 고개 생각이 났습니다. 결국 저는 호기심을 이기지 못하고 다시 그 고개를 찾아갔죠.
들키면 혼날까 봐 몸을 낮추고 주변을 둘러보는데⋯⋯ 엇! 아기를 업은 아주머니 한 분이 그 고개를 올라가는 거예요.

태훈   뭐야~ 다른 사람들은 그냥 가잖아!

용기를 얻은 전 재빨리 고갯길을 오르기 시작했습니다. 그렇게 한참 걸었는데 기대랑 달리 평범한 시골길이더라고요.

태훈   에이, 다리만 아프고. 괜히 왔네.

실망해서 돌아서려던 그때, 갑자기 목덜미에 오싹 소름이 돋았습니다. 새삼 주위가 조용해도 너무 조용하더라고요. 새소리나 바람 소리라도 들려야 하는데, 여긴 지나치게 고요했어요. 마치 이 고개의 모든 것이 숨을 죽이고 제 동작 하나하나를 지켜보는 느낌이랄까요.

태훈   (주춤주춤 뒷걸음질 치며) 지, 집에 갈까……?

그때 누, 눈이 마주셨습니다. 나무 사이로 절 지켜보는 눈동자하고요. 흐아아악! 저는 미친 듯이 도망치기 시작했습니다. 넘어져서 무릎이 까지는 것도 모르고 정신없이 달리고 또 달렸죠. 간신히 동네 끄트머리에 도착해서 숨을 몰아쉬던 그때!

태훈   (깜짝 놀라 뒤돌아보며) 으악!

뭔가가 제 등을 툭 쳤습니다. 돌아보니 작은 돌멩이 하나가 툭 떨어져 있을 뿐, 아무도 없더라고요. 이상하다 생각하면서 다시 고개를 돌린 순간, 어?
제 그림자 옆에 다른 그림자 하나가 길-게 늘어져 있었습니다. 그런데 그 순간. 무슨 생각이었을까. 왠지 그 그림자가 저와 함께 집에 가기를 원한다는 생각이 들었습니다. 무심결에 손을 내밀자 그 그림자도 가만히 손을 뻗었고……. 저는 그렇게, 그림자의 손을 잡고 집으로 향했습니다.

─────   **S#3-태훈의 집, 안방 N**

그 일 때문이었을까요? 그날부터 온몸에 뻘건 두드러기가 돋고 열은 펄펄 끓기 시작했습니다. 엄마가 절 보고 이렇게 얘기했어요.

엄마   (기겁하며) 아니……. 홍역 없어진 지 언젠데 어디서 홍역에 걸려 온 거야?

동네 아이들에게 홍역을 옮길까 봐 저는 엄마와 함께 방에 격리됐습니다. 그리고 병원에서 처방받은 약을 먹고 잠이 들었는데…….

효과음 (가위질 소리) 서걱서걱
태훈   무슨 소리지? 머리 아파……. 엄마……

어느 순간, 창밖에서 들리는 이상한 소리 때문에 잠이 깼습니다. 옆에 누운 엄마를 깨우려고 했지만, 옆은 텅 비어 있었어요.

태훈   (아파서 목 갈라진) 거기 누구세요……? 엄마야? 아빠?

대답하는 사람은 아무도 없었습니다. 서걱…… 서걱…… 그 소리만이 규칙적으로 반복될 뿐.

태훈   귀가 너무 아파요. 그만해주세요.

그러자 소리가 뚝 끊기더니 불투명한 창문 너머로 길쭉한 그림자가 비쳤습니다. 그 그림자는 방 안의 저를 향해 가만히 손을 뻗고는……

역귀   (속삭이듯) 한 뼘. 한 뼘. 한 뼘. 한 뼘……!

손을 움직이며 알 수 없는 말을 속삭였습니다. 그러곤 창문에서 멀어지더니 다시 서걱서걱 소리가 들리는 겁니다. '저, 저게 무슨 소리지?' 저는 벌벌 떨면서 밤을 꼬박 새워야 했죠.

S#4-태훈의 집, 안방 N (시간 경과)

다음 날…….

태훈   (서운해하며) 엄마, 어디 갔었어!
엄마   (달래는) 미안해~ 어제 갑자기 네 동생이 열이 나는 바람에 병원 갔다 왔어.

제가 어제 얘길 하자 엄마는 아파서 헛것을 본 거라며 절 달랬어요.

태훈   (아파서 목 갈라진) 엄마……. 진짜 오늘은 어디 가면 안 돼…….
엄마   (달래는) 그래, 그래. 엄마가 계속 옆에 있을게.

저는 엄마의 말을 믿고 잠이 들었습니다. 그런데 서걱서걱……. 한밤중에 다시 눈이 뜨였습니다. 또 그 소리였어요.

태훈   (겁먹어 속삭이듯) 어, 엄마, 밖에······. 밖에······! 엄마!

엄마를 마구 흔들었지만 꿈쩍도 하지 않았어요. 그 사이에도 서걱서걱······ 서걱서걱······ 그 소리는 계속되고 있었습니다.

태훈   (속으로) 자, 잘못 들은 거야, 아니면 바람 소리겠지.

저는 침을 꿀꺽 삼키고 일어나 방문을 끼익 열었습니다. 제 눈으로 확인하고 싶었거든요. 아무것도 없다는 걸요.

────   **S#5-태훈의 집, 마당 N**

밖으로 나온 저는 살금살금 걸어가 모퉁이에 몸을 숨기고, 소리가 나는 곳을 슬쩍 살폈습니다. 그런데 저 끝에 어떤 여자가 등을 돌리고 앉아 있는 거예요. 서걱서걱 소리는 그 여자한테서 나오는 소리였습니다.

태훈   (속으로) 누구지? 저기서 뭘 하는 거야?

제가 계속 훔쳐보는 사이, 그 여자의 손에서 뭔가가 번뜩이더니 얇은 삼베 천이 여자의 옆에 길게 늘어졌습니다. 그 여자가 거기서 계속 가위로 천을 자르고 있었던 거예요.

태훈   (조심조심 뒷걸음치며) 어, 엄마 불러야겠다.

효과음   (양철통 떨어지는 소리) 쨍그랑

제 발에 걸린 물건들이 넘어졌고, 그 소리에 여자가 저를 휙 돌아봤습니다. 눈이 마주친 순간 "아아악!" 하고 저는 비명을 지르면서 넘어졌어요. 그 눈이었거든요. 그날, 그 고갯길에서 절 지켜보던 눈동자! 그 여자가 절 향해 달려드는 순간……!

──────   **S#6-태훈의 집, 안방 D**

정신을 차려보니 방이었습니다. 그런데 이상하게 몸이 축축하고 어디서 비린내가 나더라고요.

엄마   (기겁하며) 태훈아! 세상에 코피를 얼마나 흘린 거야!

밤새 흘린 코피로 제 온몸이 푹 젖어 있던 거죠.

──────   **S#7-태훈의 집, 안방 D (시간 경과)**

그날 이후 저는 전보다 더 심하게 아프기 시작했습니다. 하루 종일 누워서 끙끙 앓는데, 밖에서 익숙한 목소리가 들렸어요. 약초 아주머니였죠.

아주머니   (걱정스러운) 저……. 태훈이는 좀 괜찮아?
엄마   (안쓰럽고 답답하고) 열이 떨어지질 않아. 자꾸 헛소리도 하고.
아주머니   (걱정스러운) 헛소리? 뭐라고 하는데?

아주머니와 엄마가 두런두런 대화하는 소리가 조금씩 멀어지는 듯하더니 다시 눈을 떴을 때는 밤이었어요.

───   **S#8-태훈의 집, 안방 N**

제 옆에 엄마가 길쭉한 무언가를 들고 앉아 있었죠.

엄마   (달래듯, 살짝 결연하게) 태훈아, 미안해. 엄마가 오늘은 옆에 못 있어 줘. 대신 이거 옆에 놔줄 테니까 아무 생각하지 말고 푹 자. 알았지?

'시, 싫어! 무서워!' 저는 엄마를 붙잡고 싶었어요. 또 그 여자가 절 찾아올까 봐 너무 무서웠거든요. 저는 눈빛으로 애타게 가지 말라는 신호를 보냈지만. 엄마는 제 옆에 기다란 베개를 놓고는 밖으로 나가버렸습니다. 혼자 남은 저는 빨리 아침이 오길 기다릴 수밖에 없었죠.

그렇게 시간이 얼마나 흘렀을까. 끼익 문이 열리더니, 누군가 들어와서 제 옆에 스르르 앉는 게 느껴졌습니다. '아, 엄마가 왔나 보다.' 정신이 없는 와중에도 확 마음이 놓이더라고요. 안심하고 좀 더 깊은 잠에 빠지려는 찰나.

역귀   (속삭이듯) 한 뼘. 한 뼘.

그 여자였습니다! 그 여자가 제 방까지 들어온 거예요. 전 이를 악물고 자는 척하기 시작했습니다. 깨어 있다는 걸 들키면 그 여자가 절 죽일 것만 같았어요. 그런데…….

역귀   (속삭이듯) 한 뼘. 한 뼘. ……키가 안 맞네? 한 뼘. 한 뼘. ……키가 안 맞네?

'이게 무슨 소리지?' 슬그머니 실눈을 뜬 저는 흡! 숨을 들이켰습니다. 그 여자가 시퍼런 가위 날을 활짝 펼치고 "한 뼘. 한 뼘" 속삭이면서 베개의 길이를 재고 있었거든요.
순간 저는 깨달았습니다. 그동안 여자가 속삭인 '한 뼘'의 의미를……. 그 여자는 계속 창밖에서 한 뼘, 한 뼘 제 키를 재고 있던 거예요. 그때!

태훈   (갑작스럽게 터지는 기침) 큽,. 크흡…….

갑자기 터진 기침 소리에 여자가 고개를 번쩍 들었습니다. 그러곤 고개를 갸웃하면서 절 보더니 씩 웃는 거예요.
'드, 들켰구나!' 도망치고 싶었지만 몸이 움직이지 않았어요. 그때 여자가 손을 높이 쳐들더니 제 머리 옆에 가위를 푹 꽂았습니다. 그리고 가위 날을 활짝 벌리고는 이렇게 속삭였어요.

역귀   (속삭이듯) 한 뼘. 한 뼘. 한 뼘. 한 뼘…… 이젠 키가 맞네?
태훈   (여자를 밀치고 일어나며) 아아아악!

저는 여자를 밀치고 일어났어요.

───── **S#9-시골길 N**

태훈   (당황하며) 뭐, 뭐야. 여기 어디야!

정신을 차려보니 어두컴컴한 산속에 저 혼자 서 있는 거예요. 군데군데 쌓인 돌탑, 이 스산한 분위기. 여긴 분명 그 고개였어요. 그때! 저쪽에서 그 여자가 나타났습니다. 그 여자가 가위를 쓱 들어서 절 가리키는데 그 시선을 따라 제 몸을 내려다본 전 기겁했어요. 제가 삼베옷을 입고 있었거든요! 꼭 수의처럼요!

역귀   (속삭이듯) 킥. 키긱. 이젠 딱 맞네?

태훈   아아악! 엄마! 엄마!

전 죽을힘을 다해 달리기 시작했습니다. 그런데 어둠 속에서 갑자기!

엄마   (절박하게) 태훈아!

엄마의 목소리가 들렸어요. 그쪽으로 달려가자 눈물범벅이 된 엄마가 저를 확 낚아챘습니다.

엄마   (안심하고 격양된) 대체 어디 있었던 거야!

태훈   (울먹이며) 엄마! 그 여자가……. 그 여자가!

그러자 엄마의 표정이 확 굳어지더니, 제 손을 꼭 잡고 달리기 시작했습니다. 그렇게 정신없이 달려 동네가 보이기 시작했을 때!

엄마   (떨면서 결연하게) 그 옷 벗어! 벗어서 엄마 줘!

제가 입고 있던 삼베옷을 거칠게 벗겨낸 엄마가 이를 악물고 그 옷에 불을 붙였습니다. 그 눈빛이 얼마나 단호하던지……. 제가 알던 엄마가 아닌 것 같았어요.

S#10-태훈의 집, 안방 D

그날 이후, 놀라운 일이 벌어졌습니다. 절 괴롭히던 홍역이 씻은 듯이 나은 거예요. 소식을 들은 약초 아주머니며 동네 어른들도 저를 보러 왔습니다. 그런데 한 가지 이상한 점이 있었어요. 저를 찾아온 어른들이 전부 검은 옷을 입고 있었거든요.

태훈   엄마, 어른들이 왜 다 검은 옷을 입고 있어요? 어디 가세요?

그러자 엄마가 이런 얘길 해주셨습니다.

> **INTERVIEW**
>
> 제가 왜 다 검은 옷을 입고 있냐고 하니까 어른들 표정이 어두워지더니 장례식장에 가봐야 한다는 거예요. 동네에 한 살짜리 아기가 죽었다고. 약초 아주머니 말이 원래 아기가 태어날 때부터 심장이 약하긴 했는데, 최근 들어 무슨 일인지 건강이 좋아지고 있었다는 거예요. 그러던 중에 갑자기 어젯밤 그 아기가 자다가 죽은 거죠. 사인이 심장마비라고 들었어요.

문득 그 고개 앞에서 본 아기 업은 아주머니가 생각났어요. '혹시 그 아기인가?' 그때, 약초 아주머니가 제 손을 꼭 잡았습니다.

아주머니   (씁쓸하게) 큰일 날 뻔했어. 다시는 거기 가지 마라. 알겠지?

태훈   네.

제가 대답하자 아주머니가 씁쓸한 얼굴로 머리를 쓰다듬어 주셨죠. 그때는 몰랐습니다. 엄마가 놓아준 베개 속에 부적이 있었다는 것, 그 부적을 넣어준 사람이 약초 아주머니였단 걸요. 그리고 세월이 흐른 어느 날, 저는 제가 갔던 그 고개가 어떤 곳인지 알게 되었습니다.

INTERVIEW

음성읍에 ○○초등학교라고 있는데, 거기서부터 금왕읍으로 넘어가는 언덕이 흉행이 고개예요. 그때도 도로가 있긴 했는데 그 도로를 따라가다가 오솔길로 빠져서 산으로 들어가는 길이거든요. 당시에 큰말제까지 올라갔다가 내려와서, 동네로 다시 들어가는 개울가 교각에서 그림자를 본 거죠. 지금은 큰 도로가 생겨서 많이 달라졌을 거예요.

제가 갔던 고개가 알고 보니 '흉행이 고개'라는 곳이었어요. 조선 중기 때 고개를 넘던 장사치가 도적들한테 살해당한 이후로 이 고개를 넘던 사람들이 뭔가에 홀려서 실성하거나 죽는 일이 많아진 거예요. 그 이후로 선조 때는 '더금뫼'를 하는 장소가 됐는데, 그게 뭐냐면 전염병 환자나 죄인의 시체를 땅에 묻지 않고 몰래 버리는 행위거든요. 동네 어르신들도 '거기 전염병 환자 갖다 버리는 데다, 가지 마라.'라는 말을 듣고 자랐다고 하더라고요.

전염병으로 죽은 시신들이 널브러져 썩어가던 곳. 그곳이 흔행이 고개였던 겁니다. 그 후, 제가 어른이 되면서 그 일은 잊히는 듯했습니다. 그러던 어느 날.

태훈   콜록콜록. 아, 죽겠네.

저는 코로나에 걸려 격리 생활을 하게 됐습니다. 고열과 기침, 두통에 시달리다가 쓰러지듯 누워 잠이 들었죠. 그런데 어느 순간, 그 소리가 다시 들려오기 시작했습니다. 서걱서걱…….
그 여자가 또 어딘가에서 가위를 들고 제 수의를 짓고 있는 걸까요? 저는 어떻게 해야 그 여자에게서 벗어날 수 있을까요.

뒷이야기

 다시 찾아왔다는데, 무사히 잘 이겨냈는지?

다행히 무사히 그 때를 넘기긴 했는데, 정말 이상한 일이 있었다고 한다. 태훈 씨 얘기를 들어보자.

> **INTERVIEW**
>
> 코로나에 걸렸을 때 자다가 꿈을 꿨는데, 창문 밖에서 그때 그 소리가 들리는 거예요. 그래서 '내 키를 재러 오겠구나.' 싶어서 창문 밑에 숨었는데 창가에 그림자가 쓱 다가오더니 제가 보이는 것처럼 "한 뼘, 한 뼘. 그새 많이 자랐네." 그러더라고요.
> 그때 어머니가 나타나서 "썩 꺼져! 여기서 나가지 못해!" 하면서 그 여자를 끌어내는 걸 보고 꿈에서 깼거든요. 눈을 떠보니까 온 몸이 피범벅이 되어 있는 거예요. 자면서 코피를 엄청 쏟은 거였어요. 근데 놀랍게도 코로나가 싹 나아 있더라고요.

올케언니

심야괴담회 시즌4 8회 방송

김구라 (잠깐 쉬고) 자, 그렇다면 이번에 이야기 단지를 열 주인공은 누구십니까.

이엘 (음산하게) 접니다.

(이야기 단지를 열고 안에 들어 있는 '부적' 펼쳐서 보여준다.)

이엘 '올케언니'. (부적 정리하고) 이번 사연은 강원도 고성에 살고 계신 강유정(가명) 씨가 보내주셨습니다. 유정 씨는 오빠의 아내인 '올케언니'와 사이가 참 각별했다고 합니다. 그런데 어느 날, 올케언니로 인해 평생 두 번은 하고 싶지 않은 아주 끔찍하고 기이한 일을 경험했다고 하는데요. 지금부터 제가 '유정' 씨의 시점에서 그 이야기를 들려드릴게요.

[등장인물]

강유정(가명/22세/여), 오빠(30대 중반), 올케언니(30대 초반), 딸 서윤(8세/여), 무당

S#1-유정의 본가 D

제 본가는 경기도 광주의 작은 마을에 있습니다. 저는 서울에 있는 대학에 다니게 되면서 독립하게 됐는데, 그날은 오랜만에 본가에 내려가 가족들을 만난 날이었죠. 과묵하지만 정 많은 '오빠', 늘 다정한 '올케언니', 애교쟁이 조카 '서윤이' 그리고 저. 저희 가족은 이렇게 네 명이에요. 단출하죠?

(재연 촬영 시: 단정하게 머리 묶고, 수수한 옷차림의 올케언니)

일찍 부모님을 여의고 가정을 이룬 오빠에게 13살이나 어린 전, 혹이나 다름없었을 텐데요. 단란한 행복을 누릴 수 있었던 건 유독 살가웠던 '올케언니' 덕분이었죠.

유정   (살갑게) 언니, 여행 간다면서요? 서윤이 걱정은 말고 재밌게 놀다 와요~!
올케언니 (다정하게) 아가씨 아니었으면 못 갈 뻔했는데 고마워요~

언니는 친한 동네 사람들이랑 주말 동안 강원도 여행을 간다고 했어요. 짐을 싸는 언니의 모습이 참 신나 보였습니다. 그땐 몰랐죠. 이랬던 언니에게 그런 끔찍한 일이 생길 줄은요.

―――― **S#2-유정의 본가 N**

이틀 후, 밤 11시가 넘어가는 시간이었어요. 분명 저녁 전에 도착한다고 했던 올케언니가 집에 돌아오지 않는 거예요. 아무리 전화를 해도 받질 않으니 속은 타들어 갔습니다. '혹시 언니에게 무슨 일이 생긴 건 아닐까?' 불길한 생각이 들었죠.

오빠 (초조하게) 내가 정류장까지 나가볼게! 너는 서윤이 좀 봐줘.

오빠는 저에게 조카를 부탁하고, 언니를 찾아 집을 나섰습니다. 얼마나 지났을까 기다리다 지쳐 거실에서 꾸벅꾸벅 졸고 있었는데…….

효과음 (초인종 소리) 띵동띵동, 띵동띵동-

세차게 울리는 초인종 소리에 놀라 벌떡 일어났어요. 오빤가? 혹시 올케언니? 근데 왜 초인종을 누르지? 인터폰을 확인한 전 그 자리에서 놀라 얼어붙고 말았습니다. 웬 여자가 인터폰 가득 얼굴을 들이밀고 있는 거예요. 여자의 얼굴은 축축이 젖은 머리카락이 가-득 들러붙어 새빨갛게 충혈된 한쪽 눈만 겨우 볼 수 있는 모습이었습니다. 그런데……!

유정   (믿기 힘든) 어, 언니?

그 모습이 꼭 올케언니인 것 같은 거예요. 재빨리 나가 대문을 열었는데 처참한 모습의 올케언니가 보였어요. 언니는, 머리를 산발한 채 멍-한 표정을 하고 있었고 팔과 다리는 어디서 긁혔는지 벌건 상처가 가득했습니다.

유정   (놀라며) 언니! 꼴이 이게 뭐예요! 혹시…… 무슨 일 있었어요?

놀란 제 물음에도 언니는 입을 꾹 다물더니 방으로 들어가 문을 닫아버렸습니다.

─── **S#3-유정의 본가 D**

저는 날이 밝자! 언니의 상태부터 살폈습니다. 그런데…….

올케언니   (상냥하게) 아가씨~ 일찍 일어났네요? 배고프면 먼저 밥 먹을래요?

평소와 같은 상냥한 올케언니의 모습이었어요. 언니는 괜찮냐는 제 물음에도 "뭐가요~?" 하며 해맑은 표정으로 되물었죠. 그런데 왠지 불길한 마음에 저는 언니와 함께 여행을 갔던 동네 지숙 언니에게 전화를 걸었어요.

지숙   (의아한) 여행지에서~? 별일 없었는데? 그냥 재밌게 놀았어~

지숙 언니의 말을 들으니 여행지에서 나쁜 일이 있었던 건 아닌 것 같았죠. 저는 어딘가 찝찝한 마음을 안고, 서울 집으로 돌아오게 됐어요.

───── **S#4-병원 D**

그런데 아침부터 오빠에게 계-속 전화가 오는 거예요. 수화기 너머로 들린 오빠의 말은 충격적이었습니다.

오빠   (다급하게) 유정아! 서윤 엄마가…… 농약을 마셨어!

올케언니가 농약을 먹고 스스로 목숨을 끊으려고 했다는 겁니다. 저는 곧장 병원으로 달려갔습니다. 병실엔 위 세척을 마치고 누워 있는 올케언니가 보였어요. 도대체 어떻게 된 일인지, 오빠를 다그쳐 물었죠. 그랬더니……

오빠   (멍하니) 나도 모르겠어. 서윤이 혼자만 두고, 또 어디 나가려고
         해서…… 한 소리 했더니…….

그러자 언니가 화를 내며 농약을 마셨다는 거예요. 평소 큰소리 한 번 없었던 오빠 부부였기에 더욱 믿기 힘든 말이었습니다. 그런데, 그때 언니가 눈을 뜬 거예요. 다행히 죽을 고비는 넘긴 것 같았습니다.

> **INTERVIEW**
>
> 화를 내면서 농약을 반 통을 넘게 먹었다더라고요. 오빠가 손가락을 넣어서 구토시키려고 했는데 그걸 언니가 깨물어서 당시 오빠 손가락은 두께가 5배가 될 정도로 엄청 부어 있었어요. 평소에 정말 남편, 자식한테 잘하는 현모양처였던 언니가 그랬다는 게 믿기지 않았는데…… 병원에서 위세척하고 하니까 또 멀쩡한 거예요. 저보고 "아가씨 주려고 집에 송편 얼려놨다고~ 집에 가면 해주겠다. 같이 먹자" 이러고…… 참 이상하다고 생각했어요.

―――― **S#5-유정의 본가 N**

이후 언니는 호전된 모습을 보여, 퇴원까지 할 수 있었어요. 저는 아픈 언니를 위해 한동안 오빠 집에 더 머물기로 했죠. 그렇게 집으로 돌아온 그날 밤.

그날은 오빠가 출장 때문에 집을 비운 날이었습니다. 갈증이 나서 거실로 나왔는데 올케언니가 불 꺼진 거실 소파에 앉아 TV를 보고 있는 거예요. '언니가 잠이 안 오나?' 하고 대수롭지 않게 지나가려다 뚝. 멈춰 섰어요.
언니가 보고 있는 TV 화면……. 화면조정 시간에 나오는 오색화면 아시죠? 그 화면을 뚫어지게 보고 있는 겁니다. 어딘가 싸한 느낌이 들었어요. 그런데 그때…….

효과음 (작게 울먹이는 소리) 흑……. 힉. 흑흑흑. 힉.

안방에서 누군가 훌쩍이는 소리가 들리는 거예요. 소리를 따라 안방 문을 조심스럽게 열었어요. 그런데…….

유정 (깜짝 놀라) 이게…… 뭐야?

안방 옷장 손잡이가 끈으로 칭칭 감겨 있는 겁니다. 꼭 누가 막아 놓은 것처럼요. 불길한 마음에 정신없이 끈을 풀었는데…….

유정 (깜짝 놀라서 소리치는) 서윤아!
서윤 (겁 먹어서 울먹이며) 흑흑……. 고모……. 으아아아아아앙 엄마가……. 엄마가…….

옷장 속에는 잔뜩 겁을 먹고 움츠린 서윤이가 있었습니다.
저는 너무 화가 나서 뛰쳐나가 언니를 다그쳤습니다.

유정　　(화내며) 언니! 언니가 서윤이 옷장에 가뒀어요? 왜요? 애가 무
　　　　슨 잘못을 했다고!

올케언니　(멍하니 앞을 보며 싸늘하게) 시끄럽잖아.

언니의 충격적인 대답에 할 말을 잃었습니다. 저는 서윤이를 겨우 달래고, 뜬눈으로 밤을 지새웠습니다.

──────　**S#6-유정의 본가 N (시간 경과)**

그리고 출장 후 돌아온 오빠를 붙잡고 새벽의 일을 털어놓았죠. 하지만…….

오빠　　(살짝 지친 기색으로 달래며) 언니가 지금 예민해서 그런 걸 거야.
　　　　금방 괜찮아지겠지…….

오빠는 절 다독이며 서윤이를 좀 더 챙겨달라는 부탁을 남겼죠. 하지만 그날 이후로도 밤만 되면, 서윤이를 대하는 언니의 태도는 좀 이상했어요. 꼭 남을 대하는 느낌이라고 해야 할까요?

저는 갖은 걱정에 외줄 타는 마음으로 밤을 지새웠습니다. 그러길 며칠, 더 이상 외면할 수 없는 사건이 터지고 맙니다. 그날도 뒤척이다 선잠에 들었을 때였어요. 그런데…….

효과음 (음산하고 낮게 긁는 소리) 그드득. 그드득. 그드드득.
유정 이게 무슨 소리지?

묘하게 소름 끼치는 소리에 방에서 나왔는데, 올케언니가 서윤이 방 앞에 서 있는 거예요. '뭐 하는 거지?' 생각하는 찰나! 언니 손에 '부엌칼'이 들려 있는 게 보였습니다. 언니가 그 칼로 방문을 그드득, 그드득 긁고 있었던 거예요.

유정 (깜짝 놀라 소리치는) 언니! 지금 뭐 하는 거예요!

그러자 언니는 긁는 걸 멈추고 칼을 든 채로 "으으으으으!" 하고 괴상한 소리를 지르더니 제게 칼을 꽂을 것처럼 달려들었습니다.
그 순간 정신을 잃은 것 같아요. 눈을 떠보니 거실 바닥이었습니다.

유정 (번뜩 생각난) 헉! 서윤이! 서윤이!

부리나케 서윤이 방을 확인한 저는 안도감에 다리가 풀렸어요. 다행히도 곤히 자고 있더라고요. 그런데…….

오빠   (다급하게 깨우는) 여보……. 여보……. 일어나 봐! 여보!

오빠의 다급한 목소리가 들렸어요. 그리고 저는 또 한 번 주저앉고 말았습니다. 올케언니가 방에서 숨진 채 발견됐거든요. 사인은 음독에 의한 사망이었습니다.

저는 한참을 울었습니다. 한없이 다정했던 언니의 모습이 자꾸만 생각나더라고요. 넋이 나간 채 주저앉은 오빠 옆에 멀뚱히 앉아 있는 어린 서윤이를 보니 더욱 가슴이 미어졌어요. 그렇게 저희 가족은 허망하게 올케언니를 떠나보내야만 했습니다.

S#7-유정의 본가 D (시간 경과)

그로부터 한 달 후. 오빠와 서윤이는 정말 다행히도 서서히 일상으로 돌아가는 듯했습니다. 그래서 저도 다시 서울로 돌아갈 준비를 하고 있을 때였어요. 그런데…….

오빠   (근심) 유정아……. 잠깐 할 얘기가 있는데…….

오빠는 그늘진 표정으로 제게 영상 하나를 보여줬습니다. 거실을 찍고 있는, 홈 CCTV 화면이었어요. 화면엔 홀로 인형 놀이를 하고 있는 서윤이가 있었습니다. 그런데 그때!

서윤   (살짝 앙탈) 엄마! 그거 아니야~ 이렇게 해야지!

'엄마……라니' 심장이 발끝까지 내려앉는 것 같았어요. 저는 떨리는 손으로 CCTV 화면을 계속 돌려보았습니다. 그 전날도 그 전전날도……! 매일 밤 이상행동을 하는 서윤이의 모습이 담겨 있었어요. 머리가 새하얘진 저에게 오빠는 며칠만 더 집에 머물러주길 부탁했죠.

───   **S#8-유정의 본가, 마당 N**

그리고 며칠 후. "유정아, 유정아!" 하고 누군가 저를 흔들어 깨우는 소리에 눈을 떴습니다. 그 순간! 귀가 찢어질 듯 요란한 악기 소리가 울려 퍼졌어요. 그리고 눈앞엔 오빠가 보였는데…….

오빠   (다급하게) 유정아, 시간이 없다! 혼을 불러야 하는데, 산 사람이 해야 한단다. 너밖에 해줄 사람이 없어!

혼을 부른다……. 그게 무슨 말일까요? 들어보니, 서윤이의 행동에 충격 받은 오빠는, 올케언니를 위한 굿을 하기로 했다고 합니다. 그러기 위해선, 올케언니의 '혼'을 불러야 했는데, 혼과 이승을 연결하는 매개체가 반드시 '산 사람'이어야 한다는 것이었습니다. 그런데 무당도, 오빠도 모두 실패했고 결국 남은 사람이, 저밖에 없다고 했어요.

'죽은 사람의 혼을 부른다니 그게 말이 되나?' 싶다가도 그걸 무속인이 아닌 내가 해도 괜찮은 걸까? 덜컥 겁이 났어요. 근데요……. 문득 이걸 하면, '갑작스러웠던 올케언니 죽음의 이유를 알 수 있지 않을까?' 하는 생각이 들었습니다.

그래서 결국 이끌리듯 마당으로 나가게 됐어요. 무당은 제 앞에 작은 나무 상을 놓았어요. 나무 상 위에는 쌀을 담은 그릇이 올려져 있고, 그 안엔 기다란 나뭇가지 하나가 꽂혀 있었죠.

> **INTERVIEW**
>
> 올케언니 혼을 상에 불러와야 하는 거랬어요. 다른 사람이 했을 땐 안 되던 게 제가 상을 딱 붙잡으니까 그게 떨리기 시작했다더라고요. 떨리다가 쏟을 것 같아서 꽉 붙잡았는데도 막 그래도 (멈추지 않고) 계속 떨리는 거예요. 제가 마음대로 하려고 해도 안 당겨지더라고요. 그때 무당이 네가 편한 자리로 가서 앉아, 라고 하니까 몸이 저절로 움직여서 자리를 찾는 거예요. 그때 아, 진짜 세상에 귀신이라는 게 있구나. 아니면 이게 설명이 안 되니까. 진짜 뭐가 있긴 한 거구나. 몸소 겪어보고 깨달았죠.

무당   (차분하게) 두 손으로 상을 잡고 들어 올려!

무당의 말을 따라 앞에 놓인 상을 두 손으로 들어 올렸습니다. 그러자 알 수 없는 주문을 외는 무당의 소리가 들려왔죠. 그러기를 몇 분…….

유정   (당황하며) 어? 이게 왜 이러지?

믿을 수 없게 그릇의 쌀알이 점점 흔들리기 시작했어요. 그리고 이어 제가 들고 있는 상이 무섭게 요동치는 겁니다.
저는 상의 움직임이 멈춘 안방에 앉았습니다. 그랬더니 악기 소리와 방울 소리가 집을 삼킬 듯 크게 울리기 시작했습니다. 순간! 역한 화공약품 같은 냄새가 콧속으로 훅 들어왔어요. '이게 무슨 냄새지?!' 코를 틀어막으려는데…….

유정   (한 곳을 가리키며 놀라서 고함) 으아악! 저, 저기!

언니가……. 저 앞에 죽은 올케언니가 서 있는 게 보이는 거예요. 바로 그때!

유정   (울분에 차 소리 지르는) 으아아아아어엉엉어어어엉엉

저도 모르게 가슴 깊이 한 맺힌 소리가 입으로 튀어나왔습니다. 울컥 올라오는 울분에 눈물이 주체 없이 흐르기 시작했어요. 그리고 제 기억은 거기서 끊어졌습니다. 지금부턴, 오빠가 본 제 모습을 이야기해 드릴게요.

무당   (호통치며) 왜 그랬어! 왜 그랬어! 니 남편 니 새끼 다 남겨두고 어찌 그런 못된 짓을 했어!

무섭게 호통치는 무당 앞에서, 저는 숨이 넘어갈 정도로 한참을 꺽꺽 울었다고 합니다. 그러다 갑자기 벌떡 일어나 집 안을 정신없이 헤집고 다니더니 창고로 뛰어 들어가 농약 마시는 시늉을 했다는 거예요. 이때 오빠는 소름이 쫙 돋았대요. 올케언니가 어디서 농약을 마셨는지는 제게 말한 적이 없거든요. 그러곤 안방 옷장 서랍에서, 반듯하게 접힌 넥타이 하나를 꺼내 오빠에게 건네며, 오빠의 두 손을 꼬옥 붙잡고 눈물을 흘리며 이야기했대요.

유정   (울먹거리며) 당신…… 주려고 사다 놓았던 거예요. 여보. 미안해요. 미안해요. 당신한테 다 남기고 가서 미안해요.

그때 오빠는 생각했대요. 진짜 올케언니가 왔다고요.

오빠   (울먹거리며) 왜 그랬어. 도대체 왜 그런 거야. 당신 가면 나랑 서윤인 어떡하라고.
유정   (고개를 천천히 저으며 오열) 모르겠어요. 나도 내가 왜 그랬는지 모르겠어요. 불쌍한 우리 남편……. 미안해요. 우리 딸! (허공에 찾으며) 아가. 우리 아가. 어딨니. 아가. 미안해, 미안해.

그렇게 한참 서윤이를 찾아 이 방 저 방을 다니며 통곡을 하다…… 아이를 잘 부탁한다는 말을 남기곤 올케언니는 그렇게 떠나갔다고 합니다. 그리고, 이후 무당에게 들은 충격적인 말.

무당	(안타까운 한숨) 쯧쯧쯧. 자살귀한테 당한 거야! 저승문은 열어줬으니 잘 갔을 거야.

무당이 말하길, 자살귀들은 스스로 저승길을 찾을 수가 없다고 합니다. 그래서 꼭 누군가를 꾀어내려고 혈안이 되어 있다고 했죠. 어떤 이유에선지 언니가 걸려든 것이라 했습니다. 이야기를 들은 오빠는 원통함에 사무쳐 그저 목 놓아 눈물만 흘렸다고 해요.
사람들은, 올케언니에 대해 여행에서 귀신에게 홀린 거라고 입 모아 말했습니다. 그런데요 사실 오빠에게 얘기하지 못한 게 한 가지 있어요. 여행 전, 언니가 짐을 꾸리고 있을 때…….

유정	(살갑게) 언니~ 집안일에 서윤이까지 보느라 고생많아요~
올케언니	(덤덤하게) 괜찮아~ 곧 죽을 거야. (소름 끼치게 웃으며) 내가 죽일 거니까.

올케언니는…… 언제부터 자신을 잃어버렸던 걸까요.

뒷이야기

🎬 **언니가 여행 가기 전부터 홀려 있던 거라면, 또 이상한 점은 없었나?**

사실 동네 사람들끼리 여행 얘기가 나왔을 때 원래 딸을 놔두고 가겠다고 할 사람이 아닌데 이상하게 꼭 갈 거라고 떼를 썼다고 한다. 그래서 유정 씨 오빠도 '이 사람이 왜 이러나.' 하고 의아해했다고.

🎬 **이후 가족분들은 잘 지내는지?**

유정 씨에게 직접 들어보자.

> 🎬 INTERVIEW
>
> 그렇게 굿을 하고 나서 한동안 계속 언니가 꿈에 나타나서 같이 가자고, 같이 가자고……. 그럴 때마다 나는 안 간다고 꿈에서 악을 썼어요. 하도 시달리니까 머리맡에 칼을 두고 자거나 집을 나와서 자거나 그랬는데 아예 그곳을 벗어나니까 더 이상 그런 꿈을 안 꾸게 되더라고요. 그래서 지금은 다행히 저도 가족들도 모두 잘 지내고 있습니다.

북소리

심야괴담회 시즌4 13회 방송

김구라 (잠깐 쉬고) 자, 그렇다면 이번에 이야기 단지를 열 주인공은 누구십니까.

김병옥 (음산하게) 접니다.

(이야기 단지를 열고 안에 들어 있는 '부적' 펼쳐서 보여준다.)

김병옥 '북소리'. (부적 정리하고) 이 사연은 제보자인 강인호(가명) 씨께서 사촌 누나 연희(가명) 씨가 겪은 일을 보내주신 건데요. 2003년, 사촌 누나 연희 씨가 남자친구와 동해안에 있는, 한 민박집을 다녀왔다고 합니다. 그런데 그날 이후, 인호 씨는 마음속에 '한 가지 의심'이 아주 강하게 박혀있다고 하는데요. 과연 무슨 일이 있었던 건지 지금부터 제가 연희 씨의 이야기를 제 스타일로 전해드리겠습니다.

[등장인물]

여자친구 연희(가명/25세/여), 남자친구 동현(가명/28세/남), 호객&북 할머니(행색 다르게), 여자 귀신

S#1-한적한 도로 N

2003년, 그날은 아주 무더운 여름이었어. 토요일 근무에 지쳐 터덜터덜 퇴근하던 연희 씨 옆으로 차 한 대가 쏙- 서더라고?

(재연 촬영 시: 마치 납치 차량처럼 쏙 뒤따라오는 느낌으로 연출)

연희   (놀라며) 어?! (반가워하며) 뭐야, 오빠! 차 샀어?
동현   (신나하며) 어. 죽이지~? 타! 동해바다 가자!

차를 장만한 남자친구 동현 씨가 깜짝 놀래주려고 몰래 데리러 온 거였어. 그렇게 두 사람은 급 동해바다 여행을 떠났지. 바다에 발도 담그고 모래사장에 서로 이름도 쓰고 얼마나 좋아.

S#2-자동차 안 N

한참을 신나게 놀고 서울로 돌아가려는데…….

동현   아으. 머리가 왜 이렇게 아프지? 바닷바람 많이 맞아서 그런가.

동현 씨가 아까부터 머리가 지끈지끈하더니 갑자기 눈이 튀어나올 것처럼 아파서 도저히 운전을 못 하겠다는 거야. 두 사람은 고민하다, 다음 날이 일요일이니까 하루 자고 서울로 올라가기로 했지.

(재연 촬영 시: 멀리서 지켜보는 할머니 언뜻 보이게. 옷차림은 허름한 몸뻬바지.)

그런데 차를 타고 한참 돌아다녔는데 방이 하나도 없는 거야. 딱 여름 휴가철이었거든. 결국 돌고 돌아서 바닷가에서 좀 떨어진 한 어촌마을까지 들어가게 됐어. 좁은 골목길이라 천천히 차를 몰고 가고 있었지.

연희   (동현을 보고 걱정하며) 오빠, 괜찮아? (고개를 돌리다 깜짝 놀라서) 아! 오빠! 앞에!

갑자기 차 앞에 뭔가 서 있는 게 보여서 급하게 차를 세웠어. 허리가 90도로 꼬부라진 웬 할머니가 눈을 치켜뜬 채 차를 뚫어져라 쳐다보고 있었어. 동현 씨는, 창문을 내리고 말했지.

동현　(아파서 힘없는) 할머니, 저희 지나갈게요~

할머니　(낮게, 무심하게) 방 찾어? 저어기 민박집 하나 있어. 하룻밤 자고 가.

동현　(아파서 힘없는) 아, 방이 있어요? 얼마예요?

할머니　(낮게, 무심하게) 2만 원.

방이 있는 것도 다행인데, 2만 원이라니! 너무 싼 거야~ 그리고 무엇보다, 동현 씨 두통이 점점 더 심해지고 있어서, 바로! 가겠다고 했지. 할머니는 길이 좁으니까 차를 대고 따라오라고 했어.

─── S#3-민박집 N

그렇게 골목골목 따라 올라가니까. 간이 간판이 하나 보였어. 빨간색으로 '민박'이라고 적혀 있더라고. 할머니를 따라 들어갔는데, 하……. 꼭 폐가 같이 허름한 거야. 두 사람은 움찔했지. 그때 할머니가 여러 방 중에 첫 번째 방을 가리켰어.

할머니　(낮게, 무심하게) 저 방이야.

동현　(떨떠름하게) 아, 네……. 여기 방값…….

할머니　(말 자르며) 됐어. 내일 주면 돼.

그러더니 그냥 쓱 나가버리는 거야. '숙박비도 후불이 있나? 호객만 하는 할머니인가?' 싶더라고.

──── S#4-민박집 1호실 N

문을 열어보니까 역시나 낡고, 꿉꿉한 냄새가 나는 방이었어. 근데 뭐 어쩌겠어, 다른 데 방도 없는데. 두 사람은, 머리 아픈 거 좀 나으면 바로 가기로 하고 누워서 눈을 좀 붙였지. 그런데 얼마나 잤을까. 연희 씨는 잠에서 깼어. 밖에서 이상한 소리가 들렸거든.

효과음 (너무 빠르지 않은 일정한 북소리) 둥, 둥, 둥.

북을 치는 소리 같더라고. 시계를 봤더니 새벽 2시가 넘어가고 있었어. 대체 이 시간에 뭐 하는 건지! 이대로는 잠을 못 잘 거 같아서 동현 씨를 봤는데 곤히 잠들어 있더라고. '그래, 내일 운전도 해야 하는데 깨우지 말자.' 싶어서 혼자 밖으로 나가봤지.

──── S#5-민박집 복도 N

북소리를 따라 주변을 둘러보니까. 민박집 맨 끝, 마지막 방에서 빨간 불빛이 새어 나오고 있는 거야. 방문이 좀 열려 있었는데, 문틈으로 '둥둥둥' 일정한 소리가 들리고 있었어. 좀 꺼림칙하더라고. 근데 도대체 뭘 하는지 너무 궁금한 거야.
조심스레 다가가서 문틈으로 방 안을 들여다보니까 붉은 연등이 천장에 줄줄이 달려 있고 방바닥에는 촛불이 아주 발 디딜 틈도 없이 가득했어. 그리고 그 한가운데 하얀 소복을 입고 머리를 쪽진 할머니가 북을 치는 뒷모습이 보이더라고. 그런데 그때!

여자   (고통스러워 힘주는 신음) 으으윽. 으윽. 하악. 하학.

고통에 찬 신음 소리가 들리는 거야. 문틈 쪽으로 얼굴을 좀 더 가까이 대고 봤더니 북 치는 할머니 앞에 웬 여자가 누워 있더라고. 잔뜩 헝클어진 긴 머리, 말라비틀어진 것처럼 거뭇거뭇한 피부, 얼굴엔 뭔지 모를 생채기가 가득했는데……. 심지어 한쪽 눈에선 울컥울컥 피까지 흘러나오고 있더라고. 그런데 그 여자의 손발이 하얀 천으로 묶여 있는 거야. 양손과 양발이 사방으로 벌어져 단단히 결박되어 있었어!

(재연 촬영 시: 사지가 거열형에 처하듯이 묶여 있게)

여자   (고통 못 참고 비명 지르는) 으윽. 으아악! 아아악!

여자는 손발이 묶인 채로, 몸을 이리저리 비틀면서 괴로워했어. 근데 할머니는 미동도 없이 북만 치더라고 너무 이상하잖아! 그런데 그때 여자가 잔뜩 비틀던 몸을 확 멈추더니 천천히 힘을 빼고 바닥에 눕더라고. 그리고 말했어.

여자 (낮은 톤으로 강하게) 쟤야?

그러더니 갑자기 고개를 옆으로 휙 돌리고 연희 씨를 똑바로 쳐다봤어. 그리고 입꼬리가 찢어질 듯 씩 웃는 거야! 놀란 연희 씨는 급히 몸을 돌려 벽에 숨었어.

연희 (두려움에 떨며, 속으로) 나 본 건가? 나 말하는 건가? (퍼뜩) 어? 왜 이렇게 조용하지?

북소리……. 북소리가 들리지 않는 거야. 다시 문쪽을 봤는데…… 헉! 소복 입은 할머니가 문틈에 서서 연희 씨를 노려보고 있었어. 두 사람을 민박집으로 데려온 바로 그 할머니였어. 처음 봤을 땐, 허리가 아주 구부정했는데 지금은 꼿꼿하게 세우고 서서 말하더라고.

할머니 (소름 돋게, 음침하게) 봤어?
여자 (웃겨 죽겠다는 듯이, 참다 크게 터지는) 크큭…… 크하학……꺄하하하학!

할머니 뒤로 묶여 있는 여자의 웃음소리가 들렸어. 연희 씨는 너무 무서워서 몸이 굳는 거 같았어. 간신히 발을 떼 뒷걸음질 치는데…….

할머니 (무섭게 소리 지르는) 봤냐고!

S#6-민박집 1호실 N

호통 소리에 놀란 연희 씨는 도망치듯 방으로 뛰어 들어왔어. 문을 막 걸어 잠그는데 그 순간……. 둥둥둥 북소리가 다시 들리기 시작했어. 덜덜 떨면서 자고 있는 동현 씨를 깨웠지. 그런데 동현 씨가 땀을 뻘뻘 흘리고 끙끙 앓으면서 일어나질 못하더라고! 결국 연희 씨는 이러지도, 저러지도, 못하고 뜬눈으로 밤을 새우며 버텼어.
그리고 새벽 5시. 이때까지도 북소리는 계속 울렸어. 점점 날이 밝아 오자 연희 씨는 안 되겠다 싶어, 동현 씨를 깨우기로 했지. 그러다 온몸에 소름이 쫙 돋았어.

연희 (의아해하며) 저, 저게 뭐지? 어제는 못 봤는데?

방의 한쪽 벽에 아무리 봐도 꼭 핏자국 같은 게 방울방울 튀어 있더라고. 왜, 뭔가에 찔렸을 때 피가 확 튄 것 같은 그런 거뭇한 자국 있잖아. 그런데 그때 드디어 그 북소리가 멈췄어. 그제서야 동현 씨가 쓱 일어나더라고?

연희   (약간 울먹이며) 오빠……! 내가 새벽에 밖에 나갔는데…….

연희 씨는 동현 씨한테 모든 걸 이야기했어. 그런데 이야기를 다 들은 동현 씨 표정이 싹 굳어지는 거야. 그러더니 방바닥에 2만 원을 던지고 말하더라고.

동현   (단호하게) 짐 챙겨, 빨리 여기서 나가자.

S#7-자동차 안 D

서울로 올라가는 차 안. 한참을 굳은 얼굴로 운전만 하던 동현 씨가 연희 씨에게 물었어.

동현   (애써 침착) 너…… 꿈꾼 거 아니지?
연희   (억울해하며) 아냐! 북소리가 들려서 나갔다가 우리 데려온 그 할머니랑…… 막 묶여서 피 흘리던 여자, 분명히 봤다니까!
동현   (심각하게) 네가 본 그거…… 난 꿈에서 봤어.

꿈에서 동현 씨도 북소리를 듣고, 민박집, 그 끝방으로 갔다는 거야! 붉은 연등이 달린 방 안에 하얀 소복을 입은 할머니가 북을 치고 있었는데 그 앞에 손발이 묶인 여자가 누워서 고통스러워하고 있었다고. 그런데 동현 씨 꿈에는 딱 한 가지, 다른 점이 있었어.

동현　(떨며) 그 여자가 고개를 돌려서 눈이 마주쳤는데 그 얼굴이······ 연희, 너였어.

(재연 촬영 시: 연희 얼굴 분장 없이 멀쩡한 모습 / 동현 바라보며 고통스러워 우는 모습으로 연출)

 INTERVIEW

연희 누나가 자기가 본 현실이랑 남자친구가 꾼 꿈이 너무 똑같고 이상하니까 그때부터 계속 소름이 돋고 무서웠다고 하더라고요. 그러면서 더 이야기해준 게······ 방에서 나올 때 보니까 민박집 마당이랑 대문에 소금이 무슨 결계처럼 잔뜩 뿌려져 있었다는 거예요. 그리고 그 민박 간판이 있던 바깥 담벼락에 빨간 글자가 희미하게 남아 있었는데, 절이나 무당집에서 많이 써놓는 한자 있잖아요. '만(卍)' 자였다고 하더라고요. 근데 그게 치우려다 다 못 지운 듯했다고. 그 민박집에 뭔가 있었던 것 같다. 누나랑 남자친구한테 뭔가 다른 걸 원했던 게 아닌가······ 생각했죠. 그리고 일주일 뒤쯤에 누나한테 다시 전화가 온 거예요. 그 여자를 또 봤다고요.

──────   **S#8-서울, 동현의 방**

민박집에 다녀오고 일주일이 지났을 때였어. 그날 연희 씨는 동현 씨 집에서 자고 있었는데…….

효과음 (너무 빠르지 않은 일정한 북소리)둥, 둥, 둥…….

북소리가 또 들리는 거야. 슬며시 눈을 떠봤더니 뭔가가 발밑에 고개를 푹 숙이고 서 있었어. 몸을 왔다 갔다 움직이는데…… 그때 그 여잔 거 같았어.

연희   (떨리는 목소리로 속삭이며) 오, 오빠……. 오빠!

동현 씨를 흔들어 깨우려던 순간, 여자가 훅 코앞까지 다가와 얼굴을 들이밀고는 피가 흐르는 눈으로 똑바로 쳐다보는 거야. 그리고 손에 반짝이는 뭔가를 빼 들더라고. 짧고 날카로운 칼날. 손잡이에 달린 수술. 은장도였어.
여자는 순식간에 연희 씨 얼굴을 마구 난도질하기 시작했어. 비명을 지를 수도 없을 만큼 빠르게! 그러더니 소리는 들리지 않는데 뻐끔뻐끔 뭐라고 말했어. 그리고 씩 웃더니 은장도를 눈 밑에 가져다 대고 눈과 살 사이로 그대로 찔러 넣었어, 눈을 파내려는 것처럼! 연희 씨는 끔찍한 고통에 그대로 정신을 잃었지.

(재연 촬영 시: 벽에 비산혈 연출)

동현 씨의 외침에 깬 연희 씨는 손으로 더듬으며 얼굴과 눈부터 확인했어.

동현   (다급하게) 연희야! 연희야! 연희야, 괜찮아?
연희   (겁에 질려) 하……. 꾸, 꿈인가? (덜덜 떨며) 오, 오빠 그 여자, 그 여자가 칼로…….
동현   (낮게 떨며) 나, 나도 봤어.

이번에도 동현 씨가 똑같은 꿈을 꿨다는 거야. 그런데 동현 씨는 꿈에서 여자가 뻐끔대던 그 말을 똑똑히 들었다고 했어.

여자 귀신   예쁜 눈이네?

(재연 촬영 시: 연희 옆에서 눈 뜨고 있던 동현, 얼굴로 피 튀고 경악하는 모습으로 연출.)

여기까지가 제보자인 인호 씨가 사촌 누나인 연희 씨에게 들은 이야기야. 그런데 이상하게 이 이야기를 듣고 나서 연희 씨와 연락이 잘 안되기 시작했다는 거야. 얼굴도 보기 어려웠고. 그 뒤, 인호 씨도 일이 바빠져 점차 서로 뜸해졌고……. 그렇게 2년이 지난, 2005년 여름이 되었어.

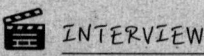
INTERVIEW

2005년이니까 누나가 스물일곱 살 때였어요. 어느 날 고모한테 연락이 온 거예요. 어디어디 장례식장으로 오라고. 누나가 죽었다고요. 너무 황당했죠. 말도 안 된다 생각하면서 장례식장으로 갔는데…… 정말 누나 영정 사진이 있더라고요. 고모가 말씀하시길, 누나가 2년 동안 많이 아팠다는 거예요. 뭔지 모르겠는데 굉장히 괴로워하면서 몸이 점점 안 좋아졌대요. 자꾸 꿈에 뭐가 나타난다고 하고 무릎 꿇고 허공에 '죄송해요, 잘못했어요.' 빌기도 했대요. 한번은 자기 눈을 자해하려고까지 해서 고모가 말렸다고 했어요. 그래서 정신병원에 입원까지 했었고요.

그제야 인호 씨는 왜 연희 씨가 그간 연락이 안 됐는지 알 수 있었어. 그리고 인호 씨는 고모가 보여준 사진 한 장을 보고 충격에 빠졌어. 바로 연희 씨가 떠나기 전 마지막 모습이었는데…….

잔뜩 헝클어져 있는 긴 머리, 말라비틀어져 새까매진 피부, 얼굴에 가득한 생채기 그리고 한 쪽 눈 밑의 상처. 2년이 지났지만 보자마자 바로 떠올랐어. '누나가 말했던 그 여자다!' 2년 사이에 연희 씨가 그 여자의 모습과 똑같이 변해버렸던 거야.

인호 씨는 아무리 생각해도, 그 민박집 할머니가 사촌누나인 연희 씨에게 뭔가를 한 것 같다고 했어. 그것 때문에 정체 모를 여자에게 끔찍하게 시달리다 떠나게 됐다는 의심을 지울 수가 없다고. 대체 그들의 정체는 뭐였을까? 혹시 지금도 어딘가에서 '가짜 민박집'을 하고 있는 건 아닐까?

뒷이야기

🫖 **민박집은 대체 뭐 하는 곳이었을까?**

소금도 막 뿌려져 있었고 '만(卍)' 자도 담벼락에 그려져 있었으니 원래 무당집이 아니었을까. 제보자도 누나한테 이야기를 들었을 때 동해바다 쪽에 그런 민박집이 있는지 찾아봤는데 아무것도 나오는 게 없었다고. 무당집인데 민박집으로 속인 게 아닐까.

🫖 **새벽에 여자를 방에 묶어놓고 북까지 치면서 대체 뭘 한 걸까?**

제보자의 사촌누나 커플이 제물이 아니었을까. 새벽에 촛불 켜고 북 치면서 귀신한테 사람을 제물로 바치는 인신 공양 의식을 치른 게 아닌가 하고 추측한다고.

복도식 아파트

심야괴담회 시즌1 27회 방송

김구라 (잠깐 쉬고) 자, 그렇다면 이번에 이야기 단지를 열 주인공은 누구
십니까.

서신애 (음산하게) 접니다.

(이야기 단지를 열고 안에 들어 있는 '부적' 펼쳐서 보여준다.)

서신애 '복도식 아파트'.

[등장인물]

이슬이(가명), 아빠, 여자 귀신, 강도

S#1-어린 슬이의 방 N

슬이 씨는 어렸을 때부터 가위에 자주 눌려서 이상한 것들을 보고 또 이상한 목소리를 들은 적이 많았어요.

슬이   어젯밤에 어떤 애가 와서 같이 가자고 자기랑 놀자고 해떠.

가위에 눌릴 때면 병원복을 입은 어린아이, 검은 양복을 입은 아저씨, 택시 기사 옷을 입은 할아버지……. 이런 가지각색의 귀신들을 보곤 했어요. 이들은 항상 슬이 씨 곁에서 '나랑 가자, 나랑 놀자' 같은 말을 중얼거리는 경우가 많았죠. 어릴 때는 가위가 뭔지도 몰랐기에 슬이 씨는 '내가 많이 아파서 그런가 보다.'라고 생각했어요.

사실 슬이 씨는 태어날 때부터 심장이 좋지 않았거든요. 뛰는 건 물론이고 움직임이 조금만 과격해져도, 자리에 주저앉아 움직일 수 없을 정도로 심장에 통증을 느꼈어요. 초등학교 때는 학교가 아니라 병원에 등교 도장을 찍었고 중고등학생이 돼서도 항상 조심조심 생활해야 했죠. 슬이 씨는 머리가 굵어지면서 점차 '내가 몸이 약해서 가위에 눌리나 보다. 어렸을 때부터 본 게 귀신이구나.' 알게 됐어요.

S#2-아파트 복도 D

그러던 어느 날. 슬이 씨가 고등학생이 됐을 때였어요. 슬이 씨네 가족은 충청남도 천안의 한 아파트로 이사를 하게 됐어요. 그곳은 햇빛이 잘 안 들어서 단지 안도 좀 어둑어둑했죠. 게다가 복도식 아파트였는데 밤이 되면 길게 늘어선 어두컴컴한 복도가 왠지 음산한 기운을 풍기는 그런 아파트였어요.

아빠　(방에 들어가며) 자, 여기가 네 방이야.

슬이 씨의 새 방은 그 복도 쪽으로 창문이 나 있는 방이었어요. 다들 아시죠? 사실 아파트 복도 쪽 창문이 사람 지나다니는 거 다 보이고 맘만 먹으면 밖에서도 방을 들여다볼 수 있잖아요. 슬이 씨는 왠지 무서운 마음에 그 방을 쓰고 싶지 않았지만 다른 방이 없어서 어쩔 수 없었어요. 슬이 씨가 무서워하니까 아빠가 방범창이 튼튼한지 흔들흔들 확인도 하고 안심을 시켜주셨죠. 다행히 창문에 쇠창살로 된 방범창이 달려 있었고 안쪽 방충망도 열 수 없게 고정되어 있었거든요. 슬이 씨는 마음이 조금 놓였지만 그래도 창문은 항상 닫아두고 생활했어요.

───　**S#3 슬이의 방 N**

그런데 이상하게 이사를 간 그맘때쯤부터 슬이 씨는 가위에 더 자주 눌리기 시작했어요. 이틀에 한 번꼴로 눌릴 정도였죠. 잠을 잘 못 자니까 몸은 더 약해져 갔죠.

하루는 한참 자고 있는데 갑자기 머리카락이 곤두서고 몸에 한기가 쫙 돋는 거예요. 슬이 씨는 '또 가위에 눌리나.' 하고 힘겹게 눈을 떴어요. 그런데 그때 창문 밖 복도에 누군가 쓱 지나가는 거예요. 슬이 씨가 항상 창문을 닫아뒀다고 했잖아요? 이날은 자려고 누웠는데 너무 더워서 창문을 열까 말까 한참 고민하다 반 정도만 조심스럽게 열어두고 잠을 잤거든요. 그 사이로 누군가 지나가는 게 보인 거죠.

근데 발소리 같은 인기척을 하나도 못 들었거든요. 슬이 씨는 '주민이 새벽이라 조용히 지나갔나 보다.' 하고 다시 창문 쪽을 바라봤어요. 그런데 누군가 지나가고 아무도 없던 창문 바로 앞에…… 어느새 긴 머리가 마구 헝클어진 어떤 여자가 서서는 슬이 씨 방 쪽을 보고 있는 거예요. 순간 너무 놀라 눈을 끔뻑 깜박이고 다시 봤는데 또 아무도 없는 거예요.

슬이   자, 잘못 봤나?

슬이 씨는 무서운 마음에 슬그머니 일어나 창문을 닫아버렸어요. 그리고 바닥에 깔린 이불에 다시 누웠죠. 그리고 누워서 무심코 창문 반대쪽의 방 모서리를 보게 됐는데……. 밖에 서 있던 그 여자가 구석에 서 있는 거예요. 언제 들어왔는지! 슬이 씨는 누운 채로 얼어붙었어요.

슬이   (속으로) 잘못 본 게 아니구나, 귀신이야!

그 여자는 새빨간 원피스를 입고 있었어요. 드러난 팔다리는 거뭇거뭇하면서 하얘서 꼭 시체 같아 보였죠. 그런데 그 송장 같은 팔다리와 대비되게 발톱과 손톱에 시뻘건 매니큐어가 칠해져 있는 거예요. 산발인 긴 머리카락 때문에 얼굴이 자세히 보이지는 않는데 머리카락 사이로 슬이 씨를 빤히 노려보고 있다는 건 알 수 있었어요.
슬이 씨는 너무 두려워서 눈을 꾹 감고 이 순간이 지나가길 기다렸어요.

슬이   (눈 꼭 감고, 속으로) 버티자. 괜찮다. 아침이 오면 사라진다.
효과음 (딱딱한 게 부딪히는 소리) 빠드득. 빠득. 빠드드드득.

이상한 소리가……. 무언가 세게 긁는 듯한 소리가 들리는 거예요. 슬이 씨는 너무 소름 끼치는 소리에 슬쩍 눈을 떴어요. 그 여자는 여전히 구석에 서서 슬이 씨를 노려보고 있었는데 턱이 좌우로 왔다 갔다 움직이고 있었어요. 그 소리는 아래턱을 움직여서 나는……. 그 여자가 이를 가는 소리였던 거예요.

그 여자는 마치 이라도 갈지 않으면 못 견디겠다는 듯이 분노에 가득 차서 아주 강하게, 있는 힘껏 턱을 움직이고 있었어요. 조용한 방 안 가득 소름 끼치는 소리가 울려 퍼졌고, 슬이 씨는 심장이 너무 빨리 뛰어서 숨이 막히고 답답해지기 시작했어요.
꼼짝도 못 하고 그 여자와 대면하고 있는데……. 비틀비틀 그 여자가 갑자기 점점 슬이 씨에게 다가오기 시작했어요. 그리고 확 슬이 씨 몸쪽으로 완전히 다가온 순간!

슬이   (숨 들이마시며) 허억!

슬이 씨는 가위에서 풀리며 일어났어요. 두려움에 쏟은 땀 때문에 이불이 축축하게 젖어 있었죠. 마치 죽임을 당할 것 같은 공포를 느낀 슬이 씨는 날이 밝을 때까지 잠들지 못했어요. 절대 다시는! 끔찍한 그 여자를 보고 싶지 않다고 생각했죠.

S#4-슬이의 방 N

하지만 다음날 슬이 씨는 끔찍한 고통에 몸부림쳐야 했어요. 빠드드득 빠득 빠드득. 겨우 잠이 든 슬이 씨 귀에 그 소리가 또 들리기 시작한 거예요. 슬이 씨는 눈을 꼭 감고 어서 이 순간이 지나가길 바랐어요. 그런데 이번엔 그 소리가 더 가까운 곳에서 들리는가 싶더니 점점 귓가로 더욱 가까이 다가오기 시작하는 거예요.
그리고 마치 슬이 씨 귀를 씹어 먹어 버리겠다는 듯이 가까이에 딱 붙어서는 빠드득 빠드득 빠드득 빠드득 이를 점점 더 빠르게 가는 거예요. 슬이 씨는 가슴이 너무 답답하고 고통스러워지기 시작했어요. 정말 이러다 죽겠구나 싶었죠.
그러다 어느 순간 뚝! 이 가는 소리가 순식간에 멈추더니 귓가에 한기가 감돌았어요. 그리고 작은 속삭임이 들리기 시작했죠.

귀신   (한 맺힌 듯이) ······죽어······. 죽어······.

그러더니 슬이 씨가 누워 있던 이불이 확 끌어당겨지는 느낌이 들었어요.

(재연 촬영 시: 귀신 없이 저절로 당겨지는 이불, 밑으로 끌려가 순식간에 프레임 아웃 되는 슬이)

곧이어 마치 얼음덩어리가 닿은 것 같은 차가움이 팔에 느껴졌어요. 그 여자가 슬이 씨 팔에 시체 같은 팔을 걸고는 그대로 확 일으켜 방문 쪽으로 패대기치듯 끌고 가는 거예요.
슬이 씨는 '계속 끌려가면 죽을 거야.'라는 생각밖에 안 들었어요. 필사적으로 팔을 뿌리치려고 했지만, 몸이 전혀 움직여지지 않았어요. 그렇게 이도 저도 못 하고 그 여자의 힘에 당겨져서 문과 벽에 몸을 부딪치기 시작했어요.

(재연 촬영 시: 귀신 없이 저절로 부딪히는 몸)

그렇게 쾅 몸과 머리를 세게 부딪쳤고 바로 그때! 가위가 풀리며 잠에서 깰 수 있었어요. 슬이 씨는 자기 전 이불에 누웠던 상태 그대로였고 다행히 그 여자는 보이지 않았어요.
일어나 앉아서 급하게 숨을 몰아쉬고 있는데⋯⋯ 이불이 방문 쪽으로 옮겨져 있는 거예요. 슬이 씨는 온몸에 소름이 돋아 몸이 부르르 소스라쳤어요. 헉헉대며 겨우 정신을 차리는데……. 분명히 가위에서 풀리고 일어났잖아요?
그런데 빠드득빠드득, 빠드득 그 여자 입에서 났던 끔찍한 소리가 계속해서 들리는 거예요.

슬이   (당황하며) 뭐지? 분명히 깼는데…….

당황한 슬이 씨는 방을 둘러봤어요. 그 소리는 방 창문 쪽에서 나고 있었어요. 그 여자가 처음 서 있던 그곳에서요. 슬이 씨는 힘겹게 몸을 일으켜 천천히 창문 쪽으로 다가갔어요. 그리고 덜덜 떨리는 손으로 창문을 확 열었죠.
창문을 연 슬이 씨는 복도에서 슬이 씨를 바라보는 정체불명의 눈알 두 개와 마주쳤어요. 검은색 모자, 검은색 옷 그리고 목장갑과 쇠톱. 그 사람은 작은 쇠톱으로 빠드득 드득 슬이 씨 방 창문의 방충망을 자르고 있었어요.
슬이 씨는 너무 놀라 비명도 나오지 않고 창문을 잡은 그대로 굳어 움직일 수 없었어요. 그 남자는 슬이 씨를 보더니 방충망을 휙 들춘 다음 방범창 사이로 손을 뻗어 슬이 씨를 잡아채려고 했어요. 슬이 씨는 그제야 뒤로 급하게 물러나며 비명을 질렀어요.

슬이   꺄아아악, 아빠!
강도   (나직하게) 에이, 씨.

그 남자는 나직하게 욕을 내뱉더니 출구 쪽으로 잽싸게 달아나기 시작했어요. 슬이 씨의 비명에 놀란 아빠가 방으로 달려왔어요.

슬이   (덜덜 떨리는 목소리로 손짓하며) 어, 어떤 아저씨가 창문에…….

상황을 들은 아빠가 급히 복도로 달려 나갔지만 그 남자는 이미 도망친 후였어요. 그리고 다시 돌아온 아빠와 방 창문을 확인해보니까 방범창은 이미 나사를 다 빼놔서 만지기만 해도 훌렁 들리는 상태였고 방충망은 거의 다 잘려서 완전히 떼어지기 일보 직전이었죠.
슬이 씨는 온몸에 소름이 돋고 다리에 힘이 풀려 주저앉았어요. 그리고 그제야 가위에 눌릴 때 '죽어.'라고 했던 그 여자의 말이 정확하게 떠올랐어요.

귀신   ……죽어. 자면…… 죽어.

그 여자는 슬이 씨를 죽이려던 게 아니라 깨우려던 거였어요. 그리고 위험한 방에서 데리고 나가려고 했던 거예요. 만약 그 여자가 슬이 씨를 깨우지 않았다면…… 그래서 아슬아슬하게 남아 있던 방충망을 마저 자른 강도가 곤히 잠든 슬이 씨 방으로 들어왔다면…… 어떻게 됐을까요?

내 머리가 길어진 날

심야괴담회 시즌4 14회 방송

김구라 (잠깐 쉬고) 자, 그렇다면 이번에 이야기 단지를 열 주인공은 누구십니까.

김숙 (음산하게) 접니다.

(이야기 단지를 열고 안에 들어 있는 '부적' 펼쳐서 보여준다.)

김숙 '내 머리가 길어진 날'. (부적 정리하고) 이번 사연은 경기도에 사시는 정희수(가명) 씨가 13살이던 2001년, 전라북도에 있는 친할머니댁에서 겪은 일을 보내주신 건데요, 정겨웠던 시골 마을에서! 대체 무슨 일이 있었던 건지 지금부터 제가 희수 씨를 대신해 이야기를 들려드리겠습니다.

[등장인물]

정희수(가명/13세/여/단발머리/머리핀 꽂고 있는), 친할머니, 슈퍼 이모, 정근 삼촌(가명), 옆집 아줌마(정근 삼촌 모), 미선 고모(가명), 기철 삼촌(가명/미선 고모 남편)

S#1-바닷가 가는 길 D

당시 맞벌이였던 부모님은 여름방학마다 저를 친할머니댁에 맡기셨습니다. 전라북도 B군에 있는 시골 마을이었는데, 동네분들이 다 가족이나 다름없었어요. 서로 수저가 몇 갠지도 알고, 남의 자식도 내 자식처럼 대해주고요. 제가 갈 때마다, 인심 좋은 어른들이 다 나와 반겨주셔서 시골 가는 게 즐거웠어요.

항상 재밌는 일만 가득했던 시골 마을에 제가 딱 한 가지 무서워하는 게 있었어요. 바로 바닷가 가는 길목에 있던 들개 무리였어요. 언제부턴지 개들이 버려진 천막에 터를 잡고는 사람이 지나가면 막 쫓아와 물려고 했거든요. 한번은 먹을 걸 찾으러 나갔는지 천막에 없길래, 후다닥 지나가고 있었어요. 그런데······.

효과음 (위협적인 개 짖는 소리) 으르렁 왈왈!

들개 한 마리가 멀리서 절 발견하고 막 짖기 시작하는 거예요. 그러자 순식간에 대여섯 마리가 모두 모이더니 제게 달려오는 게 보였어요. 전속력으로 달려 도망쳤어요. 그런데 아무리 달려도 끝까지 쫓아오는 거예요! 얼굴은 눈물, 콧물로 범벅이 됐고 다리에 힘이 점점 빠지기 시작했어요. 달리면서, 돌아봤더니 바로 뒤에서 입질하는 개들이 보였어요. 다급하게 모퉁이를 도는 순간 발이 미끄러져 넘어졌어요. 더 이상 도망칠 곳도 없어, 엎어진 채로 주변에 있던 돌을 집어 쫓아오던 개들에게 막 던졌습니다. 하지만 개들은 꿈쩍도 안 하고 날카로운 이를 드러내며 제게 달려들려고 했어요. 너무 무서워서 눈을 질끈 감은 그때…….

효과음 (개들 낑낑대는 소리) 낑낑~

희수 (의아해하는 얼굴로 천천히 몸을 일으키며) 어?

달려오던 개들이 갑자기 부르르 떨며 뒷걸음질 치더니 다리 사이에 꼬리를 말아 넣고, 낑낑거리며 도망가는 거예요. 전 멍하게 도망가는 개들을 바라봤어요. 그리고 주변을 둘러보고 나서야 알아챘습니다.

희수 (놀라며) 진짜구나! 여기만 넘어오면 안전하구나!

이게 무슨 말이냐면요, 마을에 파란색 대문 집이 하나 있는데 개들이 미친 듯이 쫓아오다가도 파란 대문 앞에만 오면 마치 투명한 벽이 있는 것처럼 끼익 멈추고, 절대 넘어오지 않았거든요. 긴가민가했는데, 한 번, 두 번, 세 번…… 들개를 마주칠 때마다 시험해보고 확신했죠.

(재연 촬영 시: '파란 대문'은 로케에 따라 변경 가능. 단, 대문, 담벼락 등에 특징 필요. 집 앞에 텃밭과 흙 더미 있어야 함)

S#2-조부모 집, 마당 D

들개들한테 한바탕 쫓기고 기진맥진 온몸에 힘이 다 풀린 상태로 집에 돌아왔어요.

할머니 어디 있다 이제 오냐~ 어여 와 밥 먹어라잉

집에 와보니 할머니 집 마당에서, 옆집 아주머니랑 아주머니의 아들인 정근 삼촌이랑 다 같이 저녁을 준비하고 계셨어요. 그런데 좀 이상하더라고요. 원래는 마을 사람들이 모두 모여 함께 밥을 먹곤 했는데 아무도 오시질 않는 겁니다.

희수 (의아해하며) 아줌마, 다른 분들은요? 김 씨 아저씨도 안 오셨고…… 미선 고모랑 기철 삼촌도 안 오셨는데…….
옆집 아줌마 (친절하게) 아~ 어~ 말 안 했나~! 다~ 서울에 일하러 갔어~
희수 (아쉬워하며 속으로) 다 이사 가셨구나. 마지막 인사도 못 했네.
정근 삼촌 (놀리듯) 야, 정희수! 너 머리가 더 짧아졌다? (비웃으며) 완전 몽실 언니네, 몽실아~

맨날 저만 골려먹는 정근 삼촌이 귀밑까지 오는 제 단발머리를 보고 또 놀리더라고요. 그러곤 제 머리를 쭉 잡아당기더니 집 밖으로 도망가는 거예요.

희수   (소리치며) 아! 잡히기만 해봐! 진짜 죽어어!

S#3-바닷가 가는 길 N

저는 너무 약이 올라서 삼촌을 한 대라도 때려보겠다고 달려 나갔죠. 그렇게 한참 쫓아갔는데……. 응?! 어느 순간 삼촌이 감쪽같이 사라진 거예요. 가로등도 몇 개 없는 어두운 길 한 가운데 혼자 서 있으니까 갑자기 무서워지더라고요.

(재연 촬영 시: 파란 대문 보이는 근처)

희수   (안 무서운 척) 자, 장난하지 말고 나와라아? (떨며) 사, 삼촌이야? 누, 누구세요?
여자 귀신   (흐느끼듯) <u>흐ㅇㅇㅇㅇ 흐ㅇㅇㅇㅇ</u>…….

가만히 보니 앞에 뭔가 서 있는 거예요. 하얀 치마를 입은 여자가…… 고개를 푹 숙인 채 울고 있는 거예요. 머리가 어찌나 긴지, 땅까지 닿아 있었어요.

여자 귀신   (울먹이며 속삭이는) 이리 와. 나, 나 좀 풀어줘. 풀어줘, 제발.

너무 무서워서 심장이 쿵쾅거렸어요. 빨리 도망쳐야겠다는 생각밖에 안 들었죠. 부들부들 떨리는 다리를 겨우 움직여 슬그머니 뒷걸음질 쳤는데……. 여자가 고개를 획 들었어요. 그 모습을 보자마자 저는 뒤돌아 필사적으로 달렸어요. 뒤를 돌아보니, 여자가 어느새 제게 가까워져 있었어요.

희수   (크게 넘어지고) 으악!

너무 놀라 넘어졌지만 까진 무릎을 볼 새도 없었어요. 급히 일어나 다시 달렸죠.

―――   **S#4-조부모 집, 마당 N**

정신을 차리고 보니 어느새 집 앞이었습니다. 혹시 그 여자가 올까 봐 얼른 들어가 대문을 쾅 닫았는데……. 아니, 정근 삼촌이 집에 있는 거예요.

정근 삼촌   (장난톤) 정희수~ 늦었는데 어디 갔다 오냐?
희수   (놀라서 울면서) 아, 삼촌 뭐야아! 왜 나 버리고 가? 으허엉!
정근 삼촌   (당황하며) 뭔 소리야? 내가 어딜 가?
옆집 아줌마   (놀라고 의아해하며) 얘는……. 정근이 종일 집에만 있었어. 무슨 소리야?

아줌마 말로는 제가 혼자 '잡히면 죽어어!' 하고 소리를 지르더니 갑자기 집 밖으로 막 달려 나갔다는 거예요.

희수   (혼란스러워하며) 말도 안 돼……. (토라진 듯) 내가 또 속을 줄 알고? 난 분명 삼촌 따라 나갔단 말이야!

저는 삼촌을 따라 나갔다는 것과 밖에서 울고 있는 여자를 본 것까지 다 이야기했어요. 그런데…….

옆집 아줌마   (다독이며) 얘가…… 무슨 소리야? 잘못 봤겠지…….

다들 무슨 소리냐고 했지만……. 저는 분명히 봤어요. 어딘가 당황한 어른들의 표정과 돌처럼 굳은 할머니를요.

───── **S#5-조부모 집, 마당 N (시간 경과)**

그날 밤, 자려고 누웠는데, 집 밖에서 수군거리는 소리가 났어요. 조심스레 마당으로 나가자 말소리가 점차 선명하게 들렸습니다. 옆집 아주머니랑 슈퍼 이모였어요.

옆집 아줌마 (쑥덕이며) 지난번에 간 김 씨도 누가 우는 소리가 들린다고 했잖어.

슈퍼 이모 (낮게) 희수도 들었대?

옆집 아줌마 (쑥덕이며) 그래, 긴 머리에 하얀 옷이었대. 아후, 설마······.

슈퍼 이모 (말 막고 나무라듯) 아유! 그만해! 그럴 리가 있어? 지금 아주 둘이 행복하게 잘 지낼 거야, 걱정 말어.

옆집 아줌마 (쑥덕이며) 그치? 둘이 사이가 좀 좋았어? 그래~

누구에 대해 말씀하시는 건지 궁금했어요. 그런데 졸음이 너무 쏟아져서 '내일 여쭤봐야지~' 하고! 다시 방에 들어갔죠.

───── **S#6-조부모 집, 대문 밖 D**

그런데 다음 날 충격적인 일이 벌어졌습니다.

옆집 아줌마 (울부짖는) 아이고오! 아이고오!

온 동네가 떠나갈 듯이 곡소리가 울려 퍼졌어요. 밖으로 나가보니까 리어카에 이불 덮인 뭔가가 있는 거예요. 옆집 아주머니가 그것을 끌어안고 울고 있었는데 스르륵 이불이 흘러내렸어요.

희수 (놀라서) 허억!

눈이 뒤집어진 채 입을 헤 벌리고 있는 정근 삼촌이었어요. 삼촌이 굴을 따러 바다에 들어갔다가 익사했다는 거예요. 저는 너무 무서워서 할머니 품에 숨었어요.
울다 정신을 놔버린 옆집 아주머니는 장례도 제대로 치르지 않고 마을을 떠났어요. 저는 믿을 수가 없었어요. 그날 밤 할머니의 품에 안겨 물었어요.

희수 (울먹이며) 할머니……. 삼촌 다신 못 봐?
할머니 (안쓰러운 듯 희수를 꼭 안으며) 아이고, 아가.

저는 할머니의 품에서 한참 울다 잠에 들었습니다. 그런데 다음 날도 마을에서 곡소리가 멈추지 않았어요. 앞집 할아버지도, 뒷집 아저씨도 하루가 멀다 하고 마을 사람들이 죽어 나갔어요. 다들 갑자기 몸이 안 좋아지거나, 정근 삼촌처럼 사고가 났거든요.

S#7-조부모 집, 희수 방 N (시간 경과)

마을은 점점 황폐해졌고, 할머니도 날이 갈수록 수척해지셨어요. 저는 너무 무섭고 혼란스러웠어요. 그리고 얼마 안 가 제게도 끔찍한 일이 일어나기 시작했습니다.

새벽에 화장실이 가고 싶어서 눈을 뜬 날이었어요. 비몽사몽 몸을 일으켰는데 화장대 거울에 일어나 앉은 제 모습이 보였어요. 그런데 제 모습이 어딘가 이상했어요. 머리카락이 얼굴 양옆으로 길게 늘어져 있는 거예요. 내가 헛것을 보나 싶어 눈을 감았다 뜨고 다시 거울을 봤는데……. 헉! 정말 귀밑에서 끝나야 할 제 머리가 허리까지 길어져 있었어요. 너무 놀라 굳어버린 몸을 간신히 움직여 천천히 자리에서 일어났어요. 할머니가 주무시고 있는 방으로 가려고요. 그런데 제가 일어날수록 머리카락이 점점 더 길게 자라나는 겁니다. 저는 너무 무서워서 일어선 그대로 얼어붙었어요. 그 순간!

여자 귀신   (표독하게, 빠르게 속삭이는) 왜 그랬어? 왜 그랬어? 왜? 왜? 왜 그랬어?

말소리와 함께, 제 머리 위에서 뭔가가 꾸물대는 것 같았어요. 고개를 위로 들어 보니 저를 내려다보고 있는 여자의 얼굴이 보였어요. 그때 깨달았어요. 저의 긴 머리카락은 제 뒤에 서 있던 여자의 머리카락이었던 거예요. 그래서 제가 일어서니까 저절로 머리가 길어지는 것처럼 보였던 거죠.

가까이서 본 여자는, 얼굴이 온통 상처로 가득한 끔찍한 몰골이었어요. 한쪽 눈과 입술은 잔뜩 부어 튀어나와 있고 여기저기 상처마다 피가 맺혀 있었죠. 여자는 제 머리를 잡아챈 뒤, 귀에 대고 말했어요.

여자 귀신   (한 맺힌) 왜 그랬어. (점차 소리지르며) 왜! 풀어줘! 나 좀 풀어 줘!

저는 난생처음 느껴보는 한기와 여자의 끔찍한 모습에 정신을 잃고 말았습니다.

S#8-조부모 집, 희수 방 D (시간 경과)

그날 이후, 제 머리는 밤마다 계속 길어졌어요. 여자는 매일같이 찾아와 풀어 달라며 울부짖었고, 전 시름시름 앓기 시작했죠. 점점 수척해지는 저를 걱정하던 할머니가 갑자기 뭔가 결심한 듯 절 붙잡고 물으셨어요.

할머니   (의미심장하게) 혹시…… 그때 길에서 봤다고 했던 여자가…… 계속 보이니?

희수   (힘없이, 떨며) 하, 할머니, 사실…… 그 머리 긴 여자가 밤마다…… 흑. 자꾸 왜 그랬냐고 풀어 달라고…….

할머니 (두려워 떨며) 아이고, 이를 어쩌냐. 아이고! 미선이다, 미선이야…….

모든 걸 말씀드리자, 할머니는 새하얗게 질리셔서는 미선 고모를 부르며 우셨어요. 미선 고모는 얼굴이 희고 예뻐서 동네 연예인으로 불리던 분이었어요. 제가 올 때마다 항상 머리핀도 챙겨주고 잘 놀아줘서, 어른들이 서울 갔다고 했을 때, 엄청 아쉬웠는데…….

(재연 촬영 시: 희수가 계속 꽂고 있던 것과 똑같은 머리핀)

희수 (의아해하며, 속으로) 서울 간 미선 고모 이야기를 왜 하시지?

그런데 좀 진정이 된 할머니께서 그간 숨겨온 이야기를 해 주셨습니다. 미선 고모랑 남편인 기철 삼촌은 마을 어른들의 사랑을 듬뿍 받는 선남선녀 부부였어요. 그런데 2년 전, 기철 삼촌이 사기로 전 재산을 잃고 매일 술만 마시기 시작했다는 거예요. 그러곤 아내가 바람피우는 것 같다고 생사람을 잡더니 결국 의처증까지 생겨서 미선 고모를 매일같이 때렸다는 겁니다. 마을 사람들은 남의 부부 싸움에 끼는 거 아니라며 모른 척하셨고 그렇게 밤마다 동네에 고모의 비명과 울음소리가 울려 퍼졌죠. 그러던 어느 날…….

효과음 (맞는 소리 후 여자의 비명) 악!

비명 소리가 크게 나더니 다시는 미선 고모를 볼 수 없었다고 합니다. 네. 삼촌한테 맞아 죽은 거죠. 그런데 이어서 할머니가 알 수 없는 말씀을 하셨어요.

할머니 (울먹이며) 우리가……. 우리가 그랬으면 안 됐다.

> **INTERVIEW**
>
> 미선 고모 남편이, 동네에서 나고 자란 토박이였거든요. 어릴 때부터 동네 분들이 다 같이 키우다시피 했던 분이었어요. 그래서 동네 사람들이 다 같이 쉬쉬하면서 숨기고 미선 고모가 사고로 죽은 것처럼 꾸몄다는 거예요. 경찰한테도 말하지 않고요. 돌아가시기 직전에 고모 얼굴이 말이 아니었다고 했어요. 상처투성이에 살색이 안 보일 정도로 온몸에 멍이 들어 있었고요. 그런 고모를…… 염한답시고 흰옷을 입혀서 동네분들끼리 마을에 조용히 묻었다고 했어요. 고모네 집 앞에요.

개들이 넘어오지 못했던 파란 대문 집, 기억하시죠? 거기가 미선 고모랑 기철 삼촌이 살던 집이었거든요. 그 집 앞에 텃밭이 하나 있는데, 거기 항상 흙이 쌓여 있었어요. 농사에 쓰려고 모아둔 줄 알았는데……. 그 흙더미가 미선 고모의 무덤이었던 겁니다.

그런데 할머니가 이야기를 마치고 방을 나가신 뒤, 밖에서 큰 소리가 들렸습니다. 할머니와 슈퍼 이모였어요.

슈퍼 이모	(바득바득 소리치는) 대체 우리가 뭘 잘못했어요?! 기철이가 얼마나 착했어! 지도 실수였다고 했잖아!
할머니	(울먹이면서) 아이고, 내 손녀까지 죽게 생겼다니까! 아휴, 안 된다, 안 돼. 이제부터라도 미선이한테 빌자! 마을 사람들 다 모아놓고! 미선이한테 빌자!
슈퍼 이모	(말 막고) 아니! 부부가 같이 있는 게 당연하지! (울부짖으며) 기철이가 지 처를 을마나 애꼈어요? 맨날 지 처만 따라다니던 앤데!

슈퍼 이모의 말을 들은 전, 온몸에 소름이 돋았어요. 그 파란 대문 집 앞 텃밭의 흙더미가 두 개였던 게 생각났거든요.

> **INTERVIEW**
>
> 미선 고모가 죽고 삼촌도 얼마 안 가서 극단적인 선택을 했다는 거예요. 허공에 미안하다며 울고 빌고 혼자 발광하고 소리 지르고 그러다가 갑자기 죽었대요. 그런데 동네분들은 아내를 그렇게 좋아하더니 아내 따라갔다고 하시면서……. 죽어서는 돈 걱정 없이 싸우지 말고 예전처럼 둘이 행복하고 사이좋게 지내라고…… 미선 고모 옆에 삼촌을 나란히 묻었다는 거예요.

그제야 미선 고모가 왜 그토록 '나 좀 풀어 달라'고 했는지 알 수 있었습니다. 이후에도 마을의 비극은 계속됐습니다. 큰소리치던 슈퍼 이모는 남편이 죽자 서울로 도망치듯 올라갔고 얼마 뒤 저희 친할아버지까지 사고로 돌아가셔서……. 결국 아버지께서 홀로 남은 할머니를 집으로 모셔 왔습니다. 휑한 마을에 덩그러니 남은 미선 고모 부부의 무덤을 뒤로하고요.

자기를 죽인 남편에게 죽어서도 벗어날 수 없었던 미선 고모. 지금도, 파란 대문 앞에서 "나 좀 풀어 달라."라며 울고 있지는 않을까요.

뒷이야기

● 미선 고모에게 다른 가족은 없었나?

갑자기 죽어서 가족들이 이상하게 여겼을 거 같은데……. 미선 고모는 다른 연고가 없어서 연락 안 된다고 찾아올 사람이 없었다고. 그리고 마을이 시골 중의 시골이고 다 가족 같은 사이니까. 경찰한테 전화로 '이러이러한 사고로 마을 사람이 죽었다. 우리끼리 장례 잘 치르겠다.' 이야기하면, 경찰도 '그럼 알아서 잘해라.' 하고 넘어갈 수 있는 동네였다고 한다. 그러니까 마을 사람들이 작정하고 숨기면 아무도 알 수가 없던 것이다.

● 흙더미가 무덤이었다는 데 화났던 건 아닐까?

미선 고모를 그렇게 묻어버리고 마을 사람들이 미선 고모가 좋아하는 꽃 같은 걸 무덤에 심어주고 했는데, 뭘 심어도 심는 족족 다 죽어버렸다고 한다. 다른 데서 좀 키운 다음 옮겨 심어도 며칠 내로 다 썩고 죽어버렸다고. 맞아 죽은 것도 억울한데, 자기를 죽인 남편이랑 같이 묻혀서 한이 서린 게 아닐까.

● 제보자의 할머니에게는 별일이 없었나?
희수 씨의 할머니는 마을에서 미선 고모 묻자고 이야기가 나왔을 때 유일하게 반대했다고 한다. 워낙에 정이 많아서 나이 어린 미선 고모를 많이 챙겨주기도 했고 말이다.

● 집으로 돌아온 후에는 아무 일 없었는지?
그 후의 일은 제보자 희수 씨에게 직접 들어보자.

> **INTERVIEW**
>
> 집으로 돌아와서 외할머니께 그 일을 말씀드렸는데, 외할머니가 갑자기 조금씩 아프기 시작하시더니 얼마 안 가 돌아가셨어요. 생전에 제 얘기를 듣고 무당을 만나고 오셨다고 했거든요. 그 뒤로 "시골 다시는 가지 마라." 여러 번 말씀하셨는데…… 아마도 그때 저한테 뭔가 붙어 와서 떼어내려고 어떤 조치를 취하셨는데, 그게 잘 안돼서 앓다 돌아가신 게 아닌가 싶어요. 저희 엄마가 점집 가면 "네 엄마가 갈 게 아니었다, 너무 억울하게 돌아가셨다." 이런 소리를 항상 들으셨거든요.

아틧의 경고

심야괴담회 시즌4 2회 방송

김구라 (잠깐 쉬고) 자, 그렇다면 이번에 이야기 단지를 열 주인공은 누구십니까.

김호영 (음산하게) 접니다.

(이야기 단지를 열고 안에 들어 있는 '부적' 펼쳐서 보여준다.)

김호영 '아틧의 경고'. (부적 정리하고) 다들 '아틧'이 뭔지 궁금하시죠? 일단 사연을 보내주신 김준녕 씨의 이야기를 듣고, 한번 추측해보세요.

 INTERVIEW
이건 취업 전에 알바했던 공장의 사장님께서 옆 공장에 아주 무서운 일이 있었다면서 해주신 이야기인데요. 제가 일을 그만두고 난 다음

> 에 들어서 망정이지……. 저는 귀신을 안 믿는 사람인데도, 일하던 때에 이 얘기를 들었다고 생각하면……. 공장 일은 당장 관뒀을지도 몰라요.

김구라 심야괴담회가 벌써 시즌 4지만 폐공장은 몇 번 있었어도, 실제로 돌아가는 공장 얘기는 거의 처음인 것 같은데요.

김호영 그러니까 이 사연이 '대박'인 겁니다. 이 공장에서 일어난 무시무시한 일과 '아툿의 경고'는 어떤 연관이 있을지 혹시 추측하신게 있다면, 본인의 예측이 맞았는지 생각하면서 들어보시면 더 재미있을 것 같아요! 자 그럼, 준녕 씨의 옆 공장에서 있었던 섬뜩한 사연은, 이야기의 주인공인 '이 사장님'의 시점에서 읽어드릴게요.

✿
[등장인물]

이 사장(사연 주인공/50대 후반), 외국인 노동자 아툿(태국인/20대 중반), 상담원(20대 초반), 김 사장(50대 후반)

───── **S#1-공장 D**

때는 2019년. 그해는 제가 평생 잊지 못할 기억으로 남아 있습니다. 제 인생을 뒤바꾼 엄청난 일이 있었거든요. 그 일은 바로 제 이름으로 된 공장을 갖게 된 겁니다.

사람들이 저를 보고 밑바닥부터 올라온 '개룡남', 그러니까 개천에서 용 났다고 하더라고요. 열여덟에 취직해서, 평생 악착같이 모은 돈으로 고향에 돌아와 '사장님'이 된 거거든요.

제가 인수한 플라스틱 공장은 '경북 칠곡군 왜관읍'이라는 지역에 있었는데요. 폐플라스틱을 분쇄기에 넣고 갈아서 재가공하는 공장이었습니다. 기계랑 자재는 물론이고, 원래 일하던 직원들까지 그대로 인수하는 조건이다 보니 초보 사장인 저에게 딱일 것 같았어요. 공장이 많이 낡긴 했어도, 급매로 저렴하게 나온 매물이라 무리하게 대출까지 받아서 도장을 찍었습니다.

막상 일을 해보니까 작업 자체는 어렵지 않은데, 공장에 한 시간만 있어도 까만 콧물이 나올 만큼 험한 일이더라고요. '허, 이거 어떡하나.' 싶었는데, 직원들이 다 베테랑이다 보니 오히려 저를 이끌어줘서 금방 적응할 수 있었습니다. 직원들은 대부분 외국인 노동자였지만, 간단한 의사소통은 가능해서 생각보다 빨리 친해졌어요.

그런데 좀 신경 쓰이는 직원이 하나 있었습니다. 태국에서 온 '아릿(가명)'이라는 친구인데요. 도통 사람들이랑 어울리지도 않고, 말수도 없어서 처음부터 눈에 띈 건 아니었습니다.

S#2-공장 내부 D

어느 날, 아팃이 멀쩡한 왼쪽 눈을 안대로 가리고 출근했더라고요. 알고 보니 태국에는 왼쪽 눈꺼풀이 떨리면 악운이 찾아온다는 미신이 있대요. 그래서 그날의 나쁜 기운이 그냥 지나가길 바라는 마음으로 눈을 가렸다고 하더라고요.

이렇게 미신에 집착하는 아팃은 출근할 때도 자기만의 의식을 치렀습니다. 공장 문 앞에 서서 두 손을 모으고 기도를 올린 다음에 안으로 들어오는 거죠. 미신을 믿지 않는 저로서는 이해가 안 됐지만 외국인 직원들과 일하는 건 처음이라, 그 나라 문화겠거니 생각하려고 했습니다.

그런데 하루는 구슬땀을 흘리던 아팃이 소매를 걷었는데, 웬 팔찌를 주렁주렁 차고 있는 겁니다. 저렇게 많은 팔찌를 차고 있었는데 왜 몰랐을까 싶을 정도로요.

(재연 촬영 시: 최소 5개 이상의 팔찌를 차고 있는 아팃의 손목을 강조.)

이 사장 아팃, 일할 때 팔찌 안돼. 팔찌가 기계에 끼면 큰 사고가 날 수도 있어. (손날로 손목 긋는 시늉하며) 유어 핸드, 컷팅. 오케이?

그러자 아팃은 사색이 되어 팔을 등 뒤로 감추고 고개를 저었습니다. 손목이 잘릴 수도 있다는 말에 겁먹은 건가, 싶었는데요. 제가 팔찌를 빼 주려고 하자, 아팃이 큰소리로 애원하기 시작했어요.

아팃   (애걸복걸하며) 사장님. 나 이거 필요해. 이거 없으면 나 죽는다. 응?

아팃은 막무가내였습니다. 당장 무릎이라도 꿇을 것처럼 애걸복걸하더라고요.

아팃   (간절하게) 이거 태국에서 할머니가 준 거. 여기에 할머니 기도, 이게 나 지켜준다.

알고 보니 타국에서 고생하는 손자를 위해 할머니가 주신 염주였던 거죠. 하지만 이건 안전과 관련된 문제니까요. 공장에서 사고라도 나면 큰일이라 이 부탁은 들어줄 수가 없었어요.

이 사장 (단호하게) 아팃. 룰은 룰이야. 이건 일 끝나고~ 집에 갈 때 해.

당장이라도 무슨 일이 생길 것처럼 무서워하는 아팃을 잘 어르고 달래서, 팔찌는 주머니에 넣고 일하는 걸로 합의를 봤죠. 그렇게 그 일은 일단락되는 듯했습니다.

———   **S#3-공장 구석 N**

그러던 어느 날, 도저히 그냥 넘어가기는 힘든 사건 하나가 생겼습니다.

그날도 납기일을 맞추기 위해서 야근을 하고 있었는데요. 멀쩡하게 돌아가던 분쇄기가 갑자기 고장이 나버린 거예요. 납기가 바로 다음 날이라 '이거 어떡하나.' 싶던 그때! 방치되어 있던 낡은 분쇄기 하나가 생각났습니다.

공장을 인수받을 때는 딱히 설명을 못 들었는데, 나중에 구석구석 둘러보다 보니까 지하에 오래돼 보이는 분쇄기 하나가 있었거든요. 몸집이 워낙 커서 그런지, 공장 한편에 반 층 정도의 공간을 파놓고 그 안에 분쇄기를 넣어놨더라고요.

상황이 급하다 보니까, 일단 그거라도 돌려봐야겠다 싶었죠. 덮개를 열어보니, 먼지가 좀 쌓여서 그렇지 쓸만해 보였습니다.

'와~ 이거라도 있어서 천만다행이다.' 하면서 얼른 전원을 켰죠. 그런데 기계가 돌아가질 않는 겁니다. '방치된 지 오래돼서 그런가?' 하고 살펴보는데 계기판 안쪽에 뭐가 붙어 있더라고요.

자세히 보니 그건 부적이었습니다.

(재연 촬영 시: 바로 발견하지 못한 게 이해되도록 부적은 계기판 덮개 안쪽에 붙여서 연출.)

제가 원래 알던 부적처럼 노란 종이에 빨간 글씨가 새겨진 모양은 아니었는데도, 이상하게 보자마자 '이건 부적이다.'라는 확신이 들었어요. '누가 여기다 이런 걸 붙여놨지?' 싶어서 떼버리려고 손을 뻗었는데…….

아팃   (다급하게) 안 돼!

구석에 있던 아팃이 공장이 쩌렁쩌렁 울리게 소리를 질렀습니다. 그런데 그 말을 듣는 순간, 이상할 정도로 화가 나더라고요. 속에서 뜨거운 무언가가 끓어오르는 느낌에 저도 모르게 소리를 질렀습니다.

이 사장   (고함치며) 이거 네가 붙인 거야? 네가 뭔데 회사 물건에 이딴 걸 함부로 붙여!

직원에게 그렇게 화를 낸 건 처음이라 스스로도 놀랐습니다. 그런데 정작 아팃은 놀라는 기색도 없이, 그 부적을 떼면 안 된다면서, 기계를 사용하지 말라는 말만 반복하더라고요. 그 얘길 들으니까 '아, 이게 태국 부적이구나. 아팃이 이걸 여기다 붙여놨나 보다.' 싶었어요.
저는 당장 내일까지 납품을 해야 되는데, 미신 얘기나 하고 있으니 화가 나더라고요. 그래서 계기판 전원에 붙은 부적을 확 떼서, 아팃의 눈앞에 들이밀었어요.

이 사장   봐. 아무 일도 없지! 귀신 같은 건 없어. 다시 이딴 짓 하면, 너야말로 큰일 날 줄 알아!

그러곤 씩씩대며 계단을 타고 내려가서, 분쇄기 본체를 살폈습니다. 내려가서 보니 분쇄기 본체에도 그 부적이 덕지덕지 붙어 있더라고요. 당연히 분쇄기에 붙은 부적도 전부 떼버렸죠.

부적을 손에 쥐니 몸이 뜨거워지면서, 더 화가 나는 느낌이었습니다. 그래서 쿵쾅대고 계단을 올라와서, 그 부적을 아팃의 눈앞에서 찢어발겨버렸어요. 그때!

효과음 (여자 비명 소리) 꺅!

어디선가 귀가 찢어질 듯한 여자 비명 소리가 들렸어요. 그 소리에 깜짝 놀라 저도 모르게 발을 헛디뎌 휘청했어요. 그리고 고개를 들었는데 등골이 서늘해졌습니다.

분쇄기가 끼긱끼긱 돌아가고 있었거든요. 여자 비명인 줄 알았던 소리는 낡은 분쇄기가 움직이며 나는 소리였어요. 그 소리에 놀라서 자칫 한 발짝만 더 앞에서 헛디뎠다면······. 그대로 분쇄기 날 위로 떨어져 큰 사고가 날 뻔한 거였죠.

모든 걸 지켜본 아팃은 두려움에 가득 찬 얼굴로, 염주를 쥔 채 중얼거렸습니다.

아팃 (포기한 듯) 다 끝났다. 나쁜 일, 생긴다. 나쁜 거, 온다.

아팃은 그 길로 공장을 떠나버렸죠. 아팃이 사라지기 전 중얼거리던 그 목소리가 한동안 머릿속을 떠나지 않더라고요.

S#4-공장 내부 N (시간 경과)

아팃의 마지막 목소리마저 희미해질 만큼 시간이 흐르고, 아팃의 경고와는 다르게 거래처도 늘어나고 공장은 잘 돌아갔습니다. '분쇄기에 붙어 있던 부적이 사업을 방해하는 부적이었나?' 하는 의심이 들 만큼, 그 부적을 떼자마자 돈복이 터진 것처럼 주문량이 늘어났어요.

아, 문제가 하나 있기는 했습니다. 일이 많아서 그런 건지 성실했던 직원들이 하나둘씩 이상한 행동을 하기 시작한 거예요.

근무 시간에 일은 안 하고, 멍하니 기계 앞에서 스위치를 껐다 켰다 한다거나, 귀마개를 꼈는데도 이상한 소리가 들린다면서 밖으로 뛰쳐나가버린다거나……. 심지어 공장에서 밤마다 이상한 게 보인다는 직원도 있었습니다.

별의별 핑계로 야근을 거부하는 직원들이 늘어났지요. 말도 안 되는 이유라고 생각했죠. 하지만 강제로 일을 시킬 수는 없어서, 저라도 야근해서 일을 처리할 수밖에 없었어요.

혼자 야근하는 게 점점 익숙해져 가던 어느 날이었습니다. 그날 밤에도 납기일을 맞추기 위해서 혼자 남아 작업을 하고 있었는데요.

효과음 (금속끼리 부딪치는 소리, 크게) 깡!

갑자기 벼락같은 소리가 나더니 분쇄기가 멈춰버린 겁니다. 아직 물량을 한참은 더 빼야 되는데, 한밤중이라 기사를 부를 수도 없어서 직접 고치기로 마음먹었습니다.

공구를 챙겨와서 기계에 붙어 있는 담당자 연락처로 얼른 전화를 걸었죠. 공장은 24시간 작업하는 일도 많다 보니까 기계 담당 영업사원들은 늦은 밤에도 전화를 받아줬거든요. 그런데 한참을 수화음만 들리고, 전화는 받지 않는 겁니다. 늦은 밤이라 '자고 있나?' 싶어 전화를 끊으려는 순간!

영업 상담원 여보세요.

친절한 어조이지만 영혼이 하나도 실리지 않은 특유의 그 목소리가 얼마나 반가웠는지 몰라요. 저도 모르게 공손하게 두 손으로 휴대폰을 쥐고 상황을 설명하기 시작했습니다. 그런데…….

효과음 (기계 돌아가는 소리, 속삭이듯) 끼긱. 끼긱. 끼긱. 탈. 탈. 탈. 탈. 끼긱. 끼긱. 끼긱.

수화기 너머로 이상한 잡음이 계속 들려서, '내 말이 잘 들리긴 하는 걸까?' 걱정이 좀 되더라고요. 하지만 걱정과 달리, 곧 상담사는 안내를 시작했습니다.

영업 상담원 일단 덮개를 열고, 분쇄기 앞으로 가주시겠어요?

상담사의 말대로 덮개를 열고, 계단을 타고 분쇄기 쪽으로 내려갔습니다. 그런데 기계 근처로 가니까 수화기 너머에서 들리는 잡음도 점점 커지더라고요. '반 층도 지하라고 전화가 안 터지나?' 싶어 다시 올라가려고 할 때였습니다.

영업 상담원 어려운 작업은 아니세요. 일단 분쇄기 측면에 있는 나사가 헐거워졌는지 확인해보시고, 꽉 조여주세요. (잠시 공백을 두었다가) 다 되셨으면, 모터 부분에 있는 나사도 조여주세요.

상담사는 마치 저를 보고 있기라도 한 것처럼, 서둘러 작업을 지시했습니다. 정말로 나사가 조금 헐거운 것 같더라고요. '아, 이게 문제였구나~' 하고 한시름 놓았습니다. 이제 금방 고쳐질 것 같아서, 전화하길 잘했다 싶은 찰나였습니다.

영업 상담원 마지막으로, 분쇄 날 측면에 있는 볼트도 똑같이 조여주시면 됩니다.

그런데 그 말을 듣고 나니까 조금 고민이 되더라고요. 분쇄 날 측면에 있는 볼트를 조이려면 칼날 바로 옆에서 작업을 해야 했거든요. 칼날에 직접 닿지 않더라도 충분히 위험한 위치라 조금 망설여졌습니다.

영업 상담원 볼트를 전부 조이셨나요?

하지만 재촉하는 듯한 상담사의 말에, 눈을 딱 감고 스패너를 꽉 쥐었어요. 내려오기 전에 전원을 꺼놨으니 '별일이야 있겠어?' 싶었습니다. 날카로운 분쇄 날에 닿을 듯이 다가서서야 볼트가 만져지더라고요. 분쇄 날을 보고 있으니 괜히 마음이 조급해져서 바쁘게 작업을 마쳤습니다. 그리고 서둘러 계단을 오르려는데…….

효과음 (기계 돌아가는 소리, 크게) 탈, 탈, 탈, 탈.
영업 상담원 이제 덮개를 덮고, 분쇄 날이 잘 돌아가는지 확인해보세요.

다행히 제가 잘 고친 건지, 기계가 돌아가기 시작했습니다. 상담사가 시키는 대로 덮개를 덮은 후에, 분쇄 날이 잘 돌아가고 있는지 확인하려고 덮개에 난 구멍에 얼굴을 갖다 댔죠.

이 사장 아, 예. 확인했습니다. 기계 잘 돌아가네요. 덕분입…….

그런데 상담사에게 감사 인사를 하려는 순간, 머리를 스치는 생각에 몸이 딱딱하게 굳어버렸습니다.

이 사장 (속으로) 아까 분명 전원을 꺼뒀는데……. 기계가 어떻게 돌아가는 거지?

순간 꼬리뼈에서 정수리까지 소름이 쫙 끼치더라고요. 저도 모르게 힘이 빠져서 손에 들고 있던 휴대폰을 놓쳐버렸습니다. 구멍 아래로 떨어진 휴대폰은 기계로 빨려 들어가더니, 순식간에 갈려버리더군요. 넋이 빠진 상태로 기계에 잡아 먹히고 있는 휴대폰을 내려다보는데…….

영업 상담원 네, 잘하셨어요. 이제 물건을 넣어주세요.

휴대폰은 산산조각이 났는데도, 아래쪽에서는 상담사의 목소리가 계속 들렸습니다. 그 목소리는…… 휴대폰에서 나오는 게 아니었던 거죠.

귀신 (점점 빠르게) 네, 잘 하셨어요. 이제 물건을 넣어주세요. 네, 잘하셨어요. 이제 물건을 넣어주세요. 물건을 넣어주세요. 물건을 넣어주세요. 넣어주세요. 넣어주세요. 넣어주세요. 넣어. 넣어. 넣어. 넣어. 넣어.

마치 저를 쫓아오기라도 하듯, 점점 빨라지는 여자의 목소리에 저도 모르게 다리에 힘이 풀려 주저앉아버렸습니다. 그런데 그 순간!
투입구 안쪽에서 단발머리를 한 여자와 눈이 마주쳤어요. 여자는 붉은 피를 뒤집어쓴 듯 새빨간 얼굴로 저를 보며 기괴하게 웃고 있었습니다. 사람이 너무 놀라면 몸이 굳어버린다는 게 무슨 말인지 알겠더라고요. 눈앞의 여자를 보며 얼어 있다가, 뒤늦게 정신을 차리고 도망치려고 할 때였습니다. 탁! 투입구로 튀어나온 빨간 손이 제 왼쪽 손목을 엄청난 힘으로 잡아챘어요. 저는 순식간에 끌어 당겨지면서 왼팔이 전부 빨려 들어갔습니다.

간신히 오른팔로 투입구 테두리를 잡고 죽어라 버텼죠. 밑에서는 기계가 무섭게 돌아가고 있었기 때문에 여자가 저를 조금만 더 끌어당겨도 당장 분쇄 날 위로 떨어져 몸이 갈려 나갈 것 같았거든요. 몸을 아무리 뒤로 빼려고 안간힘을 써도 역부족이었습니다. 앞에서 끌어당기는 여자 때문만은 아니었어요. 마치 여러 개의 손이 등 뒤에 다닥다닥 붙어서 저를 기계로 밀어 넣고 있는 것 같았거든요.

정면에 있는 여자를 보지 않으려고 고개를 숙이자, 그 손들은 제 머리채를 들어 올리며, 눈꺼풀을 붙잡고 눈을 뜨게 만들었습니다. 저는 억지로 뜨인 눈으로 바로 앞에 서 있는 그 여자를 볼 수밖에 없었어요. 시뻘건 눈으로 입이 찢어져라 웃으며 제 손목을 잡아당기고 있는 여자의 반대편 팔은 무언가에 잘려 나간 듯, 피가 뚝. 뚝. 떨어지고 있었습니다. 기계에서도 쉴 새 없이 피가 흘러나오고 있었어요. 그 상태로 여자는 쉴 새 없이 속삭일 뿐이었습니다. 새빨간 눈을 저에게 고정한 채로요.

귀신 (빠르게) 넣어, 넣어, 넣어, 너, 넣어, 너, 넣어, 너, 넣어, 너, 넣어.

마치 기계에 저를 넣으라는 듯, 빠르게 속삭이는 그 목소리가 귓가를 파고들고, 등 뒤에서 저를 밀어대는 손들의 힘도 거세졌습니다. 저를 끌어당기는 여자의 손에도 힘이 실렸어요.

그 손은 피에 젖어 아주 축축하고, 딱딱했습니다. 살점이 다 떨어지고 뼈가 드러난 손가락이 제 손목을 강하게 파고들었어요. 제 손의 모든 살점을 쥐어 뜯어내려는 것 같았죠.

그 힘에, 상체 전부가 투입구 안쪽으로 끌려 들어갔습니다. 제 몸은 투입구에 간신히 하체만 걸쳐진 채로 매달려 있었어요. 점점 힘이 빠졌습니다. 이대로라면 팔이 떨어져 나갈 것 같았어요. 그렇게 시야가 흐릿해지고, 정신이 오락가락하며 의식을 잃기 직전이었습니다.

귀신　(높은 톤) 히히히. 히히히히. 히히. 이제 넣을 수 있겠다.

힘이 빠진 몸을 눈치챈 듯 강하게 끌어당기는 힘에 눈이 번쩍 뜨였습니다. 남아 있는 오른팔로 기계 덮개를 꽉 붙잡고, 더 끌려가지 않기 위해 안간힘을 썼어요. 여기서 더 들어가면 정말 죽는다는 생각밖에 안 들었거든요.

그때, 버둥거리던 오른손에 뭔가가 닿았습니다. 그건 아툿이 기계에 붙여놓았던 그 부적이었어요. 하도 여러 장을 붙여놔서 미처 떼지 못한 게 남아 있던 거죠. 미신을 믿지 않는 저였지만, 그 순간엔 그게 마지막 남은 동아줄로 보였습니다. 저거라도 잡아야 내가 살 수 있겠다 싶었죠.

손끝에 닿은 부적을 쥐기 위해서 팔을 뻗자, 등을 밀어대던 손들이 빠르게 제 팔을 붙잡았습니다. 마치 제가 부적을 쥐는 걸, 어떻게든 막아내려는 것처럼요.

이 사장　(힘겹게, 속으로) 저거라도 있어야 된다. 아니면 내가 죽는다.

정말 죽을힘을 다해 팔을 뻗었어요. 그리고 부적을 손에 쥐었다고 생각한 그 순간! 저는 그만 정신을 놓고 말았습니다.

───── S#5-공장 내부 D

눈을 떴을 때는 공장 안 컨테이너였습니다. 깜짝 놀라 주변을 돌아보니, 눈앞에는 피를 뒤집어쓴 여자……가 아니라, 옆 공장의 김 사장님이 있었죠. 아침에 출근한 직원들이 쓰러져 있는 저를 보고, 김 사장님께 도움을 요청했다고 합니다.

온몸에는 플라스틱 분진을 잔뜩 뒤집어쓰고 손에는 알 수 없는 상처가 가득했죠. 그리고 어젯밤 분쇄기에서 떼어낸 아팃의 부적이 꽉 쥐어져 있었습니다.

그런데 어젯밤 저를 죽음의 문턱까지 몰고 갔던 분쇄기는 언제 그랬냐는 듯 전원이 꺼진 채로 덩그러니 놓여 있더라고요. 마치 아무 일도 없던 것처럼 조용한 공장을 보니 소름이 돋았어요. 여자에게 잡혔던 왼쪽 손목이 욱신거리는데도, '꿈이었나?' 싶을 정도였죠. 저는 두려운 마음을 다잡고, 낡은 분쇄기로 다가갔습니다. 그리고 분쇄기 주변을 둘러보다 무언가를 발견하고 그 자리에 주저앉았습니다.

그 길로 저는 모든 걸 쏟아부은 공장을 급매로 내놓고, 고향을 떠날 수밖에 없었습니다. 제가 본 것은 분쇄기 투입구 내부에 가득한 손자국이었습니다. 기계 안쪽에서부터, 다닥다닥, 찍혀 있는 누군가의 손자국이요.

(재연 촬영 시: 하얗게 분진이 묻은 투입구에, 손바닥 닿은 부분만 가루가 사라진 모습으로 연출, 손자국은 여성 손 크기로.)

그날 밤, 기계 속에서 저를 끌어당기던 피투성이의 여자는 누구였을까요? 만약 기계 구석에 붙어 있던 부적을 발견하지 못했다면 저는 어떻게 되었을까요?

뒷이야기

🏺 실제 분쇄기 사진이 있는지?

지하를 파서 커다란 기계를 넣어두는데, 사람이 찍힌 사진을 보면 그 크기를 가늠할 수 있다. 칼날이 위험해서 평소에는 덮개를 덮어놓는다.

🏺 그 기계에 무슨 사연이라도 있던 걸까?

제보자는 이 사연의 마지막에 등장한 김 사장의 직원이다. 사연 속 이 사장과 마찬가지로 김 사장도 얼마 후 사업을 접고 지역을 떠났는데, 그때 공장을 내놓으면서 공인중개사에게 충격적인 이야기를 들었다고. 그 이야기를 제보자의 인터뷰로 생생히 들어보자.

INTERVIEW

거기가 지금은 오래되고 낙후된 산업 단지지만, 1970년대에는 사람으로 붐볐다더라고요. 돈을 벌기 위해 시골에서 올라온 소년, 소녀 가장들이 플라스틱 가공 공장에서 많이 일했대요. 꼼꼼하게 불순물을 골라내야 하는 일이라 손이 작은 아이들이 필요했던 거죠. 하지만 그 시절엔 지금보다 안전 기준이 미흡해서…… 기계로 일을 하다 이들이 다치고, 심지어 죽기도 했다는 거예요. 그 이야기를 들으니까, 혹시 그때 이 사장님이 마주쳤다는 앳된 여자가 그 기계에서 안 좋은 일을 당한 이름 모를 노동자였을 수도 있단 생각이 들더라고요..

🏺 기계는 아직 공장에 남아 있는가?

이 사장에게 직접 물어볼 수 있으면 좋겠지만, 아쉽게도 지금은 사연 속 이 사장도, 제보자가 일했던 공장의 김 사장도 모두 연락이 끊겼다고 한다. 그래도 사건이 있던 공장의 근황은 물어물어 겨우 알 수 있었다.

 INTERVIEW

이 사장님은 기계를 따로 처리할 정신도 없이 공장을 통째로 급매로 내놓고 사라져버리셨다고 알고 있어요. 소식을 아는 사람도 없고요. 그 일이 있고 얼마 안 되어서 코로나가 터지는 바람에 그 단지에 있던 공장이 많이 망했다고 하더라고요. 귀신이 나타났던 그 공장도 지금은 물류 센터로 바뀌었다고 들었어요.

유전

심야괴담회 시즌4 19회 방송

김구라 (잠깐 쉬고) 자, 그렇다면 이번에 이야기 단지를 열 주인공은 누구십니까.

김호영 (음산하게) 접니다.

(이야기 단지를 열고 안에 들어 있는 '부적' 펼쳐서 보여준다.)

김호영 '유전'. (부적 정리하고) 이 사연은 제보자 김선경(가명) 씨가 초등학생 때 겪은 이야기입니다. 당시에, 한 친구를 만나면서 평생 지우지 못할 상처를 입고, 상처가 아직까지 선경 씨를 괴롭히고 있다는데요. (톤 강하게) 선경 씨를 고통 속에 살게 한 그날의 이야기! 지금부터 제가 선경 씨가 되어 들려드리겠습니다.

✿
[등장인물]

선경(8세/여), 친구(8세), 아랫집 무당(30대), 스님, 선경 모, 반 친구, 동네 아줌마

S#1-이층집 거실 D

선경   (살짝 토라져서) 힁. 나두 학원 다니고 싶은데.

당시 중학생이었던 친오빠는 학교 끝나면 속셈학원에 컴퓨터 학원까지 다 다니느라 집에는 컴컴한 밤중에나 왔어요. 같은 반 친구들은 다 학원 다니는데, 저는 엄마가 오빠처럼 중학교 가면 보내준다는 거예요. 그래서 전, 학교 끝나 집에 오면 혼자 텔레비전을 보거나 집 앞에서 소꿉놀이 하면서 시간을 보냈죠. 그날도, 집에서 혼자 놀고 있는데 평소와 달리 밖이 아주 소란스러웠습니다.

무당   (표독하게) 아저씨! 이거 막 옮기지 말라고 했잖아요! 조심하세요!

큰소리가 들려 창밖을 내다 보니까 엄청 무섭게 생긴 아줌마가 막~ 소릴 지르고 있는 거예요.

선경   (속으로) 아! 아랫집에 이사를 왔구나!

그런데 이삿짐이 좀 이상했어요. 큰 불상이랑 제기 같은 게 막 늘어져 있더라고요. 그때!

선경   (깜짝 놀라며) 헉—!

아줌마가 갑자기 고개를 휙 올려 제 쪽을 노려봤어요. 저는 깜짝 놀라 얼른 몸을 숙였어요. 잘못한 것도 없는데 어찌나 무섭던지. 아줌마의 표정이 한참이나 머릿속에 남았어요.
나중에 엄마한테 들으니까, 아랫집에 젊은 무당 아줌마가 이사를 왔다고 하더라고요. TV에서만 보던 무당을 실제로 처음 봐서, 조금 무서웠지만 신기하기도 했어요. 그래서 앞마당을 지나 대문으로 나갈 때마다 아랫집 창문을 힐끔거렸어요.

——— **S#2-이층집 앞마당 D**

그러던 어느 날. 그날도 학교 끝나고 집에 들어가다가 아랫집을 슬쩍 봤는데 무당 아줌마네 집 창가에 처음 보는 여자애가 서 있는 거예요! 무당 아줌마 딸인 것 같았어요.

선경   (고개를 갸웃하며) 내 또래인 것 같은데……. 어디 아픈가?

그 애는 어딘가 아파 보였어요. 핏기 없는 하얀 피부에, 눈가는 퀭하니 시커멨거든요.

선경   (깨달았다는 듯) 아~ 몸이 아파서 학교에 안 다니는 건가?

─────── **S#3-이층집 앞마당 D (시간 경과)**

제 추측이 맞는 거 같았어요. 다음 날도, 그다음 날도 아이는 창밖만 바라보고 있더라고요. 그래서 처음으로 그 애한테 살짝 인사를 해봤어요!

선경   (손바닥 번쩍 펴 들고) 안녕
친구   (빤히 보다가 천천히 손을 흔든다.)

그 애가 마주 인사를 해주었어요. 그날 이후로 저희는 매일매일 창가에 마주 서서 수다 떠는 친구가 됐어요. 아! 그런데 조금 서운한 게 있었어요.

선경   (조르며) 야아~! 오늘은 좀 나와봐~ 나랑 숨바꼭질 하자~ 응? 응?
친구   (웅얼대며 입술 달싹이다 고개 저으며) 으으…….
선경   (걱정하며) 왜? 오늘도 아파? 아님! 엄마가 못 나가게 해? 힝, 몰래 잠깐 나오면 안 돼? 야아~

사실, 그 애는 말을 잘 못하거든요. 그래서 제가 나오라고 하니까 또 희미하게 웃으면서 고개만 저어댔어요. 그러다 제가 서운해할 때면 창문을 살짝 열고 선물을 줬어요. 맛있는 알사탕이요! 그럼 또 저는 좋아서 사탕을 막 굴려 먹으면서 재잘재잘 그날 있었던 일을 떠들어댔죠.

───── **S#4-이층집 앞마당 D (시간 경과)**

그러던 어느 날.

엄마   선경아~ 외할머니가 좀 아프셔서 엄마가 이따 좀 가봐야 할 거 같아! 밥이랑 반찬 다 있으니까! 잘 챙겨 먹고! 집에 잘 있어~
선경   (신나서) 아싸! 오늘은 아랫집 애를 우리 집에 초대해야겠다!

저는 곧장 아랫집으로 내려가 신나서 친구에게 말했어요.

선경   (들떠서) 오늘 집에 엄마 없다? 외할머니 아프셔서 거기 가셨어. 너, 우리 집 올래?

그 애는 또 배시시 웃기만 하더라고요. 그러다 손가락으로 창밖을 콕콕 가리키더니 양손으로 자기 눈을 가리는 거예요. 꼭 숨바꼭질할 때 술래가 눈을 가리는 것처럼요.

선경   (고개를 갸웃하며) 밖에? 술래? (깨닫고) 아~ 숨바꼭질하자고?!
친구   (살짝 고개를 끄덕인다.)

전 너무 신나서 새끼손가락 걸고 복사까지 해서 약속을 받아냈죠. 그리고 막 놀이를 시작하려는데…….

(재연 촬영 시: 선경은 창가 쪽에서 앞마당으로 나오고 친구는 보이지 않은 상황으로 연출)

선경   (놀라며) 아, 깜짝이야!
아랫집 무당   (친절하게) 얘! 너 이리 좀 와보렴.

대체 언제부터 서 계셨던 건지 대문 쪽에서 무당 아줌마가 저를 부르는 거예요. '아씨, 몰래 놀기로 한 거 들었나?' 싶어서 떨리는 마음으로 갔는데요.

아랫집 무당   (친절하게) 자, 이거 아줌마가 주는 선물이야.

무당 아줌마는, 처음으로 친절하게 웃으시면서 제게 선물을 주셨어요. 알록달록한 색의 작은 지갑이었습니다.

아랫집 무당   (친절하게) 우리 딸이 아파서…… 집에만 있어서 친구가 없었는데 사이좋게 지내줘서 너무 고마워. 이건, 행운을 주는 지갑이야. 그러니까 꼭 가지고 다녀야 해. 꼭! 알았지?

선경　(당황하다 웃으며) 아, 가, 감사합니다.

무섭기만 하던 무당 아줌마가 제 머릴 쓰다듬으면서 선물까지 주시니까 마음이 사르르 녹았어요. 지갑도 왠지 제 마음에 쏙 들었어요. 행운을 준다니 꼭 갖고 다녀야겠다고 생각했죠. 그런데…….

─────　**S#5-선경의 방 N (같은 날 밤)**

그날 저녁, 갑자기 열이 나면서 온몸이 아픈 거예요.

선경　(앓으며) 으……. 왜 이렇게 춥지. 머리 아파. (눈을 껌뻑이며) 아, 눈이…….

눈이 좀 뿌옇고 앞이 잘 안 보였어요. 눈앞에 엄청 짙은 안개가 가득 낀 것처럼요. 이 와중에 오빠는 학원 가서 없고 혼자 집에서 끙끙 앓으면서 누워 있었어요.

선경　(걱정하며) 아, 숨바꼭질하기로 했는데……. 그 애가 기다릴 텐데 어떡하지…….

그때 누군가가 유리창에 뭔가를 던지는 것처럼 "탁! 탁!" 소리가 나서 소리가 나는 쪽으로 더듬더듬 가서 창문을 열었어요. 그러자마자…….

선경   (아파하며) 악!

뭔가 제 머리를 딱 맞히고 떨어졌어요. 주워서 만져 보니까 알사탕이더라고요? 그때!

친구   (어눌하게 웅얼대며) 나아……. 나아…….

그 애였어요! 반가운 마음에 아픈 것도 잊고 얼른 문을 열어줬어요. 그런데…….

선경   (놀라서 눈을 만지며) 악!

갑자기 뭔가 차가운 게 제 눈을 확 덮는 거예요. 만져보니까 그 애 손인 것 같더라고요. 아하! 저보고 술래를 하라는 뜻인 것 같았어요.

선경   (신나하며) 알았어! 내가 딱 열만 센다? 얼른 숨어! 하나, 둘, 셋…….

천천히 숫자를 열까지 세고 눈을 딱 떴는데 여전히 눈앞이 뿌옇더라고요.

선경 (풀 죽어서) 근데…… 내가 지금 눈이 잘 안 보이거든.

친구 (띄엄띄엄) 짝! 짝!

저쪽에서 손뼉 치는 소리가 나는 거예요. 마치 자기를 찾으라고 하는 거 같았어요. 그래서 소리 나는 쪽으로 더듬더듬 찾아갔는데 이번에는 또 반대쪽에서 소리가 나더라고요. 그쪽으로 방향을 틀어 가는데 아무리 소리를 따라가도 앞이 뿌여니까 찾을 수가 없더라고요.

선경 (속상해하며) 야아. 너 어디 있어. 못 찾겠어.

그때 고개를 들었는데 천장 쪽에 시커먼 뭔가가 아른거리더라고요. 마치 누군가 올라가 있는 것처럼요. 의자를 밟고 올라가 있나 싶어서 저도 가까이 가서 까치발을 높게 들어 손을 확 뻗었는데 그 검은빛이 확 사라지는 거예요.

선경 (소스라치게 놀라며 왼쪽 볼 잡고) 헉!

제 왼쪽 볼에 뭔가 스쳐 지나가는 느낌이 났어요. 깜짝 놀라서 막 허둥대고 있으니까 이번엔 반대편에서 "후—" 입바람이 불어오더라고요.

선경 (당황하며) 야아. 놀리지 마……. 나 무섭단 말이야.

(재연 촬영 시: 선경의 어깨에 턱 올라가는 손.)

선경   (비명) 아아아악!
친구   (즐거운 듯) 히히.

어깨를 잡는 손길이 느껴져 그만 나동그라지고 말았어요. 귓가에는 그 애의 웃음소리가 들렸습니다.

선경   (짜증 섞인 울먹임) 에이씨……. 야! 놀리니까 재밌냐?!

제가 짜증을 내니까 웃으면서 저를 일으켜 세워주더라고요. 그 애는, 저랑 처음 한 숨바꼭질이 엄청 재밌었나 봐요. 눈이 잘 안 보여서 답답하긴 했지만 그래도 은근히 재밌더라고요. 오늘은 여기까지만 하고, 내일 저녁에 또 만나기로 약속하고 헤어졌죠.

S#6-이층집 앞마당 D (다음 날)

그리고 다음 날 일어나니까…… 언제 그랬냐는 듯이 다시~ 또 앞이 잘 보이는 거예요.

선경   (신나서) 아싸~! 오늘은 더 신나게 놀 수 있겠다!

학교 수업을 마치고 집으로 돌아오는 길이었어요. 무당 아줌마와 마주쳐서 깜짝 놀랐지만 얼른 인사드렸어요.

선경　아, 아줌마, 안녕하세요.

그런데 무당 아줌마가 제 인사도 받지 않으시고 저를 노려보시는 거예요. 잡아먹을 듯이 쏘아보는 눈빛이 너무 무서워서 눈물이 날 거 같았어요. '뭐지? 나한테 왜 화가 나셨지?' 싶었죠. 마침 엄마도 할머니 집에 좀 더 있어야 할 것 같다고 해서 오늘 또 그 애와 숨바꼭질하면 딱 좋겠다고 생각했는데……. 아까 무당 아줌마의 눈빛이 생각나서 도저히 그 애를 못 부르겠는 거예요. 그런데…….

효과음　(유리창에 뭔가 부딪히는 소리) 탕! 탕!
선경　(반가워하며) 아! 엄마 몰래 나왔구나. 그래, 조금만 놀다 들어가면 되지!

어제 들렸던 그 소리가 또 나서 저는 반가워하며 문밖으로 나갔습니다. 그런데 아래로 내려갔는데 그 애가 안 보이더라고요?

선경　(의아해하며) 어디 갔지? 벌써 숨었나?

막 찾아다니는데, 아랫집 문이 살짝 열려 있는 거예요. 집으로 들어오라는 건가 싶었지만 무당 아줌마한테 혼날 거 같아서 들어가지는 못하고 문 앞에 서 있는데…….

효과음 탕! 데구루루…….

그 애가 알사탕 던지는 소리가 나는 거예요. 그래서 침을 꿀꺽 삼키고 조심스럽게 들어갔죠. 처음 들어와 본 그 애 집은 정말 엄청났어요. 온갖 무서운 표정의 불상이 있었고 알록달록한 천이 늘어져 있었어요. TV에서 보던 무당집이랑 정말 똑같더라고요. 놀란 것도 잠시, 저는 일단 무당 아줌마한테 들키기 전에 그 애부터 찾아야겠다 싶었죠.

선경 (속삭이듯) 야아……. 어디 있어~ 아줌마한테 들키면 혼난단 말이야. 야아…….

조용히 그 애를 부르는데 주방 싱크대 쪽에서 소리가 들리는 거예요. 거기 숨었구나 싶어서 일부러 여기저기 찾아다니는 척하면서 살금살금 싱크대 쪽으로 갔습니다.

선경 (과장되게) 야, 도대체 어디 숨은 거야. 아~ 너무 어려워서 못 찾겠네. (싱크대 문을 확 열며, 밝은 목소리로) 찾았다! (놀라며) 헉!

제 쪽으로 고개를 돌린 그 애는 제가 알던 그 애가 아니었어요. 아니, 그 애는 맞는데 눈이 시커멓게 텅 비어서 뻥 뚫려 있는 것 같았어요. 너무 무서워서 저도 모르게 눈을 꾹 감았어요. 그리고 다시 천천히 눈을 떠보니까 제 앞에는 아무도 없었어요. 그런데 그때!

선경   (숨 막히듯) 흐헙!

시야가 까매지고 뒤에서 제 눈을 가리는 손이 느껴졌어요. 그리고 제 눈을 파낼 것처럼 움켜쥐면서 파고들어 오는데……. 눈이 불타는 듯한 고통에 저는 그만 정신을 잃고 말았습니다.

―――― **S#7-선경의 방 N (시간 경과)**

눈을 떴을 때는 엄마와 스님 같은 아저씨가 저를 내려다보고 있었어요. 그런데 뭔가 좀 잘못됐다는 게 느껴졌어요. 왼쪽 눈은 아예 아무것도 안 보이고, 까맣기만 했습니다.

선경   (겁에 질려 울먹이며) 엄마! 나…… 이쪽 눈이 아무것도 안 보여어.
엄마   (선의 눈에 대고 손을 왔다 갔다 하며) 어디? 지금 안 보여?
스님   (넌지시 호통) 그러게 어쩌자고! 그렇게 한 많은 귀신을……. 쯧쯧쯧. 저승길 같이 가게 된 줄도 모르고!
엄마   스님. 애가 왜 이런 거예요? 제발 우리 애 좀 살려주세요.

스님 (단호하게) 너 그 집 애한테 뭐 받아먹은 거지. 으이구, 그게 제삿밥인 줄도 모르고 덥석덥석 먹었으니…….

엄마 (가슴을 치며) 아이고! 아랫집 무당년이 내 새끼 잡으려고 했구나!

스님 (자리를 박차고 나가려는 엄마를 타이르다 한숨 쉬며) 하……. 그래도 그 집 애 엄마가 단단히 애를 쓴 거 같네요. 그나마 이 부적이 있어서 눈 한쪽만 내주고 겨우 목숨은 건진 줄 아세요.

그 말씀을 하는 스님의 손에는 제가 무당 아주머니한테 받은 지갑이 들려 있었어요.

> **INTERVIEW**
>
> 스님이 들고 있던 지갑 안에 덧댄 천 안쪽에 부적이 들어 있었어요. 사연을 알고 보니, 그 아이는 아랫집 무당의 하나밖에 없는 딸인데 어느 날 갑자기 실명이 됐대요. 그 때문인지는 모르겠지만 교통사고를 당해서 세상을 떠났는데 무당은 딸의 죽음을 받아들이지 못해서 유골을 집 안에 두고 저승에 보내지 못했다는 거죠. 그래도 영가가 집 밖으로 나가지 못하게 술을 걸어놓긴 했는데, 제가 그것도 모르고 자꾸 걔한테 나오라고 하니까……. 무당이 집에 없는 틈을 타서 귀신이 절 데리고 가려고 온 거라고요. 그 애가 저한테 알사탕도 주고, 옥춘도 줬거든요? 그게 다 제삿밥이었던 거죠. 당연히 아랫집 무당도 제가 그 애를 사람으로 착각하고 말을 거는 건 알고 있었지만, 딸이 생전에 친구가 없었다 보니…… 그렇게라도 말을 걸어주는 게 너무 좋았대요. 한 서린 귀신한테 말 거는 게 위험하다는 걸 알면서도, 딸

> 생각에 저를 막지는 못하고 대신 보호 부적을 줬던 거죠. 그래서 그 날 저한테 그렇게 웃어줬던 거고요. 그런데 제가 점점 아프니까 위험을 감지하고 못 오게 한 거예요.

S#8-놀이터(현재)

얼마 뒤 무당 아줌마네는 급하게 이사를 갔습니다. 떠나기 전에 그 애를 달래서 저승으로 보내주는 제사도 지냈다고 들었습니다. 그래서일까요? 정말 다행히도, 그 후로 제 왼쪽 눈은 시력이 완전히 회복됐어요. 그렇게 제 삶도 완전히 회복됐다면 얼마나 좋았을까요.

동네 아줌마 1 (수군대며) 어머머, 눈이 왜 저래? 어머, 징그럽다.
동네 아줌마 2 (수군대며) 그러게 말이야. 저건 무슨 병이람.

어느 날부턴가 자꾸 한쪽 눈이 바깥으로 돌아가는 거예요. 그때 그 아이한테 뺏길 뻔한 왼쪽 눈이요. 멍하니 있다 보면 저도 모르게 왼쪽 눈알만 눈꼬리 끝까지 쓱 돌아가서……. 오른쪽 눈과 왼쪽 눈이 서로 다른 곳을 보게 되는 거죠.
증상은 점점 심해져서 중학교 때는 '사팔이'라고 불릴 정도였어요. 결국 저는 안과를 찾았고 '간헐성 외사시'라는 판정을 받았습니다. 그래도 시간이 지나 다행히 저를 사랑해주는 사람을 만나 결혼도 하고, 예쁜 딸을 낳아 잘 살고 있지만요. 제 눈 때문에 혹시나 제 딸이 상처를 받을 수도 있다는 생각이 들어서 '그때 그 애만 아니었어도…….' 하는 원망하는 마음이 늘 있었어요. 그러던 어느 날 딸아이와 집 앞 놀이터에서 놀고 있는데…….

선경 (황급히 왼쪽 눈 가리며) 어우! (쉬고) 아유, 라율아, 우리 이제 그만 집에 가자.

갑자기 왼쪽 눈이 또 바깥으로 돌아가는 게 느껴지더라고요. 그래서 애 앞에서 사람들이 흉을 볼까봐 눈을 얼른 가리고는 짐을 챙기는데…….

선경 (소스라치게 놀라며) 아, 안 돼!

저는 짐도 내팽개친 채, 아이만 급하게 안고 미친 듯이 집으로 뛰었습니다. 왜냐하면 제 왼쪽 눈이 돌아가면서 보인 시야에 그 애가 서 있었거든요. 제 딸을 보고 희미하게 웃으면서요.
그런데 제가 수십 년 만에 다시 나타난 그 애보다 더 경악한 건……. 제 딸아이가 정확히 그 애를 향해 똑같이 배시시 웃었다는 거예요!
제 딸의 눈에도 그 애가 보였던 거죠. 어릴 때 제가 그 애를 봤던 것처럼요. 도대체 그 애는 왜……! 왜 다시 저를 찾아온 걸까요? 혹시 이제는 제 딸과 친구가 되고 싶은 걸까요?

뒷이야기

🍶 혹시 그 애를 또 마주친 적은 없었는지?

> INTERVIEW
>
> 사실 제가 그 일을 겪었던 동네에 아직 살고 있거든요. 같은 집은 아니지만……. 그 애를 다시 보고 난 이후에 너무 신경이 쓰이고 두려워서 견딜 수가 없더라고요. 특히 집 앞 놀이터에서 본 거라……. 그래서 지금은 집을 내놓고 잠깐 친정에 들어와서 살고 있어요. 내년 초에는 저희 가족만 이 동네를 떠나서 멀리 이사를 가기로 결정했습니다.
> 다행히 그 후로 그 아이를 다시 본 적은 없었는데요. 그 애를 보고 몇 개월 뒤부터 딸이 멍때림이 심해졌어요. 질병은 아니라고 하는데……. 멍때릴 때 보통 눈이 돌아가더라고요. '사시'가 유전적 질환은 아니라고 하는데도, 혹시 제 눈이 유전된 게 아닌지 싶어서……. 그게 너무 무서워요.

🍶 간헐적 외사시란?

스트레스를 받거나 피로할 때, 눈이 비정상적인 외향, 즉 한쪽 눈이 순간적으로 바깥을 향해 이동하는 것이다. 유전적 질환은 아니다. 수술이 가능하지만, 혈흔이 남을 수 있다.

🏺 왜 그 애는 다시 나타났을까?

무당이 이사 가기 전에 제사를 지내서 천도를 해줬다고 했는데, 어떻게 다시 나타날 수 있을까. 제보자는 '아, 그때 제사를 지낸 게 아니었구나.'라고 여기고, 어쩌면 다시 집에 가둬서 못 나가도록 결계를 친 다음 함께 살았던 게 아닐까 하고 추측한다고.

끝나지 않는 벌전

심야괴담회 시즌4 21회 방송

김구라 (잠깐 쉬고) 자, 그렇다면 이번에 이야기 단지를 열 주인공은 누구십니까.

박경혜 (음산하게) 접니다.

(이야기 단지를 열고 안에 들어 있는 '부적' 펼쳐서 보여준다.)

박경혜 '끝나지 않는 벌전'. (부적 정리하고) 오늘 사연의 제보자인 김자윤(가명) 씨는 정확한 나이나 지역 같은 정보를 일절 공개하지 않는 게, 제보의 조건이었다는데요. 그 이유는 자윤 씨가 '벌전'의 덫에 걸려 무려 20년 넘는 세월 동안 매일 숨죽인 채 살아가고 있기 때문이라고 합니다.

'벌전'의 사전적 의미는 '약속이나 규칙을 어겨 벌로 내는 돈'이지만, 무속 세계에서는 신이 내리는 가장 무서운 벌을 '벌전'이라고 한다는데요. 자윤 씨에게 대체 어떤 일이 있었던 건지. 지금부터 제가, 자윤 씨가 되어 이야기해드릴게요.

[등장인물]

김자윤(38세, 여), 시어머니(72세), 둘째 아들(8세), 무당(여), 법사(남)

─── S#1-대저택 거실 D

약 20년 전, 스물한 살이던 저는 시댁에서 신혼살림을 차리게 되었습니다. 처음 가본 시댁은 깡촌에서 온 제가 납작 주눅 들 만큼 화려한 집이었어요. 그런데 제가 처음 오는 날인데도, 집 안에 불 하나를 안 켜놨더라고요.

자윤   (속닥이듯) 오빠, 집이 왜 이렇게 어두워?
남편   어머니가 원래 이런 데서 많이 아끼시는 편이야.

검소라기엔 집 안을 채운 물건들이 전부 고급스럽다 못해 사치스러웠는걸요. 연애 때부터 집안끼리 격이 맞지 않는다며 반대하셨던 어머님을 생각하면……. 혼전 임신 때문에 억지로 허락한 며느리가 여전히 미우신 거구나 싶었어요.

하지만 집안 사람 모두가 어머님 말이라면 벌벌 떠는 통에 제가 서운한 티를 낼 수도 없었죠. 어머님은 집 안에서나 밖에서나 '회장님'으로 통했거든요. 이 집안을 일으킨 사업을 일군 회장님이었으니까요.

자윤   (싹싹하게) 어머님, 다녀오셨어요? 피곤하셨죠~? 옷 이리 주세요.

시어머니   (말없이 주변을 훑어보다 쌀쌀맞게) 물건은 그냥 정해준 자리에만 놓으면 되는데, 그게 어렵니? 불이란 불은 또 다~ 켜놓고 있고……. 갑자기 돈방석에 앉으니까 이런 거라도 막 쓰고 싶어?

어머님은 퇴근하시면 늘 말 한마디 없이 저를 지나쳐, 넓은 집 안부터 살살이 살폈는데요. 본인이 지시한 대로 완벽하길 원하는 어머님 마음에 들려면 꽤 시간이 필요할 것 같았어요.

───   **S#2-대저택 복도 N**

그러다 하루는 자다가 새벽에 목이 말라서 깼는데 집 한편에 딸린 작은 방에서 목탁 소리가 들리는 거예요.

효과음 (목탁 두드리는 소리) 탁, 탁, 탁, 탁.

그 방은 어머님이 "너는 거기 볼 일 없다." 하시면서 구경도 안 시켜주신 방이었어요. 집에 워낙 남는 방이 많긴 했는데 그 방은 청소도 하지 말라고 하시니 궁금하긴 했죠. 소리를 따라 가보니까 문틈으로 약한 불빛이 새어 나오는데…….

시어머니   (불분명하게, 중얼중얼) 비나이다, 비나이다…… 관세음보살…….

자윤   (화들짝 놀라서) 히익!

목탁 소리 뒤로 희미하게 어머님 목소리가 들리는 거예요. 그때 순간 소리가 멈추더니 문틈 새로 저를 노려보고 있는 어머님과 눈이 마주쳤어요.

자윤   (어색하게 웃으며) 어, 어머님, 안 주무세요? 하하. 저는 모, 목이 말라서.

시어머니   (쌀쌀맞게) 알 거 없다, 얼른 들어가 자.

그러더니 그냥 그 방에서 나와서, 침실로 들어가시더라고요? '뭐지?' 싶었지만, 그날 이후로 그 방문은 굳게 잠겨서 몰래 들어가 볼 수도 없었어요.

──── **S#3-대저택 주방 D (시간 경과)**

게다가 다른 생각을 할 여유가 없을 정도로 '진짜 시집살이'가 시작됐습니다. 매일 새벽시장에 가서 배랑 사과를 사다가 제수용 과일처럼 위아래를 손질해 놓으라지를 않나……. 쌀은 꼭 정해주신 정미소에 직접 가서 받아오게 하셨죠. 어느 날은…….

자윤   (놀라며) 어머! 어, 어머님! 왜 이러세요!

어머님이 갑자기 제 치마를 휙 들치시는 거예요. 뒤에서 제 윗도리를 쭉 잡아당기고는, 옷 속을 들여다보시기도 했어요. 어머님은 제가 입는 속옷 색깔과 모양까지 관리하기 시작하신 겁니다. 아침 해가 뜨기 전에 몸을 정갈히 씻고 화장까지 마친 후에 남편을 깨우라느니……. 심지어 남편과 잠자리를 갖는 날짜와 시간까지 정해주셨어요.

──── **S#4-대저택, 의문의 방 N**

며느리로서 제 시간표는 점점 더 촘촘하게 짜이기 시작했죠. 어느 날 새벽, 어머님이 저를 부르시는 겁니다.

시어머니   (쌀쌀맞게) 너 아직 안 자는 거 안다. 이리 나와 봐. (명령조)

앞으로 저 방 초는 네가 맡아라. 새벽 5시 기준으로 6시간마다 갈고. 우리 집안 살펴주시는 조상님들 모시는 거니까, 정성으로 해.

어머님이 말씀하신 방은 그때 목탁 소리가 나던 그 방이었어요. 조심스럽게 들어가 보니까 거기엔 제단이 차려져 있었어요. 제기에 생쌀, 사과, 배, 마른 음식들이 있고 양옆으로 커다란 초랑 향이 피워져 있었죠. 작은 불상에 병풍까지 갖춰져 있는데…….

자경 (속으로) 아, 그동안 내가 새벽 시장 가서 사온 과일이랑 쌀이 여기 올라가는 거였구나.

막상 방 안을 보니까 생각보다 가볍게 기도하는 느낌은 아니라서 좀 찝찝했지만…… 그날부터 하루 네 번씩 제가 맡은 그 일을 하게 됐어요.

S#5-대저택, 거실 D

그렇게 저라는 사람을 서서히 지워가면서, 이 집 '며느리로서의 도리'에 익숙해지던 어느 날이었습니다.

효과음 (갓난아기 울음소리) 응애~ 응애~

고된 시집살이의 슬픔도 싹 씻기게 하는 예쁜 첫 아이를 품에 안았어요. 그런데…….

시어머니　　(반가워하며) 아이고~ 장군님! 우리 장군님 오셨네~

시어머니가 저희 아이를 보자마자 반색을 하면서 장군님이라고 그러시는 거예요. 근데 기분이 좀 그렇더라고요? 저희 아이는 딸이었거든요. '멀쩡한 여자애한테 장군님이라니, 아들 낳으라는 거야 뭐야.' 싶었는데. 막상 둘째 아들이 태어났을 때는…….

시어머니　　얘는 네가 정성을 많이 들여야겠다.

그러시는 게 아니겠어요? 아니, 자식이면 다 정성 들여 키우는 거지. 아들이라 더 살뜰히 챙기라는 건가 싶기도 하고……. 기분이 영 좋진 않더라고요.

――――　**S#6-대저택, 의문의 방 N**

그러던 어느 날이었어요. 새벽에 초를 갈려고 일어났는데……. 헉! 절을 하는 어머님 뒤로 누군가 또 있는 거예요. 차려놓은 제단 위의 쌀이며, 초, 과일을 막 집어 던지면서요. 그건 검은 한복을 입은 웬 할머니였어요.

그렇게 패악질을 부리다가 분이 안 풀리는지, 기다란 손톱으로 병풍을 확 찢어버리고는 그것마저도 막 집어 던지는데……. 어머님은 그 난리통에도 그냥 묵묵히 절만 하는 거예요.
쿵, 쿵, 쿵 소리가 날 정도로 이마를 바닥에 찧어가면서 미친 듯이 절을 하시는데 그게 너무 기괴해 저도 모르게 "히익!" 소리를 냈더니 어머님이 획 뒤를 돌아보시더라고요. 그런데 이마가 다 찢어진 건지 피범벅이 된 얼굴! 그리고 저를 노려보는…… 피보다 새빨간 눈! 깜짝 놀란 저는 뒷걸음질을 치다 그만 넘어져버렸어요. 일어나지도 못하고 눈을 꼭 감은 채로 벌벌 떨다가…….

시어머니   (짜증 내며) 너 지금 하기 싫다고 시위하는 거니?

어머님 목소리가 들려 파들거리는 눈꺼풀을 간신히 떴더니 언제 피 칠갑 했냐는 듯 멀쩡한 얼굴의 어머님이 있었습니다. 서둘러 둘러본 방 안도, 평소처럼 잘 정리된 모습이었어요. '꿈을 꾼 것도 아닌데, 이게 대체 무슨 일이지?' 싶었죠.

——— **S#7-대저택, 거실 D**

그뿐만이 아니에요. 한번은 어머님 방을 청소하고 있는데 갑자기…….

시어머니   (정색하며) 너는 웃음이 나오냐?

자경   (당황하며 굳어서) ……예?

시어머니   (얼굴이 붉으락푸르락해) 이 기생충 같은 년아! 내 돈 빨아먹고 사니까 아주 행복해 뒈지겠지?!

17년간 언제나 모진 시어머니긴 했지만, 이런 적은 처음이라 저도 모르게 눈물만 뚝뚝 흘려대고 있었어요. 그런데…….

시어머니   (돌변하며) 어머, 얘, 너 왜 우니? 왜 그래, 응?

어머님은 아무 일 없었다는 듯이 오히려 우는 저를 이상하게 보고 있었어요. 심지어 어렵게 그 일에 대해 묻자 노발대발하시면서 내가 언제 그랬냐고 펄쩍 뛰셨어요. 심지어 주변에 며느리가 생사람 잡는다고 하고 다니는 거예요. 하……. 혹독한 시집살이를 견뎌온 저이지만, 이젠 서러워서 살 수가 없겠다 싶더라고요.

───── **S#8-대저택 D (시간 경과)**

결정적으로 제가 이 집을 나가야겠다고 결심하게 된 일이 있었습니다.

둘째아들(소리만)   (웃으며) 히히…… 으응~ 아니아아~

주방에서 설거지하고 있는데 아들이 할머니랑 노는 건지 막 웃는 소리가 들리는 거예요. '그래도 어머님이 손자한텐 살갑게 대해주셔서 다행이다.' 하고 있는데……. 문득 '어머님은 아직 회사에 계실 시간인데 누구랑 얘기하는 거지?' 싶었어요.

자윤   (경악하며) 준우야!

소리가 난 쪽으로 달려가니 아들은 집 한편, 제단이 차려진 그 방에 있었습니다.

자윤   (놀라서) 너 여기서 뭐 하는 거야! 이런 데 막 들어오는 거 아니야! 얼른 나와!
둘째아들   (자윤의 팔을 탁 쳐내며) 어디다 손을 대?
자윤   (당황하며) 뭐? 너, 너 지금 엄마한테 그게 무슨 말버릇이야?
둘째아들   (혀를 차며) 쯧쯧쯧. 정신 차려! 지 남편 어떻게 되는지도 모르는 년이. 그저~ 돈 빨아먹을 생각에 시어미 비위나 맞추고 앉아 있으니.

제단에 놓인 쌀을 까득까득 씹어대며 말하는 아들은……. 아들의 얼굴을 하고 있을 뿐 제 아들이 아닌 다른 사람이었어요. 제가 이상한 일을 겪는 건 견딜 수 있지만 아들까지 이렇게 되니 더는 하루도 그 집에 살 수 없겠더라고요.

S#9 분가한 자윤의 집 N

남편을 설득해서 17년 만에 분가에 성공했습니다. 그런데…….

자윤   (걱정스레) 여보, 나 붙잡고 좀 일어나봐. 응? 그래도 좀 움직여야지~

남편이 팔다리에 힘이 없다며 누워만 있는 거예요. 병원에서도 이유를 알 수 없다고……. 정말이지 방법도 없고 미칠 지경이었어요.
그러다 하루는 간병에, 집안일에 지쳐서 깜빡 거실에서 잠이 들었는데……. 안방에서 남편이 끙끙 앓는 소리가 들려 얼른 방문을 열었더니 남편은 잠들어 있고 그 위에 웬 여자가 올라타 있는 거예요. 놀라서 보니까, 남편이 팔다리는 다 침대 모서리에 묶여 있고, 웅크리고 앉은 여자는 정신없이 뭘 먹고 있는 것 같았는데…….

자윤   (경악하며) 안 돼! 여보! 여보!

남편 손끝을 물고 손톱을 다 뽑아내고 있는 거예요! 이미 남편의 반대쪽 손은 피에 젖은 채였고, 침대 위에는 살점이 붙은 손톱이 나뒹굴고 있었는데……. 저를 보지도 않고 고개를 푹 숙인 여자는 남편의 손가락까지 다 잘라낼 기세였습니다.

자윤   (분노하며) 이 미친년! 너 어떻게 들어왔어! 내 남편한테 왜 이래!

이판사판으로 그 여자 모가지를 탁 잡아채서 올렸는데……. 머리카락이 젖히면서 드러난 여자의 얼굴은…… 저희 시어머니였어요!

효과음   (전화 벨소리/크게) RRRRRRRRRRRR
자윤   (놀라서 깨며) 헉!

벨소리에 화들짝 깬 뒤에 둘러보니까 꿈이었더라고요. 그런데 전화를 건 사람이 시어머니인 거예요. 새벽 3시에 왜 전화를 하셨지? 방금 꾼 꿈 때문에 찝찝해서 정말 마지 못해서 전화를 받았는데…….

시어머니   (명령조로) 너, 싹 씻고 새벽 5시까지 짐 챙겨서 나와. 유리 아비도 데리고.

어머님은 대뜸 그렇게 말씀하시고는 끊어버리셨어요.

──── **S#10-자동차 안 N**

어머님이 찍어준 주소로 차를 모는데 점점 으슥한 산골로 들어가더라고요.

자윤   (겁에 질렸으나 애써 침착하게) 어머님, 저희 어디 가는 거예
            요?

시어머니   (말없이 앞만 노려본다.) …….

길은 점점 험해지고 돌아갈 수도 없고…….

S#11-산속 공터 N

그렇게 겨우 도착한 곳은 넓은 공터였습니다. 그런데 차에서 내리기가 무섭게…….

무당   (환영하며) 아이고, 먼 길 오느라 수고들……. (분노하며) 아니, 이
            굿판! 네가 예약한 거야? (단호하게) 나 못 해줘. 아, 돌아가! 누구
            한테 재수 옴 붙이려고 여기 발을 들여!

무복을 입은 무당이 저희 어머니를 보고 막 화를 내는 거예요. 저는 조마조마했어요. 어머님 성격에, 저러다 머리채라도 잡겠다 싶어서요. 그런데 돌아보니까 어머님이 바닥에 엎드려서 막 빌고 있더라고요?!

시어머니   (간절히 빌며) 죄송합니다. 우리 아들이 많이 아파서 살려달라고
           왔습니다. 한 번만 용서해주시고, 아들을 위해 기도 부탁드립니

다. 비나이다 비나이다.

무당 (기막혀하며) 허, 참 나. (격노하며) 제 아들 잡아먹은 년이 뻔뻔하기도 하지! 너, 네 아들 이렇게 될 거 진짜 몰랐어?! 다~ 알고도 너 살자고 설치고 다닌 거지!

아니, 저게 무슨 소리지? 무당은 알 수 없는 소리를 하고, 어머님은 그저 손이 발이 되도록 빌고……. 그때 갑자기 제 고개가 확 숙여졌어요. 옆을 보니까 어머님이 제 뒤통수를 눌렀던 거였어요.

시어머니 (눈을 부라리면서) 네 남편 살리려면 당장 빌어!

어떻게 된 건진 몰라도, 일단 무릎을 꿇고 막 빌었죠. 우여곡절 끝에 굿이 시작됐지만, 무당은 굿을 하면서도 불쑥불쑥 화가 나는지…….

무당 (시어머니의 어깨를 부채로 탁탁 내리치며) 뻔뻔하기가 그지없구나! 여기가 어디라고. 쯧쯧쯧. (갑자기) 흑흑흑……. 하이고오~!

무당이 갑자기 흐느끼다 곡소리를 내지르더니 제 얼굴을 붙잡고 막 쓰다듬다가 어깨를 도닥이고 꽉 끌어안는 거예요.

무당 (가여워하며) 서럽도다, 서럽다! 우리 황씨 가주에게 시집와 고생만 하는 우리 자손, 서럽고 가엾도다 하신다~! (인자하게) 지금까지도 힘든 일 많았지만 앞으로 더 힘든 일 많다. 그래도 우리는 우리 자손 도울 테니, 힘내서 살아, 응?

저를 꽉 안으며 등을 도닥여주시는데 '아, 내 조상님이 오신 거구나.' 싶었죠. 그런데…….

법사   얼마나 미운 짓만 했으면~ 이 집 조상신도, 며느리만 잘돼라 하시네.

그게 시댁의 조상신이라는 거예요. 그러면서 저한테 고생 많았다 한말씀씩 하시는데……. 참 그게 뭐라고 주책맞게 눈물이 줄줄 나더라고요. 생전 처음 보는 법사님이며, 이 집 조상님들도 나보고 가엾게 살았다, 서럽게 살았다 하는데……. 나는 왜 남의 품에 안겨서야 울 수 있는 처지가 됐는지, 나는 뭘 위해 이렇게 살았는지…….

자윤   (서럽게 오열하며) 감사합니다. 감사합니다.

누군가에게 안긴다는 게 이렇게 따뜻한 거였다는 걸 오랜만에 깨닫고 나니, 서럽고 억울한 마음에 펑펑 쏟아냈죠. 그런데 굿을 마친 뒤에 무당이 들려준 충격적인 이야기에, 눈물이 뚝 멈추고 말았습니다.

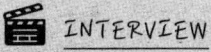

INTERVIEW

무당이 굿을 해도 이미 되돌리긴 어렵다더라고요. 이게 다 저희 어머님 때문이라는 거예요. 남편이 아픈 것도, 아이한테 신이 오는 것도 다 어머님이 팔자를 거부한 벌전이라면서요. 어머님이 신을 받아야 하는데, 무속인이 되는 걸 거부하려고 더 큰 천신을 모시면서 빌었대요. 집에 제단 차려놓고, 시간 맞춰 기도하고……. 그게 다 자기한테 온 신보다 더 큰 천신에게 신내림을 안 받게 해달라고 빈 거죠. 자기 팔자인 신은 거부하고, 천신은 모시고……. 그래서 벌전이 내린 거라고요. 그러면서 어머님이 운영하는 회사에도 크게 제단을 차려놨을 거라고 하는데, 보니까 정말 한 50평 되는 공간에 2m짜리 불상을 세 개 갖다 놓고, 부처님오신날처럼 연등을 쫙 깔아놨더라고요. 회사에서도 기도를 하셨던 거예요. 심지어 출장 가신다고 해놓고, 기운이 좋은 곳에서 기도드리고 오고 그러셨더라고요.

S#12-대저택 현관 D

결국 남편은 얼마 안 되어 팔다리를 완전히 쓸 수 없게 되었습니다. 어머님은 환경이 좋은 본인 집에서 아들을 돌보길 원하셨고, 저는 하는 수 없이 두 집 살림해야 했어요. 어머님이 회사에 있는 동안은 제가 시댁에서 남편을 돌보고, 저녁엔 분가한 집에 와서 아이들 식사를 챙겨주는 식이었지요.

어느 날, 시댁에 갔는데 대문 앞에 제 조촐한 짐이 다 나와 있더라고요.

들어가려고 해도, 비밀번호가 틀렸다면서 계속 오류가 나고요. 알고 보니까…….

시어머니   (매몰차게) 내가 알아봐 놓은 요양병원에 자리 났다고 해서 보냈다. 이것도 다~ 내가 돈이 있으니까 하는 거지. 네가 무슨 수로 걔를 돌봐? 집안도 말아먹은 년이.

내가 뭘 잘못했다고 이런 욕을 먹고 쫓겨나나 싶어서……. 하, 정말 허탈하더라고요.

─────   **S#13-분가한 자윤의 집 D**

그런데 그건 아무것도 아니었습니다. 집에 오니까 등기가 하나 와 있었는데요.

자윤   (전화 연결이 되자) 어머님, 어머님이 어떻게 저한테 이러실 수 있으세요?

그건 이혼서류였습니다. 순간, 피가 거꾸로 도는 것 같았어요. 절대 이대로 물러날 수 없다고 발버둥 쳤죠. 소송 과정에서도 저한테 넘어올 한 푼이 아까워서, 얼마나 난리를 치던지…….

온갖 더러운 꼴을 다 보고 나니까, 어느 순간, '그래, 차라리 이 기회에 벌 진 내린 이 집안이랑 깨끗이 정리하자.'라는 생각이 들더라고요. 마음을 내려놓고 나니, 곧 모든 게 편해질 것 같은 느낌이었습니다. 그리 마음먹고 나고 얼마 후, 어머님이 그러시는 거예요.

시어머니   (서늘하게) 네년이 나를 다~ 말아 먹었잖아. 네가 없어야 돼. 네가 죽어야…… 진짜 끝나. (조소하며) 그래야 나를 용서해 주신다고 하시거든.

그 말을 듣고는 '그럼 신이 나를 죽이라고 했다는 건가?' 싶어서 어이가 없다가 문득 소름이 쫙 끼쳤어요. 남편 간병 때문에 잠깐 시댁에 머물 때 우연히 봤던 메모 하나가 생각났거든요.

> **🎬 INTERVIEW**
>
> 어머님 방에 있던 메모지에서 제 연락처랑 이름을 발견했는데, 그 밑에 흥신소 전화번호랑 의뢰 금액, 제 차종이랑 차 번호 그리고 시골 친정집 주소까지 쓰여 있더라고요. 저한테 "내가 너 쥐도 새도 모르게 죽여버릴 거야. 내가 못 할 것 같지? 돈만 있으면 다 돼." 그러셨는데…… 진짜 저를 죽이려고 그랬던 거죠. 그래서 친정 엄마 가슴에 못 박는 줄 알면서도, 제가 엄마한테 그랬어요. 내가 어느 날 갑자기 죽으면, 우리 시어머니가 그런 줄 알고 더 이상 파보지 말고 나 그냥 화장하라고요.

이혼으로 벌전이 내린 집안에서 벗어났다고 생각했지만 그 벌전을 제 죽음으로만 끝낼 수 있다고 믿는 시어머니는 여전히 저를 쫓고 있습니다. 그러니 제가 어느 날 갑자기 죽으면 이 방송이 제 죽음의 이유를 증명해 주지 않을까요?

뒷이야기

🦉 아직도 벌전이 현재진행형인 건가?

제보가 채택된 후에, 자윤 씨가 작가님에게 보낸 문자를 봤더니 여전히 심각한 상황이었다.

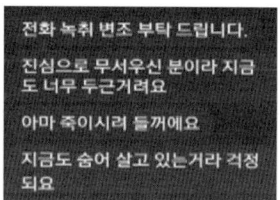

문자 일부. 제보자가 겁에 질려 있음을 알 수 있다.

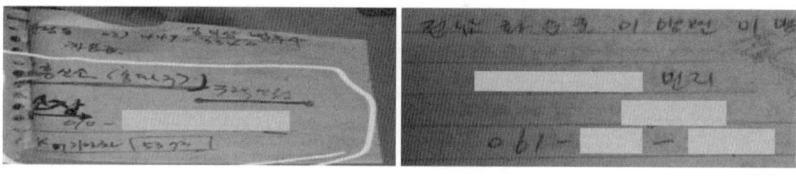

시어머니 방에서 발견한 메모.
흥신소에 문의해서 받은 금액, 자윤 씨 차량과 번호, 이름, 친정집 주소까지 쓰여 있다.

🍎 제보자의 근황이 걱정되는데

일단 이혼 소송은 3년이 넘게 걸려서 2024년 초에 마무리됐는데, 서류상으로는 다 끝났어도 숨어서 살고 있다고. 그래서 혹시 찾아올까 봐 절대 지역은 어디인지 나가면 안 된다고 신신당부했다고 한다. 친정 가족들은 지금도 그 집에 살고 있으니 말이다.

얼마 전에 친정 오빠한테 연락이 왔는데, 친정집 앞에 처음 보는 남자 둘이서 커다란 카메라를 들고 막 얼쩡대길래, 뭐 하냐고 물어보니까 친정집 강아지 사진을 찍고 있다고 했다고. 그런데 제보자는 그 얘기를 듣는 순간, 흥신소에서 온 게 아닌가 싶어 공포에 질렸다고 한다.

🍎 아들이 아프고 이런 거 말고 벌전의 영향이 또 있었나?

사연엔 나오지 않았지만 시아버님이 갑자기 돌아가시고, 시누이들의 자녀, 그러니까 시조카들도 장애가 생기거나 억울하게 감옥에 가거나 갑작스런 화를 입었다고 한다. 무당이 말하기를, 그 집안엔 아직 상문이 한참 줄 서 있다고. 그러니까 시어머니에게 내린 벌전은 진행 중인 듯하다.

🍎 아직도 벌전이 진행 중인 거면, 자윤 씨 아들한테 이후에도 증상이 있는 건가?

자윤 씨의 아이들은, 할머니 팔자를 물려받아서 신을 받아야 한다는 점괘가 있었다고 한다. 첫째 딸한테는 장군신이 내렸고, 둘째 아들한테는 하나가 아니라 여러 신이 찾아왔다고. 지금은 둘 다 눌림굿을 해둔 상태인데, 특히 둘째 아들의 경우엔 신들의 기운이 워낙 세서 다른 쪽으로 풀기 위해

음악을 전공하고 있다고 한다.

● 그 방에서 자윤 씨가 본 할머니는 누구였을까?

시어머니에게 거부당하고, 천신에게 눌린 조상신이 화가 나서 자윤 씨한테 모습을 드러낸 게 아닐까. 그러니까 굿할 때 나타난 조상신 말이다. 시어머니가 천신에게 기도하고 있으면서, 며느리한텐 조상신 모신다고 입으로만 떠드니까 화가 나서 실체를 보여주었을지도.

일본 슈마리나이 호수

심야괴담회 시즌1 36회 방송

김구라 (잠깐 쉬고) 자, 그렇다면 이번에 이야기 단지를 열 주인공은 누구십니까.

황제성 (음산하게) 접니다.

(이야기 단지를 열고 안에 들어 있는 '부적' 펼쳐서 보여준다.)

황제성 '일본 슈마리나이 호수'. 이 이야기는 이승재 씨 부부가 2019년 8월, 일본 홋카이도에서 겪은 일인데요, 승재 씨가 직접 말씀해주신 이야기를 먼저 들어보시죠.

 INTERVIEW

제가 코로나 이전까지 10년 정도 일본에서 살았거든요. 홋카이도 삿

> 포로에서 지낼 때 겪은 일인데. 일본은 매년 8월 15일에 오봉이라고 해서 우리나라 추석 같은 명절을 지내거든요. 그 연휴에 맞춰서 아내랑 여름휴가를 갔고, 그때 마지막으로 들렸던 여행지가 슈마리나이라는 호수였습니다. 근데 새벽에 여기 호숫가 절벽 쪽에서 ○○○가 갑자기 나타나서는……
>
> 저도 IT업계에서 프로그램 개발자로 일하는 사람이거든요. 뼛속까지 공대생 감성인 사람인데.. 이 일이 도저히 상식적으로 납득이 안 되고 설명도 안 돼서 아직까지 마음속에 덮어두고 살고 있거든요. 여러분은 어떻게 생각하실지 정말 궁금합니다.

[등장인물]

이승재(36세/남), 아내(30대 중반/여), 여우 1마리, 남자 귀신1, 2(20~30대/남), 회사 형(일본인/30대 후반/남)

S#1-캠핑장 D

당시 승재 씨 부부는 휴가를 맞아 그냥 여행이 아니라 캠핑을 떠나기로 했어요. 7박 8일 동안 무려 900km가량을 이동하는 홋카이도 일주였어요. '삿포로'에서 출발해서 해안 절벽이 아름다운 '에리모', 천연 온천이 매력적인 '구시로'까지 찍고…….

2019년 8월 13일. 마트에서 고기, 옥수수, 꽁치, 임연수어 등등 갖가지 음식들로 아이스박스를 채운 후 마지막 여행지인 '슈마리나이 호수' 캠핑장에 도착합니다.

승재 씨 부부는 슈마리나이 호수가 한눈에 내려다보이는 장소에 자리를 잡고 신나서 텐트를 치고 뷰 명당에 의자까지 쫙 세팅했어요. 호수를 바라보며 바비큐를 해먹을 작정으로요. 곧장 화로에다가 준비해 온 고기랑 생선을 구워 먹었죠. 저녁을 먹고 나니 점점 해가 지기 시작했어요. 승재 씨 부부는 캥핑의 꽃! 불멍까지 했죠.

―――― **S#2-캠핑장 N**

그렇게 여유롭게 불멍을 즐기고 있을 때였어요. '부스럭! 딱!' 덤불과 나무가 있는 어두운 곳에서 뭔가 나뭇가지를 밟아서 부러지는 것 같은 소리가 들리는 거예요.

아내 (약간 놀라서) 뭐지? 불 좀 켜봐 봐!

승재 씨는 얼른 휴대전화 플래시로 소리가 났던 쪽을 비췄어요. 그런데 아무것도 없고 인기척도 더 이상 안 들리는 거예요.

승재 (갸우뚱하며) 저쪽은 길이 없어서 사람이 올라올 리도 없는데…….

승재 씨는 갸우뚱하며 휴대전화 플래시를 껐어요. 그런데 갑자기 다리에 소름이 확 돋는 거예요. 사실 해가 지면서 조금씩 느끼기 시작했는데……. 여기 공기가 어두워질수록 좀 무거워지는 기분이 들었거든요. 낮에 느꼈던 상쾌한 공기가 아니라 꿉꿉하고 착 내려앉은 그런 느낌이었어요.

아내 (떨며) 홋카이도는 홋카이도다. 한여름인데 완전 초겨울 날씨야. 소리도 고요하고…… 뭐랄까, 좀 먹먹한 느낌이 드는 것 같아.

신기하게 아내도 같은 기분을 느끼고 있던 거예요. 승재 씨는 호수 옆이라 습하고, 추워서 그런 거라고 생각했어요. 실제로 2019년 8월 13일 슈마리나이의 날씨는 한여름인데도 최저 기온이 10.3도였거든요.
승재 씨는 옷을 껴입고 불을 더 지피려 화로 옆으로 갔어요. 장작을 뒤적거리니까 불길이 사-악 피어올랐죠. 그런데 그 불길 사이로 뭔가 보이는 거예요. 마치 사람 발 같아 보였어요. 낡은 고무장화 같은 걸 신은……?

승재 (낮게 놀람, 속으로) 누가……. 언제 이렇게 가깝게 다가온 거지?

놀란 승재 씨가 다시 그쪽을 자세히 봤는데 아무것도 없는 거예요. '뭐지? 잘못 봤나?' 근데 이해가 안 됐어요. 잘못 봤다고 하기엔 장화 같은 게 너무 확실히 보였거든요. 그 순간!
'부스럭, 부스럭, 딱!, 부스럭' 그쪽에서 또다시 인기척이 들리는 거예요.

그리고 시커먼 형체가 보이기 시작했어요. 승재 씨는 떨리는 손으로 겨우 휴대전화 플래시를 켰어요. 그러자 인기척을 냈던 검은 형체가 아주 확실히 보였어요. 야생 여우였던 거예요!

승재   (십년감수한 듯 안심하며) 뭐야! 아 놀래라!

승재 씨가 웃으며 음식을 던져주니 여우는 생선을 통째로 물고 유유히 사라졌어요. 한껏 긴장해서 단단해진 몸이 완전 확 풀리는 느낌이 들었죠. 그리고 승재 씨 부부는 텐트에 들어가 기분 좋게 잠들었어요.

───── **S#3-텐트 안 N**

얼마나 잤을까요? 승재 씨는 참을 수 없는 한기에 눈을 떴어요. 이상하게 겨울용 침낭 안에 있는데도 몸이 덜덜 떨릴 만큼 추웠죠. 그런데 그때, 텐트 밖에서 어른어른 뭔가 움직이는 게 보이는 거예요. 달빛이 밝아서 그림자가 잘 보였는데……. 검은 형체가 왔다 갔다 하면서 뭘 뒤지고 있는 것 같았어요.

승재   (의아해하며) 여우가 또 왔나? 남은 음식 다 치웠는데?

―――― **S#4-캠핑장 N**

텐트 지퍼를 살짝 내리고 밖을 살펴봤는데 아무도 없는 거예요. 승재 씨는 조심스럽게 지퍼를 내리고 밖으로 나갔어요. 음식이 든 아이스박스 때문에 야생 동물이 몰리나 싶어서 차에 실어놔야겠다고 생각했죠. 텐트 앞쪽의 아이스박스를 들고 옮기려는데 뚜껑이 조금 열려 있는 거예요.

승재 (약간 당황하며) 분명히 꽉 닫았는데……?!

그때! 바로 옆에서 '우적우적! 우적!' 이상한 소리가 들렸어요. 반사적으로 고개를 돌린 승재 씨는 몸이 굳는다는 느낌을 처음 알았어요. 너무 놀라서 비명이 나오지도 다리가 움직여지지도 않았죠. 바로 옆에 아주 낡아 보이는 옷을 입고 고무장화를 신은 어떤 남자가 서 있었거든요.

그런데 승재 씨가 더 경악한 건 따로 있었어요. 그 남자가 한 손에 새빨간 고깃덩어리를 움켜쥐고 생으로 뜯어 먹고 있는 거예요. 손과 입에서 핏물이 줄줄 흐르고 있었고 남자가 고기를 입으로 가져갈 때마다 새빨간 살점이 뚝뚝 떨어졌어요. 와구와구 씹고 있던 탓에 생고기가 가득 든 벌건 입안까지 적나라하게 보였죠.

승재 씨는 기괴한 모습에 아무런 생각이 들지 않았어요. 남자를 바라보면서 꼼짝도 못 하고 있는데 그 남자가 말을 하기 시작했어요.

남자1 미……안……합니다. 너……무 배가 고파서…….

이 말을 듣자 이상하게 '나를 공격할 거 같지는 않다.'고 느껴졌어요. 놀란 마음이 조금 진정되면서 '얼마나 배가 고팠으면 저럴까.'라는 생각까지 들었죠.

승재 (애써 태연하게) 아, 괜찮습니다. 진짜 너무 놀랐네요. 근데 고기 그렇게 날로 드시면 안 될 텐데……. 어디서 오신 거예요? 이 근처 사세요?

그러자 남자가 고기를 우적우적 뜯으며 절벽 쪽 호수를 가리키는 거예요.

승재 (약간 당황) 네?

남자의 손을 따라 시선을 돌린 순간, 승재 씨는 다리에 힘이 풀려 휘청거릴 수밖에 없었어요. 호수 쪽에 남자 한 명이 더 서 있었거든요. 똑같이 낡은 옷을 입고.. 지저분한 고무장화를 신은 그 남자는 날생선을 손에 쥐고 우악스럽게 잡아 뜯고 있었어요. '와그작우득.' 생선 뼈가 부러지는 소리가 들렸고 입가는 기름에 번들거리고 있었죠.
구역질이 나올 것 같은 기괴함. 그리고 포위당한 것 같은 기분. 위험한 상황에 처했다는 느낌이 강하게 들며 엄청난 공포심이 몰려왔어요. 그 순간, 생선을 먹던 사람이 입을 열어 말을 하기 시작했어요.

남자2 츠레떼 이코우까?(つれていこうか？)

츠레떼 이코우까. 츠레떼 이코우까. 그건…… '데려갈까?'라는 뜻이었어요.

승재 (당황, 속으로) 나를? 나를 데려간다는 건가? 어딜? (갸웃하며) 근데 일본말? 맞아, 여기 일본인데……. 그러고 보니까 아까 저 사람은…… 어떻게 한국말을 했지?

짧은 순간 오만가지 생각이 스쳐 지나갔고 너무 혼란스러웠어요. 그리고 한국말을 했던 첫 번째 남자가 답했죠.

남자1 이야, 이이요, 코레 쿠레따까라.(いやいいよこれくれたから)

이야, 이이요. 코레 쿠레따까라. 아니, 괜찮아. 이거 먹으라고 줬으니까. 두 번째 남자가 다시 대답했어요.

남자2 데모.(でも.)

데모. 하지만…….
분명히 알 수 있었어요. '나를 두고 하는 말이다.' 두 남자는 승재 씨를 두고 마치 농담하듯이 말을 주고받고 있었어요. 승재 씨는 뭘 해야 할지 아무런 판단이 서지 않았고 그들의 말을 못 알아들은 척했죠. 일부러 한국어로 말을 걸었죠.

승재	(애써 떨림 감추며) 이, 일행이신가 봐요. 여기 박스에 있는 거 다, 다 드셔도 돼요. 드시고 가세요.

그리고 그들이 대답하기도 전에 급하게 뒤돌아 텐트 쪽으로 가는데…….

남자2	오마에.(おまえ)

'너.'라며 승재 씨를 부르는 두 번째 남자의 목소리가 들리는 거예요. 승재 씨는 재빨리 텐트 지퍼를 잡았고 그 순간 어깨에 단 한 번도 경험한 적 없는 서늘한 기운이 느껴졌어요. 눈만 굴려 바라본 왼쪽 어깨엔.. 기름으로 번들거리는 거친 손이 올려져 있었고…… 승재 씨는 누군가 심장의 피를 다 쥐어짜는 듯한 느낌이 들었어요.
승재 씨의 기억은…… 여기까지였어요.

―――― **S#5-텐트 안 D**

정신을 차렸을 땐, 얼마나 시간이 흘렀는지 아내가 깨우고 있었고 승재 씨는 텐트 안에서 잠들었던 자세 그대로 누워 있었어요. '꿈이었네. 와, 진짜 생생하다.' 하고 가슴을 쓸어내리는데 아내가 물었어요.

아내	어젯밤에 밖에서 누구랑 이야기한 거야?

승재 (놀라며) 내가…… 나갔다고?

아내 아니야? 너무 추워서 잠깐 깼는데, 밖에서 고기 어쩌고…… 한국 말로 얘기하는 것 같던데……. 근처에 한국 사람 있어?

승재 (당황하며) 꿈이 아니었다고?

──── **S#6-캠핑장 D**

승재 씨는 얼른 텐트 밖으로 나가 아이스박스를 벌컥 열었어요. 음식들은 그대로였어요. 그런데 박스 안이 온통 벌건 핏물로 물들어 있고 비린내가 진동을 하고 있는 거예요. 자세히 보니까 얼음이 다 녹아서 고기와 생선의 핏물이 그대로 배어 나온 데다가 그 핏물에 음식들이 전부 잠겨 통통 불어 있었죠.
승재 씨는 새벽 일이 꿈인지, 현실인지 너무 혼란스러웠어요. 찝찝함에 얼른 아이스박스부터 비워버린 후에 아내를 설득해 남은 일정을 취소하고 급하게 집으로 돌아갔죠.

──── **S#7-회사 휴게실 D**

그리고 며칠이 지난 뒤. 승재 씨는 놀라운 이야기를 듣게 됩니다. 휴가가 끝나고 회사에 출근한 승재 씨는 뒤숭숭한 마음에 일본인 동료 중 가장 친한 형에게 호수에서 겪은 일을 털어놨어요. 그런데 이야기를 다 들은 형이…….

회사 형 너 혹시 거기…… 슈마리나이 호수 아냐?

어딘지 말도 안 했는데 정확히 슈마리나이 호수 아니냐고 묻는 거예요. 그러곤 그곳에 숨겨진 이야기를 들려주기 시작했어요.

회사 형 (약간 낮게) 거기 낚시하는 사람들한테는 귀신 나오는 데로 유명해. 옛날에 댐 공사를 무리하게 진행해서 인부들이 많이 죽었다고 하더라고. 일본인들은 물론…… 징용으로 끌려왔던 한국 사람들까지…… 다.

승재 씨는 한국말로 이야기하던 남자, 그들이 신고 있던 낡은 고무장화, 어디서 왔냐는 물음에 호수를 가리켰던 손가락이 떠올랐어요. 두 남자는 정말 그때 억울하게 죽어 호수에 남아 있는 영혼들일까요? 만약 승재 씨가 그들에게 음식을 주지 않았다면…… 어떻게 됐을까요?

뒷이야기

실제 캠핑 당시 모습

🍶 **이 호수는 목격담이 많은 곳인지?**

사실 그 일본인 지인이 슈마리나이 호수 관련해서 해준 이야기가 더 있다고 한다. 승재 씨의 말을 들어보자.

🎬 INTERVIEW

저는 전혀 몰랐는데 일본인 형이 슈마리나이 호수가 홋카이도에서 정말 유명한 심령 스폿이라고 하더라고요. 이 호숫가에서 낚시하고 있으면 누군가 조용히 옆에 다가와서 말을 그렇게 건대요. "물고기는 많이 잡았냐. 뭐 잡았냐." 이러면서요. 그렇게 대화하다 옆을 보면 사람은커녕 아무도 없다는 거죠. 나무만 흔들거리고 있다고 하더라고요.

🏺 이 호수에 진짜 댐이 있는지?

실제로 슈마리나이 호수는 댐을 건설해서 만든 인공 호수이다. 그래서 우류댐이라고 불리는 대형 댐이 2개 있다. 이 댐이 딱 제2차 세계 대전 중에 만들어졌는데 그 이유가 수력 발전으로 전시 중 전력 공급을 하려고 만들기 시작했기 때문이라고.

🏺 대규모 공사라 많은 사람이 동원됐을 텐데?

공사에 동원된 인부 대부분이 일본의 하류계급 노동자들과 강제 징용으로 끌려간 한국인들이었다. 당시 노동 환경이 정말 참혹했는데, 잠도 못 자고 밥도 못 먹고 맞고 일하고, 맞고 일하고만 반복했다고 한다. 심지어 피해자 분들 증언에 따르면 댐 공사를 무리하게 진행하다 높은 곳에서 추락해 사망하는 인부도 있었는데 그때 시신을 수습하지 않고 위에 그대로 콘크리트를 부어서 공사를 계속 진행하기도 했다고.

🏺 무리한 공사로 희생된 이도 있었을 텐데?

기사를 보면 이때 강제 노동으로 희생된 한국인, 일본인이 204명 정도 된다고. 공사 자료 등으로 확인된 희생자만 집계된 것이다. 인력이 최대로 동원됐을 때가 7,000명 정도였다니 실제로는 더 많은 희생자가 있을 거로 추정된다.

희생자들을 공사지 주변 대나무 숲에 집단으로 매장해 버렸다고 하는데……. 다행히 1997년부터 한일 민간단체들이 손잡고 희생자 유골 발굴을 진행해서 일부 희생자분들은 무사히 고향으로 돌아올 수 있었다.

종이학

심야괴담회 시즌4 13회 방송

김구라 (잠깐 쉬고) 자, 그렇다면 이번에 이야기 단지를 열 주인공은 누구 십니까.

김호영 (음산하게) 접니다.

(이야기 단지를 열고 안에 들어 있는 '부적' 펼쳐서 보여준다.)

김호영 '종이학'. 이 사연은 경상남도에 사시는 박유진(본명) 씨가 겪은 이야기입니다. 유진 씨는 '어두운 방에서 혼자 공포영화 보기'가 취미일 정도로, 담력 센 호러 마니아라는데요, 그런 유진 씨가 22살 대학생일 때, 친구가 이런 말을 했답니다.

"너, 귀신 나온다는 곳, 가보고 싶지 않아?"

흉가 체험 모임에 유진 씨를 초대한 거죠. 호기심이 생긴 유진 씨는 '한 번쯤 귀신을 보고 싶다.'라는 생각에, 결국 그 모임에 참여하고 맙니다. 그곳에서 무슨 일이 있었는지, 이제부터 유진 씨의 시점으로 들려드릴게요.

❀
[등장인물]

박유진(22세/여), 미연 언니(24세/여), 친구(22세/여), 경찰, 집주인, 여자 귀신

S#1-사천의 흉가 앞 N

드디어 흉가 체험을 하기로 한 날, 저는 약속 장소인 경남 사천의 한 흉가에 도착했습니다. 절 초대했던 친구가 먼저 와서 저를 기다리고 있었어요.

친구   (밝게) 왔어? 다들 안에서 너 기다리고 있어. 따라와!

'다들 벌써 왔다고? 내가 늦은 건가?' 싶어 서둘러 안으로 들어가 보니, 사람들이 테이블에 앉아 있었습니다. 다들 절 반갑게 맞아주는데, 유독 눈에 띄는 한 사람이 있었어요. 테이블 한가운데 앉아 있는 도도한 표정의 여자.

친구　(자랑스럽게 여자를 소개하며) 여기는 이 모임을 만든 미연 언니! (감탄조) 귀신을 보는 분이셔.

와! 영화나 괴담으로만 들었던 귀신 보는 사람이 눈앞에 있다니! '나도 저 언니처럼 귀신 한 번 보고 싶네~' 생각하는데, 갑자기 미연 언니가 한 쪽 눈썹을 쓱 치켜올렸습니다. 제가 무슨 생각을 하는지 다 읽은 것처럼요. 그때, 미연 언니가 테이블에 앉은 사람들에게 말했습니다.

미연　(침착하고 서늘하게) 얘들아, 종이 꺼내. 신입 왔잖아.

그러자 다들 종이를 꺼내 테이블에 펼쳐놓고, 절 일제히 바라보는 거예요. 빨리 따라 하지 않고 뭐 하냐는 듯이요. 제가 당황하자, 미연 언니가 웃으며 종이 한 장을 건네줬습니다.

미연　(살짝 묘하게) 못 들었구나. 우린 신입이 올 때마다 꼭 종이학을 접거든.

이 종이학 접기에는 기묘한 규칙이 있었어요. 언니가 '줄까?' 외치면 종이를 접고, '말까?' 외치면 즉시 손을 멈추라는 것. 왜 하는 건지 궁금했지만, 어쩐지 물어볼 분위기가 아니더라고요.
곧 미연 언니가 '줄까?' 외쳤고, 다들 침묵 속에 종이를 접기 시작했습니다. 언니가 '말까?'를 외치면 모두 정지 버튼을 누른 것처럼 손을 멈췄고……. 미연 언니는 종이에 얹힌 사람들 손을 쓱 둘러본 뒤 다시 '줄까?'를 외쳤죠. 그렇게 종이학 하나를 겨우 완성했을 때, 미연 언니가 제 것을 집어 들었습니다.

미연   (웃으며) 이게 제일 예쁘다. 너, 손재주 있네.

전 어색하게 웃었습니다. 잘했다니 좋은 게 좋은 거지 싶었죠.

───── **S#2-사천의 흉가 내부 N**

그 후, 다 함께 흉가를 살펴보기 시작했습니다. 사실 폐가나 공장을 생각했는데, 생각보다 집이 멀쩡해서 별로 안 무섭더라고요. 지루해서 몰래 하품하던 그때, 살짝 열려있는 방문이 보였습니다.
몰래 그 안으로 들어가 손전등으로 여기저기를 비춰 보는데……. 문득, 벽에 걸린 거울 하나가 눈에 들어왔습니다. 버려진 집과는 어울리지 않는 아주 깨끗한 거울이었죠. 저도 모르게 거울 앞으로 다가가 제 모습을 비춰봤어요. 그런데 제 뒤에 어떤 여자가 서 있는 거예요! 깜짝 놀라서 돌아보려는 순간!

미연   (외치는) 박유진!

누가 절 붙잡고 그 방에서 빠져나왔습니다. 미연 언니였어요.

미연   (다그치는) 이런 데선 단독 행동하는 거 아니야! 큰일 날 뻔했다고!

유진   (주눅 든) 죄송해요. 잠깐만 보고 나온다는 게…….

제가 본 걸 얘기하자, 언니가 한숨을 푹 쉬었어요.

미연   (그럴 줄 알았다는 듯) 아까 귀신 보고 싶다고 생각했지? 너…… 들켰어.

그럼 내가 본 게…… 귀신? 궁금하긴 했지만, 막상 보니까 무섭더라고요. 그때, 미연 언니가 손바닥만 한 낡은 나무상자를 내밀었습니다.

미연   (다정하게) 사실, 종이학 접을 때부터 너 보고 있었어. 왠지 이런 일이 생길 것 같아서……. 받아. 이게 널 도와줄 거야.

제가 상자를 열어보려 하자, 언니가 제 손을 탁 잡았어요.

미연   (단호하게) 지금은 안 돼! 48시간 뒤에 열어봐. 그럼 딱 맞아.

48시간 뒤면…… 이틀 뒤 자정이더라고요. 굳이 시간으로 말해주는 게 이상했지만 일단은 알겠다고 했습니다.

S#3-유진의 방 N

집으로 돌아온 저는 책상 위에 상자를 두고 잠들었습니다. 얼마나 잤을까, 현관문 두드리는 소리가 들렸어요.

유진 누구세요?

졸린 눈을 비비며 물었지만 밖에선 아무 대답이 없었죠. 이상해서 문에 가만히 귀를 대봤더니……

여자 (떨리는) ……주세요. 열어주세요…….

희미하게 여자 목소리가 들리는 거예요. 잠이 확 깬 저는 일단 경찰에 신고했습니다. 그리고 바깥 상황을 보려고 인터폰을 켰는데 소름이 확 끼쳤어요. 산발 머리 한 여자가 다 뜯어진 옷을 입고 서 있는데……. 애처롭게 '열어주세요.'라고 하면서 입이 웃고 있는 거예요.

여자 (웃음기 섞인) 들켰네?

그때, 여자가 쿵쿵쿵 마구 문을 두드리기 시작했어요. 무서워서 귀를 막고 주저앉았지만 곧 철컥! 문이 스르르 열렸고……!

경찰   (걱정하며) 학생! 괜찮아요?

제 앞에 나타난 건 경찰과 집주인 아저씨였어요. 신고를 받고 달려온 경찰이 문을 두드리는데도 안에서 반응이 없자, 집주인에게 부탁해 마스터키로 문을 연 거였어요.
저는 상황을 설명하고 함께 CCTV를 확인했습니다. 그런데, 영상 어디에도 그 여자가 보이지 않는 거예요. 제가 혼란스러워하는 그때, 경찰이 말했습니다.

경찰   (걱정하며) 학생, 공포영화 좋아하는 것 같은데, 방에 포스터 떼고 주무세요. 벽에 그런 걸 붙여두니까 헛것을 보는 거 아닙니까.

그 말을 들은 전, 확신했죠. 내가 본 게…… 사람 아니구나.

> 🎬 **INTERVIEW**
>
> 경찰관님이 제 방까지 돌아보고 나가면서 '벽에 공포영화 포스터 떼고 자라. 그런 거 걸어놓고 자니까 헛것을 보는거다.' 말씀하셨거든요. 제가 공포영화를 좋아하긴 하지만 포스터를 걸어놓지는 않아요. 제 방 벽에 걸려 있는 건 거울밖에 없었어요.

당장 거울을 떼서 버렸지만, 불안해서 미칠 것 같았어요. 혹시 흉가에서 본 여자가 날 따라온 건가? 계속 나타나면 어쩌지? 그때, 미연 언니가 준

상자가 눈에 띄었습니다. '차라리 언니하고 상의를 해보자.' 싶어서 전화를 걸었어요. 하지만 언니가 하루 종일 전화도 문자도 받지 않는 거예요.

───── **S#4-유진의 방 N (시간 경과)**

다시 밤이 오자 불안한 한편, 그런 생각이 들었습니다. '저 상자가 정말 날 도와주는 걸까? 저게 귀신을 부르는 거 아니야? 그냥 열어볼까? 살짝 보고 덮으면 되잖아.' 고민하던 제 손에는 어느새 상자가 들려 있었습니다. 잠금쇠를 풀고 천천히 뚜껑을 열어보려는 순간!
쿵쿵쿵. 제 방문을 두드리는 소리가 들리기 시작했습니다. '그 여자야!' 저는 다급하게 문고리를 잡고 매달렸어요, 그런데…….

여자 (높은 목소리로 천천히 속삭이는) ……열어주세요. 열어주세요…….

그 여자의 목소리가 들렸어요. 절 놀리는 것처럼 기묘한 목소리로요.

유진 (공포에 질려) 나한테 왜 그러는 거야. 대체 왜!

괴로워하던 저는 불현듯, 이 목소리가 너무 가깝다는 생각이 들었어요. 이유는 딱 하나뿐이었습니다. 그 목소리가 밖이 아닌 안에서 나고 있었으니까! 그걸 깨달은 순간! 저는 뒤를 돌아봤고……. 아아악! 어제의 그 여자! 흰자위밖에 없는 텅 빈 눈과 마주치고 저는 그대로 쓰러졌습니다.

─── S#5-주택가 골목 N

다음 날, 해가 지는 걸 보고 짐을 챙겨 뛰쳐나왔어요. 그러면서 미연 언니한테 '본가로 가버리겠다.'라고 문자를 보냈는데, 그러자마자 언니한테 전화가 오는 거예요.

미연 (살짝 다급하게) 본가에 갈 거라고? 상자는? 갖고 있어?

내가 얼마나 힘들었는데 상자 얘기라니! 서러움이 터졌어요!

유진 (원망하며) 언니! 어젠 왜 연락 안 받았어요? 무슨 일 있었는지 아냐고요!

미연 (달래는) 어제는 중요한 일이 있어서 어쩔 수 없었어. 그 여자야? 그 여자가 계속 나타나는 거지?

유진 (원망하며) 맞아요. 왜 자꾸 그 여자가 보이는 거예요? 상자가 도와줄 거라면서요!

미연 (안심시키는) 내가 그랬지. 48시간 뒤에 열라고. 그래야 다 끝나. 지금이 일곱 시니까…… 다섯 시간밖에 안 남았어. 조금만 버티면 돼.

언니는 무서우면 본가에 가도 된다며, 대신 상자는 꼭 챙기라고 했습니다. 그 말을 듣는데 아찔했어요. 그 상자, 집에 두고 왔거든요.

미연　(안심시키는) 잠깐 가서 상자만 챙겨오자. 나랑 계속 전화하면서. 그럼 괜찮아.

결국 저는 상자를 가지러 가기로 했죠.

─────　**S#6-미연의 방 N**

집으로 돌아온 저는 언니와 통화하면서, 방에 있는 서랍을 열었습니다. 그런데…….

유진　(당황하며) 어? 분명 여기다 뒀는데…… 어디 갔지?
미연　(다그치는) 뭐? 상자가 없어? 거기 뒀던 거 맞아?
유진　네……. 분명 여기다가 둔 거 같은데……. 엇!

그때 틱 소리가 나더니 온 집 안의 불이 일제히 꺼졌습니다.

유진　(기겁하며) 어, 언니! 갑자기 불이 꺼졌어요! 아, 안 켜져요!
미연　(강하게) 침착해! 상자부터 찾아, 빨리!

정신없이 서랍장을 열어보는데……. 갑자기 등 뒤가 너무 서늘해졌어요. 섬뜩한 예감에 천천히 뒤를 돌아보자 거기에 그 여자가 서 있었어요. 저는 입을 틀어막고 스르르 주저앉았습니다.
여자는 비틀비틀 제가 있는 곳으로 걸어와서는 허리를 툭 꺾으며 제 앞에 얼굴을 쑥 내밀었어요. 저는 잔뜩 겁에 질려서 벌벌 떨기만 했죠. 그런데 고개를 갸웃하던 여자가 다시 비틀비틀 멀어지는 거예요.

미연   (단호하게 속삭이며) 괜찮아, 그거…… 지금은 너 못 본다고!

미연 언니의 말에 여자를 살펴보니 좀 이상했어요. 벽을 더듬는 손, 불안정한 발걸음. 그리고 흰자만 남은 눈. 언니 말대로 정말 앞이 보이지 않는 것 같았죠.
다시 일어난 저는 여자와 숨 막히는 숨바꼭질을 시작했습니다. 그 여자가 등을 돌리면 기어서 침대 밑을 살피고 돌아서면 멈추고……. 심장은 터질 듯 뛰고, 온몸이 식은땀으로 축축하게 젖었어요. 그러다 옷장 문을 열었는데……. 끼익- 소리에 여자가 멈칫하더니 절 돌아보는 거예요.

유진   (기겁하며) 어, 언니, 드, 들켰……. 어떡해요!
미연   (다그치는) 정신 차려! 안에 상자 있어? 있냐고!

여자가 절 향해 두 손을 뻗는 그때! 옷장 구석에 상자가 보였습니다. '살았다!' 저는 서둘러 상자를 움켜쥐고 일어났어요. 그런데 왜 하필 그때였을까요? 그 여자의 목소리가 귀에 꽂힌 게…….

여자   (속삭이듯) 열어줘……. 열어주세요……. 열어줘…….

저 여자는, 뭘 열어달라는 걸까? 이 상자? 순간 저는 여기가 어딘지, 뭘 하고 있었는지를 전부 잊어버렸습니다. 딱 한 가지 생각밖에 없었어요. 이 상자를…… 열고 싶다. 홀린 듯 상자를 움켜쥐고, 뚜껑을 들어 올리려는데…….

미연   (다급하게) 아니지? 여는 거 아니지? (애원하다 마지막에 지르는) 아직 안 돼, 안 된다고! 열지 마. 열지 마!
여자   (이제 알겠다는 듯) 그년이…… 저기 있구나?

고막을 찢을 듯한 언니 목소리가 핸드폰 밖으로 터져 나오는 순간, 여자가 씩 웃더니…… 제게 달려들어서 귀를 마구 물어뜯기 시작했어요.

유진   (절박하게) 꺄아아악! 저리가! 살려줘, 언니! 언니!

제가 비명을 지르며 발버둥 치는 사이, 상자가 바닥에 떨어지며 와장창 부서지는 게 보였고 그 순간! ……모든 것이 사라졌습니다.
고개를 들어보니 불 켜진 방 안에 저 혼자 주저앉아 있었어요. 저는 깨진 상자를 멍하니 바라보다가 안에 든 것을 집어 들었습니다. 눈에 못이 박힌 채 부적과 머리카락으로 동여맨 인형과 종이학을요. 이 종이학은 분명 제가 접은 거였죠.

미연 (점점 분노하며) 왜 지금이야? 왜 지금이냐고! 얼마 안 남았는데 미친년이 왜 벌써 열고 지랄이야!

그 절규를 마지막으로 미연 언니의 전화가 뚝 끊겼습니다. 전 그때야 깨달았어요. 이 모든 게 언니가 꾸민 일이라는 걸요. 답답한 건, 이 짓의 의미가 뭔지, 왜 하필 나였는지……였어요.
몇 년 뒤, 같이 사천 흉가에 갔던 친구에게 충격적인 얘길 듣게 됐습니다. 사실 미연 언니의 어머니가 무당이었다는 것, 언니도 신내림을 받아 무당이 될까 봐 두려워했다는 걸요. 보다 못한 어머니가 '너와 비슷한 팔자인 사람에게 신을 넘기면 된다.'라고 하자 언니는 팔자 센 사람을 만날 수 있는 흉가 체험 모임을 만들었어요.
그렇게 사람들이 모이면, 언니는 같이 종이학을 접자고 했죠. 종이학을 접는 순서와 방향이 언니와 똑같다면 언니의 팔자를 넘길 만한 사람이라는 무당 어머니의 조언을 따라서요.
그리고 제가 종이학을 접을 접는 모습을 본 미연 언니는 '너구나.' 싶어 제게 운명이 담긴 상자를 내밀었던 겁니다. 자신의 신내림이 저에게 가 버리길 바라면서요.
그런데 친구가 숨기려 했던 이야기가 또 있었습니다.

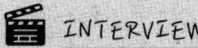

INTERVIEW

심야괴담회에 사연을 제보하면서 친구한테 그 언니가 어떻게 됐는지 물어봤거든요. 그런데 언니가 재작년에 신병을 앓으면서 신내림을 거부하다가 저희가 갔던 폐가 근처 저수지에서 극단적인 선택을 했다고 하더라고요. 저희가 갔던 흉가도 원래는 언니가 신내림 받은 뒤에 신당으로 사용될 곳이었대요. 그리고 언니가 남긴 유품이 신발이랑 소주병이랑 종이학이었다고…… 그 종이학이 제가 접은 건지 아닌지는 모르겠지만 친구가 이걸 알고 너무 소름 끼쳐서 이 애길 들으면 제가 무서워할까 봐 말하지 않은 거라고 했었어요.

아직도 그때만 생각하면 무섭습니다. 언니 말대로 48시간 뒤 상자를 열었다면…… 전 지금 어떻게 되었을까요.

뒷이야기

🏺 종이학 접기로 무당 될 팔자란 게 보일까?

유진 씨는 그 얘길 듣고 학종이를 접었던 때를 돌이켜보았다. 종이를 접다가 미연 언니가 '말까!'를 외치면 손을 멈춰야 하는데 바로 그때 사람들 손을 살펴보았던 거로 짐작한다고. 사람들이 왼쪽 날개부터 접는지. 오른쪽 날개부터 접는지. 손을 멈췄을 때 종이를 오른손으로 잡고 있는지, 왼손으로 잡고 있는지……그 틈에 자기 손하고 비교했던 게 아닐까.

🏺 왜 '접어/멈춰'가 아니라 '줄까/말까'였을까?

자기 신내림을 대신 받아 갈 사람을 찾는 것이니, 자기 신기를 '줄까~ 말까~' 이런 뜻 아니었을지.

🏺 유진 씨는 잘 지내고 있는지?

그 일이 있고 나서 유진 씨는 상자에 든 물건은 절에 가서 싹 다 태웠다. 공포영화는 여전히 잘 보지만 흉가 체험이나 강령술 같은 건 절대 손도 안 대고 있다.

언니

심야괴담회 시즌4 7회 방송

김구라 (잠깐 쉬고) 자, 그렇다면 이번에 이야기 단지를 열 주인공은 누구 십니까.

안예은 (음산하게) 접니다.

(이야기 단지를 열고 안에 들어 있는 '부적' 펼쳐서 보여준다.)

안예은 '언니'. 이 이야기는 부산에 살고 있는 이지은(가명) 씨께서 보내 주신 사연입니다. 지은 씨에겐 잊을 수 없는 친구가 하나 있다고 하는데요. 지은 씨 이야기를 먼저 들어보시죠.

 INTERVIEW
긴 생머리에 되게 하얗고 체구도 작았어요. 엄청 예뻐서 다른 애들도 가까이 다가가려고 말을 걸곤 했는데, 잘 안 받아주고 해서…… 싸가

> 지 없다고 소문이 난 아싸였어요. 같이 다니는 친구가 한 명도 없었거든요. 근데 저는 계속 눈이 가더라고요. 친해지고 싶었어요.

안예은 그럼 지금부터 7년 전, 대학생이었던 지은 씨를 대신해, 이야기를 전해드리겠습니다.

❀

[등장인물]

이지은(가명/20세/여), 한수아, 지은의 친구, 수아 모(60대 초반), 여자 귀신(20대 초반)

S#1-대학 구내식당 D

2017년, 제가 대학교에 막 입학했던 때였어요. 오전 강의가 끝나고 학식을 먹는데, 친구가 절 툭! 치더니 어딘가를 향해 턱짓을 하더라고요? 그곳엔 눈에 띄게 흰 피부를 가진 예쁜 애가 혼밥 중이었어요.

친구   (뒷담화) 쟤가 한수아야~ 내가 싸가지 없다고 한 애! 내 인사도 다 씹더라니까?

그런데 그때! 그 애와 눈이 딱! 마주쳤어요. 괜히 찔려서 황급히 시선을 돌리려는데, 절 보고 싱긋 웃는 거예요. 또 그 모습을 보니 '그렇게까지 싸가지 없어 보이진 않는데?' 하는 생각이 들더라고요?

───── **S#2-강의실 D**

점심 먹고 강의실에서 수업 준비를 하고 있었어요. 그런데…….

수아   (수줍게) 네가 지은이지? 나……여기 앉아도 될까?

수아라는 애가 제 이름을 알고 있더라고요? 근데 같이 대화를 좀 해보니 낯을 좀 많이 가려서 그렇지. 소문이랑 다르게 착한 애 같았어요.
그날 이후로, 저희는 금세 베프가 됐죠. 좋아하는 가수부터, 좋아하는 음식, 심지어는 언니랑 같이 자취 중인 거까지 비슷한 점이 정말 많았거든요. 다만 한 가지 다른 게 있다면 저는 언니랑 눈만 마주치면 싸우는데 수아는 말끝마다 '우리 언니는~ 우리 언니는~' 하면서 언니랑 사이가 꽤 좋더라고요.

S#3-수아의 집, 거실 D

한 학기가 지나, 기말고사를 앞두고 있던 때였어요.

수아　(다정하게) 지은아, 오늘 우리 집에서 같이 과제 할래?

처음으로 수아가 집에 초대를 해준 거예요. 강의 끝나고, 바로 수아네 집으로 갔죠. 그런데 집에 딱 들어갔는데 좀 당황했어요. 아직 해도 다 안 졌는데 집 안이 어두워도 너무 어두운 거예요. 자세히 보니까 창문에 암막 커튼이 다 쳐져 있더라고요. 수아는 들어서자마자, 자연스럽게 집 안 곳곳에 있는 초를 켰어요.

지은　(의아해하며) 정전이야? 왜…… 초를 켜?
수아　(멈칫하며) 아……. 그냥…… 밝은 게 싫어서…….

촛불에 어른거리는 그림자 때문이었을까요? 집 분위기가 좀 음산하더라고요. 그런데 뭐 조금 있으니 또 익숙해지더라고요. 은근 분위기도 있고! 수아는 방에 들어가 편한 옷으로 갈아입고 나왔는데요. 손에 예쁜 원피스 한 벌을 들고 나왔어요.

수아　(약간 의뭉스럽게) 지은아, 이 옷 너 가질래? 언니 옷인데 이제 안 입어서……. 너한테 잘 어울릴 거 같은데?

지은   (좋아서) 정말? 너무 이뻐! 언니 옷인데 나 줘도 돼? 아싸! 다시 달라고 하기 없기다!

수아   (의미심장) 그럼~ 잘 맞는지 지금…… 한번 입어볼래?

지은   (살짝 당황하며) 아? 지금? 그래~! 입어 볼게!

뭐 바로 입어봤죠. 그런데…… 완전 제 옷인 거예요!

지은   (고마워하며) 너무 예쁘다! 언니한테 꼭 감사하다고 전해줘!

수아   (기회다 싶은) 그래? 그럼 지금 얘기할래? 우리 언니, 방에 있어.

S#4 수아의 집, 언니 방

집에 아무도 없는 줄 알았는데, 언니가 방에 있었더라고요. 수아의 손에 이끌려 언니 방에 들어갔습니다. 그런데 방을 보고 티는 안 냈지만 속으로 살짝 놀랐어요. 한쪽 벽에 놓인 서랍장에 인형들이 가득 진열되어 있었거든요.

지은   (감탄스레) 우와~ 인형 되게 많다. 언니랑 같이 다 모은 거야?

수아   소개해줄까? (하나씩 손가락질하면서) 얘는 포포고, 얘는 해피, 얘는 초코……. 그리고 여긴 우리 언니!

수아가 가리키는 곳엔 하얗고, 예쁜 구체관절인형이 있었어요.

(재연 촬영 시: 구체관절인형, 귀신, 주인공의 스타일이 전부 비슷하도록 세팅)

지은   (웃으며) 뭐야~ 이게 언니라고? (농담으로 받으며) 네~ 언니 안녕하세요오~? 예쁜 옷 너무 감사해요~

수아   (확 정색하며) 우리 언니한테 이거라니? 인사 똑바로 다시해.

저는 확 무안해졌어요. 인형한테 언니라니까 장난으로 받아친 건데……. 수아가 무섭게 정색하더라고요.
그러더니 갑자기 인형을 제 품에 안겼어요. 근데 가까이서 보니 정말 사람 같더라고요. 그 순간! 갑자기 눈앞이 번쩍했습니다. 수아가 즉석카메라로 제 사진을 찍은 거예요.

지은   (황당해하며) 갑자기…… 사진을 왜 찍어?

수아   (나온 사진을 자기 서랍에 넣은 뒤 밝게) 그냥~ 잘 어울려서! (지은의 팔을 잡고 나가며) 우리 이제 과제 하러 가자!

수아는 인형을 다시 올려두고, 제 손을 끌고 나갔습니다.

S#5-수아의 집, 거실

거실에서 과제를 시작한 지 한 시간쯤 지났을까요? 자꾸 뒤에서 누가 쳐다보는 기분이 드는 거예요? 그래서 뒤돌아봤는데…… 깜짝이야! 제 뒤에 인형이 놓여 있는 거예요. 수아가 언니라고 한 그 인형이요.
'이게 왜 여기 있지? 수아가 언제 여기다 놨나?' 싶었죠. 근데 인형 얘기는 또 꺼내고 싶지 않았어요. 아까 정색하던 수아 표정이 떠올랐거든요. 저는 하던 과제나 얼른 끝내려고 했습니다. 그런데 몇 분이 채 지나지 않아…….

(재연 촬영 시: 언니 인형 다른 곳 보다가 주인공 쪽을 보도록 의자 돌아가는 연출)

지은　(목덜미 손으로 털고) 아우, 간지러워!
수아　(웃어놓고 안 웃은 척 헛기침) 푸흡-! 흠흠.

누가 간지럽히는 것처럼 목덜미가 간질간질한 거예요. 그런데 뭐가 재밌는지, 수아가 절 보고는 웃음을 참는 거 같았어요. 그런데 절 보는 수아의 시선이 어딘가 묘했어요. 제 뒤를 보는 거 같았죠. 그래서 뒤돌아봤는데…….
'어? 인형이…… 언제부터 날 보고 있었지?' 아까는 그냥 옆을 보고 있었는데, 지금 다시 보니 제 쪽을 보고 있는 거예요.

수아   (웃으며) 헤헷. 우리 언니가 너 진짜 마음에 드나 봐~ 계속 장난치는 거 보니까.

수아의 알 수 없는 말에 갑자기 오싹해졌어요. 왠지 모르겠지만 집에 얼른 가고 싶어졌어요.

지은   (초조해서 말 더듬으며) 수, 수아야. 오늘 너무 늦었다. 나 엄마가 오늘 빨리 오랬는데 깜빡했네. 내일 학교에서 보자!

저는. 서둘러 가방만 들고 도망치듯 나왔습니다.

───   **S#6-주택가 골목길 N**

계속 싸한 기분이 들어, 집에 가면서 친구랑 통화를 했어요.

은지   (흥분해서) 수아…… 네 말대로 좀 이상한 거 같아. 인형한테 자기 언니라고 하고…….
친구   (뒷담화) 야~ 내가 걔 뭔가 쎄하다고 했잖아!
은지   (칭얼거리듯) 아, 몰라……. 근데 나 노트북 두고 왔는데, 과제 어떡하지?
친구   (안심시키듯) 내일 학교에 가져오겠지. 근데…… (스산하게) 사진은 잘 나왔어?

저는 순간 놀라서 그만 휴대폰을 떨어뜨렸습니다. 제가 사진 찍은 얘기는 안 했거든요. 얼이 빠진 채 휴대폰을 줍고 일어서는데 두 눈을 의심했습니다. 제가 수아네 집 앞에 서 있더라고요?
'대체 뭐지? 왜 다시 여기에……?' 그때! 수아네 현관문이 끼-익 열렸습니다.

효과음 (음성변조 귀신 목소리) 왔니?

열린 문 안쪽에 어떤 여자가 서 있었는데……. 두 눈이 시커멓게 파인 끔찍한 모습을 한 여자가 제게 다가오려 했어요.

(재연 촬영 시: 구체관절인형 스타일과 비슷한 여자 귀신)

은지 (겁에 질려) 오……지 마! 오지 마!

----- **S#7-지은의 방 N**

헉! 눈을 뜨니 제 방 침대 위였습니다. 수아네 다녀온 이후로 머릿속이 뒤죽박죽이었습니다.

지은   (안절부절못하며) 아, 내 노트북 받아야 하는데. 과제가 거기 다 있는데…….

저는 내심 수아가 학교로 노트북을 가져다주지 않을까 했는데, 그날 수아는 학교에 나오지 않았어요. 제 전화도 받지 않았죠. 친구들한테 수아네에 같이 가달라고도 했는데 다들 싫다고 하더라고요.

S#8 수아의 집

고민 끝에 혼자 수아네로 향했습니다. 집 앞에서 노트북만 받아오려고 했죠. 그런데 현관문이 살짝 열려있는 거예요. 그냥 들어갈 순 없어서 집 앞에서 수아에게 전화를 걸었어요. 그런데 집 안에서 벨소리가 계속 울리더라고요? 하……. 어쩔 수 없이! 집 안에 들어갔습니다.

지은   (조용히) 수아야……. 나 지은인데…… 안에 있어?

그런데 휴대폰만 두고 나간 건지 기척이 없었어요. 너무 어두워서 불을 켜려고 했는데 스위치가 고장이 났는지 불이 안 켜지더라고요. 그래서 휴대폰 플래시를 켜고 과제 했던 거실, 식탁…… 다 찾아봤는데 노트북은 어디에도 없었어요. 그런데 그때!
언니 방문 틈 사이로 하얀 게 보이더라고요? 제 노트북이었어요. '아! 저기 있었구나!' 얼른 챙겨서 나가려는데……. 제 눈에 뭔가 들어왔어요. 수아가 언니라고 한 그 인형 위에, 사진이 있더라고요.
다들 기억하시죠? 수아가 억지로 언니 인형을 안겨주고 찍었던 그 사진! 그런데 그 사진 말고도, 그동안 수아와 놀러 다니면서 찍은 제 독사진들이 같이 있었어요.

지은　(갸우뚱하며) 이걸 여기에 왜 모아 둔 거지?

갑자기 뭔가 불길한 기분이 들었어요. 저는 급히 제 사진들을 챙기고 더 있나 찾아봤는데……. 언니 인형 뒤에 뭔가 하얗게 빛나더라고요? 도자기로 만든 무슨그릇 같았어요. 인형을 치우고 자세히 보려는 그 순간!

(재연 촬영 시: 뒤에 F.O 수아 방문턱에 서 있고, 지은 모른 채 도자기함 보는 모습)

지은　(놀라서) 아악~~!

누군가 제 뒤에서 저를 덮친 거예요. 수아였어요. 한 손에는 큰 은색 가위를 들고 저를 꽉 짓눌렀어요.

(소품: 가위는 전체가 은색인 가위로 준비)

수아　(광인처럼, 허공 보며) 언니! 어딨어? 여기 있지?!
은지　(공포에 질려) 수아야, 뭐, 뭐 하는 거야? 진정해!

수아　(신경질적) 조용히 해! 지금 우리 언니가 얘기하잖아!

수아는 희번덕희번덕한 눈을 하고, 저를 제압하는데 어찌나 그 힘이 센지 제가 당해낼 수가 없었어요.

은지　(숨 막히는) 대체…… 나한테…… 왜 이러는 건데!
수아　(광기) 우리 언니가 네가 좋대! 그러니까 네 몸 줘!

알 수 없는 말을 하며 제 목을 조르는 수아가 흐릿해져 보이던 그때! 전 살기 위해! 온 힘을 다해! 마지막 몸부림을 쳤어요.

효과음　(도자기함 떨어지는 소리) 와장창

그때 몸부림치다 책장을 건드렸고 책장에 있던 도자기 그릇이 바닥에 떨어졌습니다.
수아　(찢어질 듯 외침) 안 돼! 언니!

바닥에 나뒹구는 도자기 그릇 안에서 회색 가루들이 쏟아졌어요. 수아는 미친 사람처럼 손으로 가루를 마구 쓸어 모으고 있었어요. 전 그 틈을 타 미친 듯이 그 집을 뛰쳐나왔습니다. 찰나의 순간이었지만 저는 봤습니다. 항아리에 적힌 글자를요. '고.한.수.민.' 그건 수아 언니의 유골함이었습니다.

> 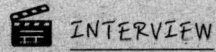 INTERVIEW
>
> 언니 유골함을 들키니까 막 유골함을 끌어안고 저한테 막 '씨발년아!' 하면서 욕을 하더라고요. 그 안에 있던 게 유골함이라고 생각도 못 했는데……. 그 모습이 너무 충격적이었어요.

만신창이가 된 채로 집에 온 저는 충격에 휩싸여 다음 날도, 그다음 날도 집에만 있었는데요. 모르는 번호로 전화가 걸려 왔습니다. 수아 어머니였어요. 잠깐만 볼 수 있냐고 하시는 거예요. 잠시 고민했지만 만나러 나갔습니다.

S#9-카페 D

수아 모 (조심스레) 미안해요. 수아가…… 언니 잃고 충격을 많이 받았는지…….

수아의 언니는 2년 전, 대학 진학 문제로 비관해 극단적인 선택을 했다고 하셨어요. 그런데 언니를 많이 따랐던 수아는 충격이 컸는지 갑자기 이상한 소릴 하기 시작했대요. 언니가 느껴진다고, 언니를 다시 살리는 방법을 알고 있다고요.

> INTERVIEW
>
> 언니 죽고 나서 자꾸만 '언니가 이 집에 있는 거 같다, 언니가 느껴진다.'라고 하니까 부모님이 데리고 굿도 하고, 절도 가고, 교회도 가봤다고 하시더라고요. 언니의 죽음에 충격을 많이 받았던 거 같아요. 그래서 정신적으로 문제가 생기지 않았나······.

그리고 더 충격적이었던 건······.

수아 모 (조심스레) 사실 사진으로 학생 봤을 때 많이 놀랐어요. 우리 큰딸을 많이 닮아서······.

그 말을 들은 전, 모든 게 혼란스러웠죠. 수아가 제 몸을 달라고 했던 게 제 몸에 언니를 부르기 위함이었던 걸까요? 그리고 수아 어머니의 마지막 말을 듣고 또 두려움이 엄습하기 시작했습니다.

수아 모 (주저하며) 그런데 지은 학생······. 혹시 수아한테 연락 없었어요? 수아가······ 언니 유골함을 들고 사라져서요.

수아는 언니의 유골함을 들고 어디로 사라진 걸까요? 혹시 지금도 어딘가에서 언니를 대신할 새로운 몸을 찾고 있는 건 아닐까요?

뒷이야기

● **처음부터 작정하고 접근한 게 아닐까?**
수아 씨 어머니도 지은 씨와 죽은 딸의 얼굴이 닮았다고 했고……. 둘이 같이 집에 갔을 때 촛불 켜고, 죽은 언니가 입던 옷 입히고, 인형이랑 사진 찍고…… 그게 다 강령술 과정이 아니었을까.

● **그 후에 수아 씨를 만난 적 없는지?**
수아 씨는 그 일 이후에 자퇴했다고 한다. 그 뒤로 지은 씨에게 다시 연락이 오지는 않았지만……. 그 사건 이후로 교통사고도 당하고 자꾸 안 좋은 일이 생겨서 지은 씨도 결국 휴학을 했다고 한다.

대수대명

심야괴담회 시즌1 9회 방송

김구라 (잠깐 쉬고) 자, 그렇다면 이번에 이야기 단지를 열 주인공은 누구 십니까.

김숙 (음산하게) 접니다.

(이야기 단지를 열고 안에 들어 있는 '부적' 펼쳐서 보여준다.)

김숙 '대수대명'. 제주도에 사시는 익명의 사연자가 보내주신 공모작 입니다. 편의상 이름은 '지영 씨'라고 할게요.

❋
[등장인물]

지영(가명), 지영의 언니, 지영 부, 보살

S#1-병원 D

2017년 3월, 지영 씨는 이혼을 하게 됐대. 두 아이와 함께 심적으로 힘든 시기를 보내며 잠시 부모님 댁에 들어가 살고 있었는데, 몇 달 뒤부터 이상하게 안 좋은 일들이 연달아 벌어지는 거야.

갑자기 건강하시던 어머니가 쓰러져서 병원에 입원하고, 얼마 뒤 아버지까지 포크레인에 두 다리가 깔리는 교통사고를 당하시게 돼. 다리를 절단할 뻔했던 큰 사고라 아버지는 오랫동안 병원에서 수술을 반복해야 하셨대.

그리고 와중에 아이들까지 자꾸 다쳐서 집에 오는 거야. 매일같이 넘어져서 무릎이나 팔꿈치가 성할 날이 없었대. 근데 이상한 건 멀쩡히 걸어가다 그냥 넘어진다는 거야. 한 아이만 그런 게 아니라 두 아이 모두.

S#2-당집 D

이렇게 자꾸 가족들에게 안 좋은 일이 벌어지니 지영 씨는 답답한 마음에 여기저기 신당을 찾아다녔대. 근데 열이면 열. 가는 곳마다

무당 너는 신내림 받아야 해! 안 그럼 가족들한테 계속 안 좋은 일이 생길 거야!

이런 소리를 하는 거야. 지영 씨는 반복해서 듣다 보니 기분도 안 좋고 찝찝해서 신당을 다니지 않기 시작했대.

────── **S#3-보살의 신당 D**

그러던 어느 날. 지영 씨가 아이들 준비물인 실로폰을 사려고 문구점을 가던 중이었어. 무심코 한 건물을 봤는데 연등이 하나 걸려 있는 곳이 있더래. 그런데 '아, 저기 가보고 싶다.' 이런 생각이 드는 거야. 지영 씨는 그러곤 무언가에 이끌리듯 그곳에 들어갔어.
안에는 되게 어려 보이는 앳된 보살이 한복을 곱게 차려입고 앉아 있더래. 근데 이 보살이 지영 씨가 들어가자마자…….

보살　(약간 기 세게) 고집 센 놈이랑 잘 헤어졌네요. 이름이 뭐야? (이름을 듣고는) 이거 본인 이름 아니죠?

그때 지영 씨가 이혼 후 개명한 지 얼마 안 됐을 때였거든. 이뿐만이 아니라, 지영 씨가 입을 떼기도 전에 가족 관계부터, 현재 상황까지 하나하나 다 맞히더래. 지영 씨는, '그동안 만났던 무당들과 좀 다른 것 같다.' 하는 생각이 들었고 집에 안 좋은 일이 있는데 신내림을 받지 않아서 그런 건지 물어봤대. 그랬더니…….

보살　(태연하게) 응? 신내림? 안 받아도 돼요~

가는 곳마다 그렇게 받아야 한다고 했는데? 그러고는 보살은 지영 씨가 '신가물'인 건 맞지만 신내림 받을 정도는 아니라고 하더래. '신가물'은 신내림 받을 가능성이 큰 사람을 말하는 거거든. 오히려 어머니가 쓰러지고 아버지가 당한 사고는 지영 씨 때문이 아니고 일어날 일이 일어난 것뿐이니까 전에 들었던 말들 신경 쓰지 말라고 하는 거야. 그런데 이 보살이 알 수 없는 한 마디를 덧붙였어.

보살　(아무렇지 않게) 다만…… 엄마가 하던 제사……. 그 밥 잡수시던 분이 국 다른 거 끓이라고 하시네요.

사실 지영 씨네 집에 사연이 좀 있어. 아버님이 전처와 사별하고 재혼하신 거거든. 지영 씨는 언니가 한 명 있는데, 아버님과 어머님이 재혼하신 후 지영 씨네 자매가 태어난 거지. 그런데 전처분이 편찮으시다 젊은 나이에 돌아가셔서 지영 씨네 어머니가 제사를 챙기고 계셨대. 어머니가 쓰러지신 후에는 지영 씨가 제사를 도왔는데, 그때 성게미역국을 올렸거든.
보살이 말하길 이 성게미역국이 마음에 안 들어서 자꾸 아이들이 미끄러지게 심술을 부리는 거니, 다음부터는 그냥 소고기뭇국을 올리라는 거야.
지영 씨는 속는 셈 치고 다음 제사 때 소고기뭇국을 올렸대. 그러니까 그렇게 넘어지던 아이들이 멍 하나 들지 않더래.

S#4-지영 씨 집, 거실 D

그 후 지영 씨는 보살과 가끔 안부를 주고받고 지냈대. 알고 보니 보살이 신내림을 받은 지 얼마 안 된 '무당 초년생(?)'이었고 지영 씨가 첫 손님이었던 거야. 그래서 더 마음이 쓰였는지, 지영 씨한테 신경도 많이 써주고, 가끔 연락도 하며 잘 지내게 된 거지. 그러던 어느 날, 보살한테 전화가 오더래. 지영 씨는 반갑게 전화를 받았지.

지영 (반갑게) 잘 지내세요~?

보살 (노발대발) 지금 뭐 하고 다니는 거야! 제정신이야?! 너네 언니 말이야! 그거 당장 관두라고 해!

평소에 세상 또박또박 존댓말을 하던 무당이 다짜고짜 소리소리 지르면서 화를 내더니 전화를 뚝 끊어버리더래. 깜짝 놀란 지영 씨는 바로 언니한테 전화했지. 언니한테 '뭐 하냐'고 물어봤더니, 얼버무리고 시원스레 대답을 안 하는 거야. 지영 씨는 싸해서…….

지영 (약간 단호하게) 언니, 지금 하려는 그거 하지 마. 그거 하면 안 되는 거 같아.

언니 (의문) 내가 뭘 할 줄 알고 하지 말래?

지영 (약간 애걸하며) 나도 언니가 뭘 하려는 건지 몰라. 근데 하지 마 제발 부탁이야.

그런데 아무리 얘기해도 언니가 듣지를 않는 거야. 일단 만나야겠다 생각이 들어서 어딘지 물었더니 아버지 병원인데 갈 데가 있어서 손톱만 깎아 드리고 곧 나갈 거라고 하더래.

언니 (의미심장) 걱정하지 마, 지영아. 다 잘될 거야.

그 말을 하곤 전화를 끊는 거야. 불안해진 지영 씨는 보살에게 다시 전화를 걸었어.

지영 언니가 뭔가를 하려는 것 같아요!

보살 (단호하게) 절대로 못 하게 해야 해! 사람 명을 그런 하찮은 게 알려주는 대로 행해서 이어질 줄 알았어? 그렇게 이어진 명줄이 아무 탈 없을 거라 생각한 거야?

지영 씨는 '뭔가 단단히 잘못 됐구나.' 싶더래. 그리고 그제야 몇 달 전 언니가 용한 곳이라며 신당을 다녀온 얘기를 한 게 생각이 났대. 지영 씨는 바로 병원으로 달려갔어.

─── **S#5-병원 D**

병원에 도착하니 아버지 병실에서 나오는 언니가 보이더래. 지영 씨는 급히 달려가 언니의 손목을 잡아챘는데……. 언니 손에서 주머니가 하나 떨어지더래. 근데 거기에 손발톱과 머리카락이 잔뜩 들어 있는 거야. 심상치 않음을 느낀 지영 씨는 언니를 끌고 병원 밖으로 나왔어.

지영   (다급하게) 언니, 지금 대체 뭐 하는 거야!

지영 씨가 다그치니까 언니가 얘기를 하기 시작했어. 알고 보니까 언니가 갔던 신당에서 아버지 명이 일 년도 안 남았다고 했다는 거야. 실제로 당시 아버지는 다리를 다쳤던 교통사고로 건강이 많이 안 좋아지고 계셨거든. 그런데 그 신당에서 '대수대명'이라는 걸 하면 아버지 명을 이을 수 있다는 거야. 아버지의 손발톱과 머리카락, 생년월일시가 적힌 종이 그리고 간단하게 상을 차려 의식 치를 비용 37만 원을 주면…… 아버지가 오래 살 수 있다고 한 거지.
처음엔 반신반의했던 언니도 눈앞에서 아버지 건강이 계속 안 좋아지니까 해야겠다 마음먹고 아버지 손발톱과 머리카락을 가지고 왔던 거야.
얘기를 듣고 이상함을 느낀 지영 씨가 언니 핸드폰을 뺏어서 무당이랑 대화한 내용을 확인해보니까 아주 가관인 거야. 굿 안 하면 초상 치른다, 부적 써야 한다며 불과 몇 달 새에 달라는 돈이 칠팔백 만 원은 훌쩍 넘겠더라고.

지영 (팔을 잡고 소리치며) 언니, 여기 이상하잖아! 가지 마!

언니가 지영 씨 손을 홱 뿌리치더니 손발톱이 든 주머니를 도로 뺏어서 가려고 하는 거야. 지영 씨는 다급하게 언니의 양팔을 붙잡고 소리쳤어.

지영 (크게 소리치며) 정신 차려, 언니!
언니 (나지막이) 일단 아버지 살려야 되지 않겠니.

그렇게 지영 씨는 병원 앞에서 언니와 한참 실랑이를 벌였어. 그러곤…….

지영 (약간 지쳐) 그럼 언니. 내가 아는 보살님도 있으니까…… 거기 가서도 한 번 물어보고 하자.

겨우겨우 언니를 설득해서 같이 지영 씨에게 연락했던 보살이 있는 신당으로 갔대.

S#6-보살의 신당

근데 신당에 도착해서 들어갔더니, 보살이 막! 호통을 치는 거야.

보살 (대노) 대수대명이라니! 명이 다하지도 않았는데 대체 어느 미친 게 그런 걸 알려줘? 걔는 죽고 나서 저승 문 앞에서 갈기갈기 찢겨 죽을 거다! 어디 사람 명줄 가지고 돈벌이를 해!

알고 보니까 이 대수대명이 대신할 '대' 목숨 '수' 목숨 '명'. 남의 명을 가지고 와서 끝이 보이는 내 명을 잇는 거라더라고.
근데 보살이 어떻게 다 알고 있었냐면 지영 씨 아버지가 몸이 안 좋은 걸 알았던 보살이 건강을 위해 기도를 해주고 있었는데, 귓가에 자꾸 젊은 여자 목소리랑 나이 든 남자 목소리가 맴돌더래. 젊은 여자의 목소리는 지영 씨 목소리랑 비슷했는데, 지영 씨는 아니었고. 나이 든 남자의 목소리는 직감적으로 지영 씨 아버지라는 걸 알 수 있었대.
근데 그때 서늘한 느낌과 함께 방울 소리가 들리더니 똑, 똑 손톱 깎는 소리가 같이 들리더래. 보살은 '대수대명을 하려는 거다.' 알아채고 바로 지영 씨에게 전화했던 거지.
그런데 보살이 계속 화를 냈잖아요? 그 이유를 말해주는데……. 이 '대수대명'이 굉장히 위험할 수 있다는 거야. 그러곤 언니를 가리키면서 이렇게 말하는 거야.

보살 (낮고 무섭게) 잘못하면…… 아버지 피를 이어받은 혈육 중 가장 나이가 어린 사람의 명을 뺏어오게 돼. (언니 삿대질하며) 너……. 몇 년 전에…… 아들 하나 낳았지?

그러니까 자칫 명을 뺏길 뻔한, 가장 나이 어린 가족이…… 언니의 두 살 난 아들이었던 거지.

뒷이야기

🎬 **사연자 아버님은 지금 괜찮으신지?**
제보자에게 아버님 소식과 함께 당시 상황을 직접 들어보자.

> **INTERVIEW**
> 그때 저희 언니가 갓 두 살 된 조카를 키우고 있었는데, 거기서 얘기했던 대수대명을 했다면 지금 조카가 밝게 웃고 뛰어노는 모습을 영영 못 보게 됐을 수도 있지 않았을까. 생각이 들면서 엄청 소름 끼치고 무섭고 한편으로는 좀 원망스러운 마음도 들었어요. 그리고 명이 1년밖에 남지 않았다고 한 저희 아버지께서도 지금 3년째 엄청 건강하게 잘 지내고 계시고요.
> 보살님이 기도하다가 저희 언니를 보고 전화를 주셨을 때 제가 엄청 반갑게 "어? 잘 지내시죠? 어쩐 일이세요?" 이렇게 여쭤봤는데, 엄청 혼내셨거든요. 이게 제가 좀 사연에는 순화해서 쓰긴 했는데, 엄청 화나셔서 욕도 하시고, 언성도 높이시고……. 원래 그러신 분이 아니다 보니까, 엄청 많이 놀라고 당황스러웠어요.

● '신가물'이란 말이 생소한데……

보통 신기가 강한 사람을 신가물이라고 부르기도 하는데…… 이건 잘못 쓰는 것이다. 신기가 강한 건 단순히 말하면 '신이 보내는 기운'을 유독 잘 느낀다는 거고, 신가물은 아예 태어날 때부터 '신이 선택한 사람'을 가리킨다.

● '대수대명'이란 게 원래 있는 말인지?

문화체육관광부 국립민속박물관 홈페이지에 보면 한국민속대백과사전이 있는데, 한국민속에 관련해 모은 자료들을 집대성한 전문백과사전이다. 여기에 대수대명이 등재되어 있다.

설명을 보면, 대수대명은 '서낭고를 푸는' 대표적인 의례라고 나온다. 서낭은 마을을 지키는 당집이나 당산나무를 말하고, 서낭고는 한이 많아서 이 서낭에 얽혀 있는 조상을 뜻한다. '고를 푼다'에서 '고'는 고리, 매듭을 의미하여, 망자의 한을 풀고 저승으로 보낸다는 것을 뜻한다. 무속 세계에서는 조상이 한이 많으면 병이 낫지 않고 액운이 온다고 여기기도 한다. 그리고 원래 대수대명은 사람이 아닌 동물, 허수아비, 북어 같은 대체물로 진행하는 거라고 나와 있다.

동승자

심야괴담회 시즌4 19회 방송

김구라 (잠깐 쉬고) 자, 그렇다면 이번에 이야기 단지를 열 주인공은 누구십니까.

조희봉 (음산하게) 접니다.

(이야기 단지를 열고 안에 들어 있는 '부적' 펼쳐서 보여준다.)

조희봉 '동승자'. (부적 정리하고) 이번 사연은 부산에 사는 임시현(가명) 씨가 보내주셨는데요. 불과 2년 전에 겪은 따끈한 이야기입니다. 먼저 시현 씨의 인터뷰 들어보시죠.

 INTERVIEW

제가 영업직 12년 차에 겪은 일이에요. 업무 특성상 차를 계속 몰고

> 다녀야 하는데 매일 타는 차량에 그런 일이 일어나니까 너무 무섭고 불안하고 진짜 미칠 것 같더라고요. 그때는 왜 나한테 이런 일이 일어나는지 싶기도 하고 진짜 이런 일이 일어날 수 있나 싶기도 하고 뭔가 좀 단단히 홀린 기분이었어요.

조희봉 차 하나로 일상이 공포가 되어버린 시현 씨의 이야기. 지금부터 제가 제보자 임시현 씨의 시점에서 들려드리겠습니다.

❀
[등장인물]

임시현(가명/35세/남), 아내(30대), 부장님(40대/남), 스님, 여자 귀신, 직장 동료, 대리기사, 카센터 직원

――――― **S#1-집 앞 D**

2022년, 입사 12년 차이던 제가 드디어 '팀장'으로 진급하고 가장 먼저 한 것은 바로!

시현   (설렘) 여보! 짜잔~~ 어때? 죽이지?
아내   (기쁨) 너무 좋다~ 우리 네 식구 타기 딱이네~

지난날 저의 영업 생활을 도와준 경차를 보내고, 새 차량을 계약한 것이었죠. 그동안 육아와 회사 생활을 병행하며 야근에 특근까지 뛰어가면서 고생한 보람이 온몸으로 느껴지더라고요. '하…….' 그런데요. 차를 뽑고 얼마 안 있어 좀 골치 아픈 일이 생겼습니다.

효과음   (타이어 터져서 급정거하는 소리) 팡! 끼----익
카센터 직원 (의아) 어? 또 터졌어요? 이상하네. 혹시 공사장에서 일하세요?

걸핏하면 타이어가 터지는 거예요. 꼭 깨진 장독처럼 막으면 터지고, 막으면 터지고. 새 차가 왜 이러는지 원……. 하, 이게 굉장히 스트레스더라고요. 근데 그뿐만이 아니었습니다. 갑자기 아무도 없는 뒷좌석 실내등이 켜진다거나, 뒷좌석을 확인하라는 '차량 알림 메시지'가 시도 때도 없이 뜨는 등 계속해서 기이한 현상이 일어났습니다. 처음엔 '센서 결함'인가 싶었는데, 문득 떠오르는 게 있었어요. 사실 얼마 전에 믿기 힘든 섬뜩한 일을 겪었거든요.

───── S#2-자동차 안 N (회상)

한 달 전, 그날은 아내와 아이들을 처가댁에 데려다주고 저는 다음 날 출근을 위해 홀로 부산으로 돌아오던 때였죠. 그런데 그날따라 길을 잘못 들어 국도로 들어가게 된 겁니다. 새벽 1시, 경남 '함안'을 지나고 있는데, 잠깐

부슬비가 내리더니, 옅은 안개가 촤-악 깔리더라고요. 늦은 시간이라 도로에 차도 없고, 그 어느 때보다 시-커먼 산길을 굽이굽이 따라가는데…….

시현　(스르르 눈 감다가 화들짝) 어유!

순간 시야가 휘청했습니다. 갑자기 졸음이 무지하게 쏟아지더라고요.

시현　(눈 껌뻑이며) 어유, 안 되겠다. 이러다 사고 나지.

이대로 가다간 큰일 치르겠다 싶어 눈앞에 보이는 샛길에 정차했습니다. 사방이 칠흑같이 어두워, 분위기가 서늘한 게 좀 오싹하더라고요. 근데 어쩌겠어요? 사고 나는 것보단 나으니 잠깐만 눈 좀 붙이자 생각했죠. 그렇게 선잠에 빠져들었는데……. 얼마나 시간이 흘렀을까.

효과음　(떨어지는 소리) 쾅!
시현　(화들짝) 뭐, 뭐야!

갑작스러운 굉음에 눈이 번쩍 뜨였습니다. 깜짝 놀라서 주변을 획획 둘러봤는데 처음처럼 고요한 모습 그대로였어요. 하, 꿈꿨나? 뻐근한 눈을 끔뻑거리며 저는 다시 운전대를 잡았습니다.
아마 밤에 산길 운전해 보신 분들은 아실 텐데, 라이트를 켜고 달려도 앞이 새까맣게 보여서 혼자 있으면 정말 오싹하거든요? 그러던 그때…….

시현   (화들짝) 으아악! 뭐야. 방금 뭐야?!

순간 앞으로 시커먼 게 휙 지나간 것 같아 브레이크를 밟았어요. 급히 차에서 내려 확인했는데 아무것도 없더라고요. 그런데 저 멀리 도로 한복판에 새카만 뭔가가 꿈틀, 꿈틀하는 듯했어요.
자세히 보니 까만 머리카락을 커튼처럼 내려뜨린 게 여자인 것 같더라고요? 근데 이상한 게 여자가 네발로 서 있는 거예요. 좀 꺼림칙하긴 했지만 그쪽을 향해 소리쳤죠.

시현   (소리치는) 저기요! 이렇게 어두운데 거기 계시면 사고 나요!

그랬더니 여자가 고개를 휙 돌리며 씩 웃어 보이는데……. 어디에 부딪힌 건지 얼굴 전체에 피를 철철 흘리고 있는 겁니다. 그 기괴한 모습에 흠칫했습니다. 그런데 그때!

시현   (위협 느끼고) 어-어어. 뭐야, 뭐야?!

그 여자가 절 향해 네발로 미친 듯이 기어 오기 시작하는 겁니다. 전 도망치듯 차에 올라타 막 액셀을 밟았어요.
가까스로 여자를 지나쳐 사이드미러를 힐끔 보는데 이제는 허리를 꼿꼿이 세운 여자가 절 쳐다보고 있더라고요.

시현   (혼비백산) 미, 미친 여잔가? 아니면 혹시 다, 다친 건가?

머릿속에 오만가지 생각이 스쳤죠. 그렇게 얼마나 달렸을까. '하. 깜짝 놀랐네.' 긴장이 조금씩 풀렸어요. 그러면서 사이드미러를 힐끔 쳐다봤는데……. 끼-익! 저도 모르게 다시 급정거했습니다.

시현   마, 말이 돼?

그 여자가 그 자리에 그대로 서 있는 거예요. 지금 제가 몇 킬로를 달려왔는데……. 이건 말이 안 되잖아요. 등줄기로 식은땀이 쭉 흐르고 핸들을 쥔 손이 바들바들 떨리더라고요. 바로 그때 여자가 아까처럼 씨-익 웃더니 제 차를 향해 짐승처럼 달려오기 시작했어요.

시현   (고함) 으아아악!

저는 룸미러도 접은 채 뒤도 안 돌아보고 다시 차를 몰기 시작했습니다. '뭐야. 왜 따라오는 거야! 저, 정신 차리자 죽을 수도 있다, 이거.' 반쯤 정신을 놓고 오직 앞만 보고 달렸습니다.
그렇게 한참을 가다 보니……. 하, 어느덧 부산 시내가 눈에 들어왔습니다. 그렇게 전 집으로 뛰어 들어가 현관에 쓰러지듯 주저앉았습니다. '나 뭐에 홀린 건가?' 평소 강심장이라 자부했는데 막상 이런 일을 겪으니 장사 없더라고요. 두 번 다시는 그 길을 가지 않겠다. 다짐했죠.

───── S#3-주점 골목 N

그런데 다음 날, 업체 미팅 후 계획에 없던 술자리를 가지게 됐는데요.

대리기사   (밝게 인사) 안녕하세요~ 대리 부르셨죠?

대리기사를 불러 집으로 가고 있는데 얼마나 갔을까. '뭐야, 왜 저래.' 대리기사가 백미러로 제 얼굴을 뚫어지게 쳐다보는 거예요. '내 얼굴에 뭐 묻었나?' 괜히 찝찝한 마음에 백미러로 기사님과 애매한 기싸움을 하는데……. 갑자기 대리기사의 동공이 막 흔들리기 시작하더니…….

효과음   (긍정거하는 소리) 끼---익
대리기사   (혼비백산) 으아아아악!

차를 구석에 급히 정차시키곤 뛰쳐나가버리는 겁니다. 저도 덩달아 놀라 술이 확 깨더라고요. 얼른 문을 열고 나가 소리쳤죠.

시현   (황당해서 고함) 기사님, 지금 뭐 하시는 거예요! 아직 도착도 안 했는데!
대리기사   (덜덜 떨며) 죄, 죄송합니다. 저 운전 못 할 것 같아요. 죄송해요.

대리기사는 연신 고개를 숙이더니 돈도 안 받곤 뒤도 안 돌아보고 뛰어가버리더군요. 너무 황당해서 그 자리에 멍하니 서 있을 수밖에 없었습니다. 그래도 다행히 집 부근에 멈춰서 집까진 걸어갈 수 있었는데요. 그날의 의문이 풀리기까지는 그리 오래 걸리진 않았습니다.

S#4-달리는 자동차 안 N

며칠 후. 출장을 마치고 늦은 밤 부산으로 돌아오던 길.

효과음 (두드리는 소리) 통. 통.
시현 (당황) 어. 뭐야 무슨 소리야.

무언가 차체를 퉁퉁 치는 듯한 소리가 나는 거예요. 그때 백미러를 보는데…… 뒷유리에 까맣고 동그란 무언가가 얼핏 보이는 것 같았어요. '뭐가 걸렸나?' 싶어 확인하려고 뒷유리 와이퍼를 작동하는 순간……. 와이퍼가 움직이는 곡선을 따라 무언가 '슈-욱' 같이 움직이더라고요. '어! 뭐가 있다.' 싶어 심장이 덜컹했어요.
놀란 마음에 급하게 차를 세웠죠. 내려서 차 외부를 확인했는데…… 아무것도 없었어요.

시현 (꺼림칙) 하……. 이상하다. 밤이라 내가 잘못 봤나?

다시 운전대를 잡고 출발하는데 순간 뒷좌석 실내등이 번쩍하면서 뒷유리 와이퍼가 빠르게 막 왔다 갔다 하는 거예요.

시현   (당황) 어? 이거 왜 이래. 와이퍼 켜지도 않았는데! (천천히 고개 들어 앞을 보고) 헉!

그건 와이퍼가 아니었어요. 거꾸로 뒤집어진 사람 머리였습니다. 머리와 머리카락이 좌우로 미친 듯이 움직이며 흔들리고 있던 거예요.

> **INTERVIEW**
>
> 아직도 선명하게 기억이 나는데 뒤쪽 유리에 와이퍼가 움직이는 게 아닌 뭔가 다른 게 움직이는 게 보였어요. 이제 그거를 백미러로 확인했을 때는 사람이 거꾸로 매달린 채 양쪽으로 머리를 흔들고 있는 그런 모습이었어요. 처음 봤을 때는 새벽이고 피곤하고 하니까 헛걸 본 줄 알았고요. 그리고 그게 헛것이 아니라는 거를 이제 인지하는 그 순간에는 진짜 아무 생각이 안 들었어요. 어떻게 내려왔는지도 잘 기억이 잘 안 나요. 내가 원래 이렇게 운전할 수 있는 사람이었나 싶을 정도로 진짜 생명의 위협을 느끼는 그런 기분이었어요.

그 여자였어요. 산에서 마주쳤던 네발로 기던 그 여자요. 그 여자가 입을 샐쭉 찢으면서 머리를 미친 듯이 흔들고 있는 거예요. 그 순간 생각할 틈도 없이 정신없이 액셀을 밟았습니다.

시현   (공포로 격양되어) 제발. 제발. 제발. 떨어져라. (더 격양되게) 제발! 제발!

끼익- 끼익- 소름 끼치는 바퀴 마찰음이 들려오고 식은땀이 비 오듯 흐르는데……. 한참을 그렇게 달리다 뒷유리를 슬쩍 보니 그게 사라지고 없는 거예요.
핸들을 쥔 손아귀에 땀이 너무 차서 잠시 차를 세우고 숨을 골랐습니다. 그때까지도 심장이 벌렁거리는데 머리까지 쾅쾅 울릴 정도였어요. 그런데 그때. 조금 전 들렸던 통통 소리가 다시 들리는 거예요. 그런데 소리가 꼭…… 위에서 들리는 것 같은 겁니다. 천천히 고개를 들어 선루프를 보자마자…….

시현   (찌를듯한 고함) 으아아악!

전 그 자리에서 기절해 버렸습니다. 선루프에 그 여자가 자기 머리를 짓이기며 박아대고 있더라고요.

───── **S#5-정차한 자동차 안 D**

정신을 차리니 어느새 날이 밝아 있었습니다. 전 눈을 뜨자마자, 차에서 내려 외부 여기저기를 살살이 확인했어요. 차 위, 아래까지 들여다봤지만 한밤의 꿈을 꾼 듯 아무런 흔적도 찾을 수 없었죠.
그런데 문득 어제 새하얗게 질린 얼굴로 도망가던 대리기사가 생각나더라고요. 내 얼굴을 뚫어지게 본 건 줄 알았는데, 혹시 그 사람도 그 여자를 본 건 아니었을까 싶었죠.

S#6-달리는 자동차 안 N

그날 이후 그토록 애정했던 차를 타는 게 두려워졌습니다. 하지만 업무 특성상 차를 두고 다닐 수는 없었어요. 이대로 타기에도 찝찝해 소금이랑 팥을 사서 차 전체에 싸-악 뿌리고 세차까지 마쳤습니다.
그리고 그날 밤. 그날도 어두운 국도를 홀로 달리고 있었는데요. 이상하게 오른쪽 팔에 자꾸 쭈뼛쭈뼛 소름이 돋는 거예요. 바로 그때! 전면 유리로 무언가 언뜻 비치는데 조수석에 누가 타고 있는 것 같은 겁니다. 너무 놀라서 차를 세우고 천천히 고개를 돌렸더니 그때 그 여자가 코앞까지 얼굴을 들이밀고…….

여자 귀신　　(점점크게) 하지 마. 하지 마. 하지 마. (날카롭게 절규) 하지 마!
시현　　(혼비백산, 팔 허우적거리며) 으아아악! 저리 가. 저리 가. 저리 가!

팔을 미친 듯이 허우적거리다 눈을 떠 보니…… 제가 저희 집 주차장에 있더라고요.

시현 (놀란 마음 진정시키며) 내가 왜 여기에 있지? 꿈꾼 건가?

꿈이라기엔 소름 끼쳤던 오른팔의 감촉과 여자의 찢어지던 고함이 너무 생생했던 거죠.

──── **S#7-도로변 D**

그런데 말이죠. 그 후로 계속 그 여자가 의문의 경고를 하는 끔.찍.한 악몽이 반복됐습니다. 잠을 제대로 못 자니 운전하다가도 쏟아지는 졸음으로 휘청거리는 날이 많았죠. 이젠 차만 봐도 온몸에 소름이 끼치고 무서운 거예요.
그날 이후. 전 차를 세워 놓고 대중교통으로 출퇴근하기 시작했습니다. 그러길 일주일. 하필 또 장거리 출장이 잡힌 거예요. 다행히 거래처 부장님과 함께 이동하기로 했는데…….

거래처 부장 임 팀장, 내 차 수리 중이라 내일은 자네 차 타고 가야 할 것 같아.

'그래. 낮이고 혼자가 아니면 괜찮지 않을까.' 싶어 고민 끝에 핸들을 잡았습니다. 비장한 마음으로 나선 출근길. 부장님을 태우러 약속 장소에 도착했는데……. 그분이 제 차 위를 힐끔힐끔 보는 거예요. 그러고는 밑을 수 없는 이야기를 하는 겁니다.

> **INTERVIEW**
>
> 그분이 자기 말 이상하게 듣지도 말고 다른 생각하지 말고 차에 팥이나 소금이나 이런 걸 뿌렸으면 좋겠다고 말씀해주셨습니다. 진짜 너무 놀라서 제가 "혹시 제 차 위에 뭐가 있습니까?"라고 물었더니 "이미 뭘 봤나 보네?"라고 하시면서 그분이 말씀하신 게, 차 위에 누군가 엎드려 있다고. 제가 상상하던 이미지랑 너무 똑같아서 되게 놀라서 그때는 한동안 이제 온몸에 힘이 다 풀려 주저앉아 있었죠. 사실 제가 본 걸 정확히 말하는 것도 좀 무서웠기도 하지만 이제 그분 돌아가신 할머니께서 아주 유명한 무당이셨어요. 그래서 그것 때문에 좀 더 와닿았던 것 같아요.

시현 (간절) 부장님. 정말 뭐가 보이세요? 소금이고 팥이고 이미 다 해봤어요! 그런데 소용이 없어요. 제발…… 제발 저 좀 도와주십시오.

지푸라기라도 잡는 심정으로 호소했더니, 부장님이 문자로 주소를 하나 찍어주시더라고요.

S#8-절 D

그리고 다음 날 이른 아침, 그 주소로 찾아가 한 스님을 만날 수 있었습니다. 스님은 절 보자마자 한 손에 막걸리를 한 병 쥐여 주며 이야기하셨죠.

스님　(덤덤하게) 쫓아내는 게 아니라 달래야 합니다.

저는 스님이 알려주시는 대로 비방을 시행했습니다. 차량이 많이 다니는 삼거리에 차를 세워 놓고, 바퀴 네 곳에 막걸리를 한 잔씩 뿌린 후, 남은 한 잔은, 보닛 위에 올려놓고 한-참을 기도했어요.

시현　(간절하게) 어떤 사연이 있으신 줄은 모르겠으나 부디 편안히 올라가십시오. 앞으로 평생 감사하는 마음 가지고 살겠습니다. 부탁드립니다. 제발…….

그렇게 기도를 마친 후, '이젠 괜찮겠지?' 싶다가도 스님께서 남긴 말씀 중 한 부분이 계속 마음에 걸리더라고요.

스님　혹시 최근…… 물가에 다녀오셨습니까.
시현　(의아) 아니요? 그건 왜 물으십니까?
스님　이상하네요. 손발이 퉁퉁 불어 있는 게…… 수살귀의 행색을 하고 있는데. 만약 그렇다면…… 달래는 것이 쉽지 않을 수도 있습니다.

S#9-도로 D

얼마 뒤. 저는 소름 돋는 사실을 하나 알게 됩니다. 외근으로 함안을 지나던 길.

시현   어? 여기는…….

익숙한 길목이 눈에 들어왔습니다. 전에 제가 잠시 눈을 붙였던 그 샛길이었어요. 그런데 그날은 어두워서 잘 보이지 않았지만 그 뒤편으로 큰 저수지가 있더라고요. 그리고 며칠 후 직장 동료에게서 더욱 충격적인 이야기를 듣게 되는데요.

직장 동료   뭐? 너…… 거, 거기서 잠을 잤어? 야, 거기…… 자살바위 있는 데잖아.

알고 보니 그곳은 그 동네에서 '죽음의 저수지'로 불리는 아주 유명한 곳이라고 합니다. 극단적 선택을 하는 사람이 많아 그곳의 절벽은 '함안 자살바위'라는 별칭까지 있는 곳이었죠.
그 이야기를 듣자 온몸이 부르르 떨리는 느낌이었어요. 그와 동시에 섬뜩한 생각이 들어 털이 쭈뼛 서더라고요. 물가에 간 적 있냐 묻던 스님의 말이 떠오르니 겁니다. 정말 그날 저수지에 빠져 죽은 원귀가 차로 옮겨 붙은 것일까. 그렇다면 혹시…… 아직도 동승하고 있는 건 아닐까.

뒷이야기

 귀신이 아직도 차에 붙어 있지 않을까?

제보자는 차를 처분하지 않았는데, 이후 겪은 기이한 경험 때문이라고 한다. 시현 씨에게 직접 들어보자.

> INTERVIEW
>
> 스님이 알려주신 비방 대로 제가 차 막걸리 잔을 한 잔씩 올리면서 그러고 한 이후에도 사고가 한 번 날 뻔한 적이 있었어요. 이제 와이프와 아이들과 같이 타지를 갔다가 돌아오는 길에 부산 톨게이트쯤에서 제가 졸음운전을 해서 차가 가드레일에 크게 부딪힐 뻔한 적이 있었는데 그때 당시에 누군가 제 핸들을 이렇게 꽉 잡아서 돌려주는 듯한 느낌이 들었어요. 그래서 사실 좀 크게 사고가 날 뻔한 상황이었음에도 불구하고 차 쪽에는 되게 경미한 스크래치 정도? 제 생각에는 이게 아직까지 그분이 저랑 동승을 하시면서 그나마 제가 올려드리는 술 한 잔에 저를 좀 지켜주신 게 아닌가 그런 생각이 들어서 요새 이제 신년이나 명절 때도 아직까지 술을 한 잔씩 올리고 있습니다.

솔담배

심야괴담회 시즌4 20회 방송

김구라 (잠깐 쉬고) 자, 그렇다면 이번에 이야기 단지를 열 주인공은 누구십니까.

김호영 (음산하게) 접니다.

(이야기 단지를 열고 안에 들어 있는 '부적' 펼쳐서 보여준다.)

김호영 '솔담배'. (빠르게 부적 정리하고) 이번 사연은 40대 김영배(가명) 씨가 보내주셨는데요. 1999년, 스물한 살이던 영배 씨는 평생 잊을 수 없는 한 사람을 만났다고 하는데요. 직접 들어보시죠.

 INTERVIEW

제가 군 생활을 방범순찰대 소속 의경으로 부산의 한 파출소에서 했습니다. 그런데 하필 저희 파출소 의경 최고참은, 후임 폭행 문제로

> 저희 중대로 쫓겨 올 만큼 악명이 높았어요. 그때 그 고참이 솔담배를 그렇게 찾았는데……. 그 담배를 저보고 사 오라고 시키면서, 제 악몽이 시작된 것 같아요.
>
> * 의경 계급은 '경'자 돌림으로, 이경〉일경〉상경〉수경 순이며 '수경'은 일반 군 계급으로 치면 병장과 같음.

김호영 솔담배는 1980년대를 풍미하며 한때는 '국민 담배'로 불렸는데요. 1994년부터는 저소득층을 위해 가격을 대폭 낮추고, 농촌지역 위주로만 보급해서 전국적으로 품귀현상까지 일었다고 합니다. (잠시 쉬고) 지금은, 기억 속에 사라진 솔담배에, 대체 어떤 사연이 있는 걸까요? 지금부터 영배 씨의 시점에서 이야기를 들려드리겠습니다.

❈

[등장인물]

김영배(21세/남), 고참 박동근(23세/남), 파출소 반장, 무당(30대)

───── **S#1-생활실 N**

1999년, 군대 내 가혹행위가 만연했던 시절이었습니다. 제 군 생활 역시

지옥 그 자체였는데요. 전 밤만 되면 연필을 깎아야 했습니다. 그렇게 깎은 연필로 고참이 글을 쓰다, 연필심이 똑-부러지기라도 하면······. 생활실에는 날 선 긴장감이 맴돌았습니다.

(재연 촬영 시: 넓은 방 안, 원고지에 글 쓰는 고참, 구석에서 칼로 연필 깎는 주인공)

영배   (군기 바짝) 이경! 김.영.배!
동근   (시비조) 야 이 새끼야? 연필 하나 제대로 못 깎아! 박아.

고참은 절 벌레 보듯이 쳐다보면서 한숨을 쉬었습니다. 조금이라도 자기 마음에 안 들면, 그 자리에서 쪼인트를 까고 원산폭격을 시켰죠. 머리에 무게가 쏠려 비틀거리기라도 하면 그대로 제 옆구리에 발길질이 날아왔습니다. 그렇게 분풀이를 마치면 고참은 자리로 돌아가 시를 썼습니다. 제가 깎은 연필로요. 네. 제 고참, 박동근 수경은 명문대 국문과 출신에, 신춘 문예를 준비 중이라고 하더군요.
그러다 시상이 떠오르지 않을 때면 온갖 트집을 잡아 가혹행위를 하곤 했습니다. 그때마다, '저런 개차반이 무슨 시를 쓴다는 거지?' 역겹다는 생각이 들었죠. 하지만 저한테 당장 중요한 건 오늘 한 대라도 덜 맞는 것이었어요.

동근   (차갑게) 야, 너 이따 순찰 나가지? 복귀할 때 현대슈퍼 들러서 술

담배 한 갑 사 와. 그것도... 제대로 못 하는 건 아니겠지. 잘하자?

영배 (군기 바짝) 예! 알겠습니다!

S#2-현대슈퍼 N

저는 굳이 왜 담배를 현대슈퍼까지 가서 사 오라고 하지 싶었어요. 파출소 근처에도 슈퍼는 있었거든요. '그게 거기서만 파는 건가?' 싶었죠. 그런데 그날따라 짙게 낀 안개 사이로 보이는 낡아빠진 슈퍼 외관이 좀 스산하더라고요. 왠지 혼자 들어가기 꺼려졌지만 고참의 주먹이 더 무서웠던 전, 마음을 다잡고 슈퍼에 들어갔습니다.

영배 (조심스레) 계십니까? 담배…… 사러 왔는데요. 솔담배 있어요?

그러자 '끼익-' 슈퍼 안에 있는 쪽방 문이 빼꼼 열렸습니다. 그런데 헉! 슈퍼 아줌마의 모습은 마치 가부키 화장을 연상하게 하는 새하얀 얼굴에, 눈두덩에 시커멓게 칠한 아이라인까지 인상이 너무 강렬해서, 순간 머리털이 쭈뼛 서더라고요. 그런데…….

슈퍼 아줌마 (표독스레) 안 팔아! 이 빌어먹을 새끼야. 썩 꺼져!

아니……. 대뜸 욕을 내뱉더니 문을 쾅 닫는 거예요. 너무 당황해서 뒤통

수가 다 얼얼했습니다. 그렇게 막무가내로 쫓겨나 파출소로 발길을 돌렸는데……. 하……. 빈손으로 들어갔다간 또 밤새 두들겨 맞을게 너무 두렵더라고요. 그래서 다시…… 슈퍼 안으로 들어갔습니다. 그리고 슈퍼 안 쪽방으로 다가가 문을 확 열었죠.

영배　(억지로 용기 내어) 아주머니! 그러지 마시고……. 헙!

아주머니 뒤로 보이는 방 풍경에…… 전 말문이 막히고 말았습니다. 방 안을 가득 채운 화려한 그림과 제단……. 슈퍼 곁방이 무당집이더라고요. '뭐야……. 이 아줌마…… 무당이었어?' 생각지도 못했던 정체에 당황하던 그때!

무당　(크게 분노하며) 육시럴 놈이 여기가 어딘 줄 알고! 살 맞아 죽고 싶어?!

서슬 퍼렇게 노려보는 눈빛에…… 전, 말 한마디 못 꺼내고 그대로 쫓겨 나왔습니다.

───　**S#3-생활실**

동근　(호통) 야, 이 꼴통 새끼야. 내가 탱크를 사 오라든? 담배 한 갑 사

오는 게 그렇게 어려워?!

빈손으로 생활실로 복귀하자마자, 역시나 고참의 손이 날아들었습니다. 순간 골이 흔들리면서, 귀에 물이 찬 것처럼 먹먹하더라고요.

영배   (주눅 들어) 그게…… 주인이 막무가내로 안 판다고 쫓아내서……. 죄송합니다!
동근   (어이없다는 듯) 대한민국 군인이 그 무당년 하나 어쩌질 못하고 그냥 쫓겨나? 그냥 죽어, 이 새끼야!

'무당? 그럼 알고 있었던 거야?' 고참은 이미 그 슈퍼 주인에 대해 알고 있었더라고요. 하……. 근데 그깟 담배가 뭐라고……. 고참도 고참이지만 담배 한 갑을 안 팔아준 무당이 너무 원망스러웠습니다. 그렇게 저는 밤새 또, 무자비한 구타를 당할 수밖에 없었습니다.

> 🎬 INTERVIEW
>
> 고참이 솔담배 파는 곳을 알고 나서부터는 솔담배에 엄청 집착했어요. 글이 안 나오면 '아버지가 피던 솔담배 향을 맡고 싶다. 그럼 글이 잘 나올 것 같다.'라고 입버릇처럼 말하면서요. 근데 고참이 슈퍼에 갈 때마다 주인이 안 판다고 욕을 하고, 쫓아내니까 그때부터 계속 저한테 솔담배 심부름을 시켰죠. 어떻게든 사 오라고요.

S#4-현대슈퍼 N

하……. 그놈의 솔담배. 솔담배! 고참도 몇 번이나 사러 갔지만 어째서인지 번번이 주인에게 퇴짜를 맞은 거죠. 그러다 보니 이젠 저한테! 솔담배를 사 오라고 시킨 건데……. 저한테도 팔지를 않으니 진짜 미치고 팔짝 뛸 노릇이었습니다. 전 그 뒤로도 계~속 솔담배를 사러 가서는 무당한테 욕먹고! 빈손으로 와서는 고참한테 매 맞고! 이런 일상이 반복됐습니다. 그렇게 하루가 다르게 피폐해지던 어느 날, 그날도, 야간 도보 순찰을 돌고 다시, 현대슈퍼로 향했습니다. '오늘은 어떻게든 사 가고 만다!' 다짐하면서요. 그런데 슈퍼 안에 불이 꺼져 있더라고요. '아……. 벌써 닫았나?!' 낭패다 싶어 얼른 문을 두드리려는데……!

영배 (기겁하며) 저게 뭐지?

슈퍼 앞에 소복 차림에 머리를 풀어 헤친 누군가 주저앉아 있더라고요. 그 사람이 고개를 홱 드는데 무당이었어요. 무당이 저를 보고 환하게 웃으며 맨발로 달려오는데 그 모습이 어찌나 섬뜩한지! 전 반사적으로, 너무 놀라서 뒷걸음질을 쳤습니다.

영배 (혼비백산) 으아악! 이거 놔요!

무당은 생전 처음 보는 광기 어린 얼굴로 저를 잡아끌었어요.

무당 (달래듯) 내가 줄 게 있어서 그래~ 얼른 들어와 봐!

컴컴한 슈퍼 안이 왠지 불길했지만 팔힘이 어찌나 센지 쑥- 끌려 들어갔습니다. 그런데…….

무당 (정신없이 어수선) 혹시 이거 좋아해? 이것도 맛있겠다. 이것도 가져가!

무당은 정신 나간 사람처럼 오징어며, 초코파이, 음료수 같은 먹을 것들을 마구 봉지에 담기 시작했습니다.

영배 (당황하며 손사래) 아니……. 이걸 갑자기 왜……. 저 돈 없어요!
무당 (광기 어리고 친절하게) 돈 필요없어! 가서 파출소 식구들이랑 나눠 먹어! 그리고 이것도 가져가.

주전부리가 수북이 쌓인 봉지 위에 턱 올려놓는 그건 솔담배 한 보루였습니다. 아니……. 그렇게 사겠다고 할 때는 안 팔더니 그냥 준다고? 어이가 없어서 무당을 쳐다봤는데, 무당이 담배를 올려놓곤 손을 휙 감추더라고요. 순간이지만 분명히 봤습니다. 덜덜 떨리던 두 손을요. 좀 찝찝하긴 했지만 한편으론, 드디어 솔담배를 구했단 기쁨이 이루 말할 수 없이 커서 꾸벅 감사 인사를 하고 나왔습니다.

───── **S#5-생활실**

그리고 저는 파출소에 복귀하자마자, 고참을 찾아 의기양양하게 솔담배를 건넸어요.

동근   (의외라 놀라다가 기뻐하며) 아이~ 새끼 진작에 이렇게 할 것이지. 오늘 좀 마음에 든다?!

하……. 고참에게 처음으로 좋은 소리를 들었습니다. 며칠은 좀 잠잠하겠구나 싶었죠. 그런데 그때!

무전   (중성톤) 순 스물하나, 13구역 현대슈퍼에서 사망자 발견. 신속히 출동 바람.

죽었다고? 현대슈퍼에는 무당 혼자 사는데? 내가 방금 만나고 왔는데? 저는 어안이 벙벙했습니다.

───── **S#6-현대슈퍼 N**

무전을 받고 곧바로 현대슈퍼로 출동했습니다. 무당은 약을 먹고…… 극단적인 선택을 한 거 같았어요. 전 혼란스러운 마음을 다잡고 현장 입구를 지키고 있는데, 같이 서야 할 고참이 안 보이는 거예요? 고참을 찾아 두리번대다가 어이가 없는 상황을 목격했습니다. 고참이 슈퍼 안에서 진열된 초코파이를 뜯어 먹더니, 여기저기 기웃대며 물건과 담배들을 슬쩍 주머니에 넣더라고요. 그러더니…….

동근 (나지막히) 병신 같은 게……. 이럴 거면 진작 주지
반장 (멀리서 부르는) 밖에 의경 있지? 아무나 하나 들어와 봐!

'와. 이 와중에 저러고 싶나?' 생각하던 그때 갑자기 반장님이 현장으로 들어오라고 하시는 거예요.

> **INTERVIEW**
>
> 의경도 군인이니까 괜히 트라우마 생겨서 사고 칠까 봐 현장 통제 같은 일만 시키고, 사진 촬영은 반장들이나 직원들이 찍거든요. 그런데 그날은 반장님이 저보고 시신 사진을 찍으라고 하셨어요. 그래서 순찰차에서 필름 카메라를 가져왔는데, 그거는 줌 기능이 되는 거였거든요. 근데 그날따라 그것도 고장이더라고요. 그래서 어쩔 수 없이 예비로 갖고 있던 일회용 카메라를 가지고 들어갔죠.

카메라를 챙겨 들어가던 순간! 전 그 자리에서 뻣뻣하게 굳고 말았습니다.

영배 (얼빠졌다 기절초풍) 어……어. 으악!

사지가 뒤틀린 무당과 눈이 마주쳤거든요. 숨을 거두기 직전까지 발악을 한 듯이 제단 위에 있어야 할 물건들과 빈 농약병이 쪽방 바닥에 나뒹굴고 있었습니다. 그리고 그 한 가운데 누워 있는 무당은 목이 있는 힘껏 뒤로 젖혀져 있었는데 핏발이 선 채, 부릅뜬 두 눈이 얼마나 고통스러웠는지 보여주는 듯했죠.

영배 (구역질을 참으며) 욱…… 우웁-

살면서 시신을 본 건 처음이라, 저도 모르게 구역질이 나오는 걸 간신히 삼켰습니다. 불과 몇 시간 전까지 대화를 나눴던 사람이 죽었다니……. 가깝게 지낸 사이도 아니었지만 영 실감이 나지 않았어요.

반장 (재촉하는) 김영배! 정신 안 차려? 사진 잘 찍어라.

저는 덜덜 떨리는 두 손에 힘을 주고, 카메라에 눈을 댄 채 점점 가까이 다가갔습니다. 그렇게 초점을 잡고 셔터를 누르려던 순간…….

영배 (충격) 어어억!

저는 놀라 뒤로 나자빠졌습니다. 분명 방금…… 침을 삼키는 것처럼 울대가 움직였어요.

영배   (졸도 직전) 여……. 여기 아직 살아 있는 거 같습니다. 우, 울대가!

횡설수설하던 그때 누군가 제 뒤통수를 세게 쳤습니다.

동근   (핀잔 주며) 이 새끼야 내일까지 찍고 자빠져 있을 거야? 죽은 년이 움직이긴…….

그러더니 고참이 제 손에 있던 카메라를 낚아채 갔습니다. 그러곤 대충 여기저기 사진을 찍기 시작했습니다.

동근   (거침없는) 아……. 이년은 죽어서도 짜증 나게 하네.

반장   (살짝 놀리는) 허허. 영배! 신고식 제대로 하네!

반장님은 사망 직후에는 그런 경우도 있다고 하셨지만……. 전 처음 보는 광경이라 쉽사리 마음이 진정이 안 되더라고요.

---   **S#7-생활실 N (시간 경과)**

여러모로 충격적이었던 그날 이후, 전 조금은 숨통이 트이는 것 같았습니다. 고참이 나사가 하나 빠진 사람처럼 굴었거든요. 그렇게 좋아하던 시도 안 쓰고, 때리지도 않고 어딘가 초조한 사람처럼 솔담배만 태워댔어요. 그러던 어느 날, 새벽 근무를 끝내고 생활실로 들어갔는데…….

동근   (귀 틀어막고 날카롭게 중얼중얼) 시끄러. 시끄러. 시끄러워…….

다들 자고 있는데, 고참 혼자 구석에 쭈그리고 앉아 시끄럽다면서 계속 중얼거리고 있더라고요.

영배   (조심스레) 박 수경님? 괜찮으십니까?

동근   (히스테릭) 니들은 이 방울 소리 안 들려? 어떻게 좀 해봐! 이 새끼들아!

그러더니 고참이 주먹을 쥔 채 한쪽 팔을 치켜들었습니다. 근데 그 주먹에 기다란 막대기가 쥐어져 있었어요. 그건 제가 밤낮없이 깎아놨던…… 그 뾰족한 연필이었어요.

영배   (동근에게 달려들며) 안 돼!

동근   (히스테릭) 놔! 놓으라고!

소란에, 잠에서 깬 동료들까지 모두 달려들어서야 겨우 고참을 말릴 수 있었습니다. 믿을 수가 없었습니다. 그 뾰족한 연필이 향하던 곳이 고참의 귀였거든요. 자기 귀를 찌르려고 했던 거였어요. 고참이 갑자기 왜 이렇게까지 변했는지 왜 이런 행동을 하는지 도저히 알 수가 없었습니다.

S#8-화장실 N

그렇게 또 한동안은 넋 나간 사람처럼 맹하더라고요. 며칠 뒤, 그날은, 야간 소내 근무를 하다가, 소변이 마려워서 잠시 화장실을 갔는데…….

동근　(고통스럽게 구역질) 읍. 커컥. 억억- 커억-
영배　(조심스레) 거기 누구십니까? 괜찮으십니까?

화장실 끝 쪽에서 누군가 고통스럽게 구토를 하는 소리가 들리기에 물었는데 아무 대답이 없길래 조심스럽게 다가갔는데요. 헉! 고참이더라고요? 목구멍까지 뭔가가 틀어 막힌 듯 힘겹게 구토를 해대는데……. 허! 자세히 보니 토사물에 엉겨 붙은 건 꾸깃꾸깃해진 솔담배갑과 담배꽁초들이었어요.

영배　(놀라고 두려워하며) 박, 박수경 님. 괘, 괜찮으십니까?

고참은 구역질을 뚝 멈췄어요. 그리고 저를 향해 고개를 홱 돌렸는데!

영배　(기겁하며 두 손으로 얼굴 가리고) 으아악!

그 얼굴은 고참이 아니라 무, 무당이었어요! 회까닥 돌아간 무당의 눈이 절 노려봤어요.

S#9-생활실

반장 (분노) 김영배! 이 새끼야 빨리 일어나!
영배 허헉!

제 몸을 세차게 흔드는 기척에 정신을 차렸습니다. 하……! 꾸, 꿈이었구나. 반장님의 호통에 눈을 떴는데 파출소가 아주 부산스러웠어요. 순찰을 나간 고참이 복귀할 시간이 한참이 지나도록 돌아오지 않고 있다는 거예요.

반장 (분노) 이 새끼 요즘 맛이 간 거 같더니, 탈영한 거 아니야? 빨리 나가서 찾아와!

제대로 상황 파악할 새도 없이, 고참을 찾으러 나가려던 그 순간!

무전 (중성톤) 순 서른둘, 17구역 야산 산책로에서 사망자 발견. 사망자 경찰복 착용하고 있다고 합니다. 신속히 출동 바람.

112 상황실에서 온 무전 한 통에 주변이 찬물을 끼얹은 듯 조용해졌습니다.

―――― **S#10-등산로 D**

서둘러 출동한 저희는 등산로 초입에서 한 시신을 발견했습니다. 목을 맨 고참의 시신을요. 눈도 감지 못한 채 고통스럽게 일그러진 얼굴……. 이 모습 어디선가 본 듯했습니다. 얼마 전 죽은 무당의 모습과 비슷했어요. 고참의 시신 밑에는 그토록 집착하던 빈 솔담배 갑이 떨어져 있었습니다. 마치 솔담배 한 갑을 다 피우고 생을 마감한 것처럼 보이더군요.

―――― **S#11-파출소**

그렇게 고참이 떠난…… 며칠 뒤.

영배   (보고하는) 반장님, 사진 찾아왔습니다.

반장님 지시로, 사진관에서 '현대슈퍼 무당 사망 현장' 사진을 찾아왔는데요.

반장   (충격으로 말 더듬으며) 이, 이게 뭐야? 야야 니들 이리 와서 이것 좀 봐봐라!

무당 시신을 찍은 사진을 찬찬히 넘겨보던 반장님이 저희를 다급히 부르시더라고요? 그런데…….

영배　(겁에 질린) 허어. 말도 안 돼!

사진을 받아 들어 들여다보던 저는 너무 놀라 그만! 사진을 떨어트리고 말았습니다. 고참이 찍은 그 사진들 속에는 카메라를 따라 무당이 눈을 이리저리 움직인 모습으로 찍혀 있었거든요. 마치 카메라 뒤에 있는 고참을 노려보듯이요.

> 🎬 INTERVIEW
>
> 그 자리에 있던 파출소 직원분들이 고함 지르고 다 놀랐어요. 사인을 기록해야 하니까 사진을 다각도로 많이 찍었거든요. 근데 사진마다 무당의 눈이 카메라를 보고 있었어요. 카메라를 따라서 눈이 돌아간 것처럼요. 뭐가 그리 사무쳐서 그런 사진이 찍혔을까 싶더라고요.

20여 년이 지난 지금까지도 저는 두 사람이 나오는 꿈을 꿉니다. 그러면 그때마다 솔담배 향이 코끝을 맴돌곤 합니다. 사진 속 무당은 뭘 말하고 싶었던 걸까요. 혹시 고참의 죽음과 어떤 관계가 있는 걸까요? 여전히 제겐 두 사람의 죽음이 풀리지 않는 의문으로 남아 있습니다.

뒷이야기

🎬 **1999년인데 아직도 솥담배를 팔았는가?**

저소득층을 대상으로 농촌지역 위주로 보급되었던 터라 사연에 나온 것처럼 구하기 힘들기는 해도 구매가 불가능하지는 않았다.

🎬 **영배 씨가 지금도 꾼다는 무당과 고참 꿈은 어떤 내용인지?**

꿈 내용은 영배 씨께 직접 들어보자.

> 🎬 INTERVIEW
>
> 지금도 스트레스를 받으면 항상 무당이 꿈에 나와요. 그때처럼 무당이 누워 있는데, 제가 거기 갇혀 있어요. 무당 눈이 계속 저를 따라 움직이고, 나가려고 몸부림칠수록 시체 쪽으로 제 몸이 말려드는 꿈을 꿔요. 그리고 고참 꿈도 인상 쓰면서 때리고 괴롭히는 꿈이나 솥담배를 계속 피우면서 저를 노려봐요. 그래서 제가 아직도 솥담배 향을 잊을 수가 없어요.

코케시

심야괴담회 시즌4 8회 방송

김구라 (잠깐 쉬고) 자, 그렇다면 이번에 이야기 단지를 열 주인공은 누구십니까.

김호영 (음산하게) 접니다.

(이야기 단지를 열고 안에 들어 있는 '부적' 펼쳐서 보여준다.)

김호영 '코케시'. (부적 정리하고) 이번 사연은, 서울 성동구에 살고 계신 이정우(가명) 씨가 보내주신 사연인데요. 심괴 찐 애청자라면, 좋아할 수밖에 없는 '일본 괴담'입니다. (코케시 꺼내서 보여주며) 자, 여러분, 이렇게 생긴 장식품 혹시 보신 적 있나요? (반응 듣고) 이건 바로 '코케시'라고 하는 일본 전통 목각 장식품인데요. 일본 여행 가면 흔히 볼 수 있는 기념품이거든요? 그런데 정우 씨에게는 더 이상 평범한 기념품이 아니라고 합니다. 이 코케시에 얽힌, 아주 섬뜩한 이야기를 지금부터 제가 정우 씨의 시점에서 들려드릴게요.

❀

[등장인물]

이정우(가명/22세/남), 일본 아주머니, 여자 귀신, 아버지, 엄마, 누나

───── **S#1-정우의 집, 거실**

2017년, 제가 무려 삼수를 마치고 원하던 대학에 합격 통보를 받은 날. 아버지는 이렇게 말씀하셨습니다.

아빠   (다정하고 신난) 정우야, 그동안 고생 많았다. 우리 아들 합격 기념으로! 우리 가족 다~ 같이 일본 여행 한번 다녀오자!

제 합격 기념이라곤 하셨지만, 사실 아버지는 엄마랑 같이 여행 갈 명분이 필요하셨을 거예요. 아버지는 엄마밖에 모르는 완전 '아내 바보' 그 자체였거든요. 주말 아침마다 엄마가 드실 브런치를 손수 차려주시고, 없는 기념일까지 만들어서 선물이나 꽃다발을 사다 주실 만큼 로맨틱한 남편이시죠. 이번 여행도 일본 여행을 가고 싶어 했던 엄마를 위해 가자고 하신 거였어요.

어쨌거나 놀러 갈 생각을 하니까 설레긴 하더라고요? 그렇게 아버지, 엄마, 누나, 저까지 해서 우리 네 가족은, 일본 오사카로 떠나게 됐습니다.

───── **S#2-오사카 어느 식당 N**

오사카에 도착해서 오사카성도 구경하고, 도톤보리에서 사진도 찍고 철판요리며 라멘에 스시까지 본토 음식도 배부르게 먹었어요. 아쉽지만, 3박 4일 여행 일정의 마지막 밤이 찾아왔습니다. 호텔 근처에 있는 식당에서 가족들끼리 저녁 식사할 때였어요. 한참 부모님 사진을 찍어드리고 있는데, 어디선가 싸한 시선이 느껴지는 거예요.

(재연 촬영 시: 정우가 사진 찍고 있는 핸드폰 화면 속 한쪽 끝에 아주머니 섬뜩하게 서 있는 모습)

살짝 쳐다봤더니, 웬 아주머니 한 분이 저희를 뚫어져라 쳐다보고 있더라고요. 그 아주머니는 머리는 며칠을 안 감은 것처럼 떡이 져 있었고, 입술엔 각질이 다 일어나 있었는데 손으로 잡아 뜯었는지 피딱지가 앉아 있었어요. 그런데 그 아주머니가 저와 눈이 마주치자 갑자기!

일본 아주머니　　(콧소리 내며 웃는) 히힝. 히히히 흥흥흥.

뭐지? 왜 저러는 거야? 눈은 무표정인데, 입만 크게 벌려서 웃는 얼굴이 왠지 기이하더라고요. 그런데 아주머니가 저희에게 다가오며 일본어로 뭐라 중얼거리는 거예요?

(재연 촬영 시: 아주머니 웃으며 "싯토데 타마라나이" 입 모양만 보이는 컷)

그러곤 주머니에서 무언가 꺼내더니, 엄마에게 내밀었습니다. 그것은 일본 소녀의 모습을 본떠서 만든, 작은 목각 장식품이었어요. 바로, '코케시'였죠. 어리둥절해하는 우리 가족에게 아주머니는 이렇게 말했습니다.

일본 아주머니   포 유. 프레젠또 온리 포 유. (히죽 웃고 웃음 참으며) 포 화미리.

우리 가족에게 주는 선물이라는 거예요. 그런데 그때

정우   (살짝 놀라며, 속으로) 아우, 깜짝이야!

무엇인가 제 옆구리를 찌르는 게 느껴졌어요. 놀라서 보니까 제 옆에 서 있던 아주머니가 집게손가락과 새끼손가락만 펴서는 그 두 손가락으로 제 옆구리를 꾹 찌르고 있더라고요? 저는 기분이 확 나빠져서 누나 쪽으로 몸을 더 붙이면서 그 손에서 떨어졌어요. 그 와중에 엄마는 선물이라고 하니까 "아리가또, 아리가또" 하면서 받으셨죠! 좋아하는 엄마와 달리, 저는 기분이 찝찝했어요.

정우　(찝찝해하며) 엄마. 이거 그냥 버리면 안 돼?
엄마　(신나서) 애는! 왜~ 예쁘기만 한데! 이거 보면서 일본 여행 추억 하면 되겠다~!

결국 엄마는 집에 돌아와서, 코케시를 거실 TV장 위에 올려두셨어요. 그 선물이 어떤 비극을 가져올지 까맣게 모른 채로요.

 INTERVIEW

그 아주머니가…… 머리를 안 감아서 떡진 거랑 무표정인데 입만 웃는 얼굴은 께름칙했거든요. 근데 그냥 사람이었요. 웃으실 때 입 안이 다 보였는데, 앞니랑 어금니 사이에 치아가 2~3개 정도 없었고요. (손동작 보여주면서) 이걸로 제 허리를 이렇게 찌른 거죠. 그 장식품은 그냥 일반 기념품샵에서도 살 만한 그런 거였어요. 일본 전통 옷에, 채색도 돼 있고요. 이상한 거였으면, 안 받거나 버렸을 텐데…… 그냥 멀쩡하니까 가져온 거죠.

여기까지는 일본 오사카에서 우연히 만난 현지인에게 일본 전통 목각 장식품인 '코케시'를 선물 받아 온 이야기예요. 하지만 지금부터는, 그날 이후로 겪은, 정말 끔찍한 한 여자의 '세 번'의 방문에 대해 말씀드릴게요.

──── S#3-정우의 방 N

첫 번째 방문. 제 방에서 자고 있었는데. 어디선가 들리는... 이상한 소리에 잠에서 깼습니다.

효과음 (손톱 뜯는 소리) 똑- 똑- 똑- 똑-
정우 뭐지? 물 떨어지는 소린가?

손톱으로 책상을 두드리는 소리 같기도 했어요. 눈동자를 굴려 방 안을 살펴봤는데…… 헉! 침대 끄트머리에 어떤 여자가 앉아 있는 거예요. 윤기가 차르르 흐르는 긴 생머리가 여자의 몸과 침대까지 뒤덮고 있었어요. 여자는 백지장처럼 하-얀 손을 입으로 가져가 손톱을 '똑- 똑-' 물어뜯고 있었습니다.
그 의문의 소리는, 여자가 손톱을 물어뜯는 소리였던 거죠. 저는 그날 태어나서 처음으로 가위에 눌렸습니다.

──── S#4-정우의 집, 거실 D

그런데 다음 날 아침, 저는 지난밤에 있었던 일을 생각할 겨를도 없었습니다. 눈을 뜨자마자, 방문 밖에서 고성이 오가는 소리가 들려왔거든요. 거실에 나갔더니, 안방 열린 문틈으로 부모님이 싸우고 계신 게 보였어요.

아빠 (큰소리치며) 이걸 왜 처발라? 어떤 새끼한테 잘 보이려고? 어?!
엄마 (당황해하며) 이 양반이 갑자기 왜 이래? 맨날 바르던 거잖아. 그리고 이거 당신이 사준 거야!

화장대 앞에 앉아 계신 엄마한테 아버지가 화를 내고 계시더라고요. 그런데 그때! 와장창! 아버지가 화장대를 확 쓸어버리셨고 화장품들이 바닥에 나뒹굴며 난장판이 됐습니다.
저는 너무 놀랐어요. 부모님이 이렇게 크게 싸우는 걸 처음 봤거든요. 근데 이때까지만 해도 '두 분 사이에 뭔가 안 좋은 일이 있나 보다.' 하고 그냥 넘겼습니다.

────── **S#5-정우의 방 N**

그리고 일주일 뒤, 두 번째 방문. 저는 또다시 온몸이 무거워지며 가위에 눌렸는데요. 제발……! 제발 이번에는 그 여자가 나타나지 않길 간절히 바랐습니다.
하지만 그 여자는 이번에도 침대 끝에 앉아 있었어요. 그런데 뭔가 좀 이상했습니다. 윤기가 흐르던 머리는 산발이 돼서 마구 헝클어져 있었고 '똑-똑-똑-똑' 손톱을 마구 뜯으며 어딘가 초조한 듯, 두 다리를 동동 구르고 있는 거예요.
여자의 손톱은 다 뜯긴 채 덜렁 들려 있었고, 손끝은…… 피로 얼룩져 있었어요. 발을 구를 때마다 산발이 된 머리카락이 획, 획, 흔들렸는데⋯⋯ 머리카락 사이로 그 여자가 입고 있는, 옷이 보였어요. 새빨간 기모노였습니다.

정우 (공포에 질려서) 으아아악!

악몽에서 깨어나듯 눈이 확 뜨였는데 아직 밤이더라고요. 그런데 문밖 거실에서 누군가 중얼중얼하는 소리가 들려왔어요.
조심히 문을 빼꼼 열어봤더니, 거실 한가운데 앉아 있는 사람이 보였어요. 아버지였습니다. 손에 뭔가를 움켜쥐고 냄새를 맡고 계시더라고요. 그런데 아버지가 손에 움켜쥐고 있는 건 엄마의 옷이었습니다.

아빠 (중얼거리며 씩씩대는) 딴 새끼 냄새나. 씨. 저년 바람났어. (섬뜩하게) 나쁜 년. 찢어 죽일 년.

차마 듣기도 힘든 욕설을 내뱉으며 계속 중얼거리셨어요. 그런데 그때! 확! 아버지가 저를 돌아보셨는데⋯⋯. 근데 아, 아버지 눈에. 안광이! 어두운 거실인데도 아버지 눈이 빛나고 있는 거예요. 저는 굳어 움직일 수도 없었어요. 분명 아버지인데 아버지 같지 않았거든요.

(재연 촬영 시: 아버지 앉아 있는 곳 맞은편에 코케시 보이도록 연출)

S#6-정우의 집, 거실

다음 날부터 아버지는 정말 이상해지셨습니다. 출근한 엄마에게, 하루에 서른 통 이상 전화를 거는 건 기본이고 저녁마다 엄마가 퇴근하고 집에 돌아올 때까지 현관 앞에 가부좌를 틀고 앉은 채로, 손톱을 물어뜯으면서 기다리시는 거예요.
그리고 며칠 뒤, 말도 안 되는 일이 일어났어요. 아버지가 엄마 회사에 찾아가서 한바탕 난리를 치신 거죠. 어떤 놈이랑 붙어먹었냐면서요. 집에 돌아와서도 아버지와 엄마는 서로 죽일 듯이 싸우셨습니다.

아빠 (화 억누르며, 광기) 너……. 왜 그 새끼 앞에서 웃음 질질 흘리고 있어!

엄마 (바락바락) 미친 거 아니야?! 왜 남의 직장에 와서 그 난리를 쳐!

아빠 (눈 돌아서) 뭐? 미쳐? 누가 미쳐! 이년이! 일로 와. 오늘 너 죽고 나 죽자.

저는 아버지를 뒤에서 끌어안고 필사적으로 말렸어요. 그때 누나가 눈을 뒤집어 까고 아버지에게 소리쳤습니다.

누나 (대들며) 아빠! 정신 좀 차려! 이 미친 집구석 지겨워 진짜아!

그런데 그때! 짝-! 아버지가 저를 뿌리치고는 누나에게 달려가 뺨을 때

리신 거예요. 누나는 그대로 집을 나가버렸습니다. 제 가족은 돌아갈 수 없는 강을 건너고 있는 것만 같았어요.

──── S#7-정우의 방 N

일주일 뒤, 절대 잊을 수 없는 마지막. 세 번째 방문. 그 여자는 그날도 제 방을 찾아왔습니다. 여자는 침대에 걸터앉아 산발이 된 머리를 좌우로 미친 듯이 흔들고 있었어요. 그리고 신이 난 듯, 발을 위아래로 흔들~ 흔들~ 움직이더라고요.
그런데 그때! 여자가 모든 움직임을 딱! 멈추더니 쓱 일어나는 거예요. 그리고 저를 향해 서서히 서서히 돌아서는데……. 저는 그만 정신을 잃을 뻔했습니다.
그 여자가 환희에 찬 것처럼 입을 크게 벌리고 웃고 있더라고요. 그러고 는…….

귀신   (웃음, 서늘하게) 싯토데 타마라나이. 싯토데 타마라나이.(嫉妬でた
　　　　まらない゜)

이렇게 중얼거리는 거예요. 저는 가위에 눌려 움직이지도 못한 채로, 머리를 좌우로 흔들어대는 여자를 지켜보고 있어야만 했어요.
새벽녘, 가까스로 가위에서 벗어났을 때 저는 온몸에 소름이 돋았습니다. 뒤늦게 떠올랐거든요. '싯토데 타마라나이.' 그 말은 일본 오사카에서 만난 아주머니가 저희에게 다가오며 중얼거렸던 말이었어요. 그때!

엄마   (비명) 꺄아아악!

비명 소리에 놀라 거실로 뛰쳐나갔습니다. 그런데 아빠의 한 손에는 길고 날카로운 주방 가위가 들려 있었어요. 그리고 다른 한 손으로는 엄마의 머리채를 우악스럽게 움켜잡고 계셨죠.

정우   (공포에 질려 애원) 아, 아버지! 제, 제발 이러지 마세요!

그 순간…… 싹둑, 아버지는 엄마의 머리채를 잘라버리셨어요.

아빠   (부들부들 떨며, 서늘하게) 다 잘라버릴 거야. 어디 싸돌아다니지도 못하게…… 다 잘라버릴 거야!

(재연 촬영 시: 아빠 멘트 "다 잘라 버릴 거야~" 문장. 일본어 대사로 하고 한글 자막 넣기)

이러다 더 큰 일이 날 거 같아서 저는 어쩔 수 없이 경찰을 불렀습니다.

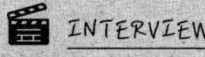 INTERVIEW

한 달 안 되는 기간에 이 일이 다 일어났어요. 정말 매일매일 심하게 싸우셨어요. 경찰도 몇 번 불렀을 정도예요. 심지어 주방에서 쓰는 가위까지 꺼내 드신 거죠. 아버지가 살면서 한 번도 그런 모습을 보이신 적이 없었어요. 엄마한테 비속어도 한번 쓴 적 없으셨고, 저희한테 매를 드신 적도 없거든요. 그런데 엄마 일하고 계신 직장에 찾아가서 "나 말고 어떤 사람 만나냐!" 불륜 의심하시면서 싸우시기도 하고, 혼잣말로 "저년 바람났다. 내가 확인해야겠다." 하면서 중얼거리시고. 진짜 무섭고 이상했죠.

경찰서에 갔다가 저는 먼저 집에 돌아왔습니다. 그런데 현관에 들어서자, 거실에 어떤 여자가 우두커니 서 있는 거예요. 아……. 누나였어요.

정우   (하소연하며) 하……. 누나, 왜 연락 안 받았어! 지금 난리 났어! 경찰서에…….

누나   (말 끊고, 감정 없이) 이거 내 친구 줄까? 이번에 결혼한 내 친구. 결혼 선물로.

누나가 갑자기 이런 이상한 소릴 하더라고요? 누나의 시선 끝을 따라가 보니 일본 오사카에서 선물받은 코케시가 있었어요.

정우   (깨닫고 화가 난) 그래! 다 이거 때문이야! 이거 때문이었어!

저는 그제야 깨달았습니다. 코케시가 이 모든 일의 원흉이었다는 걸요. 일본에서 만난 그 이상한 아줌마부터 코케시까지 그냥 다 찝찝했는데! 저는 뭐에 홀렸던 건지……. 기모노 입은 귀신을 보고도 코케시를 전혀 의심하지 못했던 게 너무 화가 났어요.

순간 번뜩 정신을 차린 저는, 코케시를 낚아채듯 챙겨 들고, 집 근처 하천으로 나갔어요. 그러곤 그대로 물속에 던져버렸습니다. 강물 위로 떠 오른 채 코케시가 점점 멀어지자 정신이 좀 맑아지는 것 같더라고요.

집에 돌아가니, 누나가 이런 얘기를 해주었습니다. 누나가 집 나가서, 친구 자취방에서 잠을 자는데, 이상한 꿈을 꿨다는 겁니다. 꿈에 돌아가신 할머니가 나오셨대요. 그런데…….

할머니 (원통하게) 집에 며느리가 둘이다, 며느리가 둘이야.

그러면서 '요물'을 쫓아내라고 통곡하셨다고 하더라고요. 코케시를 버린 이후, 부모님은, 사이좋던 예전의 모습으로 돌아오셨어요. 왜 그렇게 죽도록 싸웠는지, 스스로도 이해가 안 간다고 하시더라고요. 그런데 정말 이상한 건요…….

엄마 (전혀 모르는 투로) 응? 장식품? 우리 집에…… 그런 게 있었어?

부모님 두 분 다 싸운 건 기억하시지만, 오사카에서 가져온 '코케시'에 대해서는 아무것도 기억하지 못하신다는 겁니다.

그리고 기억하시나요? 새빨간 기모노를 입은 귀신이 중얼거리던 말. 오사카에서 만난 아주머니가 우리 가족을 보며 했던 그 말! 무슨 뜻인지 찾아보고 난 뒤. 저는 이 모든 것이 우연이 아니었다는 걸 깨달았습니다. "싯토데 타마라나이."의 뜻은 "질투가 나서 견딜 수 없다."였습니다.

그리고 이건 제 추측일 수도 있지만요. 오사카에서 만난 그 아주머니가 제 옆구리를 찌를 때 했던, 이 손동작, 숨겨진 뜻이 있더라고요. 다른 나라에서는, '당신의 아내가 부정을 저지르고 있다.' 그러니까 '당신의 아내가 바람을 피우고 있다.'라는 뜻의 욕이라고 해요. 그 아주머니…… 선물이라면서 코케시를 내밀고는, 은밀하게 다른 손가락으로는 욕을 했던 거죠.

오사카에서 만난 아주머니가 우리 가족에게 건넨 코케시. 어쩌면 선물이 아닌, 질투에서 비롯된 끔찍한 저주가 아니었을까요?

뒷이야기

🏺 왜 코케시 인형이었을까?

코케시에 슬픈 전설이 있었다. 코케시 글자를 뜯어보면, 코(こ)는 '자식', 케시(けし)는 '지움'이라는 뜻이어서 코케시는 '자식을 지우다'라는 뜻이다. 코케시가 일본 동북지방 전통 목각 장식품인데 옛날부터 동북 지방에는 먹을 게 부족했다고 한다. 그래서 입을 줄이기 위해서 신에게 공양으로 아이를 바쳤는데, 이때 부모들이 죽은 자식의 혼을 기리기 위해서 이 코케시를 만들어서 간직했다고 한다.

다만 이는 다양한 전설 중 하나일 뿐 코케시는 일본 동북 지방의 상징이자 대표 공예품이다.

신혼집의 다락방

심야괴담회 시즌1 5회 방송

김구라 (잠깐 쉬고) 자, 그렇다면 이번에 이야기 단지를 열 주인공은 누구십니까.

서이숙 (음산하게) 접니다.

(이야기 단지를 열고 안에 들어 있는 '부적' 펼쳐서 보여준다.)

서이숙 '신혼집의 다락방'. 평택에 사는 40대 주부 김 모 씨가 보내주신 공모작입니다. 사연자분께서 사연을 아주 자세하고 실감 나게 써주셔서 라디오 사연을 읽듯이, 최대한 있는 그대로 내용을 살려서 읽어보도록 하겠습니다.

[등장인물]

연희(가명), 연희의 남편, 연희의 언니, 남편의 선배, 시어머니, 옆집 아주머니, 여자 귀신

S#1-신혼집 앞 골목 N

이 이야기는 한창 꿈같은 시간을 보냈어야 할 우리 부부의 신혼 초 이야기다. 때는 1995년, 내 나이 스물두 살, 남편은 스물세 살. 그리고 부부 사이에는 5개월 된 딸아이가 있었다.

우리 부부는 수중에 얼마 되지 않는 돈으로 경기도 용인, 작은 시골 마을에 어렵게 신혼집을 구해 이사를 가게 됐다. 부엌이 하나 딸린 조그만 단칸방이었다.

그 시절 집들이 그렇듯, 이 집에는 다락방이 하나 있었다. 방 한쪽 벽면 허리 높이에 다락문이 있었고, 부엌의 윗 공간으로 이어졌다. 앉으면 머리가 닿을락 말락 하는 정도의 높이였고, 다락방 끝엔 마당 쪽으로 조그마한 창문이 하나 나 있었다.

우리 부부는 살림살이를 마련할 돈이 넉넉지 못했기 때문에 남편의 선배가 운영하는 중고매장에서 필요한 가구를 싼값에 장만했다. 이사를 하던 날, 그 선배가 집 앞까지 가구를 배달해주었다. 그런데 선배는 집을 보더니, 인상을 확 구기며…….

선배	이 집이야?
아내	왜요?
선배	(떨떠름해하며) 하필 이 집이라니……. 삼 일 전에 이 집에 있던 살림 전부 우리 매장에 들어왔어. 나이 드신 분들이 아들이 쓰던 거라면서 넘겼거든.

떨떠름해하는 선배에게 남편과 나는 무슨 일이라도 있었냐고 물었지만 선배는…….

선배	됐다! 이미 이사 왔는데 말해서 뭐 하겠냐? 들어서 좋은 것도 없어!

그러고는 입을 다문 채 가버렸다. 의아하기도, 찜찜하기도 했지만 이젠 돌이킬 수가 없었다.
공장에서 근무하던 남편은 조금이라도 더 벌자고 신문 배달 일까지 알아본 상태였다. 새벽 세 시부터 아침 일곱 시까지 배달을 해야 했기에 우리는 대충 짐 정리를 끝내고 일찍 잠을 청했다.

── S#2-신혼집 방 N

그날 밤, 이런저런 복잡한 생각에 뒤척거리다 겨우 잠이 들었을 때였다.

마치 휴대폰 진동이 머리부터 발끝까지 위잉위잉 울리는 듯한 느낌이 들었다. '몸이 안 움직이네. 왜 이러지?' 생각이 든 순간, '스윽- 스윽' '스윽- 스윽' 하는 뭔가 쓸리는 소리가 들려왔다. 그 소리의 출처는 다름 아닌 다락방이었다.

몸이 안 움직였기에 눈알만 굴려서 다락방 쪽을 쳐다봤다. 그리고 그때, 이상한 것을 보고 말았다. 다락방 쪽 벽에서 검은 사람의 형체가 머리부터 '스윽- 스윽' 하는 소리와 함께 조금씩 기어 나오고 있었다.

너무 놀라서 남편을 깨우려 했지만, 몸은 여전히 움직이지 않았다. 그것은 천장에 매달린 채로 내가 누워 있는 자리 바로 위까지 기어 왔고, 고개를 꺾어 나를 내려다본 채 입으로 보이는 부분을 벙긋대기 시작했다. 그 순간, 그것이 천장에서 훅- 떨어지더니 내 코앞까지 단숨에 내려왔다. 나는 숨이 멎을 것 같은 무서움에 몸이 벌벌 떨렸다. 그제야 그것이 입을 크게 벌리며 반복하는 말이 또렷하게 들렸다.

귀신 (쇳소리 섞인 고음) 너도 죽을 거야! 내가 죽일 거야. (실성한 듯이) 죽일 거야. 내가 죽일 거야. 히히히.

그것은 다시 천장을 기어가 다락방 벽으로 사라졌다. 지금 생각해보면 그때 남편에게 말을 하고 이사를 갔어야 했던 것 같다. 하지만 어렵게 들어온 집을 나 혼자 겪었던 비현실적인 일을 이유로 들며 손쉽게 이사할 수는 없는 노릇이었다.

S#3-신혼집 대문 앞 N

그다음 이상한 일이 생긴 건, 그로부터 한 달이 채 지나지 않은 어느 날이었다. 친정에 일이 생겨 딸아이를 데리고 오 일 정도 친정에 머물다 집에 돌아온 그날.
대문을 들어서는데 우리 집 앞에 누군가가 서성이며 기다리고 있었다. 누군가 했더니, 같은 집에 세들어 사는 아주머니였다. 시름 가득한 얼굴로 나를 보자마자 대뜸 이렇게 물어보셨다.

아주머니 (걱정하며) 새댁! 괜찮아?
아내 (의아해하며) 예? 뭐가요?
아주머니 (너무하다는 듯이) 왜 새댁 남편은 자물통을 몇 개씩 걸어 잠그고 일을 간대? 새댁 밖에도 못 나오게…….
아내 (놀라며) 예? 그게 무슨 말씀이세요?

아주머니가 하시는 말씀을 듣고 나는 놀라지 않을 수 없었다.

아주머니 새댁 남편이 오토바이를 타고 나가면…… 새벽 내내 새댁이 서럽게 울었잖아. 방 앞에 가서 불러 봐도 대답도 없이 울기만 하고! 내가 부르는 소리 못 들었어?!

온몸에 소름이 끼쳤다. 남편이 자물쇠로 방문을 잠그고 간 것은 맞을 것이다. 내가 딸아이와 친정집에 가 있는 동안에는 남편이 출근하면 집이 빌 테니까. 그런데 빈집에서 누가 울었다는 거지?

너무 무서웠다. 방 안에 있는 것조차 두려워 문밖에서 남편을 기다렸다. 남편이 집에 오자마자 낮에 아주머니가 하신 얘기를 전했지만, 남편은 믿지 않았다.

S#4-신혼집 안 N

세 번째 일은, 기다릴 시간도 주지 않고 곧바로 일어났다. 바로 다음 날 새벽, 남편이 신문 배달을 가고 30분 정도 지났을 때였다. 방의 적막함이 예전보다 찝찝하고 서늘하게 느껴졌지만, 내색하지 않고 있었다. 그때…….

효과음 (문손잡이 돌리는 소리) 철컥, 철컥

아내 (살짝 겁먹고) 누구세요?

방문 손잡이가 돌아가는 소리가 들려 물었는데 아무런 대답도 없었다.

아내 (조금 더 크게) 누, 누구시냐고요. 혹시…… 자기야?

문밖은 고요할 뿐.. 역시 아무 대꾸가 없었다. '철컥 철컥 철컥 철컥' 소리만이 몇 초 간격을 두고 들려올 뿐이었다.

그날부터 나는 남편이 없는 이 집이 무서워지기 시작했다. 남편이 신문 배달을 하러 나간 뒤, 꼭 새벽 3시 30분만 되면 어김없이 실체 없는 방문객이 찾아왔다. 그 공포스러운 새벽 시간을 어린 딸아이와 버티는 것이 하루하루 고역이었다.

S#5-신혼집 안 N (시간 경과)

그러던 어느 날, 추적추적 비가 오던 날이었다. 시곗바늘이 새벽 3시 30분을 가리키고 있었고, 나는 문고리를 돌리는 사람이 올까 봐 무서움에 잠을 이루지 못하고 있었다. 아니나 다를까, 철컥철컥 소리가 들려왔다. 그런데 이날은 좀 이상했다. 문손잡이를 돌리는 소리가 얼마 나다 말고 멈춘 것이다. 그리고 어디선가 의문의 소리가 들려왔다.

효과음 드르륵. 드르륵. 드르륵.
아내 뭐지? 무슨 소리지?

무거운 돌 같은 걸 바닥에 질질 끌고 와서는 멀지 않은 어딘가에 탁! 내려놓는 소리가 들렸다. 밖으로 나 있는 부엌문 앞, 그쯤에서 들려오고 있었다. 귀를 기울이다가, 나는 온몸에 쭈뼛쭈뼛 닭살이 돋고 아연실색하고 말았다.

아내   (속으로) 다락! 다락 창문으로 들어오려는 거야!

부엌문 위쪽으로 나 있는 다락 창문이 생각이 난 것이다. 누군가가 계속해서 벽돌 같은 것을 질질 끌고 와 다락 창문 밑에 쌓고 있었다. 그리고 얼마 안 가서 덜컹덜컹 다락 창문을 여는 소리가 들려왔다.
나는 정신없이 일어나 있는 힘껏 서랍장을 밀어 다락문을 다급히 가로막았다. 그 와중에 다락방 안에서는 '스윽- 스윽-' 소리가 가까워지고 있었다. 마치 사람이 배를 바닥에 대고 질질 끄는 것 같은 소리였다. 딸아이가 자지러지게 울기 시작했고, 나도 너무 무서워서 눈물이 쏟아졌다. 그때…….

효과음   (문 두드리는 소리) 쾅! 쾅! 쾅!
남편   (다급하게) 여보! 왜 그래! 문 열어! 나야!

밖에서 남편의 목소리가 들려왔다. 겨우 정신을 차려 문을 열었다. 어질러진 집 안 광경을 본 남편은 내게 물었다.

남편   도대체 무슨 일이야!
아내   (겁에 질려) 밖에……! 다락 창문으로 누군가 들어왔다고요!

내 말에 남편은 밖을 살펴봤지만, 황당하게도 벽돌 같은 것도, 다락으로 누가 들어온 흔적도 없었다. 심장을 부여잡고 열어본 다락방 안에도 어두컴컴하고 음산한 기운만 감돌 뿐, 아무런 자취도 없었다. 당장 이 집에서 나가고 싶었다. 남편에게 그동안의 이상했던 경험을 털어놓으며, 시댁에라도 가 있자고 졸랐다.

───── **S#6-시댁 D**

시댁에 도착하자마자 어른들은 깜짝 놀라 물어 왔다.

시어머니   (화들짝 놀라며) 아이고! 애미야, 애비야! 둘 다 얼굴이 왜 그러냐?

우리는 시댁 어른들의 말을 듣고 나서야 서로의 얼굴을 살폈다. 더 놀란 건 남편과 나였다. 그동안 집에서는 느끼지 못했지만, 둘 다 사람의 얼굴이라고 할 수 없을 정도로 야위었고, 얼굴색이 거무죽죽한 잿빛이었던 것이다.

아내   (걱정하는) 여보, 아무래도 그 집에 더 있으면 안 될 것 같아요.
남편   그래. 최대한 빨리 다른 집을 알아보자.

그런데 이야기를 나눈 바로 다음 날, 이상한 일이 벌어졌다. 남편이 마치 딴 사람처럼 행동하기 시작한 것이다. 냉소에 찬 얼굴로 딸아이와 나를 없는 사람 취급을 했고, 집에 돌아와서도 한 마디조차 붙이지 않았다. 그러기를 사나흘이 지났을 때, 나는 서러운 마음을 주체하지 못하고 짐도 없이 딸아이도 놔둔 채 집을 나와 버렸다. 시어머니께 손녀를 부탁한다는 말만 전한 채 안산에 있는 큰언니네로 간 것이다.

―――― **S#7-언니 집 N**

이상한 건 그렇게 나왔으면 딸이 걱정이 될 만도 한데, 아무런 걱정도, 후회도 들지 않은 채로 십오 일가량을 아무렇지 않게 지냈다.
그리고 열여섯 번째 맞은 새벽 3시 30분쯤이었다. 온몸을 울리는 진동 같은 느낌이 다시 찾아왔다. 신혼집에서 첫날밤 느꼈던, 그 느낌. 역시나 몸이 움직여지지 않았다. 잊고 있던 공포였다.

아내 (간절하게) 언니! 제발 나 좀 깨워줘! 제발······.

그날처럼 눈알만 굴려서 방 안을 두리번거리는데 갑자기 발밑에서 '스윽- 스윽-' 무언가가 내 옆으로 기어 오는 소리가 들렸다. 그 형체를 보고 나는 경악했다. 내 얼굴을 꼭 닮은 여자가 어깨 옆까지 기어와 입만 벙긋벙긋 움직이고 있었다. 무서워서 죽을지도 모르겠다고 생각한 순간, 그 여자의 목소리가 들려왔다.

귀신 (조소를 띠며) 내가 놔줄 거 같아? (싸늘하게 째려보며) 절대 도망 못 가!

그러곤 나를 노려보는 것이었다. 심장이 멎을 것 같았다. 차라리 죽는 게 낫겠다 싶은 바로 그때…….

언니 연희야! 왜 그래!

언니가 어깨를 세게 때려 그 끔찍한 순간에서 벗어날 수 있었다. 그제야 딸아이와 남편이 미치도록 걱정이 되었고, 보고 싶어 참을 수 없었다. 밤새 엉엉 울다가 아침 7시가 넘어가는 걸 보고 시댁에 전화를 걸었다. 이른 아침이었지만, 시어머니는 놀란 기색도 없이 전화를 받으셨다.

시어머니 (어이없단 듯) 니들 짰니?! 십오 일 동안 연락도 없던 애비도 꼭두새벽부터 전화를 하더니, 너도 통 연락도 없다가 이제야 전화를 하고……. 에휴.

───── **S#8-시댁**

남편은 나를 만나자마자 눈물을 흘리며, 자신이 그동안 무언가에 홀렸던 것 같다고 했다. 그리고 본인 역시 어젯밤 이상한 꿈을 꿨다는 얘길 털어놓았다.

남편 (겁에 질려) 어떤 여자가 네 어깨를 잡고 막무가내로 끌고 가더라. 꿈에서 깨고 얼마나 겁이 나던지. 그제야 정신이 돌아오는 것 같았어.

우리는 시어머니의 이야기를 듣고 또 한번 놀라고 말았다. 아들 내외가 십오 일 동안이나 아무 연락이 없자 시어머니가 그 집에서 우리 짐을 다 빼 왔다는 것이다. 짐을 빼 온 바로 다음 날 새벽, 우리 부부는 동시에 이상한 꿈을 꾼 것이었다.
여기서 끝이 아니었다. 시어머니가 짐을 빼서 나오는 길에 동네 구멍가게에서 기이한 이야기를 들었다고 하셨다.

가게 아주머니 (께름칙해하며) 혹시 짐 빼 오는 집이 저 집이유? (혀 차며) 쯧쯧. 그 집에서 사람 죽어났는데 모르고 들어갔구먼.

그 집에는 원래 젊은 부부가 살았다고 한다. 우리가 이사를 하기 일주일 전쯤, 남편이 일을 나가고 아내 혼자 남아 있던 집에 다락 창문으로 강도가 들어 아내가 안 좋은 일을 당했다는 것이다. 사람 죽어 나간 집에 일주일도 안 돼서 세입자를 들인다며 온 동네 사람들이 흉을 봤다는 이야기였다.
시간이 많이 지났지만, 그 집에서 겪었던 일들은 아직까지도 우리 부부의 기억 속에 생생하게 남아 있다.

뒷이야기

🍶 그래도 이사 나오고 나서는 괜찮아졌나?

그때 이후로 귀신을 본 적은 없다고 한다. 그 집에서 이사를 나온 후에, 시댁에서 5개월 정도 지내다가 사연에 나왔던 큰언니네 집에 셋방을 얻어서 살았다고. 그런데 이사 들어가던 날에 큰언니가 가위에 눌렸는데……. "내가 다 안다! 네들 가족 이사 온 거 다 안다!" 하는 목소리를 들었다고 한다. 그 이후로도 그 집에서 안 좋은 일이 많아서 6개월 정도밖에 못 살고 나왔다고 한다.

🍶 신혼집 구조가 궁금한데……

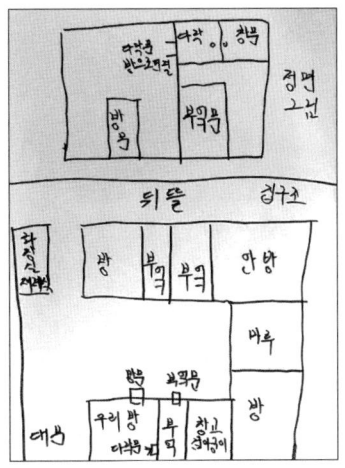

제보자가 직접 그린 평면도

부엌문 위로 어린아이 한 명이 드나들 만한 작은 다락 창문이 나 있다. 방문이 안 열리니까, 부엌문 앞에 돌을 쌓아서 다락 창문으로 들어오려고 했다고 떠올린 것. 다락방은 방 안 다락문으로 연결이 돼 있으니까.

상세 불명 심정지

심야괴담회 시즌4 6회 방송

김구라 (잠깐 쉬고) 자, 그렇다면 이번에 이야기 단지를 열 주인공은 누구 십니까.

김주령 (음산하게) 접니다.

(이야기 단지를 열고 안에 들어 있는 '부적' 펼쳐서 보여준다.)

김주령 '상세 불명 심정지'. (부적 정리하고) 경기도 평택에 살고 계신 세 아이의 어머니 이수정(가명) 씨가 보내주신 사연인데요. 13년 전, 남편이 갑자기 의식을 잃은 뒤, 충격적인 진단을 받게 됩니다. 바로…… '상세 불명 심정지'. 그야말로 죽음의 문턱에서 겪은 끔찍 한 이야기인데요. 수정 씨 이야기를 먼저 들어보시죠.

INTERVIEW

> 병원에서도 이유를 모른다고 했어요. 상세 불명 심정지. 10분 이상 멈춘 게 두 번이고, 그 이후로 3분 안짝으로 계속 심정지. 심정지가 10분 이상 돼서 살아도 7~8세 지능을 가질 수도 있다고 했죠. 진짜 무서웠어요.. 애가 둘이고, 배 속에 셋째도 있었고, 남편 죽으면 나는 어쩌지……. 우리 애들은……. 뱃속에 애기는……. 그 생각뿐이었었 던 거 같아요.

김주령 남편이 갑자기 쓰러지고, 또 심장이 멈춘 이유는 무엇일지. 지금부터 제가, 수정 씨의 시점에서 이야기를 들려드리겠습니다.

[등장인물]

수정(가명/29세/여), 남편, 남자 귀신, 여자 귀신, 의사, 귀신들, 외할머니

——— **S#1-달리는 자동차 안 N**

저는 결혼한 지 18년 차 된, 세 아이의 엄마입니다. 때는 2013년, 제가 셋째를 임신하고 있을 때였어요. 저희 시부모님은 강원도 속초에 살고 계셨는데요. 아버님 암 수술 경과를 봐야 해서, 저희 부부가 병원에 모시고

가기로 했어요. 전날 늦은 저녁, 저는 남편과 함께 속초로 향하게 됐습니다. 어두컴컴한 고속도로를 달리고 있던 그때…….

효과음 (내비게이션 음성) 500m 앞 우회전입니다.
수정 (의아해하며) 어? 우회전이라고?

갑자기 국도로 빠지는 길로 안내하더라고요? 일 년에 몇 번씩 시댁을 오갔지만, 한 번도 이 길로 간 적은 없었어요. 저는 그냥 고속도로로 가자고 했지만, 남편은 그래도 내비가 알려주는 길로 가자면서 핸들을 꺾었습니다. 고속도로를 빠져나가자, 가파른 산길이 이어졌어요. 내비를 보니까 강원도 인제 근처라고 나오더라고요. 아버님 댁까지는 한 시간 정도 더 가면 됐어요. 그런데 그때!

효과음 (급정거 소리) 끼-익!
수정 (놀라서 임신한 배 감싸며) 악! 뭐야?

갑자기 남편이 브레이크를 밟은 거예요.

남편 (놀라서) 괜찮아?! 하……. 미안해. 방금 뭐가 앞에 지나갔는데……. 고라니인가?
수정 (앞에 살펴보고) 앞에? 아무것도 없었는데? 아우씨. 놀랐잖아~!

(재연 촬영 시: 차에서 내려서 앞에 확인해 보는 남편)

그런데 다시 출발하고 얼마나 지났을까요. 휘청, 휘청.

수정   (큰 소리로) 어머, 여보! 정신 차려!
남편   (졸린 목소리) 아. 미안. 내가 왜 이러나 모르겠네.

아니, 글쎄 남편이 꾸벅꾸벅 졸고 있는 거예요. 이러다가 진짜 큰 사고가 나겠더라고요. 결국 제가 운전해서, 속초 아버님 댁에 도착했습니다.

―――― **S#2-병원 D**

다음 날, 저희는 아버님을 모시고 병원으로 향했어요. 그런데 남편이 병원 복도 의자에 앉아서 병든 닭처럼 꾸벅꾸벅 또 졸고만 있는 거예요. 하……. 저도 슬슬 짜증이 나더라고요.

수정   (잔소리하는) 또 졸아?! 어후! 나도 지금 힘든데……. 당신까지 이러면 어떡해!

안 되겠다 싶어서 시원한 물이라도 사러 가려는 그때……!

남자 귀신   (서늘하게 속삭이며) 그럼 죽으라고 하면 되잖아.

갑자기 귓가에 남자 목소리가 들렸어요. 너무 놀라서 두리번거렸는데, 제 옆에는 아무도 없었어요. 잘못 들었나 싶어서 다시 가려고 돌아섰는데…….

남자 귀신   (신기해하는 속삭임) 와……. 이년 내 말 들리네?

그 말을 듣자 몸이 얼어붙었습니다. 그런데 꾸벅꾸벅 졸고 있는 남편 뒤에 웬 남자가 서 있는 거예요. 정말 끔찍한 모습으로요. 그 남자는 얼굴 반쪽이 형체를 알아볼 수 없게 뭉개져 있고 가슴팍엔 핏자국이 흥건했어요.

수정   (속으로) 저 사람 뭐야? 아니, 사람…… 맞아?

너무 놀라서 아무 말도 안 나오더라고요. 그런데 그 남자가 툭, 툭, 툭 손으로 남편의 머리를 계속 치고 있었어요. 손등으로 툭, 툭. 주먹을 쥐고 툭, 툭. 꼭…… 어린아이가 장난감을 가지고 놀 듯이.

남자 귀신   (천진난만) 난 얘랑 갈래. (미친놈처럼 웃는) 히히힉 히히힉-

그때 간호사가 보호자를 불렀고, 남편은 아버님이 계신 진료실로 향했죠. 그런데 그 남자가 남편의 뒤에 착 달라붙어서 따라 들어가는 거예요.

저를 돌아보고는 신이 난 듯 씩 웃어 보이면서요.

뭔가 잘못됐다는 생각이 들어서 진료실 앞에서 초조하게 기다렸는데 남편이 다시 나왔을 때 그 남자는 보이지 않더라고요. 저는 제 앞에 보이는 모든 것이 너무 끔찍하고 혼란스러웠지만 애써 외면 하려고 했습니다.

——— **S#3-달리는 차 안 N**

그날 밤. 평택 집으로 돌아가는 길이었어요. 남편은 여전히 비몽사몽이었고⋯⋯. 어쩔 수 없이 제가 또 운전을 했어요. 다시금 국도를 타고 깜깜한 산길을 굽이굽이 가다 보니까, 속초에 갈 때 사고 날 뻔했던 그 길이더라고요? 그래서 더 조심스럽게 커브를 도는데⋯⋯.

수정 어? 저게 뭐지? 누가 버리고 간 건가?

갓길에, 커다란 짐가방 같은 게 하나 보이더라고요? 근데 그게 꾸물꾸물 움직이더니 뭔가가 쑥 올라오는 거예요. 그건 사람의 뒤통수였어요. 짐가방처럼 보였던 그것은 웅크리고 있던 여자였던 거죠.

수정 (비명 지르는) 아아악!

너무 놀라서 급하게 브레이크를 밟았어요. 그런데 스쳐 지나면서 그 여자와 눈이 마주쳤거든요. 찰나였는데 여자는 눈을 똥그랗게 뜨고 씩 웃더니 입 모양이 마치 '어쭈?'라고 하는 것 같았죠.

수정　(덜덜 떨면서) 그냥 가자. 얼른 지나가자.

하……. 몸이 떨려서 운전을 못 하겠더라고요. 그런데 그때! 사이드미러로 뭔가 보였어요. 여자! 그 여자가 기괴하게 다리를 절면서 빠른걸음으로 걸어오고 있었어요.

수정　(다급하게) 여보! 여보! 일어나봐!

남편은 아무리 불러도 깨질 않았어요. 하……. 다시 사이드미러를 봤는데 그 여자가 안 보이더라고요?

수정　(살짝 안도) 하. 뭐지. 간 건가?

한시름 놓던 그때!

여자귀신　(눈희번덕) 보여? (고개 양쪽으로 갸우뚱하며, 점점 빠르게) 보여? 보여? 보여? 보여? 보여?

남편 자리에 그 여자가 앉아 있는 겁니다. 피범벅인 얼굴을 하고 고개를 갸웃갸웃하면서 제 코앞까지 다가왔어요.

수정 (손으로로 얼굴 가리며 비명) 꺄아아악! 여, 여보! 여보!
남편 (자다 깨서) 어?! 뭐?! 왜그래!

다시 보니까 그 여자는 사라지고 없더라고요. 분명 여자가 있었는데? 하……. 나 이제…… 진짜 보이는 건가? 눈치채셨겠지만, 제가 평범한 사람은 아니거든요.

> 🎬 INTERVIEW
>
> 저희 외할머니가 만신 중에 큰 만신이세요. 할머니 형제들도 모두 무속인이시고, 외삼촌도 무속인이거든요. 저도 목에 염주를 감고 할머니 기도 덕에 태어난 아이라고 했어요. 제가 그쪽 계통을 원래 이어받아야 했는데, 할머니가 신내림을 못 받게 눌림을 해놨다고 하시더라고요. 그리고 점 보러 가면 점을 보시는 분들이 자기 자리에 저를 앉히고 절을 하시거든요. 눈에 장군이 들어 있다고 하면서. 그래도 할머니가 그 기운을 눌러놔서 그런지, 누구 돌아가실 때 예지몽 꾸고, 희미하게 형체를 보는 게 전부였어요. 근데 이상하게 그때부터 귀신이 분명하게 보이기 시작했던 거죠.

그렇습니다. 속초에 다녀온 그날부터 귀신이 제대로 보이기 시작했던 거예요. 갑자기 귀신이 보이는 것도 찝찝했지만 그 귀신이 남편에게 붙어 있다는 게 더 심란했어요. 그런데…….

───── **S#4-수정의 집 D**

남편 (신나서 해맑게) 여보! 나 축구하러 갔다 올게!

집에 돌아오니까 남편이 갑자기 쌩쌩해져서는 회사 동료들이랑 축구를 하러 간다는 거예요? 찜찜하긴 했지만 컨디션이 괜찮아 보이기도 하고, 집에 와선 귀신도 안 보이길래 운동만 하고 빨리 오라고 했죠. 그런데 그 날 남편을 보내지 말았어야 했어요.

효과음 (전화벨 소리) 띠리리리리-

전화를 받자마자! 수화기 너머에서 다급한 목소리가 들려왔어요.

남편 친구 (다급하게) 제수씨! 큰일 났어요. 정훈이가 쓰러졌는데 의식이 없어요!

말소리 너머로 들리는 사이렌 소리. 정신 차리라고 외치는 온갖 고함들. 정말 몸에 있던 피가 다 빠져나가는 것만 같았습니다. 무슨 정신으로 병원에 갔는지도 모르겠어요.

───── S#5-병원

병원에서 마주한 광경은, 정말 충격 그 자체였습니다.

남편   (고래고래 악쓰며) 아, 씨, 놔! 나 나갈 거라고! 놓으라고! (서늘하게) 죽여버리기 전에 놔?! 어? (애원하듯) 형! 정형! 같이 가!

남편은 응급실 간이침대 위에 무릎으로 서서 눈을 까뒤집고 고래고래 악을 쓰고 있었어요. 남편의 그런 모습은 처음 봤습니다. 그리고 정말 이상했던 건요. 축구 동호회 장정 여럿이 남편한테 매달려서 눕히려고 하는데도 어디서 그런 힘이 나는 건지 남편이 꿈쩍도 하지 않는 거예요. 그때 어디서 그런 용기가 났는지 저는 남편을 보며 소리쳤습니다.

수정   (낮고 무겁게 소리치는) 그만해!

그런데 신기하게도 저를 보자 온몸에 힘을 빼면서 남편이 주저앉더라고요.

수정   (카리스마 있게 호통) 너 누구야?! 당장 안 나가?!

그리고 남편을 침대에 눕히려는 그때! 아아악! 남편이 갑자기 제 손목을 콱 물어버린 거예요. 살점이 떨어져 나갈 것처럼 아팠지만 저는 손목을 더 밀어 넣으며 소리쳤어요.

수정   (호령하며) 나가! 당장 나가!

남편 (소리치는) 에이씨, 정형! 정형! (몸부림치며) 어디 있어! (분함, 광기) 내 건데! 이 새끼들! 씨……. 내가 먼저 왔는데!

계속해서 고함을 치던 남편의 심장이 갑자기 멈추고 말았습니다. 그리고 곧 다시 뛰고, 또 멈추고를 반복했습니다.
그렇게 남편은 중환자실로 옮겨졌습니다. 이대로 남편이 잘못될까 봐 너무 무섭고 하늘이 무너지는 것 같았어요. 그런데 속이 타들어 가는 와중에 문득 이런 의문이 들었어요.

수정 (의문) 도대체 '정형'이 누구지? 왜 남편 몸에 들어간 귀신은 '정형'을 찾는 걸까? 혹시 남편 주변에 죽은 사람이라도 있는 걸까?

저는 남편의 친구들과 회사 동료들에게 전화해 정씨 성을 가진 사람 중에, 돌아가신 형이 있는지 물었지만, 아는 사람은 아무도 없었어요. 그런데 그때 중환자실에서 의사 한 분이 나오시더니 저한테 오시더라고요.

의사 (머뭇거리며) 김정훈 님 보호자시죠? 아무래도 오늘 밤을 넘기기 힘들 거 같습니다. 가족분들 다 불러주세요.
수정 (오열하며) 아, 안 돼……. 안 돼!

저는 다리에 힘이 풀려 주저앉고 말았어요. 눈앞이 하얘지더라고요. 남편이 죽어버리면 나는 어떡하라고. 뱃속에 아이는? 우리 애들은?

넋을 놓고 얼마나 울었을까. 정신 차리니까 제가 일반 병실 침대에 누워 있더라고요. 기절 했었나 봐요.

수정   (놀라서) 아, 남편! 우리 남편은?!

저는 팔에 꽂혀 있던 링거 바늘을 뽑아버리고 헐레벌떡 중환자실로 뛰어갔습니다. 그런데 중환자실 앞에 사람이 너무 많은 거예요. 허리가 90도로 꺾인 채 지팡이를 짚고 서 있는 할아버지, 머리에서 피를 뚝뚝 흘리는 교복 입은 여학생, 두 발이 잘려서 바닥에 흥건하게 피를 흘리며 앉아 있는 군인…….
저는 알 것 같았어요. '이 사람들…… 다 귀신이구나.'라고요. 그런데 그들 중 몇몇이 남편이 있는 중환자실 입구로 향하는 게 보였어요. 저는 본능적으로 중환자실 문 앞으로 뛰어가 두 팔을 벌려 막아섰습니다.

수정   (부들부들 떨며) 너네 뭐야! 내 남편 건드리지 마! 털끝 하나라도 건드리면…… (무섭게 호통) 젯밥도 못 처먹게 입을 다 틀어막아 버릴 거야!

하지만 귀신들은 초점 없는 눈으로 계속 강하게 밀어댔죠. 으윽! 힘에 밀리던 그때!

외할머니   (차분한 무당톤) 니 남편 안 죽는다.

어디선가 들려온 말과 함께, 저를 밀어붙이던 힘이 사라지는 게 느껴졌어요. 그리고 복도 끝에서 누군가 걸어오고 있었는데 저희 외할머니셨어요.

외할머니   (흐뭇해하며) 시루떡이 엄청 잘됐어‥ 시루떡 위에서 동자들이 뛰어놀아.

할머니는 굿이 잘됐으니, 걱정하지 말라고 하셨어요. 의사가 사망선고를 한 거나 다름없었는데 살 수 있다니! 그리고 얼마나 지났을까 중환자실 문이 열리고 의사가 나왔어요.

의사   (안심시키며) 김정훈 님……. 고비 넘기셨습니다. 심박수 유지 중이세요.
수정   (두 손 모으고) 하아. 다행이다. 감사합니다. 감사합니다.

깨어나면 일곱 살 어린아이의 지능을 가질 수도 있다는 얘길 들었지만 남편이 살았다는 안도감에 주저앉아 엉엉 울었어요. 제가 진정하고 난 뒤. 할머니는 저한테 이렇게 물어보셨어요.

외할머니   (확인하듯) 너 속초 갈 때. 길 잘못 든 적 있지? (서늘하게) 그놈들, 산속에서 뛰어나와서 차에 탄 거야.

아……. 그 산길 도로에서 남편이 갑자기 브레이크를 밟았던 순간이 확 떠오르더라고요. 할머니 말씀으로는, 남자 귀신이 차에 타서는, 남편 뒤에 딱 달라붙어서 머리를 계속 툭, 툭, 치면서 장난을 쳤다는 거예요. 그 남자가 남편의 머리를 칠 때마다 남편이 꾸벅, 꾸벅 졸았던 거죠.

(재연 촬영 시: 속초 가던 길, 차 안 똑같은 컷에서, 남자 귀신이 뒤에 붙어서 머리 툭, 툭 치는 장면)

> **INTERVIEW**
>
> 속초 가던 날 할머니가 모시는 신이 "안 돼! 가지 말라고 해!" 했대요. 근데 저희가 어딜 간다고 들은 게 없어서 전화를 안 하셨대요. 기도하려고 초를 켜는데 초가 심하게 흔들리는 걸 보고 무슨 일이 터지겠다 알아채신 거죠. 그래서 제 남편이 병원에 있는 동안 미리 굿을 하고 계셨다고 해요. 그리고 제가 정말 궁금했던 게, 남편이 계속 "정형! 정형!"이라고 했잖아요. 그건 남편한테 붙은 귀신이, 남편 이름에 '형'을 붙여서 부른 건데요. 남편 몸에서 빠져나간 혼을 찾는 거였다고 하더라고요. 제 남편이랑 같이 가려고요. 할머니 말씀이…… 남편은 태어나지 말았어야 할 운명이고, 이미 운이 다해서 더 이상 명줄이 없대요. 근데 저한테 기대서 그 명줄을 이어간다고 하더라고요.

사고로 급사한 귀신들이 명이 다했는데도, 계속 살아 있는 남편한테 심술이 나서 들러붙었다는 얘기를 듣고 나니 다 이해가 가더라고요. 속초 가는 길에 한 놈이 붙으니까, 끈끈이에 들러붙는 파리 떼처럼 이놈 저놈 별별 잡귀들이 다 들러붙어서 남편을 데려가려고 했던 거죠.

그날 이후로 저는 마음을 놓고 지낸 적이 없습니다. 남편은 언제까지 제 명줄에 기대 살아갈 수 있을까요?

뒷이야기

🏺 수정 씨 남편은 이제 괜찮은지?

수정 씨 부부에게 직접 들어보자.

> **INTERVIEW**
>
> **남편**: 지금은 건강한 상태예요. 심정지 재발을 막기 위해서 제세동기를 심장에 달아놓은 상태죠.
> **아내**: 남편이 그날 온몸에 힘을 너무 줘서 모든 근육이 파열이 된 상태였고, 다행히 7~8세 지능을 갖게 되진 않았는데, 힘들거나 하면 남편이 부분적으로 기억을 잃어버리고 그래요.

🏺 남편분이 그때 귀신을 보고 얘기해주셨었는데, 기억을 잃으셨다고?

남편이 중환자실에 누워 있을 때 얼굴 한쪽 파여 있는 남자랑 다른 여자 귀신이랑 손을 잡고 당겼다고 그랬어요. 안 가려고 버티는데, 제가 들어가니까 "아씨 저년 때문에 못 데리고 가겠다." 하면서 저를 째려보더니 피해서 나갔다고 하더라고요. 남편이 그 얘기를 저한테 해주고 기억이 송두리째 날아간 상태예요.

 누름굿을 하였으니 이제 귀신이 안 보이는지?

안타깝게도 지금도 보고 있다고 한다. 수정 씨에게 직접 들어보자.

> INTERVIEW
>
> 솔직히 이제는 눈에 다 보여요. 운전할 때나, 회사에서도 그렇고. 작가님 전화 받았던 날도 제가 야근하고 구내식당에서 밥을 먹었는데 그냥 앞에 같이 앉아 있었고요. 지금은 촉이 더 강해져서……. 시아버님이 미신을 잘 안 믿으시는데도 제가 말하면 믿을 정도예요. 처음에는 아는 척하면 쫓아올 거 같고, 해코지할 거 같고 그랬는데 지금은 무덤덤해졌어요. 할머니한테 부탁을 드려봤는데, 그건 어떻게 해줄 수가 없다고 하더라고요. 제가 워낙 장해서 눌러놔도 소용이 없다고요. 지금은 연세도 있으셔서 눌러주실 수가 없는 거죠. 그래도 남편을 괴롭히는 귀신은 없어요. 제가 기가 강해져서 그런지, 해코지하진 못하더라고요.

가슴 속 무덤

심야괴담회 시즌1 16회 방송

김구라 (잠깐 쉬고) 자, 그렇다면 이번에 이야기 단지를 열 주인공은 누구십니까.

김숙 (음산하게) 접니다.

(이야기 단지를 열고 안에 들어 있는 '부적' 펼쳐서 보여준다.)

김숙 (음산하게) '가슴 속 무덤'.

❀

[등장인물]

첫째 오빠 훈, 엄마, 스님, 외삼촌

S#1-동네 골목 D

이 이야기는 저희 친오빠에 관한 이야깁니다. 당시 두 살이었던 저는 기억에 없지만 엄마께서 말씀해주셔서 알게 됐어요. 제가 어른이 된 지금까지도 소름 돋는 신비로운 이야기를 들려드리겠습니다.
저는 두 명의 오빠가 있어요. 그중 첫째 오빠는 유치원을 다닐 때부터 동네에서 굉장히 유명했어요. 인사성도 밝고 성격도 서글서글해서 어른들께 예쁨을 많이 받았거든요. 오빠는 학원 갈 때마다 항상 시장을 가로질러서 갔는데…….

훈   안녕하세요, 할모니! 안녕하세요, 아저씨!

여기저기 인사를 다 하고 다녀서, 시장 안에 모르는 어르신이 없었어요. "어? 저기 할모니 어디 가쎠요?" 하고 항상 보이던 할머니가 하루만 안 계셔도 주변 분들한테 확인하고, 할머니가 다시 오면 "할모니, 아파요?" 하고 안부를 묻기까지 했죠. 오죽하면 동네 분들이 "너 국회의원 나가면 꼭 뽑아줄 게~"라고 하실 정도였어요.
이렇게 순수하고 착한 저희 오빠는 막냇동생인 저도 엄청 아끼고 예뻐했어요. 학원을 마치고 집에 오면, 현관에서부터 "공주야~" 하고 절 불렀대요. 그럼 아기였던 저는 거실에서부터 현관까지 오빠한테 막 기어가고 그랬대요.

S#2-달리는 차 안 N

때는 2000년 겨울. 오빠가 여덟 살, 제가 막 돌이 지나 두 살이 됐을 무렵이었어요. 겨울방학을 맞아서 서울 외할머니댁에 갔다가, 다시 집으로 돌아가는 길이었죠. 근데 그날따라 이상하게 아빠가 길을 잘못 드셔서 한참을 헤맸어요. 늘 다니던 길이고 네다섯 시간이면 가는 거리인데 무려 세 시간가량이 더 걸렸어요. 날 밝은 한낮에 출발했는데 어둑해질 때까지 집에 도착하지 못했죠.

늦은 시간이라 저와 둘째 오빠는 자고 있었고, 차 안에는 첫째 오빠가 좋아하는 〈날아라 슈퍼보드〉 주제가가 흐르고 있었어요. 그런데 갑자기 첫째 오빠가 엄마께 묻더래요.

훈 (천진난만) 맨날 동생들한테 양보하느라 엄마 무릎에 못 앉았는데. 오늘은 앉아도 돼요?

엄마 아유, 당연하지~

엄마는 오빠의 말이 너무 짠하고 예뻐서 무릎에 앉혀 꼭 안아주셨대요. 그런데 오빠가 차창 너머로 밝게 빛나는 달을 바라보면서 또 묻더래요.

훈 (천진난만) 저 달에 가면 돌아가신 할아버지도 만날 수 있고 무지개다리 건넌 우리 나비도 볼 수 있겠죠?

엄마는 '얘가 왜 이런 걸 물어보지?' 싶었는데, 워낙 평소에도 천진난만하고 순수한 이야기를 많이 하는 아들이어서 "응. 그렇지~" 하고 대답해 주셨대요.

S#3-집 안 거실 N

그 뒤로도 한참을 더 달려서 늦은 밤이 되어서야 집에 도착했어요. 원래라면 바로 곯아떨어질 시간인데 오빠는 집에 오자마자 장난감을 가지고 놀더래요. 평소 좋아했던 것들을 다 꺼내서요.

엄마   (의아) 훈아, 뭐 하는 거야?

훈   그냥~ 한 번씩 다 만져보는 거예요~ (아무렇지 않게) 엄마, 저 족발 먹고 싶은데…… 시켜주면 안 돼요?

엄마   (약간 나무라는) 너무 늦었어~ 내일 먹자.

훈   (갑자기 떼쓰는) 아, 아아! 먹고 싶어요! 저 꼭 먹을 거예요!

평소 별명이 효자일 정도로 떼 한번 안 쓴 오빤데 갑자기 엄청 떼를 쓰더래요. 놀란 엄마는 '얘가 안 이러는데 오늘 정말 왜 이러지.' 싶으셨대요. 그리고 엄마는 결국 족발을 시켜주셨대요.
배달이 오길 기다리고 있는데 오빠가 갑자기 책장에서 가족사진이 든 앨범들을 꺼내더래요. 그러더니 쭉 펼쳐놓고, 아기 때 사진부터 엄마, 아빠의 옛날 사진들까지 하나하나 천천히 보는 거예요. 그러곤 엄마가 오빠를 낳기 전부터 쓰신 육아일기까지 꼼꼼히 읽더래요. 엄마가 그 모습을 보는데 기분이 너무 묘하더래요. 그러던 와중에 족발 배달이 왔고……

훈　엄마~ 같이 먹어요.

엄마는 길도 헤맸고 너무 피곤해서…….

엄마　(피곤) 안 먹어. 아빠랑 먹어.

그러곤 방으로 들어가셨대요. 그리고 한두 시간쯤 지났을까? 엄마가 화장실 가려고 방에서 나왔는데 아직 거실 불이 환하게 켜져 있고 익숙한 소리가 들리더래요.

효과음　(손발톱 깎는 소리) 또각. 또각.

여덟 살이었던 오빠가 혼자서 손톱, 발톱을 깎고 있었다는 거예요.

엄마　(놀라서 말리며) 훈아, 뭐 하는 거야! 위험하게! 엄마가 내일 낮에 해줄게!
훈　(약간 단호하게) 제가 깎을 수 있어요. 오늘 깎아야 돼요.

그러곤 깎은 손발톱들을 가지런히 모아두더래요. 엄마는 그때 불안하면서도 화도 나고……. '내가 뭔가를 놓치고 있나?' 싶기도 하고 뭔지 모르겠는 온갖 이상한 기분이 드셨대요.

S#4-집 안 거실 D

그리고 이틀 뒤. 엄마는 평소처럼 오빠를 학원에 보내고 집안일을 하고 계셨어요. 그런데 따르르릉 전화가 한 통 오는 거예요. 엄마가 불교 신자라 절에 다니셨는. 그 절의 주지 스님이었어요.

스님 (걱정스레) 당장 첫째 아들 데리고 절에 와서 2~3일 있다 가.

엄마 네? 스님 그게 무슨 말씀이세요?

스님 (걱정스레) 내가 꿈을 하나 꿨는데…… 눈 오는 날 첫째 데리고 친할아버지 산소에 가서 금강경을 읽었어. 걱정되네. 오늘 어디 보내지 말고 절로 와.

엄마 (약간 당황) 아, 훈이 10분 전에 학원 갔는데…….

스님 (단호하게) 그럼 돌아오는 대로 최대한 빨리 와!

그날 오빠는 집으로 돌아오지 못했어요. 엄마는 오빠가 올 시간이 다 돼서 짐을 챙기고 계셨대요. 근데 그때 안내 방송이 울리더래요.

안내 방송   아- 아- 잠시 안내 말씀드립니다. 흰색 체크무늬 남방에 밝은색 반바지, 빨간 운동화를 착용한 7~8살가량의 남아 보호자 분께서는 즉시 파출소로 연락주시기 바랍니다. 다시 한 번 안내 말씀드립니다…….

방송에서 오빠의 인상착의가 흘러나왔어요. 오빠가 학원이 끝나고 집으로 돌아오는 길에 교통사고를 당했다는 거였어요.

S#5-집 대문 앞 D (시간 경과)

그렇게 엄마는 오빠를 떠나보내고 집으로 돌아왔어요. 근데 들어갈 수가 없더래요. 미어진 가슴을 붙잡고 한참을 현관에 주저앉아계셨대요.
그리고 며칠 전. 오빠가 마치 곧 세상을 떠날 애처럼 준비하던 모습이 자꾸자꾸 생각나서 마음이 더 아프셨대요. 그때 〈날아라 슈퍼보드〉 주제곡이 들리더래요.
오빠가 엄마의 휴대폰 벨 소리를 바꿔놨던 거예요. 엄마는 터져 나오는 울음을 참으며 전화를 받으셨대요.

엄마   (울먹이며 힘없이) ……여보세요?
발신자   …….

상대편은 아무 말이 없었대요. 그 순간 엄마는 오빠가 마지막으로 걸어 온 전화가 아닐까 하는 생각이 드셨대요.

엄마　(흐느끼며) 훈아. 그동안 못 해줘서 너무 미안하고…… 많이 사랑했고…… 앞으로도 사랑한다. 다음 생에도 꼭 엄마 아들로 태어나줄래? 사랑해…….

말을 마친 순간 전화가 끊겼대요. 엄마는 휴대폰을 붙잡은 채 한참을 우셨다고 해요.

──────　**S#6-어느 골목 (꿈속)**

그렇게 오빠가 떠나고 8년 뒤. 어느 날 엄마가 꿈을 하나 꾸시게 돼요. 외삼촌이 나와서는…….

외삼촌　(손으로 가리키며) 방금 훈이 저~기로 가는 거 못 봤어?

그리 묻더래요. 엄마는 꿈에서라도 오빠를 보기 위해 외삼촌이 가리킨 골목길로 뛰어갔대요. 갔더니 골목 저 멀리서 오빠로 보이는 아이가 뒤를 돌아보며 웃고 있더래요.
그렇게 한참을 잡힐 듯, 안 잡힐 듯, 아이를 쫓아가다가 어느 산꼭대기에 도착했대요. 거기엔 넓은 마당이 있는 기와집이 있었고, 하얀 옷을 입은 할아버지, 할머니들이 앉아 있었대요.
오빠로 보이는 아이는 후다닥 뛰어서 기와집 안으로 들어가더래요. 엄마도 따라 들어가려는데…… 한 할머니가 쓱 가로막더니…….

할머니 (단호하게) 여긴 아무나 들어가는 곳이 아니야. (할아버지를 가리키며) 저기 서 계시는 분께 허락받고 와.
엄마 (할아버지에게 다급하게) 우리 아들이 죽었는데…… 이쪽으로 와서 쫓아왔어요.

그리 말씀을 드렸대요. 그랬더니 안으로 들어가라고 허락해주시더래요. 안으로 들어가니까, 되게 단아한 할머니 한 분이 계셨는데 그 앞에 흰 저고리를 입은 여자아이랑 남자아이가 등을 지고 앉아있더래요.
엄마는 남자아이가 오빠라고 생각해 바로 끌어안으셨대요. 근데 그 아이가 마치 엄마 몸에 흡수되듯이 스륵 사라졌다고 해요. 엄마는 너무 슬퍼서 눈물이 나오려 하셨대요. 근데 앞에 앉아있던 할머니가…….

할머니 (따뜻하면서 단호하게) 눈물을 바닥에 떨어뜨리면 절대 안 된다.

엄마는 금방이라도 흐를 것 같은 눈물을 참으려 고개를 들었고 그 순간 꿈에서 깨어나셨다고 해요. 그리고 며칠 후, 꿈의 의미를 알게 됐어요. 이 꿈이 저희 집 막내의 태몽이 되었어요. 엄마는 오빠가 떠난 후에 더 이상

아이를 낳지 않겠다고 마음먹으셨지만 하늘에서 오빠가 보내준 아이인 것 같아 동생을 낳으셨어요. 동생은 지금 어엿한 중학생이 되어 저희 집 복덩이로 잘 지내고 있답니다.

자식이 죽으면 부모 가슴에 묻는다고 하잖아요. 많은 세월이 지났지만 저희 가족은 갑작스럽게 세상을 떠난 첫째 오빠가, 가슴 속에서 언제나 저희 곁을 지켜주고 있다고 믿어요.

끝으로 오빠가 여덟 살답지 않게 정말 좋아했던 특별한 노래가 있거든요. 오빠가 떠나고 나니 가사가 더 마음에 와닿아서……. 저희 엄마가 매일 들으시는 노래인데, 이 노래를 꼭 들려드리고 싶어요.

안치환, 〈내가 만일〉

내가 만일 시인이라면 그댈 위해 노래하겠어
엄마 품에 안긴 어린아이처럼
나 행복하게 노래하고 싶어
세상에 그 무엇이라도 그댈 위해 되고 싶어
오늘처럼 우리 함께 있음이 내겐 얼마나 큰 기쁨인지
사랑하는 나의 사람의 너는 아니
이런 나의 마음을

뒷이야기

🎬 어머님 가슴이 미어지실 것 같은데……

어머님은 아이가 족발을 먹자고 했던 날, 같이 먹어주지 않은 게 지금까지도 가장 큰 후회로 남아 있다고. 그리고 하필 그 교통사고 뺑소니 사고였다고 한다. 어머님의 당시 심정을 직접 들어보자.

> **INTERVIEW**
>
> 왜, TV나 드라마에서 보면은 막 도착하자마자 막 울고 그러잖아요? 그거 거짓말이라고 한 게 뭐냐면…… 갔는데 누워 있대, 응급실에. 사망했대. '에이, 말도 안돼.' 이러고 나왔어요. 울지도 않고 아무 느낌도 없이 나와 가지고, 응급실 옆에 의자 벤치에 앉아 가지고……. 진짜 가만히 있었어요. 안 믿기는 거죠, 끝까지……. 빈소가 차려지고 그때 겨울이었거든요. 근데 밤새 비가 너무 너무 많이 오는 거에요. 사고 난 자리에 피가 많이 있을 거 아니에요, 횡단보도에…… 왜, 그거 다 이렇게 그려놓잖아. 다음 날 영구차가…… 사고 난 자리로 해서 지나가는데 흔적이 한 개도 없는 거야. 비가 너무너무 많이 와 가지고. 그러니까 어른들이 그러시는 거야. 끝까지 지네 엄마 마음 아플까 봐 그거 안 보여주는 거라고. '저렇게 다 지웠네, 비로.' 이러시는 거라.

뒷산

심야괴담회 시즌4 12회 방송

김구라 (잠깐 쉬고) 자, 그렇다면 이번에 이야기 단지를 열 주인공은 누구
십니까.

김호영 (음산하게) 접니다.

(이야기 단지를 열고 안에 들어 있는 '부적' 펼쳐서 보여준다.)

김호영 '뒷산'. (부적 정리하고) 이번 사연은, 인천에 살고 계신 황수영(가명) 씨가 보내주셨습니다. 수영 씨는 매년 장마철이 되면, 떠오르는 기억이 있다고 하는데요. 대학교 1학년이던 그해 여름, 어머니와 함께 겪은 끔찍한 경험에 관한 이야깁니다. 수영 씨 모녀가 겪은 이야기를, 지금부터 제가 수영 씨의 시점에서 들려드리겠습니다.

[등장인물]

황수영(가명/20세/여), 엄마(40대 중반/여), 여자 귀신, 경찰

S#1-수영의 집, 거실 D

매일같이 폭우가 쏟아져 우중충하고 습했던, 그해 여름 지독한 장마. 10년이 넘는 세월 동안 차마 입 밖에 꺼내지 못했던, 그때의 이야기를 들려드리려고 합니다.
대학교 1학년이던 저는, 첫 여름방학을 맞이했어요. 여기저기 놀러 다니고 싶은 마음은 굴뚝 같았지만 아빠가 출장 때문에 지방에서 따로 지내고 계셔서, 저랑 엄마 둘이서 지내고 있었거든요. 혼자 어디 놀러 가기 좀 그렇기도 했고요. 무엇보다 장마 때문에 비가 너무 많이 와서
그냥 집에 틀어박혀서 자격증 시험공부를 하고 있었죠.
계속 쏟아지던 비가 잠깐 그친 거예요. 환기도 시킬 겸 창문을 열었어요. 창문 밖으로는 뒷산이 보이거든요. 근데 그날따라 평소엔 푸릇푸릇하기만 하던 풍경이 왠지 모르게 음침하게 느껴지더라고요.

수영   (실눈 뜨며) 저게 뭐지?

산 중턱에 희끗희끗한 게 보이는 거예요. 그 새하얀 형체가 꾸물꾸

물…… 움직이고 있더라고요. 또 그 끝에는 검은 게 보이는 거예요.

수영 뭐지? 사람 머리인가?

그때 그 하얀 형체가 쓱 멈추는 거예요. 마치 제가 쳐다보는 걸 알아차린 것처럼요.

수영 (크게 부르는) 엄마! 잠깐 일로 좀 와봐! 엄마~!

엄마 (대수롭지 않게) 거기 등산로 왔다 갔다 하는 사람들 많잖아~ 뭐, 사람이겠지.

엄마를 부르고 다시 보니까 그 하얀 형체가 그새 사라진 거예요. 좀 이상하긴 했지만, 엄마 말씀대로 그냥 등산객이겠지, 싶었어요.

───── **S#2-수영의 방 N**

그런데 그날 저녁. 집이 좀 더워서, 바람이라도 좀 쐴까 싶어 무심결에 밖을 내다봤을 때였어요. 저 멀리 길 건너 도로가 내려다보이는데, 하얀 옷을 입은 여자가 길가에 꼼짝도 않고, 가만히 제자리에 서 있는 거예요. 뭔가 이상해서 계속 쳐다보고 있었는데……. 그 여자의 고개가 서서히 돌아가더라고요. 저희 집 쪽을 향해서요. '뭐야? 지금 나를 보는 건 아니겠지?' 하고 생각하던 그 순간 여자가 제 쪽을 향해, 한쪽 팔을 스-윽 드는 거예요.

수영　(당황해서) 뭐, 뭐야?!

소름이 확 돋아서 얼른 창문에서 떨어졌어요. 아까 뒷산에서 본 것도 있고 해서 괜히 찝찝하더라고요. 그때…….

엄마　(크게 부르며) 딸~~! 쓰레기 좀 버리고 와! 아우~ 벌레 꼬이겠다!

아……. 엄마는 하필 이럴 때……. 방금 본 그 여자 때문에 내려가기 싫었지만 엄마의 성화에 못 이겨 얼른 버리고 와야겠다 싶어서, 밖으로 나갔죠.

S#3-쓰레기 수거장 N

혹여 그 여자를 마주칠까 봐 조심스레 쓰레기 수거장으로 갔는데……. 다행히 없더라고요? 그래, 누구 기다리고 있었던 거겠지. 그리고 쓰레기를 버리고 뒤돌아서는데…… 헉! 그 여자가 저를 향해 한쪽 팔을 뻗은 채 서 있는 거예요. 저는 너무 놀라서 자세히 보지도 못하고 그냥 정신없이 집에 뛰어 들어왔어요.

수정 (숨 고르며) 하아. 뭐야? 저 여자…… 조금 전까진 대로변에 서 있었는데……. 어떻게 우리 집 바로 앞에 와 있는 거지? 설마……. 날 보고 찾아온 건가?

별 이상한 생각이 다 들더라고요.

S#4-수영의 방 N

그날 밤. 잡생각에 뒤척이다 겨우 잠들었습니다. 귓가에 유독 빗소리가 크게 들려서 설핏 잠이 깼어요. 근데 왜, 그런 느낌 있잖아요. 얼굴에 짙은 그림자가 드리워져 있는 것 같은 느낌이요. 눈을 감고 있어도 느낄 수 있었어요. 누군가 제 머리맡에 서 있다는 걸요.

천천히 눈을 떴는데…… 헉! 어떤 여자가 제 얼굴을 바짝 들여다보고 있는 거예요. 제 머리맡에 서서 90도로 몸을 숙인 채로요. 그런데 이 여자…… 아까 밖에서 봤던 그 여자인 거 같았어요. 그때 여자의 목소리가 들렸어요.

귀신 (서늘하게 속삭이는) 봤어? 봤지?
수영 (비명) 아아악!

너무 놀라서 여자를 피하려다 그만 침대에서 굴러 떨어졌어요. 바닥에 엎어진 채 고개를 들었는데……. 제 얼굴 바로 앞에 여자의 허여멀건 다리가 보였어요. 그런데 여자의 두 발 전부 발가락이 없었습니다. 그리고 그 발 아래에는 새빨간 피가 흥건했어요.

수영 (비명) 꺄아아악! (바닥을 보고 하얗게 질려서) 꾸, 꿈이 아니었던 건가?!

눈을 질끈 감고 소리를 막 질러댔는데……. 순간, 눈을 뜨니까 아침이더라고요. 저는 방바닥에 엎드린 채 쓰러져 있었어요. 그리고 제 눈앞이 온통 새빨갰어요. 실제로 바닥에 피가 흥건한 거예요.

> **INTERVIEW**
> 피 색깔이 완전 새카만 색이고 양이 너무 많았어요. 진짜 바닥에 흥건히 고일 정도인 거예요. 제가 코피를 흘린 거면, 입이나 코에서 비릿한 피 맛이라도 느껴질 텐데. 아무 맛도, 냄새도 안 났어요. 그때부터 진짜 무서워지더라고요.

수영 (놀라서 횡설수설) 어, 엄마! 나 귀신 본 거 같아! 방바닥에 피가…….

그런데 설거지하던 엄마가, 저를 쳐다보지도 않고 대뜸 이렇게 말씀하시는 거예요.

엄마		(무심하게) 우리…… 뒷산으로 등산이나 갈까?

엄마는 평소에 등산을 전혀 하지 않으셨거든요? 게다가 밖에 '쏴-' 하고 장대비가 쏟아지고 있는데, 뜬금없이 무슨 등산이냐고요.

─────		**S#5-수영의 집, 거실 N**

그런데 엄마는 다음 날도, 그다음 날도! 계속 등산을 가자고 하셨어요.

엄마		(강하게 화내는) 등산 가자니까? 나가면 바로 뒷산인데 왜 안 간다는 거야!
수영		(덩달아 짜증) 아니, 왜 자꾸~ 뒷산에 가자는 거야! 가기 싫다고!

그렇게 엄마랑 말다툼한 그날 밤. 갑자기 엄마가 사라졌습니다. 어디 간다고 말도 없이, 전화도 안 받고요. 밤 10시가 넘어가는데도 집에 돌아오질 않으시는 거예요.
초조하게 기다리고 있던 그때! '철컥-' 현관문이 열렸어요. 현관에 들어선 엄마의 모습은 말 그대로 엉망진창이었습니다. 우비를 입은 채 비에 흠뻑 젖어서는……. 어디서 구르기라도 한 건지, 온몸에 진흙까지 덕지덕지 묻어 있었어요.

(재연 촬영 시: 손에도 흙이 묻어 있고, 손톱 사이에도 흙이 껴 있는 모습)

수영   (덜컥 걱정되어) 엄마! 왜 이래? (화나서) 아니, 전화도 안 받고! 도대체 어디 갔다 온 거야?

엄마   (감정 없이 천천히) 뒷산에.

엄마는 그 말만 하시고, 뭘 하다 왔느냐고 묻는 말엔 대답을 안 하셨어요.

──────   S#6-수영의 집 거실 N (시간 경과)

문제는 그날 이후로 엄마는 비가 쏟아져도, 한밤중이든 새벽이든 가리지 않고, 뒷산에 다녀오셨어요. 심지어 등산 중에 무릎을 다치신 건지 다리를 절뚝이면서도 기어코 산에 가셨어요. 갑자기 뒷산에 집착하는, 평소와 다른 엄마의 모습에 너무 불안해지기 시작했습니다.
그래서 오늘은 어떻게든 막아야겠다 싶었어요. 엄마가 자꾸 밤에 저 모르게 나갔다 오니까 잠 안 자고 거실에 지키고 있기로 했죠. 버티다가 거실 소파에서 잠깐 졸았나 봐요. 드르륵, 창문 열리는 소리에 잠에서 깼어요. 뭔 소린가 싶어서 슬며시 눈을 떴죠. 그런데…… 헉!
저번에 봤던 여자가! 거실 창문 난간에 걸터앉아 저를 뚫어지게 쳐다보고 있는 거예요. 너무 무서워서 심장이 터질 것만 같았어요. 금방이라도 저에게 확! 다가올 것만 같았죠. 그런데 그때!

수영 (비명) 꺄아아아악!

여자가 순식간에 뒤로 훅 떨어져 버린 거예요! 소릴 지르며 눈을 질끈 감 았는데…….

엄마 (애가 타는) 저기……. 저기 있잖아! 저기 있어! 저기……!
수영 (깜짝 놀라서) 어? 어, 엄마!

엄마의 목소리가 들렸어요. 눈을 뜨자 믿을 수 없는 광경을 목격했습니다. 창문 난간에는 여자가 아닌 엄마가 상체를 밖으로 기울인 채, 금방이라도 떨어질 것처럼 위태롭게 걸쳐져 있었어요. 저는 얼른 뛰어가 엄마의 허리를 껴안았어요.

수영 (다급하게 고함치며) 엄마! 왜 이래!

엄마는 고개를 꼿꼿이 들고 뚫어져라 쳐다보고 계셨어요. 저희 집 뒷산을요. 저는 엄마를 있는 힘껏 끌어당겼어요. 그런데 엄마 힘이 얼마나 센지, 잘못하다간 둘 다 밖으로 떨어질 것만 같았죠. 그때 엄마의 시선이 저를 향했습니다.

엄마 (서늘하게) 저기 있잖아. (버럭) 저기 있어! 너는 봤잖아. 너는 봤잖아!

그 순간 엄마 몸에 힘이 쭉 빠지며 거실로 쓰러지듯 넘어지셨습니다. 그대로 엄마와 저는, 방바닥에 나동그라졌어요.

수영 (겁나서 초조하게) 엄마! 엄마! 일어나 봐! 응? 엄마아~!

엄마가 눈을 안 뜨는 거예요. 저는 엄마를 막 흔들어 깨웠어요. 그러자 엄마는 이제야 잠에서 깬 것처럼 비몽사몽인 눈으로 저를 바라보셨어요. 엄마는…… 꿈을 꾸고 있었다고 했습니다.

엄마 (지쳐서 힘없이) 꿈에…… 내가 산속에 서 있는 거야. 그런데 어떤 사람이 뒤에서 막 미친 듯이 쫓아와. 죽어라 도망치는데…… 아무리 달려도 제자리인 거야.

악몽을 꾸신 거였죠. 상황이 심각한 거 같았어요. 엄마는 없던 몽유병이라도 생긴 건 아닌지 걱정하셨죠. 다음 날 병원이라도 가보자는 얘길 나누고, 엄마랑 같이 안방 침대에 누워서 다시 잠을 청했습니다.
얼마나 잤을까. 알 수 없는 싸함에 눈을 떴어요. 손을 뻗어 옆자리를 더듬었는데 엄마가 없더라고요. 저는 엄마를 찾아 바로 거실로 나갔습니다.

───── **S#7-수영의 집, 부엌 N**

그런데 부엌에 우두커니 서 있는 엄마의 뒷모습이 보였어요. 요리를 하고 계신 건지 뭔가 도마에 두고 썰고 계시더라고요. 슥슥슥- 찌걱 찌걱 찌걱- 아주 질기고 또 딱딱한 뼈가 있는 무언가를 썰고 있었어요.

수영   (침 꼴깍 삼키고 떨며) 엄마? 뭐 해……?

그러자 엄마가 천천히 저를 향해 뒤돌았어요. 엄마의 표정은 얼음장처럼 차갑게 굳어 있었어요. 그런데 오른손에 들려 있는 칼에 검붉은 피가 잔뜩 묻어 있는 거예요. 그리고 그때 엄마가 왼손을 힘없이 툭 아래로 떨어뜨리는데 다섯 갈래의 핏줄기가 바닥에 쏟아지기 시작했어요. 그리고 엄마 등 뒤로 얼핏 보인 도마에는 잘린 손가락들이 보였습니다.

수영   꺄아아아악!

눈을 번쩍 뜨니까, 안방이더라고요. 허……. 헉……헉헉. 너무 생생하고 끔찍한 꿈이었어요. 어?! 분명 꿈에서 깼는데 옆에 엄마가 없는 거예요. 그때부터 등줄기에 식은땀이 흐르고 손 마디마디가 저리기까지 하더라고요.

수영   (애타게 부르는) 엄마!

저는 곧바로 거실로 뛰쳐나갔습니다. 그런데 꿈속에서 본 장면 그대로였어요. 싱크대 앞에 서 계신 엄마의 뒷모습이 보였거든요.

수영 (잔뜩 긴장) 어, 엄마. 뭐 해?

엄마가 천천히 뒤돌았는데, 퀭한 얼굴로 물을 마시고 계시더라고요. 다행히 피 묻은 칼도, 잘린 손가락도 없었어요.

수영 (긴장 풀린) 하……. 엄마. 왜 안 자고 나와 있어! 놀랐잖아!
엄마 (떨며) 겨우 잠들었는데…… 그때 그 꿈이 이어지는 거야. 또 숲속을 헤매고 있었어. 근데! 보다 보니까…… 주변 풍경이 낯이 익더라고. 우리 집 뒷산인 거야. 근데 저 뒤에서 누가 나를 죽일 듯이 쫓아와. 얼굴은 안 보여…… 실루엣만 보이고. 계속 도망쳤거든. 근데 결국 탁 잡힌 거야. 날 붙잡은 사람이…… 칼로 손끝부터 잘근잘근 썰기 시작하는데……. 어휴, 수영아. 이거 보통 꿈이 아닌 거 같다.

저는 온몸에 소름이 돋았습니다. 엄마가 꾼 꿈과 제가 꾼 꿈이 겹치는 게 너무 무섭더라고요. 저는 이 모든 게 뒷산에서 본 그 형체 때문이라는 생각을 지울 수 없었어요. 저희 집을 찾아온 발가락이 없는 여자 귀신. 엄마와 제가 꾼 악몽도 그렇고 이 모든 게 우연은 아닌 것만 같았죠.

S#8-수영의 집, 거실 D

그리고 며칠 뒤. 저희 모녀는 충격적인 현실과 마주하게 됩니다. 띵동-띵동- 초인종이 울리고, 인터폰 화면으로 두 명의 남자가 서 있는 게 보였어요.

경찰 (사무적) 경찰입니다.

경찰이 저희 집에 찾아온 거예요.

경찰 (조심스럽게) 어머니는 집에 계신가요?
수영 (당황) 네? 무슨 일이신데요?
경찰 (망설이다) 여기 뒷산에서 40대 여성 변사체가 발견돼서요. 신원 파악이 안 돼서……. 비슷한 나이대의 거주자들 집에 방문해서 조사하고 있거든요.

바로 저희 집 뒷산에서 시신이 발견됐다는 거예요.

 INTERVIEW

왜 시신이 발견됐는데, 신원 파악을 못 했을까, 의문이 들었거든요. 근데 뉴스 보고 알았죠. 그 시신이 나체로 발견됐는데, 손가락 열 개,

> 발가락 열 개 다 절단돼 있었대요. 얼굴 부분도 훼손돼 있고. 그래서 얼굴이랑 지문 확인이 안 되니까, 신원을 찾을 수가 없었던 거죠. 처음에 동네 주민 할머니가 뒷산에서 등산하시다가 시신을 발견하신 거였대요. 엄마가 자꾸 뒷산에 등산 가자고 했던 게 생각이 나면서 소름이 끼치더라고요. 엄마가 꾸신 꿈이 손끝부터 잘리는 꿈이었는데, 시신이 훼손된 모습이랑 겹치는 거예요. 이런 생각이 들더라고요. 혹시나 돌아가신 그분이 본인의 시신을 찾아달라고 신호를 보냈던 건 아닐까.

뒷이야기

🏺 범인은 잡았는지?

안타깝게도 10년 넘게 미제로 남아 있다. 아직 시신의 신원도, 범인도 찾지 못한 상태이다. 얼굴이랑 지문이 다 훼손돼 있어서 신원을 찾는 데에 어려움이 있다고. 근처 집들을 돌면서 방문 조사도 하고, 전국 실종자랑 DNA를 전부 대조해 봤지만, 일치하는 실종자가 없었으며 전국에 있는 치과에 협조를 받아서 다 확인했는데도 끝까지 신원 확인이 안 되었다고 한다.

옆집 누나

심야괴담회 시즌4 23회 방송

김구라 (잠깐 쉬고) 자, 그렇다면 이번에 이야기 단지를 열 주인공은 누구십니까.

김호영 (음산하게) 접니다.

(이야기 단지를 열고 안에 들어 있는 '부적' 펼쳐서 보여준다.)

김호영 '옆집 누나'. (부적 정리하고) 이번 사연은, 서울에 사는 30대 김민준(가명) 씨가 보내주셨는데요. 민준 씨가 열 살이던 그해. 목숨을 잃을 뻔했던 적이 있다고 합니다. 그 후로 아플 때마다 그때 당시 옆집에 살았던 '누나'가 생각이 난다고 하는데요. 과연 민준 씨에게 무슨 일이 있었던 건지 지금부터 민준 씨 시점에서 이야기를 들려드리겠습니다.

❀
[등장인물]

민준(가명/10세/남), 미영 누나(가명/28세/여), 엄마, 여자 귀신, 저승사자(3명)

——— S#1-집 앞 골목

저는 학교 가는 게 세상에서 제일 싫었어요.

같은 반 친구 (놀리는) 야~! 뼈다귀! (키득대며) 쟤 이거 맞으면 뼈 부러지는 거 아니야?

같은 반 애들이 집 앞까지 쫓아와서는, 퍽- 퍽- 신발이랑 실내화 가방을 던지면서 괴롭혔거든요. 유난히 작은 키에 마른 몸. 엄마 말로는 저는 아기 때부터 몸이 약했대요. 그날도 실내화 가방에 얻어맞으며 눈물만 뚝뚝- 흘리고 있었는데…….

아이들 (소리 지르는) 으…… 으아아아!

애들이 제 뒤를 보더니 맨발로 뒷걸음질 치다가 혼비백산 도망가는 거예요. 무슨 일인가 싶어서 뒤를 돌아봤는데…….

민준		(입 틀어막으며 놀라서) 흐흡! 귀, 귀신?!

자세히 보니 긴 머리카락에 퉁퉁 부어 있는 두 눈, 낯빛이 어두운…… 처음 보는 누나였어요.

(재연 촬영 시: 귀신 같은 모습 아님. 검은 카디건 입고 우울하고 기력 없는 모습으로 바로 뒤에 서 있게)

그 누나가 제 얼굴을 한참 동안 빤-히 쳐다보는 거예요. 그러고는 손을 쓱 뻗더니 눈물범벅인 제 얼굴을 쓱쓱 닦아주고, 흙 먼지투성이 옷을 맨손으로 탁탁 털어주더라고요.

미영 누나	(서늘하고 우울한 톤) 너……. 이름이 뭐야?
민준		(주눅 든) 네? 민준이요.
미영 누나	(차분하고 서늘하게) 민준……. 몇 살?
민준		(마지못해) 열 살요.

그 순간 저를 보는 누나의 눈빛이 뭔가 반짝이는 것 같았어요. 소름이 돋아서, "감사합니다!" 꾸벅 인사하고는 도망치듯 얼른 집으로 향했죠. 근데 누나가 계속 따라오는 거예요. 우리 집 앞까지요!

S#2-민준의 집 D

너무 무서워서 집에 얼른 뛰어 들어갔어요. 한참 숨을 고르고…… '이제 갔나?' 하고 문을 빼꼼 열어봤는데…….

민준 으아아아악!

그 누나가 우리 집 앞에 우두커니 서 있는 거예요. 저는 그대로 엉덩방아를 찧었고, 비명을 들은 엄마가 방에서 뛰어나왔는데요.

엄마 (반갑게) 어?! 미영 씨네! 어쩐 일이야? 짐 정리는 다 했고?

엄마랑 그 누나랑…… 사이좋게 인사를 나누더라고요?

엄마 (웃으며) 민준아, 옆집 누나야! 안녕하세요~ 인사해야지!
민준 (기어들어 가는 목소리) 아……. 안녕하세요.

엄마가 며칠 전, 옆집에 이사 온 '미영 누나'라고 알려줬어요. 근데 저는 저를 빤히 쳐다보던 누나의 눈빛이 자꾸 생각나서 누나를 피해 다니게 됐죠.

S#3-민준의 집 앞 D

그런데 며칠 뒤 마주친 누나의 모습은 처음 봤을 때랑 완전 딴판이었어요. 긴 머리카락은 머리끈으로 깔끔하게 묶고, 얼굴색도 밝아지고 무엇보다 누나의 웃는 얼굴이 참 예뻐 보이더라고요. 그리고 누나는 제가 혼자 놀이터에서 놀고 있으면…….

미영 누나   민준아~ 뭐 하니~ 누나랑 같이 놀래?

제게 다가와서 소꿉놀이도 같이 해줬고요. 또 학교 끝나고 돌아올 때면, 기다렸다는 듯이 집 앞에 나와서 손을 흔들어줬죠. 누나 덕분에 같은 반 애들이 따라와서 저를 괴롭히는 일은 없었어요.

미영 누나   (다정하게) 가방 안 무거워? 이리 줘, 들어줄게. 민준이 배고프지? 이거 먹어~ 많이 먹어야 쑥쑥 크지~

누나는 항상 유과나 약과, 과일을 간식으로 챙겨줬어요. 그렇게 저는 점점 누나에게 마음을 열었고, 친누나가 생긴 것처럼 기분이 정말 좋았죠. 근데 언제부턴가 누나네 집에 손님이 진짜 많이 오기 시작했어요. '누나, 진짜 인기 많구나.' 남녀노소 할 거 없이 줄지어 누나네 집을 찾아왔거든요. 그중에 특히 기억에 남는 아저씨가 있었는데요. 항상 검고 긴 외투를 입고 있었는데 이상한 건, 올 때마다 누나네 집을 사납게 노려보고 있다는 거예요.

민준   (속으로) 무슨 화나는 일이 있으신가? 나중에 누나한테 아는 사람이냐고 물어봐야겠다.

────   **S#4-민준의 집 앞 N**

그러던 어느 날. 학교 끝나고 집에 왔는데……. 집 앞에 항상 제 자전거를 세워두거든요? 근데 제 자전거 옆에 웬 여자가 서 있는 게 보이는 거예요. 긴 머리에 하얀 옷……. 어? 미영이 누난가?

민준   (반갑게 소리치는) 누나!

기쁜 마음에 한달음에 달려가서 얼굴을 봤는데 누나가 아니었어요. 피부가 종이처럼 하얀 여자가 자전거를 밀었다가 당겼다가 밀었다가 당겼다가 반복하고 있는 거예요.

민준   (기어들어 가는 목소리로) 안녕하세요. 근데…… 이, 이거 제건데요.

그러자 그 여자가 저를 내려다보면서 검은 이를 드러내며 씩 웃는 거예요. 소름이 끼쳐서 움직이지도 못하고 그대로 굳어 있는데……. 그 여자가 손을 들더니 검지를 제 이마에 갖다 대더라고요. 근데 그 손가락이 얼음장처럼 너무 차가워서 온몸이 차갑게 얼어붙는 것 같았어요.

민준   (무서워서 소리치며) 어…… 엄마아아~!

엄마 옷자락을 부여잡고 다시 나가봤는데……. '어? 분명 방금까진 있었는데?' 집 앞에 아무도 없었어요.

───   **S#-5 민준의 집 앞 골목 N**

그런데 더 황당한 게 다음 날, 제 자전거가 사라진 거예요! 동네를 다~ 돌아다녀 봤지만 못 찾았어요. 힘이 다 빠져서 집에 돌아왔는데……. 집 앞 골목에서 따르릉~ 자전거 소리가 나서 창밖을 내다봤거든요?

민준   어?! 저거…… 내 자전거 아니야?

앞집 사는 용철이가 제 자전거를 타고 있는 거예요. 영문도 모른 채 그 모습을 쳐다보고 있었는데요. 바로 그때!

민준   (위급) 어어……. 어어어!

오토바이 한 대가 자전거를 덮쳤어요. 용철이는 그대로 바닥에 나뒹굴었습니다. 소스라치게 놀란 그 순간, 저는 봤어요. 어제 집 앞에서 봤던…… 그 여자가 넘어진 용철이 옆에서 기괴하게 웃고 있는걸요. 그렇게 막 웃다가 고개를 홱 돌려 저를 쳐다보는 무표정한 얼굴까지도요. 너무 놀라서 엄마를 부르러 가려고 돌아섰는데!

민준   (놀람) 으아아!

검은 옷을 입은 아저씨가 제 앞에 떡하니 서 있는 거예요. 누나네 집을 무섭게 노려본다던 그 아저씨였어요.

민준   (겁에 질려, 속으로) 어? 언제 온 거지? 언제부터 내 뒤에 있었지?
아저씨 (무미건조) 잘도 숨어 있었네. 너……. 이름이 뭐야?
민준   (말 더듬으며) 네? 저요? 왜……요?
아저씨 (굵은 톤으로 버럭) 이름이 뭐냐고!
민준   (더듬더듬) 저……. 기, 김……민…….

그때 누나네 집 문이 벌컥 열리더니 누나가 무서운 얼굴로 뛰어나왔어요.

민준   (겁먹고 이르듯) 누나! 여기 아저씨가……! (고개를 돌리고는) 어?

방금까지 있던 아저씨가…… 사라지고 없는 거예요.

민준　　(놀라) 여기 있던 아저씨 못 봤어요? 방금까지 있었는데?
미영 누나　(진지하게) ……그 아저씨가…… 널 봤어?

제가 고개를 끄덕이자 누나는 제 손을 잡더니, 다급하게 누나네 집으로 잡아끌었어요. 누나네 집은 처음 들어가봤는데……. 집 안에 엄청 큰 불상이 있는 거예요.

 INTERVIEW

누나가 무당이었던 거예요. 신내림 받은 지 얼마 안 돼서 용하다고 소문이 나서 손님이 많았다고 하더라고요. 제가 본 사람들이 다 점 보러 온 손님들이었던 거죠. 엄마는 알고 계셨던 거죠. 누나가 엄마한테 '자전거에 뭔가가 앉아 있는 게 보인다, 민준이 그거 타면 안 된다.', 그러면서 엄마한테 버리라고 했대요. 근데 엄마는 아까우니까 다른 집에 줬는데 사고가 나니까, '무당이 맞긴 맞구나. 이런 게 진짜구나.' 생각하셨던 거죠. 다행히 그 친구는 크게 다치진 않았는데, 잘못하면 큰일 날 뻔했죠. 그리고 그 아저씨는…… 집 앞에서 몇 번을 봤었어요. 그때까지만 해도 아저씨가 누나네 손님인 줄로만 알았죠. 근데…… 그게 아니었어요.

───── **S#6-미영의 집**

누나는 작은방에서 커다란 쇼핑백을 들고나왔어요.

미영 누나   (어딘가 살짝 불안) 이 옷으로 빨리 갈아입어! 지금 당장!

누나가 건넨 쇼핑백에는 새 옷과 새 책가방이 들어 있었어요. 그러더니 제가 입고 있던 옷이랑 쓰던 책가방은 누나에게 달라고 했어요.

미영 누나   (애써 밝게) 누나가 소리쳐서 놀랐지. 미안……. 이거 다 선물
          이니까 꼭 갖고 다녀.

우와! 책가방 안에는 필통, 종합장, 색연필…… 누나가 하나하나 직접 골랐다는 학용품이 가득 차 있었어요. 선물을 받아서 좋긴 했지만 누나가 좀 평소와 달리 무섭게 느껴졌어요.

미영 누나   (다급히 단단히 당부) 민준아. 혹시 그 아저씨 또 찾아오면, 누
          나한테 꼭 얘기해야 해! 알겠지?!

그렇게 누나는 당부하고 또 당부했습니다. 그날부터 밤에 자려고 누우면 벽을 타고 중얼중얼 누나의 목소리가 어렴풋이 들려왔어요. '딸랑딸랑' 하는 방울 소리도 같이요. 저는 그 소리를 자장가 삼아 푹 잘 잤습니다.

S#7-영준의 방 N

그리고 며칠 뒤. 잠을 자는데 시끄러운 소리에 깼어요. 옆집 누나네서 막 싸우는 소리가 들리는 거예요. 벽에 귀를 대고 듣고 있는데……. 갑자기 옆집이 조용해졌어요. 다시 자려고 누운 그때, '끼익-' 하고 우리 집 현관문이 열리는 소리가 들렸어요.

민준　뭐지?

뭔가 싸한 느낌이 들어서 제 방문 쪽을 쳐다봤는데……. 헉! 누가 제 방문 앞에 서 있었어요. 저번에 우리 집 앞에서 제 이름을 묻던 그 아저씨였어요.

민준　(속으로) 아저씨가…… 어떻게 들어왔지? (자세히 보다가) 근데…… 두, 두 명?!

아저씨 뒤에 검은 옷을 입은 아저씨가 한 명 더 서 있는 거예요.

민준　(다급) 어, 엄마. 어, 엄마!

두 아저씨가 저에게 빠르게 다가오는 게 보였고, 그 순간 물에 빠진 것처럼 몸이 바닥으로 쑥 빨려 들어가며 무거워지는 걸 느꼈어요. 그리고 곧 불길에 휩싸인 것처럼 온몸이 뜨거워졌어요.

저는 꿈속에서 온통 하얀색인 길을 걷고 또 걸었어요. 딸랑- 딸랑- 등 뒤 아주 먼 곳에서 방울 소리가 들려오더라고요. 그 소리가 들려올 때마다 잠에서 깼는데 몸의 마디마디가 끊어지는 것만 같고 폐가 타들어 가는 것 같았죠.

민준   (끙끙 앓는) 아……. 으……. 살려주세요. 엄마아.

그리고 다시 눈을 떴을 때 신기하게도 몸이 깃털처럼 가벼웠어요.

엄마   (놀라서) 어머! 민준아! 정신이 들어?!

저는 허기가 몰려와서 앉은 자리에서 밥 한 그릇을 정신없이 해치웠죠. 엄마 얘기를 듣고 저는 깜짝 놀랐어요. 제가 3일 동안 앓아누워 있었다는 거예요.

 INTERVIEW

엄마가 제가 막 열이 나니까 응급실에도 데리고 갔는데, 원인도 알 수 없다고 하고. 링겔 맞고 열이 떨어져서 집에 와서 재웠는데 또 열이 오르고 계속 반복했대요. 제가 끙끙 앓으면서 "엄마. 아저씨가 두 명이 아니라 세 명이 왔어." 이렇게 말을 했다는 거예요. 그러니까 엄마는 직감적으로 저승사자가 온 거구나. 우리 아들 데려가면 어쩌나 하면서 엉엉 우셨대요. 그런데 그때 누나가 집에 찾아왔던 거죠.

집에 찾아온 누나는 제 주변에 촛불을 동그랗게 둘러 세우고, 초에 불을 붙인 뒤에 이틀 동안 밤새 제 곁에 앉아서 방울을 흔들며 기도했다고 했습니다. 3일째 되던 날 밤까지도 제가 차도가 없자 누나는 엄마에게 이렇게 말했어요.

미영 누나 (결연히) 오늘 밤만 다른 집에서 자고 오세요. 민준이는 저한테 맡기고요.

엄마는 누나를 믿고 할머니 댁에서 하룻밤 묵은 뒤 다음 날 아침 돌아왔는데요. 누나가 평온한 표정으로 "언니. 이제 다 괜찮을 거예요." 하곤 집으로 돌아갔다고 합니다. 그리고 정말로 제가 정신을 차리고 기력을 회복했던 거였죠.
다음 날 엄마는 고마운 마음에 누나에게 줄 과일을 사 들고 왔는데요. 옆집이 그날따라 분주하더래요. 연유를 알게 된 엄마는.. 그 자리에 주저앉았습니다. 미영 누나가 세상을 떠났던 거예요. 갑자기 심장마비로요. 누나를 이제 더 이상 못 본다는 말에 저는 죽음이 뭔지도 모르면서 떼쓰듯이 울고 또 울었습니다.

―――― **S#8-장례식장**

그리고 누나의 장례식장에서 미영 누나의 어머니를 만나게 됐는데요. 엄마와 이런저런 얘기를 나누던 누나의 어머니가 저를 보시고는 눈물을 흘리며 이렇게 말씀하셨습니다.

미영 모   얘가……. 그래서 그렇게 급히 갔구나.

 INTERVIEW
알고 보니까 누나가 어린 나이에 시집을 가서 아들을 낳고 시집살이를 했대요. 근데 원인을 알 수 없는 병으로 아들이 먼저 세상을 떠난 거죠. 그 후에 누나도 계속 몸이 아팠는데, 그게 알고 보니 신병이었던 거예요. 신을 안 받아서 아들이 죽은 거라고, 시댁에서도 니 팔자가 내 손주를 죽였다면서 쫓아내고, 이혼까지 당하고 혼자 무당집을 차렸던 거죠. 누나가 누나 어머니랑 가끔 연락할 때면 "우리 아들 닮은 아이가 옆집에 살아~ 참 착하고 귀여워~" 이런 얘기를 했대요.

누나는 이런 얘기도 자주 했다고 해요.

미영 누나   (쓸쓸한) 우리 아들…… 살아 있었으면, 민준이처럼 책가방 메고 학교도 다니고 그랬겠지?

이제야 알 것 같았어요. 누나가 어떤 마음으로 제게 줄 옷과 책가방을 골랐을지……. 누나 어머니는 이렇게 말씀하셨어요.

미영 모 (깊은 감정) 민준이 명줄이 길지 않은 걸 알고…… 자기 아들처럼 또 가버릴까 봐 얼마나 마음 졸였을까. 미영이가…… 민준이 대신 자기 아들 곁으로 일찍 갔나 봅니다.

그렇게 누나 어머니와 엄마는 서로를 부둥켜안고 한참을 우셨습니다. 그런데요. 제가 기억하는 누나의 마지막 모습이 있어요. 생사를 오가면서 누나의 방울 소리를 듣고 정신을 차렸던 그때. 검은 옷을 입은 아저씨 세 명이 제 발밑까지 와있는 걸 봤거든요. 근데 미영 누나가 아저씨들을 향해 두 손을 모아 싹싹 빌고 있었어요.

미영 누나 (울며 서서히 북받치는) 제발요! 이 애는 안 돼요. 너무 어려요. 여기 봐요! 손도 작고…… 발도 이렇게 작고……. 아직 아기잖아요. 네?! 이 작은 애를 어떻게 데려가요!

그렇게 아저씨 바짓가랑이에 매달려 빌고 또 빌다 목놓아 엉엉 울던 미영 누나.

미영 누나 (오열) 아기잖아요! 우리 아기……. 우리 아기…….

그리고 다시 눈을 떴을 때, 누나는 제 머리를 쓰다듬으며 이렇게 말했어요.

미영 누나 (다정하게) 괜찮아. 다 괜찮을 거야. 민준이는 더 오래 살아야지. 중학교도 가고, 친구들도 사귀고, 엄마한테 효도도 하고 그래야지. 고마웠어. 민준아.

그게 누나가 저에게 건넸던 마지막 인사였습니다. '민준'이란 이름은, 실제로 어릴 적 제가 쓰던 이름인데요. 저승사자가 찾아와 이름을 물었으니 꼭 이름을 바꾸라던 누나의 마지막 당부대로 저는 이름을 바꾼 채, 새 삶을 살아가고 있습니다.

어디선가 지켜보고 있을 누나에게 정말 고맙다는 말을 꼭 전하고 싶어요. 누나가 하늘에서는 아들과 못다 한 시간을 함께하며 행복하길 바랍니다.

뒷이야기

 민준 씨는 그날 이후로 정말 운명이 바뀐 걸까?

민준 씨에게 직접 얘기를 들어보자.

> **INTERVIEW**
>
> 제가 아기 때부터 자주 울고, 말라서 비실비실하고 밥도 잘 안 먹고, 자주 다치거나 응급실 가기도 하고 잔병치레가 많았어요. 근데 그때 이후로 너무 달라진 거예요. 병원도 잘 안 가고, 밥도 잘 먹고, 응급실에 가거나 입원하는 일도 없었어요. 사실 이번에 사연 보내면서 엄마한테도 얘길 꺼냈었는데 "너무 고마운 일이지만 좋은 일은 아니지 않냐." 하시며 지금도 불안해하시고 미안한 마음을 갖고 계시더라고요. 저도 미안한 마음이 크지만 그것보다 고맙다는 말을 꼭 전하고 싶어요. 지금도 누나가 어디선가 지켜보고 있다고 믿고 있습니다.

구디의 밤

심야괴담회 시즌4 15회 방송

김구라 (잠깐 쉬고) 자, 그렇다면 이번에 이야기 단지를 열 주인공은 누구십니까.

넉살 (음산하게) 접니다.

(이야기 단지를 열고 안에 들어 있는 '부적' 펼쳐서 보여준다.)

넉살 '구디의 밤'. (부적 정리하고) 이번 사연은, 경기도 부천에 살고 계신 김재윤(가명) 씨가 보내주셨습니다. 심야괴담회에 사연을 보내주신 분들, 직업이 정말 다양했죠? 이번에는 괴담이랑 아주 먼 느낌의 IT 개발자분이 사연을 보내주셨어요. '구디', 바로 '구로디지털단지'에서 일하시면서 겪은 일이라고 하시거든요. 재윤 씨 이야기부터 먼저 들어보시죠.

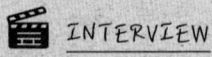

> 제가 IT 개발자로 일하고 있는데, 사실 이런 거 안 믿었거든요. 이걸 주변에 누구한테 얘기할 수도 없고, 믿어줄 사람도 없고. 저도 살면서 딱 한 번 이런 경험을 했던 거라, 좀 어디에 털어놓고 싶어서 보내게 됐습니다. 구로디지털단지에 위치한 한 스타트업 회사에 입사하면서 겪은 이야기인데요. 불야성이라고 하죠. 그 빌딩이 구로디지털단지에서 밤늦게까지 불이 켜져 있기로 유명한 곳이거든요.. 그런 곳에서 이런 비현실적인 일을 겪게 될 줄은 몰랐죠.

넉살   재윤 씨가 겪었던 비현실적인 경험. 지금부터 제가 재윤 씨 시점에서 이야기를 들려드리겠습니다.

[등장인물]

김재윤(가명/33세/남), 남직원(30대 후반~40대 초반/남), 남자 귀신, 직장 선배

────── **S#1-재윤의 방**

2018년 저는, 인생의 암흑기를 지나고 있었습니다. 다니던 회사에서 갑작스럽게 해고당한 뒤로, 방황의 시간을 보내고 있었거든요. 치열한 취

업 시장에서, 30대 중반을 향하던 제가 재취업을 한다는 거, 참…… 쉽지 않더라고요. 이력서를 몇 통을 넣었는지 세어보기도 무색해진 그때.

(재연 촬영 시: 혼자 방에서 이력서 쓰고 보내는 재윤 / 어두컴컴한 방에 빛이 쫙 들고)

저에게 한 줄기 빛처럼 나타난 회사가 있었습니다. 구로디지털단지에 있는 한 IT 스타트업 회사에 입사하게 된 거예요.

───── **S#2-사무실 D**

사무실은 8층이었습니다. 그중 일부를 사용했고, 같은 층에는 다른 회사들도 입주해 있었죠. 저는 신설 부서에 배정돼서 데이터를 관리하는 업무를 맡게 됐어요. 어렵게 들어온 회사인만큼 '독하다. 괴짜다.' 이런 소리를 들어가면서까지 열정을 불살라 일했습니다. 그렇게 인정받으며 회사에 적응해 가던 어느 날.

선배 (피곤해하며) 재윤 씨. 이번 스프린트에서 배포한 클라이언트 개발 쪽에 문제 생겨서, QA 전에 데이터 로그 파악 좀 해줘야겠어요.
재윤 (힘들지만 싹싹하게) 아! 넵! 알겠습니다!

S#3-사무실 N

프로젝트 마감에다가 자잘한 업무까지 겹치면서 늦은 밤까지 사무실에 남아 일하게 됐죠. 동료들은 모두 퇴근하고, 사무실에는 저 혼자뿐이었어요. 눈 깜빡이는 것도 잊을 정도로, 모니터 화면에 집중하고 있던 그때!

재윤 (당황) 어? 아씨.. 이거 왜 이래!

갑자기 컴퓨터 화면이 멈춘 거예요. 작업하던 파일을 날리면 안 되는데!

재윤 (스트레스) 하……. 미치겠네?!

화면이 깜빡깜빡하더니, 아예 나가버리는 거예요. 그런데 그 순간! 검은 모니터 화면에 제 옆에 서 있는 형체가 비쳤어요. 놀라서 돌아보니까……. 하, 웬 남자분이 서 있었어요. 누구지? 다른 부서 사람인가? 처음 보는 얼굴인데? 퀭한 얼굴에 늘어진 티셔츠……. 개발자이신 거 같더라고요. 근데 뭔가 저보다 선배 같았어요.

(재연 촬영 시: 귀신 느낌 아님. IT 개발자 느낌의 외형. 목 늘어진 티셔츠, 퀭한 얼굴, 거북목에 웅크린 자세.)

남직원 (친절하게) 도와줄게요.

재윤   (싹싹하게) 아, 네! 도와주시면 감사하죠!

그분이 뭘 만지자 화면이 다시 켜지는 거예요. 다행히 파일도 멀쩡했고요.

재윤   (기쁨) 와아! 감사합니다! (긴장 풀려) 죽다 살아났어요, 진짜.
남직원   (툭 내뱉는) 담배 태우시나요?

오래 앉아 있다 보니 허리가 아프기도 했고, 바람도 쐬고 싶어서 함께 나가기로 했습니다. 담배를 피우려면 1층 밖으로 나가서 피우거나, 옥상으로 가는데요. 근데 옥상은 좀 어둡기도 하고 사람도 별로 없어서 밤에는 잘 안 갔거든요.

재윤   어디로 가실래요? 1층으로 나갈까요?
남직원   (씩 웃으며 나직하게) 옥상으로 갑시다.

S#4-회사 옥상 N

그렇게 옥상에서 담배 한 대를 태우는 시간 동안, 이런저런 조언을 해주셨어요. 저는 신입이라 고마운 마음으로 경청했죠. 그런데 문득 궁금하더라고요.

재윤　(조심스럽게) 근데…… 여기 다니신 지 오래되셨나요?

남직원　(쓸쓸하게) 오래…… 다녔죠. (말 돌리며) 너무 늦게까지 일하지 말고 퇴근해요. 이거…… 필요하면 쓰세요.

그분이 제게 건넨 건, '라이터'였어요.

남직원　(덤덤하게) 먼저 가요. 난 뭐 좀 할 게 있어서.

그렇게 저는 얼떨결에 라이터를 받아 들고, 먼저 사무실로 내려왔죠. 그분에게 받은 라이터를 서랍에 넣어두고 그날은 그렇게 집으로 돌아갔습니다.

───　**S#5-사무실 D, N**

다음 날. 어제 봤던 남자 직원분이 있나 찾아봤는데 안 보이는 거예요. 아무래도 우리 회사 사람은 아니고, 같은 층 다른 회사 직원인 거 같았어요. 선배한테 어제 있었던 일을 얘기했더니…….

선배　(걱정스레) 조심해요. 괜히 일 얘기 너무 많이 하지 말고. (의미심장) 웬만하면 회사에서 밤새우지 말고요.

생각해보니까 같은 층 다른 회사들이 경쟁업체이기도 하고……. 조심해야겠다는 생각이 확 들더라고요. 그리고 그날 저는 또 혼자 야근을 했습니다. 정신없이 일하다가, 시간을 확인해보니까 벌써 밤 11시 50분이었어요. 화장실에 가고 싶어서 일어났는데……. 팅- 팅- 사무실 전등이 깜빡거리다가 픽 꺼지더라고요. 뭐지? 정전인가? 화장실 다녀와서 얼른 집에 가야겠다 싶었어요.

────── **S#6-회사 복도 N**

복도를 걷는데…… 그날따라 야근하는 사람이 한 명도 없는지 8층 전체가 조용하더라고요. 그런데 그때!

효과음 (질척이며 걷는) 찌걱. 척. 찌걱. 척. 찌걱. 척.

이상한 소리가 들리는 거예요. 등 뒤에서요. 슬쩍 돌아보니까 불 꺼진 복도 저 끝에 뭔가 얼핏 보였어요. 검은 형체가 절뚝절뚝 천천히 제 쪽으로 걸어오고 있는 거예요.

재윤 (눈살 찌푸리며) 누구지?

자세히 보는데……. 저는 순간 심장이 멈추는 줄 알았어요. 비상등 조명에 비친 그 남자의 몰골이 정말 끔찍했거든요. 얼굴은 이목구비를 알아볼 수 없을 정도로 뭉개져 있었고, 다쳤는지 다리를 절뚝이고 있었는데 바닥에 피를 흥건하게 흘리고 있었어요. 피 묻은 신발에서 '찌걱. 척. 찌걱. 척.' 하는 소리가 났던 거죠.

온몸이 얼어붙고 머리가 새하얘지던 그때! 그 형체가 저를 향해 미친 듯이 달려오기 시작했습니다. 뭔가 잘못됐다는 생각에 소리도 못 지르고! 본능적으로 도망치기 시작했어요.

엘리베이터로 달려가 버튼을 눌렀는데 올라오는 게 너무 느린 거예요. 속이 타던 그때! 저기 복도 끝에 그 남자가 나타났어요. 엘리베이터가 도착하자마자 얼른 타서 정신없이 1층을 누르고 닫힘 버튼을 눌렀는데……. 하, 씨! 문이 안 닫히는 거예요! 남자가 저를 향해 빠르게 다가오는 모습을 보며 저는 미친 사람처럼 버튼을 눌러댔고……. 남자가 코앞까지 온 그 순간! 아슬아슬하게 문이 닫혔어요.

재윤   (숨 돌리며) 헉. 저 사람 뭐야? 아니, 사람 맞아? (퍼뜩 둘러보며) 어? 이게 왜…… 올라가지?

저는 분명 1층을 눌렀거든요? 근데 엘리베이터가 위로 올라가는 거예요. 다급하게 다른 층 버튼을 다 눌러봐도 엘리베이터는 멈춰 서지 않았어요. 그리고 '띵-' 엘리베이터 문이 열린 곳은 14층. 꼭대기 층이었습니다.

S#7-회사 14층, 옥상 N

다시 1층 버튼을 눌러보고 아무리 닫힘 버튼을 눌러도 문이 열린 채 작동하지 않았어요. 계단으로 내려가야겠다 싶어서 얼른 비상계단으로 향했죠. 그런데 '찌걱. 척. 찌걱. 척.' 그 소리가 또 들려오는 거예요. 바로 계단 밑에서요.
그 소리는 점점 더 빨라지고 가까워졌습니다. 금방이라도 올라올 것 같았어요. 도망갈 곳은 옥상밖에 없었어요. 저는 급히 옥상으로 가 구석에 몸을 숨겼습니다.

효과음 (질척이며 빠르게 걷는) 찌걱. 척. 찌걱. 척. 찌걱. 척.

소리가 점점 가까워졌습니다. 으으윽. 제발. 제발. 그냥 가라. 눈을 질끈 감고, 숨죽이고 있던 그때! 누군가 저의 왼쪽 손목을 탁 잡더라고요.

재윤 (비명) 으아아악!
남직원 (차분하게) 재윤 씨. 재윤 씨. 정신 차려요.

눈을 떠보니 옥상에서 같이 담배를 피웠던, 그 남자 직원이었어요.

재윤 (횡설수설) 하. 저…… 이상한 거 봤어요. 남자가…… 막 피를 흘리는데…… 저를 쫓아와서……!

제 얘기를 들은 남자 직원은 이렇게 얘기하더라고요.

남직원 (살짝 욱해서 꾸짖듯) 너무 열심히 살아서 그런 헛것을 보는 거야. (해탈한 듯) 다 쓸데없어요. 그렇게 아등바등…… 살지 말라고.

그분과 함께 담배를 한 대 태우니 조금 진정이 됐어요. 함께 내려가자고 했더니 남자 직원은 또 먼저 가라고 하더라고요.

──── **S#8-사무실 N**

저는 후들거리는 두 발을 이끌고 겨우 사무실로 돌아왔어요. 불도 다시 들어왔더라고요. 그런데요 분명히 아까 저를 쫓아오던 그 남자가 피를 흥건하게 흘리고 있었는데 복도 바닥이 말끔한 거예요.

재윤 (혼란) 아, 헛걸 봤나? 아님 뭐에 홀렸나?

혼란스럽더라고요. 일단 얼른 집에 가야겠다 싶어서 서둘러 짐을 챙기던 그때! 창문 밖에 검은 그림자가 훅 떨어지는 게 곁눈으로 보였어요. 온몸에 소름이 끼쳤습니다. 서, 설마. 아니겠지. 건물 밖을 나와 주변을 살폈지만……. 후. 아무것도, 아무 일도 없더라고요.
저는…… 이날 겪은 일을 회사 사람 누구에게도! 말하지 못했어요. 귀신을 본 게 처음이기도 했고 말해봤자 이상한 사람으로 취급할 게 뻔하니까요.

───── S#-9 재윤의 집 N

그 일 이후로는 회사에서 야근하기 께름칙해서, 재택근무를 하기로 했습니다. 졸음을 쫓으며 집에서 일하고 있던 그날 밤.
'아, 맞다!' 회사 노트북에 저장된 파일을 옮겨왔어야 했는데 깜빡했더라고요. 그래서 원격으로 회사 노트북에 접속해서 파일을 옮겼죠. 그런데 시간을 보니까 11시 50분이더라고요.
지금 사무실엔 누가 있을까? 야근하는 사람 있으려나? 얼마 전 헛거 본 일도 생각나고……. 갑자기 궁금증이 막 솟더라고요.
왜, 노트북에 달린 카메라로 사무실을 볼 수 있잖아요. 그래서 조심스럽게…… 카메라 기능을 켜봤습니다. 사무실은 깜깜했어요. 제가 켠 노트북 화면 때문에 제 자리 주위로 희미한 불빛이 번지듯 보였죠. 뭐, 그냥 평범한 사무실이었어요. 사무실이 보이는 카메라 화면을 잠시 내려두고, 작업하던 창을 켰다가, 다시 카메라 화면 창을 켠 그때…… 헉! 제 자리에 누가 서 있는 거예요. 반쯤 꺾여 있는 목과 삐뚜름하게 서 있는 자세…….

재윤   그, 그때 봤던 귀신인가?!

그때! 화면 가까이 얼굴을 확 갖다 대더라고요. 화면 불빛에 비쳐 드러난 얼굴의 정체는 옥상에서 같이 담배 피운 그 남자 직원이었어요.

재윤 (의아) 뭐야? 내 자리엔 왜 온 거지?

카메라 기능은 제 쪽에서만 사무실을 볼 수 있게 돼 있거든요. 그쪽에서는 제가 보이지 않는다는 생각에 놀란 마음이 진정되면서 은근히 안심되더라고요.
근데 그 남자 직원은 뭔가를 찾는 듯이 화면에 얼굴을 바짝 붙이고 눈알을 이리저리 굴리고 있었어요. 그 모습이 좀 기괴했어요. 그때 그 남자 직원이 씩 웃더니, 이렇게 말하는 거예요.

남직원 (천천히 소름 끼치게) 여기 있네? 여기 있지?
재윤 (숨 참고 놀라는) 허어업.

너무 놀란 저는 얼른 창을 꺼보려고 했는데 화면이 멈춘 건지 클릭이 안 먹더라고요. 그냥 노트북 화면을 팍 닫아버렸어요.

재윤 하, 씨. 내 자리에서 왜 저러는 거지? 내가 보고 있는 걸 알았나? (흠칫) 근데 어떻게 소리가 들렸지?

원격으로 접속한 거라, 소리는 안 들려야 하거든요. 뭔가 찝찝하고 소름 끼쳐서 잠도 얼마 못 잤어요.

(재연 촬영 시: 옆으로 누워 있는 재윤 뒤로 보이는 노트북 화면 켜지고 가까이 쳐다보고 있는 남자 컷)

S#10-사무실 D, N

다음 날, 회사에 출근해서 노트북 상태부터 확인했는데요. 딱히 이상한 점은 없었어요. 그런데 주변 동료들이 모니터를 보면서 웅성웅성하는 거예요. '뭐야? 서버에 문제라도 생겼나?' 알고 보니 사내 공지에 충격적인 내용이 올라온 거예요.
회사의 매출 감소와 재정난을 '신사업부서'에 책임을 물었고, 무려 열다섯 명의 부서원이 동시에 정리해고된다는 공지였습니다. 그래도 같이 고생하면서 일하던 사람들인데……. 허망하더라고요.
그런데 그때 제 책상 위에.. 뭔가 눈에 띄었어요. 제가 써둔 회의록에 빨간펜으로 줄이 쫙-쫙- 그어져 있는 거예요. 자세히 봤더니, 빨간펜으로 지운 글씨는 신사업부서 이름이었어요.

재윤   (혼란, 속으로) 뭐지? 이거 내가 한 거 아닌데. 설마……. 어제 그 남자가?

너무 혼란스러웠지만……. 하. 혼란을 느낄 새도 없었어요. 신사업부서가 사라지면서, 일이 저한테 넘어온 거예요.

어쩔 수 없이 일주일 내내 야근해야만 했습니다. 금요일에는 저 혼자 남아 일했죠. 정신없이 일하다 보니, 또 시간이 11시 50분이더라고요.

재윤   막차는 타지도 못하겠네.

기분이 안 좋아진 그때! 옆 복도에 누가 지나가는 거예요. 어?! 그 남자 직원이더라고요. 그날 밤에 왜 내 자리에 있었는지 물어봐야겠단 생각으로, 그 남자를 무작정 따라갔습니다. 옥상으로 향하더라고요. 그런데…….

S#11-옥상 N

재윤   어디 갔지?

옥상에 딱 도착하자 남자가 안 보였어요. 그 순간 절대 잊지 못할 끔찍한 장면을 목격하고 말았습니다. 그 남자가 옥상 난간 위에 위태롭게 서 있는 거예요. 설마 하는 그 순간, 그 남자는 그대로 건물 밖으로 몸을 던지고 말았어요.
득달같이 달려가서 밑을 내려다봤는데 아무것도 안 보이더라고요. 얼른 1층으로 내려가 보려고 계단 입구로 향한 그 순간 등줄기에 소름이 쫙- 끼쳤어요. 등 뒤에서 그 소리가 들려왔거든요. 찌걱. 척. 찌걱. 척.
천천히 돌아보니까…… 어? 방금 떨어졌던 그 남자 직원이 목이 꺾이고 다리 밑으로 피를 흘리는 만신창이가 된 모습으로 다시 나타난 거예요. 그 모습은 저번에 야근할 때 마주했던, 저를 무섭게 쫓아오던 그 남자 귀신의 모습과 똑같았습니다.

재윤   (깨닫고 떨며, 속으로) 내가 헛 걸 본 게 아니었어! 이 남자 직원이…… 그 귀신이었구나.

저는 그 자리에 서서 가위에 눌린 것처럼 꼼짝도 할 수 없었어요. 그 남자는 다시 옥상 난간에 올라섰습니다. 그리고 그때! 남자의 머리가 180도 돌아가더니 저와 눈이 마주쳤어요. 그렇게 그 남자는 저와 눈을 맞추며 또 건물 밖으로 떨어지고 말았어요. 그 순간! 눈을 확 뜨니까…… 어? 옥상 난간 위에 서 있는 건 저였습니다.
휘청- 휘청- 금방이라도 떨어질 것만 같던 그때! 누군가 제 왼쪽 손목을 탁 잡았어요. 옆을 보니까 얼굴이 뭉개진 그 남자가 제 손목을 으스러트릴 듯 세게 붙잡고 서 있었어요. 남자의 얼굴은 우는 것처럼 보이기도 웃는 것처럼 보이기도 했습니다. 그리고 남자는 제 손목을 부여잡은 채 그대로 아래로 떨어졌어요.

재윤   아. 안 돼. 아아아악!

눈을 뜨니까 사무실이더라고요. 뭐야? 방금까지 옥상이었는데? 나 뭔가에 홀린 건가?

그런데 눈앞에는 센터장님과 주말 근무자가 서 있었습니다. 무슨 일을 밤을 새워가면서까지 하냐고 뭐라 하시더라고요. 벌써 아침이었어요. 그날은 신사업부서의 마지막 남은 주말 근무자까지 정리해고를 진행하는 날이었던 거예요. 혼란스럽고 착잡한 와중에 불현듯 그 남자 직원이 줬던 라이터가 생각이 났어요. 그래서 바로 서랍을 열어봤는데!

재윤   (당황) 어? 왜 없지?

서랍 끝까지 뒤져봤지만, 그 어디에도 라이터는 없었습니다.
저는 다행히 강남에 있는 회사로 이직해서 계속 개발자로 일하고 있는데요. 그곳에서 겪은 일은 누구한테도 얘기하지 못하고 혼자 묻어뒀습니다. 그런데 최근에 전 직장 동료들과 술자리를 가졌거든요. 마침 생각이 나서 조심스럽게 물어보니까 이런 얘길 해주더라고요.

> 🎬 INTERVIEW
>
> 구디에서 10년 이상 개발자로 근무했던, 시니어분이 계시거든요. 그 선배가 이런 얘길 해주시더라고요. 예전에 이 건물에서 한 IT 개발자가 회사 옥상에서 뛰어내렸다고 하더라고요. 투신자살을 했다고. 저는 그때까지 몰랐어요. 그 얘길 들으니까 혹시 그분이 저한테 나타났던 게 아니었을까. 그때 당시 제가 봤던 그 남자 직원을 수소문했는데, 그 사람을 알고 있는 사람이 아무도 없었거든요.

그리고 이런 말을 덧붙여서 해주었어요.

선배   (덤덤하게) 너랑 비슷한 얘길 하는 직원들이 있긴 했어. 혼자 야근 하고 있으면 어떤 남자가 자리에 찾아온다고. (잠시 쉬고) 특이한 건, 하나같이…… 그 남자랑 옥상에서 담배를 피웠다고 하더라. 근데, 그 얘기를 하고 나면, 얼마 안 가서 다 퇴사하더라고.

밤에 홀로 컴퓨터로 작업을 하다 보면, 구디의 밤이 생각날 때가 있습니다. 귀신이 되어 나타난 그분이 저에게 전하고 싶었던 얘기는 무엇이었을까요? 어쩌면 일에만 매몰되던 저에게 자신처럼 되지 말라는 경고를 전했던 건 아닐까요?

뒷이야기

불 꺼진 사무실 풍경(제보자 제공)

🔴 재윤 씨는 그때 그 일을 겪고 바로 퇴사를 했나?

그 회사에서 야근은 절대 안 했지만 꽤 오래 버티다가 이직했다고 한다.

존재하지 않는 시장

심야괴담회 시즌1 10회 방송

김구라 (잠깐 쉬고) 자, 그렇다면 이번에 이야기 단지를 열 주인공은 누구십니까.

허안나 (음산하게) 접니다.

(이야기 단지를 열고 안에 들어 있는 '부적' 펼쳐서 보여준다.)

허안나 '존재하지 않는 시장'. (부적 정리하고) 여러분, 혹시 상상도 못 했던 전혀 다른 공간이나 시간으로의 여행. 그런 신기한 일이 여러분에게 일어나면 어떨 것 같으세요?

이번 이야기는 아주 기묘한 경험을 했던 주연 씨와 어머니의 실제 이야기입니다. 사연이 너무 신비롭고 특이해서 더 생생하게 느끼실 수 있도록 사연자분의 시점에서 전달해드리도록 할게요

[등장인물]

주연, 엄마, 아빠, 남동생(목소리만), 시장 상인들

S#1-주연의 집

저는 전북 익산에 살고 있는 스물아홉 살 이주연(가명)입니다. 지금으로 5년 전 여름, 저와 제 엄마가 경험했던 실제 이야기를 들려드릴까 합니다. 매년 여름만 되면 엄마와 저는 이 이야기를 수도 없이 하곤 하는데요. 어느 뜨거운 여름날 저녁, 휴가 나온 군인이었던 동생에게 전화가 한 통 걸려왔습니다.

남동생 (조르듯이) 누나! 친구랑 술 마시려고 왔는데 민증을 놓고 와서……. 가져다줄 수 있어?

동생은 집에서 걸어서 한 시간 정도 걸리는 대학가에 있었고, 엄마와 저는 운동 삼아 걸어서 가져다주고 오자며 밖을 나섰죠. 민증을 가져다줄 때까지만 해도 아무 일은 일어나지 않았고, 문제는 집으로 돌아올 때 시작됐습니다.

S#2-도로 옆 인도 N

집에서 출발했을 때도 늦은 오후였던지라 집에 돌아오는 길은 어두컴컴해져 있었습니다. 그냥 버스를 타고 갈까, 잠깐 고민을 했지만, 예전에 고등학교 다닐 때 통학로이기도 했고, 많이 다니진 않았지만 종종 엄마와 운동 삼아 다니던 거리라 어두워도 괜찮겠지 싶어 그냥 걷기로 했습니다. 한 10분 정도 걸었을까요? 저는 이상함을 느꼈습니다.

주연 (께름칙해하며) 엄마. 좀 이상하지 않아?
엄마 (목소리 낮추며) 응. 너도 느꼈어?

분명히 차도 많고 사람도 많이 다니던 활발한 거리였는데, 길에는 차와 사람이 하나도 보이지 않는 거예요. 심지어 매일 다니던 시내버스와 택시조차.. 단 한 대도 지나가지 않았습니다.

더 이상한 건, 거리에 있는 아파트와 주택들이었어요. 어떻게 한 집도 불이 켜져 있는 집이 없는지……. 심지어 한참 영업시간인 가게도 문 연 곳이 하나도 없는 겁니다. 마치 죽은 동네처럼요.

엄마와 저는 오싹함을 느끼면서 '어떻게 이럴 수 있지?', '택시라도 하나 지나가면 타고 가자' 이야기를 나누며 가로등만 켜져 있는 길을 계속 걸었습니다.

그때 저 멀리서 할머니 한 분이 걸어오시는 게 보였어요. 텅 빈 거리에 엄마와 단둘이 있어서 으스스했는데, 사람이 보이니까 안도감을 느꼈던 것 같습니다.

근데 할머니의 차림새가 좀 이상한 거예요. 이 밤에 하얀 한복을 입으시고.. 하얗게 센 머리는 반듯하게 쪽을 지셨고요. 보자기로 싼 커다란 짐을 들고 오시는 거죠. 할머니는 점점 가까워졌고, 마침내 지나쳤는데……. 팔짱을 끼고 있던 엄마의 팔이 덜덜 떨리는 게 느껴졌습니다.

주연   (놀라며) 엄마! 왜 그래?

엄마   (나직) 조용히 해봐. 너…… 방금 지나간 할머니 발자국 소리 들었어?

주연   (의아해하며) 아니? 그냥 조용히 지나가신 거 아니야?

엄마   저 할머니…… 발이 없었어.

엄마가 하시는 말씀을 들어보니, 걸어오는 할머니 치마 밑이 보였는데, 발이 안 보이고 마치 허공에 떠 있는 것처럼 쓱 지나가더라는 거예요. 무섭긴 했지만, '긴 치마를 입으셨으니 엄마가 잘못 봤겠지' 하고 말았대요.

───   **S#3-놀이터 부근 인도 N**

얼마나 더 갔을까, 갑자기 어디선가 '삐그덕- 삐그덕-' 하는 소리가 들려왔습니다. 무심결에 고개를 오른쪽으로 돌렸는데, 아파트 놀이터가 있고 그네가 하나 보이더라고요.

근데 그네에 한 여자가 저희가 지나가는 길 쪽을 향해 앉아 있는 거예요. 발로 땅을 밀면서 '삐그덕- 삐그덕-' 천천히 그네를 타고 있는 거죠. 긴 머리인 데다 머리까지 푹 숙이고 있어서 얼굴은 잘 안 보였는데 하얀 발과 빨간 구두가 선명히 보이는 거예요. 뭔가 금방이라도 그 여자가 이쪽을 쳐다볼 것 같아서 엄마를 끌고 더 빨리 걷기 시작했죠.

그런데 바로 앞에 시장이 하나 보였습니다. 밝은 빛이 흘러나와서 골목 안을 슬쩍 보니까 가게들도 문이 열려 있고, 골목을 오가는 사람들도 몇 명 있는 거예요.

주연   (안심하며) 엄마, 여긴 밝으니까 시장 골목으로 갈까?
엄마   그래! 사람이라도 있으니 얼마나 다행이야.

그런데 그건 저희의 착각이었습니다. 그 시장도 이상한 점이 한두 개가 아니었거든요.

S#4-시장 안 N

희한하게 가게마다 주황색 불빛의 등이 하나씩 걸려있었는데, 그 등이 꼭 상갓집 등처럼 생긴 거예요. 그리고 가게에서 파는 물건들이 좀 이상했습니다.

가게마다 파는 건 비슷했는데 구워진 생선을 층층이 쌓아서 팔고, 과일은 윗부분이 다 깎여 있는 거예요. 꼭 제사상에 올리는 음식을 그대로 파는 것처럼요. 그뿐만 아니라 거기에 적힌 가격이 100원, 200원…… 500원 이렇게 적혀 있는 겁니다. 말이 안 되잖아요. 그런데 더 이상한 일이 벌어집니다.

저희가 지나갈 때마다 가게에서 한 사람씩 나와서 쳐다보기 시작한 거예요. 한 가게를 지나면 누군가 고개를 삐죽 내밀고 쳐다보고, 또 한 가게를 지나면 누군가 나와서 무표정으로 빤히 또 쳐다보고……. 심지어 걸어 다니는 사람들도 저희를 힐끔힐끔 쳐다보기 시작했어요. 마치 외계인이라도 본 것처럼요.

그리고 길 한쪽 편에는 공사장 인부로 보이는 아저씨 세 분이 얼굴과 몸에 시멘트를 뒤집어쓴 것 같은 모습으로 앉아서 드럼통에 손을 대고 불을 쬐면서 앉아계시는 거예요.

근데 이상한 게 뭔지 아세요? 한여름이라서 엄청 더웠는데 두꺼운 점퍼를 입고 추운 것처럼 쪼그리고 앉아 계셨던 거죠. 더 놀라운 건, 그 드럼통에는 불도 들어 있지 않았어요.

저와 엄마는 뭐가 잘못됐다는 걸 느꼈는데 아는 체하면 무슨 일이라도 날 것 같은 거예요. 그래서 의식하지 않는 척하면서 걸었습니다.

───── **S#5-시장 밖 인도**

곧 시장 골목을 빠져나왔고, 눈앞에 건널목이 보였어요. 그제야 긴장이 탁 풀렸고 저는 무심코 뒤를 돌아봤습니다. 그런데 정말 이상했어요. 지나올 때는 분명히 사람들이 듬성듬성 있었는데, 흡사 장날일 때 시장에 사람이 많으면 까만 머리만 빼곡하게 보이잖아요? 그 정도로 골목에 사람이 가득 차 있는 거예요. 그리고 그 사람들이 일제히 저희가 빠져나간 방향 쪽으로 서 있었습니다.

주연　(놀란 목소리) 어, 엄마. 시장에 언제부터 저렇게 사람이 많았어?

엄마는 제 말을 듣자마자 뒤를 돌아보셨고, 하얗게 질린 얼굴로…….

엄마　(작은 목소리, 읊조리듯) 빨리 가자. 빨리 가자!

그러곤 핸드폰을 꺼내서 회사에 계신 아버지에게 전화를 거셨어요.

엄마　주연 아빠, 지금 우리 좀 데리러 오면 안 돼요? 여기 대학가에서 집으로 가는 길인데…….

너무 무서우셨는지 엄마가 아빠에게 데려와달라고 하며 막 설명을 하시는데……. 전화가 끊겨버렸어요. 그리고 그때 횡단보도의 보행 신호가 켜졌고, 저희는 건너기 시작했죠. 어떻게든 집에 무사히 도착해야겠다는 생각뿐이었어요. 횡단보도를 건너 반대쪽 인도에 발이 닿는 순간!
빠―앙! 빵빵! 자동차 경적 소리와 자동차들이 쌩쌩 달리는 소리가 들리면서 시끄러운 소음이 볼륨을 올린 것처럼 커지는 거예요. 게다가 불 켜진 가게들과 지나다니는 사람들, 빠르게 달리는 버스와 택시들까지 눈에 들어오기 시작했습니다. 그때 저는 생각했죠. '아. 드디어 우리가 살던 곳으로 돌아왔구나.'

엄마도 긴장이 풀리셨는지 자리에 주저앉으셨고요. 이제 더 걷진 못하겠다 싶어서 앞에 보이는 버스를 타고 집에 도착했습니다.

───── **S#6 주연의 집**

하지만 이야기는 여기서 끝이 아닙니다. 집에 무사히 도착했다는 안도감에, 누워서 쉬고 있었는데 엄마가 불안한 얼굴로 방문을 두드리셨습니다.

엄마   (걱정하며) 주연아, 앞으로 웬만하면 밤에는 그 길로 다니지 말어.
주연   엄마, 아까 진짜 이상했지? 시장에 사람들 가득 차 있는 것도 그렇고…….

그때 어머니가 뭔가에 홀린 표정으로 말하시기를…….

엄마   (살짝 겁먹은) 아까 내가 왜 빨리 가자고 했는지 알아? 아휴. 네 말 듣고 뒤를 보니까 시장은 무슨……. 컴컴하니 아무것도 없었어.

분명 시장을 지나왔는데, 시장이 감쪽같이 없어졌던 거죠. 엄마는 제가 무서울까 봐 그 자리에서는 말을 안 하셨다는 거예요. 그제야 생각해보니 그렇게 시장에 사람이 많았는데 왁자지껄한 말소리나 웅성거리는 소리가 없었습니다. 어떻게 소리가 하나도 나지 않았던 걸까요? 그리고 엄마가 잊고 있던 무언가를 기억해낸 것처럼 한마디를 하셨습니다.

엄마   근데 우리가 원래 다니던 그쪽 길에는 시장이 있을 리가 없는데……. 아까는 왜 이상하다는 생각을 못 했지?

저와 엄마는 핸드폰 지도에 검색을 해보고 찾아봤지만, 그 길 근처 어디에도 시장은 없었어요.
그날 밤, 야근을 끝낸 아빠가 퇴근을 하고 돌아왔습니다. 엄마는 아빠에게 아까 저녁에 왜 그냥 전화를 끊어버렸냐고 물어봤죠. 그리고 아빠의 대답을 듣고 저는 그날 엄마와 함께 잘 수밖에 없었습니다.

아빠   (대수롭지 않게) 응? 전화 잘못 눌린 거 아니었어? 당신 목소리는 하나도 안 들리고 시장통처럼 시끄러운 소리밖에 안 나던데?

그날 이후, 아무리 똑같은 길을 몇십, 몇백 번을 걸어 봐도 그 시장을 마주하는 일은 없었습니다. 저와 엄마는 도대체 어떤 길을 걸어왔고, 무엇을 봤던 걸까요?

뒷이야기

 혼자도 아니고 둘이 겪었다니 신기한데……

주연 씨와 어머니가 그 길을 걸으며 나눈 대화를 들어보자.

> 🎬 INTERVIEW
>
> [육교 위에]
> **엄마** : 엄마가 엄청 떨었잖아. 음료수도 다 흔들리고 손도 덜덜 떨고 막. 차도 이렇게 많이 다니질 않았어. 차가 하나도 없었지. 완전히 암흑세계, 암흑세계.
> **딸** : 여기도 불 다 꺼져 있었잖아.
> **엄마** : 모든 건물에 불이 꺼져있고. 그래서 왜 그러지? 뭐야? 이러면서 왔었잖아. 이상하네~ 하면서. 이렇게 차가 많이 다니는데 사람도 있고! 그날은 참 희한하다니까?
>
> [길에서]
> **엄마** : 엄마가 밑을 딱 쳐다봤는데 할머니 발이 없었어. 쓱 치마 이렇게 삭삭 소리만 나고 발은 없어가지고 그래서 내가 아무 소리도 안 하고 있다가 너 놀랄까 봐 저만치 가서 놀랐잖아. 할머니 발 봤냐고.

 특정한 경계를 통과한 것일까?

평범한 길에서 이렇게 두 사람이 무엇인가를 경험한다는 점에서 우리나라 옛이야기가 떠오른다. 조선 중기, 후기 문신 이원익이 산에 갔다가 어떤 절에 들어가게 된다. 거기에서 한 노승을 만나서 신기한 경험을 하는데, 노승이 작은 종이에 글자를 써서 마당에 던지자 선계에서 내려온 학이 빙빙 도는 걸 보고, 또 노승을 따라 걸으니 길마다 보석이 깔려 있고, 길이 옥빛으로 막 빛나는 것이다. 나중에는 오색구름에 눈 덮인 산봉우리가 보이는데 그 노승이 하는 말이 "여기는 상선들이 모여서 연회하는 곳입니다. 인간 세상의 재상이 마음대로 볼 수 있는 곳이 아니지요." 해서 그냥 돌아 내려갔다고. 나중에 이원익이 과거에 급제해서 일을 하다가 관직을 그만두고 다시 그 산에 갔는데 노승도, 뒷산 봉우리도 못 찾았다고.

믿거나 말거나,
〈심야괴담회〉 촬영 비하인드

〈심야괴담회〉 시청자라면 궁금할 법한 얘기가 있습니다. 제작진들도 귀신을 보았는가? 답은 '잘 모르겠다'입니다. 가위에 눌리거나 기이한 일을 겪은 사례는 더러 있지만 과연 이것이 귀신인가 하는 의문은 있습니다. 기이한 경험, 두 가지를 소개합니다.

-1-

〈심야괴담회〉의 야외촬영은 보통 〈PD수첩〉, 〈실화탐사대〉의 베테랑 촬영감독들이 나가는 경우가 많습니다. 살목지의 야외촬영을 맡은 이선영 감독은 〈PD수첩〉에서 임종헌 전 법원 행정처장 추격 신으로 유명한 감독입니다. 시사를 오래 해왔고 귀신같은 것은 세상에 없다고 믿는 사람입니다. 이선영 감독이 자료화면 촬영차 홀로 살목지에 촬영을 나갔을 때의 얘기입니다.

산속을 굽이굽이 돌아 살목지에 도착했을 때는 어느덧 해가 뉘엿뉘엿 넘어가고 있었습니다. 때는 한여름, 살목지가 있는 숲속은 이상하게 한기가 돌았다고 합니다. 시골이고 산속이라 춥겠거니 하고 카메라를 꺼낸 순간, 그 전까지는 아무런 이상이 없던 기기고장이 발생했습니다. 이선영 감독의 말로는 CT나 MRI같은 대형 의료기기 근처에 갔을 때와 같은 오작동 현상이 계속되었다고 합니다.

놀라운 것은 그뿐만이 아니었습니다. 카메라 배터리는 교환하기 쉽도록 충전 잔량을 표시하는 미터기가 있습니다. 서울에서부터 풀 충전을 해갔던 배터리 3개의 미터기가 차례대로 뚝뚝 떨어지고 있었습니다. 이선영 감독은 고민 끝에, 남은 잔량의 배터리로 최대한 현장을 담고 철수해야 했습니다.

-2-

시즌 2가 끝나갈 무렵, 제작진에게 해외 배송 물품이 도착했다는 연락이 왔습니다. 스태프 몇 명이 내려가서 보니 캐나다에서 도착한 물건이었습니다. 소포를 열어보니 오래된 중국식 자물쇠와 함께 중국어로 된, 장문의 편지가 들어 있었습니다.

무슨 일인가 궁금해서 번역을 맡겨보니 편지의 내용인즉슨, "나는 캐나다계 중국인 여성 OOO다. 남자친구와 중국에 있는 고향을 찾았다가 야시장에서 이 물건을 구입했는데, 그 이후로 남자친구와도 헤어지고 매일 밤 귀신에 시달린다. 〈심야괴담회〉를 보니 저주받은 물건을 구입해서 괴롭힘을 당한 사례가 많이 있더라." 그러고는 〈심야괴담회〉 제작진들이 방송에 내든, 무속인들에게 맡기든 알아서 처분해 달라는 얘기였습니다. 또 저주가 있을 수 있으니 절대로 중국 자물쇠를 만져서는 안 된다는 단서를 달았습니다.

멀리 캐나다에서 〈심야괴담회〉를 본다는 것도 이상하고, 제작진에게 저주를 떠맡기는 것도 이상한 일이었습니다. 자물쇠와 함께 온, 용도를 알 수 없는 천 조각, 주문이 적힌 듯한 종이조각 등과 함께 나무상자에 넣어 보관하기로 했습니다.

그렇게 소품실에 처박혀 있던 나무상자는 어느 날, 호기심을 참지 못한 PD들의 손에 개봉되었는데 그 이후부터 제작진에 사고가 잇따르기 시작했습니다. 촬영을 다녀오던 PD 두 명이 교통사고로 골절상을 당하고, 촬영을 나간 감독도 미끄러져 어깨가 부러지는 사고가 있었습니다. 그 외에도 스태프들이 발목을 접질리거나 다리가 부러져 깁스하고 출근하는 일이 계속되자 다시 상자를 봉인하고 소품실에 처박아두었습니다.

시즌 4 하이라이트를 준비하던 중, 다시 꺼내 와서 저와 김호영, 지예은 씨가 함께 개봉한 적이 있었는데, 차가운 금속 감촉 외에는 별다른 느낌은 없었습니다. 소품실에 오래 봉인된 탓에 저주가 휘발해버린 것일까요? 아직까지 저희 세 사람에게는 아무 일도 없습니다. 혹시 이 자물쇠의 내력을 잘 알고 계신 분은 꼭 〈심야괴담회〉로 연락을 부탁드립니다.

저는 괴담을 좋아할 뿐, 귀신을 믿지는 않지만 이렇게 세상에는 이해할 수 없는 일도 있나 봅니다. 믿거나 말거나.

심야괴담회

초판 1쇄 인쇄 2025년 7월 15일
초판 1쇄 발행 2025년 7월 20일

지은이 심야괴담회 제작팀
책임편집 하진수
디자인 그별
펴낸이 남기성

펴낸곳 주식회사 자화상
인쇄,제작 데이타링크
출판사등록 신고번호 제 2016-000312호
주소 경기도 고양시 덕양구 꽃마을로 34, 1006호,1007호(항동동, DMC스타팰리스)
대표전화 (070) 7555-9653
이메일 sung0278@naver.com

ISBN 979-11-94440-09-3 03810

ⓒ심야괴담회 제작팀

파본은 구입하신 서점에서 교환해 드립니다.
이 책은 저작권법에 의하여 보호를 받는 저작물이므로 무단 전재와 복제를 금합니다.